rororo

rororo

Daniele Palu schreibt als Journalist für viele große Magazine und Zeitschriften sowie als leitender Autor für den erfolgreichen True-Crime-Podcast «Hollywood Crime». Wann immer er kann, fährt er an die Nordsee, wo ihm die Idee zur Krimi-Reihe um Massimo Marconi kam. Im Sommer 2023 residierte Daniele Palu zudem als Stadtschreiber in Otterndorf, wo er viel über die Eigenheiten der Nordlichter erfahren hat.

DANIELE PALU

MARCONI

und der tote Krabbenfischer

Ein St.-Peter-Ording-Krimi

Rowohlt Taschenbuch Verlag

3. Auflage September 2024
Originalausgabe
Veröffentlicht im Rowohlt Taschenbuch Verlag,
Hamburg, Mai 2024

Liedtext auf S. 9/10: «Lass nun ruhig los das Ruder»,
Text: Reinhard Mey

Covergestaltung bürosüd, München
Coverabbildung www.buerosued.de
Satz aus der Calluna
bei Pinkuin Satz und Datentechnik, Berlin
Druck und Bindung CPI books GmbH, Leck
ISBN 978-3-499-01225-9

Siehe, in den Wässern weilt Einer,
Dessen furchtbarem Gebot
Kein Mensch entfliehen darf:
Zertritt die Ruchlosen,
Alle, die sich entgegenstellen,
Vertreibe die Räuber,
Vertreibe unsere Feinde.

Gustav Holst (1874–1934):
«Hymns from the Rig Veda»

Prolog

Ein Italiener torkelt in eine Lebenskrise

Wie um dem Anlass einen angemessenen Rahmen zu geben, hatte eine sibirische Kälte von Sankt Peter-Ording Besitz ergriffen. Ein schneidender Wind zwang die Temperaturen in die Nähe des Gefrierpunktes. Dunkle Wolkenberge schoben sich wie unheilverkündende Vorboten über den Himmel, der wie auf Verabredung die Schleusen öffnete, als der Trauerzug die Backsteinkirche verließ. Apokalyptisch laut prasselte das Wasser auf den winterharten Boden. Nur mit Mühe konnte Massimo Marconi den Worten des Pfarrers folgen, der den Kampf mit einem Regenschirm schnell aufgegeben hatte.

«Großer Gott, wie oft gehen wir unserer Wege, ohne uns an dich zu wenden? Doch nun hat uns die Trauer in deine Nähe gebracht. Wir bitten dich, trage uns durch den Abschied und darüber hinaus», rief der Geistliche, um sich gegen das Dröhnen des Regens durchzusetzen.

Massimo Marconi zog den Schal enger, lockerte ihn aber sofort wieder, als er die durchnässte Wolle am Hals spürte. Die Augen zu schmalen Schlitzen verengt, versuchte er durch den Regen die anderen Trauergäste zu erkennen. Er schien als einziger Anzug und Mantel zu tragen, um dem Toten respektvoll die letzte Ehre zu erweisen. So war er es aus München gewohnt. Doch hier blickte er auf ein Meer unterschiedlicher Gelbtöne, lauter Friesennerze. Von den Gesichtern war unter den Kapuzen kaum etwas zu erkennen. Marconi konnte sich nicht erinnern, jemals so viele Menschen auf einer Beerdigung gesehen zu haben. Die mehr als zweihundertfünfzig Stühle in der nicht gerade kleinen Kirche hatten kaum ausgereicht für den großen Andrang.

«In deine Obhut geben wir nun Nevio. Öffne deine Arme und nimm ihn bei dir auf.»

Marconi hatte das Zittern in der Stimme des Pastors der Kälte und dem Regen zugerechnet. Doch inzwischen war er sich nicht mehr so sicher, dass es Regentropfen waren, die die Wangen des Mannes herunterliefen. Ein Geistlicher, der bei einer Beerdigung weinte? Marconi wusste nicht, was er davon halten sollte. Selbstverständlich war auch er traurig. So traurig, wie man sein konnte, wenn einem der kleine Bruder ohne Vorwarnung genommen wurde. Doch in die Trauer mischten sich Sorge, Wut und – ja – auch Angst, wenn er ehrlich zu sich selbst war. Angst, das Versprechen einlösen zu müssen, das er seinem Bruder einst gegeben hatte, nicht ahnend, dass es jemals so weit kommen würde. Angst davor, wie es nun weiterging. Würde er ein Leben leben müssen, das allem widersprach, woran er glaubte? Ein Leben, gegen das er sich die zurückliegenden vierzig Jahre nahezu täglich bewusst entschieden hatte? Würde er seine Freiheit verlieren?

Die Träger begannen, den Sarg ins Grab herabzulassen. Marconi legte eine Hand auf den Kopf seiner Nichte und streichelte über die Gummikapuze. Doch Klara schüttelte ihn mit einer Kopfbewegung ab. Ein Knall jagte einen Ruck durch die Menschenmenge, einige Anwesende schrien, und auch Marconi zuckte heftig zusammen. Über ihren Köpfen entdeckte er ein Banner mit der Aufschrift *Du bist mein Schutzengel.* Der Sturm hatte es an einer Ecke vom hölzernen Glockenturm losgerissen. Laut flatternd drohte es nun ganz abzufallen.

Der Pastor beäugte den Ruhestörer einige Sekunden lang misstrauisch, bevor er mit erhobener Stimme weitersprach und die Gemeinde aufforderte, sich von dem Toten zu verabschieden.

«Tschüss, Papa», hörte Marconi Klaras Stimme neben sich. «Gute Reise und grüß Mama von uns.» Der Anblick des Mädchens, das dem Sarg hinterherblickte, versetzte Marconi einen Stich. Er ging ans offene Grab, die Kinder traten links und rechts neben ihn. Stefano entfaltete eine Bleistiftzeichnung, auf der ein Mann und eine Frau auf einer Wolke saßen, darunter hielten sich zwei Kinder an den Händen. Während die Sonne ebenso wie die beiden Personen im Himmel ein fröhliches Gesicht hatte, waren die Mundwinkel der Kinder nach unten gebogen. Dicke Tränen flossen von den gezeichneten Gesichtern auf den Boden, wo sich eine große Pfütze gebildet hatte. Marconi wollte seinem Neffen über die Wange streicheln, doch Stefano entzog sich ihm und warf seine Zeichnung auf den Sarg. Binnen Sekunden war das Papier durchnässt.

In diesem Augenblick erklang ein Akkordeon. Verwundert drehte sich Marconi um und erblickte eine Gruppe Männer mit Matrosenhemden und Schiffermützen, die sich an den Schultern fassten und ein Lied anstimmten: «‹Lass nun ruhig los das Ruder, dein Schiff kennt den Kurs allein. Du bist sicher, Schlafes Bruder wird ein guter Lotse sein.›»

Marconi spürte, wie sich Hände auf seine Schultern legten. Ohne sich umzudrehen, wusste er, dass die eine seiner Mutter gehörte, die andere seinem Vater, die sich hinter ihm und den Kindern ans Grab gestellt hatten.

«‹Heimkehren in den guten Hafen über spiegelglattes Meer. Nicht mehr kämpfen, ruhig schlafen, nun ist Frieden ringsumher. Und das Dunkel weicht dem Licht, mag es noch so finster scheinen. Nein, hadern dürfen wir nicht, doch wir dürfen weinen.›»

Marconi versuchte krampfhaft, nicht zu weinen, weil er für die Kinder stark sein wollte. Aber die singenden Männer waren zu viel. Ihm entfuhr ein lauter Schluchzer. Seine Eltern drückten ihn fest an sich. Die Kinder schlangen die dünnen Arme um ihre Großeltern. Wie Schiffbrüchige, die befürchten mussten zu ertrinken, sollten sie sich jemals wieder loslassen, klammerten sie sich aneinander.

Während sie einander festhielten, und der Shantychor noch immer vom Tod sang, musste Marconi an jenen Abend vor drei Jahren denken. An einen seiner seltenen Besuche bei seinem Bruder, einige Tage nach dem Krebstod von dessen Ehefrau Gesa.

«Warum ich? Warum nicht Mamma und Papà?», hatte Marconi gefragt.

«Weil du mutmaßlich länger leben wirst als unsere Eltern und ich meine Kinder gerne langfristig versorgt wissen möchte», hatte Nevio auf seine so typisch ruhige Art erwidert.

«Aber …» *Du kennst mich*, hatte Massimo antworten wollen. *Du weißt, wie ich zu Kindern stehe, zu festen Bindungen.* Und doch sagte er nichts. Konnte man seinem Bruder eine solche Bitte abschlagen? Außerdem war er überzeugt, dass der Fall ohnehin niemals eintreten würde.

«Bitte, Massimo. Du bist mein Bruder. Ich weiß, du wirst dich um Klara und Stefano kümmern, sollte mir etwas passieren.»

Warum nur, fragte sich Marconi, glaubte Nevio so unerschütterlich an ihn, dass er ihm das Wichtigste in seinem Leben anvertraute?

Er wusste es bis heute nicht.

Nur eines wusste Marconi sicher: Der Fall *war* eingetroffen. Und er würde an einen Ort ziehen müssen, an dem er sich noch nie wohlgefühlt hatte. Er hatte keine Wahl, er würde den letzten Wunsch seines kleinen Bruders erfüllen.

1

Vier Monate später

Ein Fischer begeht den perfekten Fehler zur falschen Zeit

Eingehüllt in wohltuende Finsternis, trank er seinen heißen Tee. In der Ferne funkelten die Lichtpunkte der Küste, der Leuchtturm sandte ihm seine Strahlen wie tastende Finger entgegen. Er genoss die Nächte bei gutem Wetter auf dem Meer, wenn Ruhe herrschte. Das gelegentliche Zischen der Gaslampe mischte sich mit dem Rauschen der See, durch die er mit seiner *Magda Verena* glitt. Es war nicht mehr lang bis zum Sonnenaufgang. Dann würde er die Netze einholen. Kurz hatte er überlegt, in dieser Nacht nicht hinauszufahren, da es laut Schiffsbesatzungszeugnis verboten war, allein unterwegs zu sein. Aber er hatte sich noch nie etwas vorschreiben lassen. Die Küstenwache konnte ihn mal. Und jetzt war er froh, dass er die Gelegenheit nicht hatte verstreichen lassen. Zweihundert Kilo Krabben waren besser als nichts, dachte er und nahm einen weiteren Schluck Tee, während sein Boot auf Autopilot durchs Wattenmeer pflügte.

Wenig später trat er aus dem Führerhaus, um den Fang an Bord zu holen, als ihn ein Geräusch innehalten ließ. Er horchte in die dunkle Nacht hinein. Hatte er sich getäuscht? Nein, da war es wieder. Ein Brummen, das aus dem schwarzen Nichts zu ihm drang und, da war er ganz sicher, lauter wurde. Angestrengt lauschte er. So etwas hatte er auf offener See noch nie gehört. Er griff nach seinem Fernglas. Ein zarter Lichtschein am Horizont kündigte bereits den Sonnenaufgang an. Da! Da war etwas. Ein Schiff? Falls ja, dann eines von diesen neumodischen Dingern, die gar nicht mehr aussahen wie anständige Schiffe. Irritiert versuchte er, sich einen Reim auf das zu machen, was er sah. Und während er noch rätselte, bemerkte er, dass auf dem schiffsähnlichen Objekt zwei Männer ebenfalls durch ein Fernglas schauten und nervös in seine Richtung gestikulierten. Kurz darauf war die aufgebrachte Gruppe auf ein halbes Dutzend Männer angewachsen. Was hatten sie denn da in ihren Händen? Das waren doch nicht etwa Waffen? Er beschloss, die Netze nicht einzuholen und stattdessen zuzusehen, dass er wegkam. Den Bootsmotor auf volle Leistung gedreht, hielt er auf die Küste zu. Schweiß brach ihm aus, sein Puls schlug in ungesund schnellem Takt. Fast meinte er, die künstliche Klappe ächzen zu hören, die man ihm im vergangenen Jahr eingesetzt hatte. Minute um Minute verstrich, und die Männer kamen näher. Was hatten sie vor? Hatten sie es auf ihn abgesehen? Er sah auf den Kompass und überschlug die Zeit, die er noch bis in den wortwörtlich rettenden Hafen benötigen würde. Zehn Minuten, vielleicht fünfzehn, bis er am Eidersperrwerk war – es sei denn, sie holten ihn vorher ein. Alle paar Sekunden warf er einen Blick über die Schulter in Richtung des mittlerweile glühend roten Horizonts, versuchte abzuschätzen, wie schnell sie näher kamen. Er schlug auf die Bedienungselemente ein und fluchte, als könnte er so seine *Magda Verena* antreiben, schneller zu fahren. Vor ihm tauchte in einiger Entfernung das Tor des Sperrwerks auf, und er konnte regelrecht den Brocken spüren, der ihm vom Herzen stürzte. Er schaute zurück. Lag es an den ersten grellen Sonnenstrahlen, die sich über den Horizont schoben und ihn blendeten, oder hatten die Männer tatsächlich abgedreht? Hatte er sich das alles nur eingebildet? Er drosselte den Motor Stück für Stück, je näher er dem Sperrwerk kam. Als er auf die enge Einfahrt des Vorhafens zusteuerte und gerade per Funk den Kontrollturm benachrichtigen wollte, fiel ihm eine Person auf, die auf der Mole stand und mit beiden Armen über dem Kopf in seine Richtung winkte. Aber wer sollte ihn hier in Empfang nehmen? Er hatte wohlweislich niemand über seinen Alleingang informiert. Vielleicht war die Person in Not? Er trat aus seinem Führerhäuschen. Noch während er zurückwinkte, sah er, wie die Gestalt etwas aus dem Inneren ihres Mantels zog. Ein Knall ertönte mitten in der friedlichen Morgendämmerung. Das Letzte, was er spürte, war eine Kälte, die mit eisiger Hand sein Herz umschloss.

2

Marconi lernt eine bittere Lektion

Marconi fand den Lichtschalter nicht und tastete sich im Dunkeln durch das fremde Haus. Sein Fuß stieß an einen Gegenstand. Obwohl das Hindernis leicht nachgab, konnte Marconi einen Sturz nicht verhindern. Als er fiel, hallte ein lautes Scheppern durch die obere Etage. Kurz darauf wurden fast zeitgleich zwei nebeneinanderliegende Türen geöffnet und zwei kleine Köpfe kamen zum Vorschein. Stefano rieb sich die Augen und gähnte herzhaft. Klara sah Marconi mit gerunzelter Stirn an.

«Tut mir leid», brachte er kleinlaut hervor. «Ich wollte euch gerade wecken kommen, allerdings nicht so.»

Augenrollend schaltete Klara das Flurlicht an, und Marconis Blick fiel auf die Umzugskiste, auf der er kniete. Er würde später nachsehen, was darin zu Bruch gegangen war, stand auf und versuchte sich an einem aufmunternden Lächeln.

«Wer hat Lust auf ein Piratenfrühstück?» Er klatschte in die Hände.

«Brot mit Marmelade», entgegnete Klara kurz angebunden und schlurfte ins Bad. Stefano nickte zustimmend und ging zurück in sein Zimmer.

Fünfundzwanzig Minuten und zwei Marmeladenbrote später saßen sie zu dritt im Mini von Marconis verstorbenem

Bruder Nevio. Marconi hatte mehrere Anläufe gebraucht, um den Fahrersitz bis zum Anschlag nach hinten zu verstellen und seine ein Meter dreiundneunzig hinter dem Lenkrad zusammenzufalten. Weil er seine neue Uniform erst bei Dienstantritt erhalten würde, trug er eine bequeme graue Stoffhose, dazu halbhohe hellbraune Lederstiefel und ein hellblaues, tailliert geschnittenes Hemd. Ein kurzer Blick in den Rückspiegel bestätigte seine Vermutung, dass er mit etwas gutem Willen als italienischer Gigolo durchging. Sein Haar lockte sich mittlerweile fast bis zum Kinn, weil sein Friseurbesuch aufgrund der Umzugsvorbereitungen mehrere Wochen überfällig war. Nur mit einer mangogroßen Portion Schaumfestiger war es ihm an diesem Morgen gelungen, seine Mähne ein wenig zu bändigen. Aber darum würde er sich kümmern, sobald er diesen akuten Ausnahmezustand hinter sich gelassen hatte. Es gab in seinen ersten Tagen hier an der Küste Wichtigeres, als Eitelkeiten zu pflegen. Allem voran Schulbrote schmieren und eine Lösung dafür finden, wer die Nachmittagsbetreuung für die Kinder übernahm, während er seinen neuen Job antrat. Beim Gedanken daran entfuhr ihm ein Seufzer.

«Turnbeutel fürs Fußballtraining nach der Schule hast du dabei?» Marconi war stolz auf sich, weil er sich die beiden Stundenpläne am Kühlschrank eingeprägt hatte. Statt eine Antwort zu geben, sah Stefano regungslos aus dem Seitenfenster. Stellvertretend für ihren kleinen Bruder hielt Klara die Trainingstasche in die Höhe.

«Und die belegten Brote für die Frühstückspause?» Marconi registrierte, dass Klara mit den Augen rollte. Er hatte schon davon gehört, dass Teenager das gern taten, war aber selbst noch nicht in den Genuss gekommen und beschloss, es zu ignorieren. Als ihr Blick den seinen im Rückspiegel traf, nickte sie kurz und sah dann wieder aus dem Seitenfenster. Mit aufgesetzter Fröhlichkeit plauderte er weiter: «Eure Nonna hat noch Brot und Käse gekauft, bevor sie gestern zurück nach München gefahren ist. Falls es euch nicht schmeckt, gehen wir gemeinsam einkaufen, okay?» Keine Reaktion.

Sie fuhren an zweigeschossigen Ein- und Zweifamilienhäusern vorbei. An vielen Fahnenmasten wehten blaue Fahnen mit gelbem und rotem Streifen am Rand, auf denen drei goldene Schiffe prangten. Die Sankt Peteraner schienen Lokalpatrioten zu sein. Das hatten sie immerhin mit vielen Italienern gemeinsam, die vor allem deshalb überzeugt waren, dass Gott existierte, weil nur eine göttliche Macht in der Lage sein konnte, etwas so Schönes wie Italien zu erschaffen. Zum zweiten Mal an diesem Tag dachte Marconi wehmütig an seine Heimat – und ihren deutschen Ableger. München war als italienischste Stadt Deutschlands, wie er fand, der Perfektion am nächsten gekommen.

«Was liegt in der Schule an?», unternahm Marconi einen neuen Versuch, die beiden Kinder – und sich selbst – aufzumuntern. Im Rückspiegel sah er, wie Klara und Stefano sich einen Blick zuwarfen, den er nicht deuten konnte. Da Stefano beharrlich schwieg, ließ sich Klara wenigstens zu einem «nix Aufregendes» herab.

«Kein Test, kein Ausflug?», bohrte Marconi nach.

Klara brummte etwas, das wie «Referat» klang.

«Ach, spannend», rief Marconi etwas zu euphorisch. «Und worüber?»

Während er auf eine Antwort wartete, fiel ihm auf, dass an nahezu jedem zweiten Hauseingang ein Schild befestigt war, das auf eine Ferienvermietung hinwies. Wohnte hier auch jemand, oder war seine neue Heimat fest in Touristenhand?

«Queller», bedachte Klara ihn mit der nächsten knappen Entgegnung.

«Ist das ein Fisch? Ein Fluss? Eine Quallenart?»

Er hörte Stefano prusten und im Spiegel sah er, wie Klaras Mundwinkel zuckten. Hohn und Spott sind besser als gar keine Reaktion, dachte er.

«Pflanze», sagte sie, offensichtlich darum bemüht, nicht versehentlich allzu freundlich zu erscheinen.

«Ist das alles? Das wird aber ein ziemlich kurzes Referat!»

«Der Queller ist der Kaktus der Nordsee. Er wird auch Meeresspargel genannt, weil man ihn essen kann. Wenn's bei uns Fisch gab, hat Papa öfter Queller dazu gekocht.» Marconi konnte sehen, wie sich ihr Blick bei der Erinnerung verfinsterte. Marconi verspürte selbst einen Stich. Einige Sekunden sagte niemand etwas.

«Aber weißt du, was lustig ist?»

Marconi schüttelte den Kopf. Allerdings bemerkte er, dass Klara die Frage an ihren Bruder gerichtet hatte, der sie nun gespannt ansah.

«Der Queller braucht eigentlich fast gar kein Wasser zum Überleben. Nur das Salz. Aber weil es auch nicht zu viel Salz sein darf, muss er immer mehr Wasser speichern und quillt deshalb auf.»

«Deswegen Queller!», rief Stefano, offenbar zufrieden mit seinem kombinatorischen Talent. Er strahlte seine große Schwester an, und Klara nickte begeistert.

Marconi fühlte eine seltsame Verbundenheit zu der Pflanze. Auch er hätte auf die Wassernähe gut verzichten können, wären da nicht die äußeren Umstände. Es war überhaupt erst sein dritter Besuch an der Küste, seitdem sein Bruder vor fünfzehn Jahren von München hierhergezogen war. Wegen der Liebe. Und damit hatte ihr Zerwürfnis begonnen. Seitdem hatten sie sich selten gesehen und meist nur flüchtig, wenn Nevio und seine Familie die Eltern in München besucht hatten.

Er hielt am Gymnasium, ließ Klara aussteigen und wünschte ihr viel Glück fürs Referat, was sie gleichgültig zur Kenntnis nahm.

Das Navi führte ihn in eine Zwanzigerzone im Ortsteil Dorf. In Schrittgeschwindigkeit passierten sie das bayerische *Bräuhuus* – ein freundlicher Gruß in feindseligem Gebiet – , die Bernsteinschleiferei *Boy Jöns* mit angeschlossenem Museum und den Souvenirshop *St. Peter-Laden*.

Ihm entging nicht, dass die schicke Dorfstraße zu neunzig Prozent aus Rotklinker bestand. Trotzdem unterschieden sich die Häuser im Detail deutlich voneinander. Neben wirklich historischen Gebäuden, wie dem reetgedeckten *Wanlik-Hüs*, vor dem eine Plakette darauf hinwies, dass es das älteste Haus von Sankt Peter-Ording und zudem denkmalgeschützt sei, gab es viele noble auf alt gemachte Häuser. Am Ende der Straße schmiegte sich das *Deicheck Café* mit seinen Strandkörben auf der Terrasse an einen mannshohen Deich. Marconi wunderte sich, dass es hier überall Dämme gab, sogar im Ortskern. Nicht gerade die optimale Strecke, wenn man es eilig hatte. Er beschloss, die Empfehlung seiner Navi-App in Zukunft zu ignorieren.

Endlich erreichte er die Utholm-Grundschule.

«So, da sind wir. Schultaxi für Stefano Marconi. Alle mit diesem Namen bitte aussteigen!»

Wortlos öffnete Stefano die Wagentür und ließ sich vom Rücksitz rutschen.

«Hab einen schönen Tag, bis ...» *heute Abend* wollte er noch ergänzen, doch da hatte Stefano schon die Tür zugeworfen. Mit hängenden Schultern schleppte er sich zum Eingangstor, was Marconi Sorgenfalten auf die Stirn trieb. Der Junge würde viel Zuwendung brauchen, und er fragte sich, wie ausgerechnet er die aufbringen sollte. Marconis Mutter erklärte ihm bei jedem Anruf, er solle den Kindern klare Regeln setzen und Strukturen einführen, um ihnen Sicherheit, Halt und Orientierung zu geben. Drei Dinge, die er selbst gerade ganz gut gebrauchen konnte. Wenn sein Vater nicht kurz vor einer Herz-OP gestanden hätte, hätten seine Eltern sicher angeboten, zu bleiben und sich um die Kinder zu kümmern. Aber es half ja nichts. Marconi fuhr los und stellte mit einem Blick aufs Navi fest, dass es von der Schule keine vierhundert Meter zur Polizeistation waren. Immerhin.

Als Marconi auf das Haus zufuhr, in dem sich angeblich die Polizeistation befand, glaubte er zunächst an einen Eingabefehler im Navi, dann an einen schlechten Scherz. Das zweigeschossige Backsteinhaus mit dem schlammbraunen Schrägdach sah aus wie eine in die Jahre gekommene Dorfkneipe oder eine Massagepraxis aus den Achtzigern. Jedenfalls nicht ansatzweise wie das Landeskriminalamt in Flensburg, in dem er sein Vorstellungsgespräch gehabt hatte und erst recht nicht wie das Polizeipräsidium in München, das zu einem der imposantesten Gebäude der Stadt gehörte. Ihn würde es nicht wundern, wenn sich regelmäßig ein Tourist in seine neue Arbeitsstätte verirrte und um eine Fangopackung oder ein Herrengedeck bat.

Ehe er noch tiefer in düsteren Gedanken versinken konnte, stellte er den Motor ab und stieg aus dem Wagen. Eine junge Frau mit blondem Pferdeschwanz kam über die mehrfach gewundene Rollstuhlrampe auf ihn zu.

«Massimo? Du bist mein neuer Chef, oder?» Sie schwang sich mit einem ebenso sportlichen wie eleganten Sprung über das Geländer und drückte dem erstaunten Marconi kräftig die Hand. Hinter ihr trat ein ebenfalls recht junger Mann durch die schmale Eingangstür und kam deutlich weniger schwungvoll die drei Betonstufen der Treppe herab.

Marconi tut's auch, dachte er. Aber er wusste von der goldenen Regel: *Je weiter Norden, desto du*. Deshalb brummte er bloß etwas Unverständliches, während er sie musterte. Ihre Augen waren blassblau, fast grau – wie die Nordsee, dachte er, und fragte sich, ob hier oben alle genetisch mit der Landschaft verschmolzen. «Sie müssen Eva Martens sein, stimmt's? Ich erinnere mich, Ihnen auf Nevios Beerdigung kurz begegnet zu sein.»

«Ich kannte deinen Bruder gut, wir sind früher gelegentlich zusammen gesurft. Tut mir sehr leid, was mit ihm passiert ist. Er wird mir ... uns allen sehr fehlen.» Sie sah ihm so entwaffnend in die Augen, dass er nicht wusste, was er sagen sollte.

«Nu is aber mal gut, lass den Chef doch erst mal ankommen.» Der Mann in Polizeiuniform schob sich neben seine Kollegin und drückte Marconi nun ebenfalls die Hand. Seine sehr kurzen Haare schimmerten rötlich blond im Tageslicht. «Ich bin Jens, Jens Harms, willkommen in Sankt Peter.»

Der Mann reichte Marconi gerade mal bis zu den Schultern. Aber Marconi überragte fast immer alle anderen. Jens

Harms schien oft ins Fitnessstudio zu gehen, da sich unter den aufgenähten Hemdtaschen deutlich seine Brustmuskeln abzeichneten. Wie Eva trug auch er die Polizeimütze auf dem Kopf, die vorschriftsmäßig aufgesetzt werden musste, sobald man die Polizeistation verließ. Und sei es nur, um den neuen Vorgesetzten in Empfang zu nehmen. Er wirkte fast jugendlich. Nur die kleinen Fältchen um die Augen verrieten, dass er die dreißig vermutlich überschritten hatte. «Erst mal 'nen Kaffee», schlug Jens vor, «dann gibt's 'ne Führung?»

Die kann ja nicht allzu lang dauern, dachte Marconi, verkniff sich aber einen Kommentar. Er wollte seine neuen Kollegen nicht gleich in der allerersten Minute vor den Kopf stoßen. Also folgte er ihnen zu der wenig einladenden Milchglastür, während Eva ihn darüber unterrichtete, dass sein Vorgänger als letzte Amtshandlung einen Kaffeevollautomaten angeschafft hatte – sehr zur Freude der Kollegen. Jens hielt ihnen die Tür auf, gerade als ein Martinshorn in unmittelbarer Nähe ertönte. Marconi zuckte zusammen.

«Sorry», Eva zog ein Smartphone aus der Hosentasche und grinste ihn schelmisch an. «Etwas extravaganter Klingelton. Moin.» Eine Zeit lang hörte sie dem Anrufer zu. Dabei wurde sie immer ernster, bis sie schließlich erwiderte: «Okay, wir kommen!» Sie ließ das Handy sinken. «Das war der Chef vom Eidersperrwerk. Ein Fischer liegt tot in seinem Boot vor der Schleuse. Sieht ganz nach Fremdeinwirkung aus. Die Kollegen von der Mordkommission sind schon unterwegs. Wir sollen den Tatort absperren, sofort. Deine Uniform kannst du auch später noch anziehen.»

Marconi seufzte. Waren Tatorte noch vor wenigen Tagen *seine* Tatorte gewesen und hatten zu seinem natürlichen

Lebensraum gehört, war er ab sofort von den Ermittlungen ausgeschlossen. Absperren statt ermitteln, nur dabei statt mittendrin. Definitiv eine Zäsur in seinem Leben. Und es würde nicht die einzige bleiben, dessen war er sich schon an seinem ersten Tag hier sicher.

Auf der knapp halbstündigen gemeinsamen Fahrt zum mutmaßlichen Tatort versuchte sich Marconi ein Bild von seiner neuen Heimat zu machen und ließ es umgehend wieder bleiben: Alles war flach, alles sah gleich aus. Wiese, Weide, Kühe, Schafe, Lämmer, noch mehr Wiesen, noch mehr Schafe. Ein monotoner Soundtrack aus Muhen und Mähen untermalte die Szenerie, bis er sein Autofenster schloss, um das Elend nur noch sehen und wenigstens nicht mehr hören zu müssen. Vielleicht würde er die Kinder irgendwann nach München holen, aber so kurz nach dem Verlust ihrer Eltern konnte er ihnen unmöglich ein weiteres Trauma zufügen. Und doch hoffte er inständig, dass sein Gastspiel im Norden mit einem Verfallsdatum versehen war.

Seit zwanzig Minuten saßen sie schon im Polizeiwagen. Seit zwanzig Minuten keine Kurve, nichts als Felder. Er konnte sich nicht erinnern, jemals durch eine monotonere Landschaft gefahren zu sein. Sie passierten eine Herde mit ausschließlich schwarzen Schafen und noch während er zu ergründen versuchte, warum er sich ihnen auf eine merkwürdige Weise verbunden fühlte, landeten sie am Ende einer Kolonne aus zwanzig Fahrzeugen. Ein Linienbus steckte hinter einem Traktor fest und konnte nicht schnell genug beschleunigen, um zu überholen.

Während sich auf der rechten Seite ein imposanter Betondeich aus der grünen Landschaft schälte, sah er aus dem linken Seitenfenster wie sich das Tageslicht in Tausenden von Prismen auf der Wasseroberfläche inmitten einer Wattlandschaft brach. Er kramte in seinen dürftigen Ortskenntnissen, die er sich kürzlich aus einem Reiseführer über Nordfriesland zusammengeklaubt hatte. Es musste sich um das Katinger Watt handeln, das einst durch den Deichbau von der Nordsee abgetrennt worden war. Inzwischen hatte es aufgehört zu nieseln, doch Marconi ließ sich nicht täuschen. Selbst bei schönstem Wetter musste man in diesem Landstrich noch mit dem Schlimmsten rechnen: Wetterumschwünge von strahlend blau zu tiefschwarz binnen Minuten, mit Windböen, die einen buchstäblich umzuhauen vermochten.

Eva schien ihn auf den Tatort einstimmen zu wollen und war in einen Touristenführermodus übergegangen. Begeistert reihte sie einen Superlativ über das Eidersperrwerk an den nächsten. Eines der größten Küstenschutzprojekte Europas, über zweihundert Meter lang, fünf riesige Tore, vor fünfzig Jahren eingeweiht, schon damals mit hundertsiebzig Millionen D-Mark unfassbar teuer, bereits mehr als sechzig zum Teil schweren Sturmfluten standgehalten. Er konnte sich bei Weitem nicht alles merken, hatte aber begriffen, dass es sich um ein Jahrhundertbauwerk handelte, das hier mit der gleichen Ehrfurcht behandelt wurde wie andernorts Weltkulturstätten.

Eine gefühlte Ewigkeit später nahm er in der Ferne ein aufgeregtes Treiben wahr. Je näher sie kamen, desto greller leuchteten die kreisenden Blaulichter der beiden Notarztwagen. Noch immer bewegten sie sich nur im Schritttempo, und Marconi atmete deutlich hörbar aus, als Eva endlich abbog und auf einer Brachfläche am Fuße eines Windrades parkte. Marconi öffnete die Wagentür und versank mit seinem Schuh fast komplett im Matsch. Einen Fluch unterdrückend, pflanzte er auch den zweiten in den aufgeweichten Boden und setzte sich mit schmatzenden Geräuschen in Bewegung. Jens holte zwei Rollen Absperrband aus dem Kofferraum und eilte hinter ihm und Eva den bestimmt sieben Meter hohen Betondeich hinauf. Über ihnen veranstalteten Dutzende Schwalben einen Heidenlärm.

Zwei massive Seedeiche aus Beton und Steinen umschlossen auf der dem Meer zugewandten Seite die Einfahrt zum Sperrwerk mit dem Schleusentor, wie die Scheren eines gigantischen Hummers. Als ein zwischen den beiden Mauern eingekeiltes Boot in Marconis Sichtfeld kam, blieb er abrupt stehen. In den elf Jahren bei der Kripo München war er schon einigem begegnet: Brandleichen, Menschen mit abgetrennten Gliedmaßen, Selbstmördern, die von Hochhäusern in den Tod gesprungen waren oder sich zum Sterben auf Bahngleise gelegt hatten. Leider hatten ihn diese Erfahrungen nicht abgehärtet. Er hatte die Hoffnung aufgegeben, sich jemals an unnatürliche Tode zu gewöhnen. Was er zwei Meter unter sich auf dem Boot sah, drehte ihm den Magen um.

Viel Blut konnte sich nicht mehr im Körper des Mannes befinden, der ausgestreckt an Deck lag, die Hände seitlich über den Kopf gehoben, wie um sich nach dem Aufwachen zu räkeln. Eine Möwe hatte in eines seiner Augen gepickt, mit dem anderen starrte der Tote in die Sonne. Rasch schaute Marconi weg, holte tief Luft und wandte sich der Szenerie erneut zu, um sie auf sich wirken zu lassen. Er prägte sich jedes Detail ein. Die kleine, zerfledderte blau-weiß-rote Fahne über dem Heck, die abgeplatzte rote Farbe neben dem Bootsnamen *Magda Verena.* Das Blut, das einen grotesken Heiligenschein um den Kopf des Toten gebildet hatte. Sie würden ab sofort Teil seines geistigen Museums sein. Was an diesem Bild noch mehr störte als die große Menge Blut war das Objekt, das dem Mann aus dem Bauch ragte.

«Oh Gott!» Völlig von dem Anblick absorbiert, hatte er nicht bemerkt, wie Eva neben ihn getreten war und sich nun die Hand vor den Mund hielt. «Darauf hat mich auf der Polizeischule niemand vorbereitet.» Richtig, erinnerte sich Marconi an ihre Akte: Eva hatte vor nicht einmal vier Wochen die Ausbildung abgeschlossen. Dies war augenscheinlich ihr erster Tatort. Trotzdem näherte sie sich dem Boot und scannte mit den Augen Leiche und Umfeld. Die professionelle Neugier hatte offenbar schnell über ihr Entsetzen gesiegt. «Ist das ... ein Brecheisen?» Sie zeigte auf die Leiche.

«Entweder das oder eine Harpu...» Ein Vogel setzte zum Sturzflug an und verfehlte seinen Kopf um wenige Zentimeter. Reflexhaft ging Marconi in die Hocke, um dem Angreifer auszuweichen. Unter lautem Geschnatter ließ sich das Tier auf der gegenüberliegenden Seite der Schleuse nieder und gesellte sich zu dem riesigen Haufen Schwalben und Möwen, die sich aufgeregt miteinander auszutauschen schienen.

«Ist das hier versteckte Kamera oder drehen Hitchcocks Erben einen Film, ohne dass ich etwas davon weiß?» Marconi erhob sich und sah sich alarmiert um.

Eva löste den Blick von der Leiche und musste tatsächlich lachen, als sie ihn ansah. «Das ist die Küstenschwalbenkolonie, die hier am Sperrwerk brütet. Sind inzwischen gut vierhundert Paare und fast genauso berühmt wie das Sperrwerk selbst.»

Na klar. Paris hatte den Eiffelturm, Rom das Kolosseum, und Eiderstedt wusste mit Zigtausenden Tonnen Stahlbeton und 400 wild gewordenen Vogelpaaren zu verzücken. Es gab für alles eine Zielgruppe, man musste nur zueinander finden.

«Kennen Sie den Toten?» Marconi schirmte die Augen gegen das Sonnenlicht ab, das sich vorübergehend durch die dichte Wolkendecke gekämpft hatte. Eva schüttelte den Kopf.

«Chef?» Jens rief von der anderen Schleusenseite zu ihnen herüber. «Alles abgesperrt!» Marconi reckte ihm den Daumen entgegen, da meldete sich aus Evas Hosentasche wieder das Martinshorn. Das Gespräch dauerte nur wenige Sekunden.

«Die Kripokollegen brauchen noch mindestens eine halbe Stunde», sagte sie, als sie aufgelegt hatte. «Wir sollen bis dahin Schaulustige fernhalten.» Sie ließ das Handy zurück in die Hosentasche gleiten.

Zu gern wäre Marconi an Bord gegangen, um den Tatort zu untersuchen, ließ aber die Vernunft siegen und wartete auf die Spurensicherung, die zusammen mit den Kollegen von der Kripo aus dem rund hundert Kilometer entfernten Flensburg auf dem Weg war.

Die Menge an Schaulustigen, die sich mittlerweile auf dem Deich eingefunden hatte, konnte es zahlenmäßig mit der gefiederten zu ihren Füßen aufnehmen. Ein mittelalter Mann mit Glatze und enormem Fotoapparat um den Hals bahnte sich den Weg durch die Menge. Mit gezücktem Schreibblock wandte er sich an Jens.

«Kannst du schon was zum Tathergang sagen, bevor die Angeber aus Flensburg ankommen und dir 'nen Maulkorb verpassen? Warum ist der Tote so übel zugerichtet?»

Hilfe suchend sah Jens Marconi an, was dem Reporter nicht entging.

«Ach, bist du unser neuer Dienststellenleiter, der Nachfolger vom Helmut?» Eifrig klemmte er sich den Notizblock in den Hosenbund und hielt ihm die Hand hin, die Marconi nach einigem Zögern ergriff.

«Massimo Marconi», brummte er. «Auskünfte erteilt die Pressestelle der Kriminalpolizei. Und jetzt lassen Sie uns unsere Arbeit machen.» Er wandte sich zum Gehen, hielt aber noch mal inne und sah dem Reporter in die Augen. «Sie drucken keine Bilder von Leiche oder Tatort in Ihrem Blatt und schreiben auch keine Details über die Tatwaffe, sonst kriege ich Sie wegen Behinderung einer Polizeiermittlung dran!» Damit ließ er den Mann stehen und ging mit großen Schritten voran auf die Klappbrücke zwischen den beiden Absperrbändern. Eva und Jens folgten ihm. Als sie weit genug von den Schaulustigen entfernt waren, lehnte er sich an das Geländer und ließ den Blick schweifen. Das Boot, das in der Schifffahrtsschleuse klemmte, war vom Deich aus nicht zu sehen. Stattdessen blickte er auf die tonnenschweren Tore, die den Wasserdurchlauf zwischen Binnenhafen und Meer regelten. Welche Sturmfluten einst gewütet haben mussten, damit Menschen solch ein Ungetüm in die Landschaft setzten? Die unberechenbaren Naturgewalten und diese Geschmacksverirrung aus Stahl und Beton waren zwei weitere Gründe, diese Gegend am besten zu meiden. Aber wo er nun schon einmal hier war, konnte er auch genauso gut seinen Job machen.

Er klatschte in die Hände. «Dann lassen Sie uns mit den Ermittlungen beginnen! Sie befragen die Anwesenden, ich gehe mal die schöne Aussicht genießen.» Mit dem Zeigefinger deutete er auf den achteckigen Kontrollturm, der über der Anlage thronte wie das Steuerhaus auf einem Schiff.

Seine Kollegen sahen sich vielsagend an, unschlüssig wie ein Elternpaar, das nicht wusste, wie es dem Kind vermitteln sollte, dass aus dem Ausflug in den Freizeitpark leider nichts wurde.

Eva räusperte sich. «Wir sollen sicherstellen, dass kein Unbefugter den Tatort kontaminiert, und können die Kripo natürlich mit Zeugenbefragungen unterstützen. Von Ermittlungen war nicht die Rede.»

Jens kratzte sich am Kopf. «Ich weiß, dass du in München Kripobeamter warst. Aber wir von der Polizeidienststelle in Sankt Peter sind nun mal ... tja ... Polizisten.» Offensichtlich peinlich berührt, seinen Vorgesetzten auf eine solch banale Tatsache hinweisen zu müssen, sah er zu Boden. «Und Ermittlungen in einem Kapitalverbrechen führen grundsätzlich die Kollegen von der Kripo aus Flensburg.»

Marconi wollte schon etwas Unwirsches erwidern, als die Worte einsickerten. Die beiden hatten recht. Nicht nur sein Privatleben, wie er es kannte, war vorbei. Auch beruflich war er mit seiner Entscheidung für den Norden am untersten Ende der Karriereleiter gelandet. Kurz versetzte ihm dieser Gedanke einen Stich. Doch sofort rief er sich zur Ordnung und straffte die Schultern. Wie ein Leben verlief, das mochte vielleicht das Schicksal entscheiden, aber wie es einem damit ging, das entschied man noch immer selbst.

«Sie haben recht», sagte er schließlich und konnte die Erleichterung seiner Kollegen deutlich spüren. «Wir machen hier unsere Arbeit. Passen Sie auf, dass niemand hinter die Absperrung tritt. Die Kollegin beginnt mit der Befragung. Ich mache unauffällig Fotos von den Schaulustigen.»

Die nächsten Stunden waren die langweiligsten seiner fünfzehnjährigen Laufbahn. Die Befragung der Anwesenden hatten sie zu dritt in nicht einmal einer halben Stunde erledigt. Niemand hatte die Tat beobachtet oder eine verdächtige Person den Tatort verlassen sehen. Also standen sie sich am Absperrband die Beine in den Bauch. Sehnsüchtig sah Marconi als Zaungast den Leuten vom Landeskriminalamt zu, wie sie Spuren sicherten. Verwandelten sich Tatorte normalerweise in ein unübersichtliches Meer aus nummerierten Kunststofftafeln, blieb die Ausbeute für den Augenblick dürftig. Der steinige Boden hatte kaum Fußabdrücke zu bieten, zumal die Ermittler nicht wussten, wo sie danach suchen sollten. Und das Gelände war weitläufig. Niemand schien zu wissen, von wo aus die tödliche Attacke unternommen worden war.

Marconi hätte nicht mit Gewissheit sagen können, wie viel Zeit bereits vergangen war, als er beobachtete, wie zwei Männer und eine Frau, einheitlich in schwarze Anzüge und weiße Hemden gekleidet, die Treppen zur Leitzentrale im Kontrollturm hinaufschritten. Soweit er wusste, war bei der Kripo keine Einheitskleidung vorgeschrieben. Jedenfalls nicht in Bayern. Zehn Minuten später spuckte der Kontrollturm das Trio wieder aus, das nun in dem Flachdachgebäude am Fuße des Gebäudes verschwand, wo Marconi die Verwaltung vermutete. Zwanzig Minuten lang geschah nichts, bis sie mit Gesichtern wie Leichenwagen wieder herauskamen und Eva ansprachen, die dem Kontrollturm am nächsten war. Sie zeigte in seine Richtung.

Der mutmaßliche Chef mit der tiefen Zornesfalte zwischen den Augenbrauen, von der Marconi sich fragte, ob die genetisch bedingt oder durch reichlich Training erworben war, stapfte auf ihn zu. Er hatte schwarzes Haar, das gefärbt aussah, und war nicht nur klein, sondern auch erstaunlich schmächtig. Die einzige Frau der Combo legte eine Attitüde an den Tag, als hätte sie in ihrem ganzen Leben nicht ein einziges Mal gelächelt, nicht einmal aus Versehen in ihrer Kindheit. Der Dritte im Bunde wirkte wie das fünfte Rad am Wagen. Die bis zum Platzen aufgepumpten Oberarme ließen ihn wie den Türsteher einer Dorfdisco aussehen, definitiv mehr Bodyguard als Ermittler, aber Marconi wusste aus Erfahrung, dass der erste Eindruck oft täuschte.

«Moin!» Alle drei Kripobeamte drückten beim Handschlag so fest zu, dass Marconi meinte, seine Knochen knirschen zu hören. Er wollte Namen und Dienstrang nennen, aber die Zornesfalte, die sich knapp mit «Bergmann» vorstellte, ließ es gar nicht erst dazu kommen.

«Warum trägst du keine Uniform?», raunzte er Marconi an.

Marconi schluckte seinen Ärger über den zackigen Tonfall runter. «Ich bin seit nicht einmal zwei Stunden Leiter der Polizeistation Sankt Peter-Ording und hatte noch keine Gelegenheit ...»

Doch der mutmaßliche Chef fiel ihm gleich mit dem nächsten Anpfiff ins Wort. «Wenn ihr eure Arbeit gemacht und den Tatort rechtzeitig abgesperrt hättet, müssten wir jetzt nicht die tatrelevanten Spuren von denen unbeteiligter Zivilisten in Tatortnähe mühsam dekodieren.»

Dekodieren? Ernsthaft? Marconi drückte sein Kreuz durch und richtete sich auf, was ihn, wie er wusste, noch einmal zwei Zentimeter größer erscheinen ließ. Mit schmerzender Hand, aber grimmiger Genugtuung sah er auf sein Gegenüber herab. Er hatte keine Lust, die Leute von der Kripo auf freundliche Umgangsformen hinzuweisen. Unwidersprochen ans Bein pinkeln lassen wollte er sich aber auch nicht, Hierarchie hin oder her.

«Danke für Ihren fachkundigen Hinweis. Meine Kollegen und ich werden das berücksichtigen und uns in Zukunft bemühen, den Tatort abzusperren, noch *bevor* es zur Tat gekommen ist.»

Die Kollegen des Wortführers verschränkten die Arme, während dessen Augen sich zu schmalen Schlitzen verengten. «Haben wir ein Problem?»

Marconi hätte sie auf seine Kripo-Vergangenheit hinweisen können, wusste aber nicht, inwiefern das in dieser Situation half. Natürlich war ihm bewusst, dass am Anfang einer Mordermittlung alles verfügbare Personal genutzt wurde, um wichtige, aber nervtötende Arbeit zu machen: Tatorte absperren, Zeugen befragen, an Haustüren klingeln und dabei Tonnen an Überstunden produzieren. Wichtige Entscheidungen wurden dagegen Hunderte Kilometer entfernt getroffen, in ihrem Fall in Flensburg. Dieses Prozedere war im Norden nicht anders als in Bayern. Nur, dass er, Marconi, zum ersten Mal auf der anderen Seite stand, da, wo die Drecksarbeit geleistet wurde. «Wie gesagt, ich bin neu hier», antwortete er einigermaßen versöhnlich. «Aber mir sind die Zuständigkeiten bekannt. Wir machen nur unsere Arbeit.»

Der Chef der Kavallerie nickte herablassend. «Kennen deine Kollegen den Toten?» Marconi fragte sich intuitiv, ob er als Hauptkommissar ebenso überheblich mit Kollegen der örtlichen Polizei umgegangen war. Er hoffte, nicht, hätte aber auch nicht die Hand für sich ins Feuer legen können.

«Ich weiß mittlerweile, wer der Tote ist.» Eva genoss sichtlich die Wirkung, die sie mit diesem Satz erzielte. Vier Augenpaare starrten sie an. «Klaus Olsen ist Krabbenfischer, seine *Magda Verena* beim Seeschiffsregister in Husum registriert. Seine Familie wohnt in Tating, hier ist seine private Anschrift.» Sie hielt den Zettel den drei Kripobeamten entgegen, die für einen Moment zu perplex waren, um zu reagieren. Schließlich griff die dunkelhaarige Kollegin danach, die ihren Chef um einen halben Kopf überragte, und reichte Eva im Austausch ihre Visitenkarte. Der Blick, den die beiden Frauen sich dabei zuwarfen, ließ keinen Zweifel daran, dass ihnen ihre Vorgesetzten zu viel Testosteron produzierten.

«Schickt mir die Befragungsprotokolle, sobald ihr sie abgetippt habt. Wir informieren euch, wenn der Fall abgeschlossen ist. Oder falls ihr für uns vor Ort noch etwas erledigen könnt.» Ohne sich zu verabschieden, ließen die Kripobeamten Marconi und Eva stehen.

Kurz darauf wurde die Leiche abtransportiert und das Fischerboot in den kleinen Hafen hinter dem Sperrwerk gebracht. Der Tote trat seine vorletzte Reise in die Gerichtsmedizin nach Kiel an. Das Team der Spurensicherung fuhr zurück nach Flensburg und die Kripokollegen in die entgegengesetzte Richtung nach Tating im Westen der Halbinsel Eiderstedt. Sie hatten sich nicht zum letzten Mal gesehen, davon war Marconi überzeugt.

«Packt ihr schon mal zusammen?», rief er Eva und Jens zu und deutete zum Kontrollturm. «Ich geh noch mal schnell für kleine Italiener.»

3

Marconi macht einen unverhofften Fang

Drei auf einmal nehmend, hatte Marconi die rund siebzig Stufen des Stahlungetüms von Zickzacktreppe im Nu überwunden. Nach Atem ringend, stand er vor der achteckigen, rundum verglasten Schaltzentrale. Da er durch die getönten Scheiben nichts erkennen konnte, suchte er nach dem Eingang, doch noch ehe er eintreten konnte, drang eine dröhnende Stimme an sein Ohr.

«Nein, Sie können keinen Ausflug mit Ihrem Sportboot machen ... nein, ich werde die Schleuse nicht öffnen.»

Marconi drückte die Klinke und schob die Tür einen Spaltbreit auf. Die bellenden Befehle einer männlichen Stimme waren zu hören, die, offenbar per Funk, den Kontrollturm beschallten.

«Ja, ich weiß, dass die Schifffahrt Vorrang vor dem Straßenverkehr hat», polterte der Mann aus der Schaltzentrale zurück. «Nein, ich muss Ihnen keine Rechenschaft ablegen, warum ...»

Wieder war aus einem Funkgerät ein Wortschwall im Befehlston zu hören, der schlagartig verebbte.

«Touristen!», brummte der Mann, und Marconi öffnete die Tür.

«Hauptkomm-» Er unterbrach sich. «Massimo Marconi, Polizeistation Sankt Peter, servus!»

«Marconi?» Der Mann, der fast so groß war wie Marconi, allerdings deutlich kräftiger, legte die Stirn in Falten, was ihn in Kombination mit dem imposanten Schnurrbart wie ein Walross aussehen ließ. «Dann bist du der Bruder von Nevio?», folgerte er. Als Marconi bestätigte, fügte er ein «Beileid» an und drückte seine Hand. Dankbar registrierte Marconi, dass nun keine Anekdote folgte, die den Mann, der sich als Bahne Mommsen vorstellte, mit Nevio verband. Einige Sekunden lang standen sich die beiden Männer stumm gegenüber, ehe Marconi das Schweigen brach. «Ich wollte eigentlich nur kurz aufs stille Örtchen.»

«Echt?» Bahne Mommsen sah ihn erstaunt an. «Ich dachte, du bist wegen dem Toten hier.»

«Ich? Nee!» Marconi hob abwehrend die Hände. «Das ist Aufgabe der Kripo. Ich bin gerade erst ein paar Stunden im Dienst und will mir nicht gleich Ärger einhandeln, weil ich mich in Sachen einmische, die mich nichts angehen.»

«Willst du wirklich nicht wissen, was ich gesehen habe?» Bahne Mommsen sah ihn ungläubig an. «Was bist du denn für'n Bulle?»

Marconi räusperte sich. Das hatte er sich in den letzten Stunden auch schon gefragt – mehrfach. «Wieso, was haben Sie denn gesehen?»

«Nichts.»

«Was? Wirklich nichts Auffälliges?», konnte sich Marconi nun doch nicht zurückhalten.

«Rein gar nichts. Ich habe tief und fest geschlafen.»

Marconi drohten die Gesichtszüge zu entgleisen.

Ein Mundwinkel zuckte unter dem Walrossbart. «Ich hatte frei und lag zu Hause im Bett. Enno hatte Dienst.»

«Enno?»

«Enno Breitenreiter, der diensthabende Kollege der Nachtschicht. Als er den Kutter entdeckt hat, hat er erst die Kripo benachrichtigt und dann mich. Ich bin sein Chef und der Sperrwerksleiter.»

«Wie lange sind Sie schon hier?»

«Kein Plan!», sagte er, was nach Marconis Auffassung besser zu Klara gepasst hätte als zu einem Mann jenseits der sechzig. Mommsen sah auf seine Armbanduhr und fügte hinzu: «Nicht länger als zwanzig Minuten.»

Marconi nickte und ließ den Blick über die Armaturen gleiten. Mehr als ein Dutzend Flachbildmonitore, über die sich mehrfarbige Sinuskurven schlängelten, horizontale Anzeigen, die teils leuchteten, teils blinkten. Zwei nicht mehr ganz neue Bürostühle mit hohen Lehnen und Kopfstützen standen in den beiden Buchten zwischen den Armaturen. Ein Funkgerät lag auf einem der Drehstühle. Die Fenster gaben ab Hüfthöhe aufwärts den Blick auf die Bucht vor dem Sperrwerk frei und in entgegengesetzter Richtung auf den kleinen Hafen und das Katinger Watt. Auf zwei Monitoren waren jeweils sechs Livebilder von Überwachungskameras zu sehen.

«Zeichnen die auch den Bereich vor der Schleuse auf?» Marconi zeigte auf die Schwarz-Weiß-Bilder, auf denen er Eva und Jens erkennen konnte, die wieder mit den Menschen hinter dem Absperrband sprachen.

«Eine Kamera auf der Brücke ist auf den Vorhafen gerichtet, richtig scharf zu sehen ist aber nur der Bereich direkt vor der Schleuse.»

«Hat Enno gesagt, ob er auf den Bildern etwas Auffälliges entdeckt hat?»

«Nein. Laut den Protokollen aus der letzten Nacht haben nur drei Boote das Sperrwerk passiert: zwei Fischerboote und das Schiff einer Umweltorganisation, die *Narwal II*, die gestern Abend gegen halb zehn ausgelaufen ist. Aber das könnt ihr euch selbst anschauen. Deine Kollegen haben mich gebeten, die Aufnahmen der letzten zwölf Stunden auf einen externen Datenträger zu ziehen.» Er hielt Marconi einen USB-Stick hin. Weil Marconi keine Anstalten machte, danach zu greifen, hob Mommsen den Stick auf dessen Augenhöhe. «Kannst du das Ding gleich mitnehmen? Dann muss ich mich nicht darum kümmern!»

Während er noch immer den Stick anstarrte, den Mommsen ihm vor die Nase hielt, rang Marconi mit sich. Den Flensburgern hatte er versichert, dass er nur seine Arbeit mache. Aber wer definierte, was zu seiner Arbeit gehörte? Er griff nach dem USB-Stick und ließ ihn so schnell in seiner Hosentasche verschwinden, dass Mommsen für eine Sekunde versucht schien, das Teil doch noch zurückzuverlangen. Da er aber offenbar keinen Grund fand, ließ er Marconi schließlich ziehen und wies ihm den Weg zum Klo.

Marconi betrat den angeschlossenen Flachdachbau durch die Eingangstür im Erdgeschoss. Da nirgends eine Beschilderung zu finden war, begann er, an Türen zu klopfen und die Klinken herunterzudrücken. Nur die Tür am Ende des dunklen Korridors war nicht verschlossen. Die abgestandene Luft in dem abgedunkelten Pausenraum ließ darauf schließen, dass die Person, die den Sauerstoff verbraucht hatte, sich noch darin befand. Eine Neonröhre flackerte auf, als er den Lichtschalter betätigte. Aus der Ecke des kleinen Raumes war ein Stöhnen zu vernehmen.

«Tut mir leid», sagte Marconi. «Das ist wohl nicht die Toilette.» Er schaltete das Licht wieder aus und trat zurück auf den Flur. Doch dann besann er sich eines Besseren. Es war ja wohl nicht strafbar, Fragen zu stellen. Jedenfalls, solange gewisse Vorgesetzte nichts davon erfuhren.

Er schaltete das Licht wieder an. «Sind Sie Enno?»

Ein zustimmendes Grunzen ertönte. Während der Mann, der mit dem Gesicht zur Wand zusammengerollt auf dem Sofa gelegen hatte, sich umständlich über den Bauch zu Marconi herumwälzte, ging dieser zum Fenster und öffnete es, nachdem er die Rollos hochgezogen hatte. Ächzend richtete Enno Breitenreiter sich auf. Sein Blick traf Marconis, der darin eine ihm wohlvertraute Mischung aus Schuldbewusstsein und Trotz erkannte. Genau darin sah Marconi seine Chance.

«Marconi, Polizeistation Sankt Peter-Ording. Tut mir leid, dass Sie das ertragen mussten, Herr Breitenreiter. Die erste Leiche begleitet einen ein Leben lang, darauf dürfen Sie sich schon mal gefasst machen. Wie geht's Ihnen?»

Enno Breitenreiter wischte sich mit der flachen Hand über die Stirn. Sein Gesicht war fast so weiß wie das T-Shirt, das sich über seinen Bauch spannte. Er nickte, ging dann zu einem Kopfschütteln über. «Ich war nicht ... Ich habe den Toten nur von oben aus dem Kontrollturm gesehen und dann die Polizei gerufen.»

Marconi nickte. Das war kein ungewöhnliches Verhalten.

«Wie alt sind Sie, Enno?»

Breitenreiter sah ihn überrascht an. «Dreiunddreißig.»

«Wie lange sind Sie schon verheiratet?»

Jetzt wurde Breitenreiters Blick misstrauisch. «Dreizehn Jahre.»

Marconi nickte wieder und ließ dabei offen, ob es ein anerkennendes Nicken war oder ein wissendes. «Wie viele Kinder?»

«Zwei. Nein. Drei.»

«Zwei oder drei?»

«Drei. Vor vier Monaten kam das dritte.»

«Anstrengend, oder?»

«Keine Ahnung, schon. Aber ist ja auch schön irgendwie.»

Marconi lächelte, als wüsste er genau, wovon der Mann sprach.

«Seit wann arbeiten Sie hier?»

«Keine Ahnung, paar Jahre.»

«Eher fünf oder eher fünfzehn?»

«Eher zwei oder drei.»

«Eher drei, weil der Job so viel Spaß macht und die Zeit so schnell vergeht? Oder eher zwei, die sich aber wie drei anfühlen, weil Sie den Job stinklangweilig finden?»

«Darauf muss ich nicht antworten.» Breitenreiter verschränkte die Arme und presste die Lippen aufeinander.

«Stimmt, müssen Sie nicht.»

Die Stille, die sich nun ausbreitete, setzte Breitenreiter zu, was Marconi daran erkannte, dass er nervös seine Fingernägel traktierte und die Nagelhaut in Streifen abzog.

«Bin ich etwa verdächtig?» Ihm schien zu dämmern, dass die harmlos gestartete Unterhaltung in eine gewisse Richtung zu gehen schien. «Ich hab das doch alles schon deinen Kollegen erzählt.»

Marconi überlegte kurz, ob er den Irrtum richtigstellen

sollte und beschloss dann, ihn zu übergehen. Im weitesten Sinne waren die Flensburger schließlich seine Kollegen.

«Wie kommen Sie darauf, dass Sie verdächtig sind?», fragte er freundlich, um der Unterredung gar nicht erst den Anschein einer Vernehmung zu geben.

«Na, weil du so ... merkwürdige Fragen stellst.»

Breitenreiter wich Marconis Blick aus.

«Herr Breitenreiter ... Enno, ich darf Sie Enno nennen? Auch wenn es Ihnen schwerfällt, wir müssen darüber reden, was passiert ist.»

«Ich habe nichts gesehen.»

«Mich interessiert, warum nicht, bei all den Kameras.»

Marconi konnte regelrecht sehen, wie es in Ennos Hirn arbeitete.

«Ich war auf Klo.»

Marconi nickte verständnisvoll.

«Wann hat Ihre Schicht denn angefangen?»

«Gestern Abend, Viertel vor elf.»

«Die Ablösung kommt morgens, gegen halb acht?»

Breitenreiter nickte.

«Wann waren Sie auf Toilette?»

«Keine Ahnung, sechs oder so.»

«Wie lange?»

«Wie lange was?»

«Wie lange waren Sie nicht im Kontrollturm?»

«Viertelstunde ungefähr.»

«Und dann kamen Sie zurück, vom Klo, und haben den Toten gesehen?»

Breitenreiter stieß einen Seufzer aus, der wohl suggerieren sollte, dass er das doch alles schon mal erzählt hatte. Als Marconi nicht reagierte, ließ sein Gegenüber einen weiteren Seufzer folgen, ehe er antwortete. «Ja. Das heißt, nein.»

«Verstehe.»

«Ja?»

«Nein, Sie?»

Irritiert sah Breitenreiter von der Tischplatte auf, offenbar nicht sicher, was sich hier gerade abspielte. «Ist das eigentlich ein Verhör?»

«Nein, warum sollte es? Vernommen werden nur Verdächtige. Und Sie sind doch ein Zeuge. Dachte ich jedenfalls.»

Marconis Handy vibrierte in seiner Hosentasche. Er warf einen Blick aufs Display:

Hast du dich verlaufen?

Verlaufen? Hielt ihn Eva für senil?

«Gegen sechs gingen Sie auf Toilette», nahm er das Gespräch wieder auf. «Kamen nach fünfzehn Minuten zurück. Und was geschah dann?»

«Dann hab ich Kaffee gekocht, mich auf den Bürostuhl gesetzt und irgendwann fiel mir auf, dass die Funkanzeige geblinkt hat.»

«Weil jemand Kontakt aufnehmen wollte?»

«Ja», sagte Breitenreiter, schüttelte aber den Kopf.

Marconi suchte nach einer Erklärung dafür, warum sich ihm die Nackenhaare aufstellten. Obwohl er den Mann nicht für einen Mörder hielt, verhielt er sich eindeutig verdächtig.

«Ja oder nein?»

«Die Funkanzeige blinkt, wenn ein Bootsführer versucht hat, Kontakt aufzunehmen, aber im Kontrollturm niemand erreicht hat.»

«Wie ein Anrufbeantworter?»

«Ja, das heißt nein. Ohne Nachricht, nur als Benachrichtigung.»

«Können Sie zurückverfolgen, von welchem Boot und zu welcher Uhrzeit der Funkversuch unternommen wurde?»

«Das geht nicht wie bei einem Handy, falls du das meinst.»

«Also haben Sie nichts gesehen, nichts gehört und den Toten auch nur zufällig entdeckt?»

Enno Breitenreiter sah zur Tür hinter Marconi, seufzte erneut und nickte unbestimmt.

«Kein Protokoll, das vorsieht, was man zu tun hat, wenn man aufs Klo muss, damit die Kommandobrücke nicht unbemannt ist?», fragte Marconi ins Blaue.

«Nein, kein Protokoll.»

«Wird das auch Ihr Vorgesetzter bestätigen? Der hat mir übrigens gerade die Bilder der Überwachungskameras auf einen Stick gezogen.»

Obwohl die abgestandene Luft aus dem geöffneten Fenster abgezogen war, stand Schweißgeruch im Raum. Mit der Zunge spielte Enno Breitenreiter an einem seiner Backenzähne herum. Dann, als hätte Marconi einen unsichtbaren Stecker gezogen, sackte er zusammen.

«Sie müssen mir schon helfen, Enno, sonst sitzen wir hier noch ewig, und Sie sehen wirklich sehr müde aus. Außerdem müsste ich dringend mal wohin.»

Ausdruckslos sah der Angesprochene ihn an, während sich seine Augen mit Tränen füllten. Marconi lächelte freundlich, und dann fiel ihm das Walkie-Talkie ein, das er im Kontrollturm gesehen hatte. Er wagte einen weiteren Schuss ins Blaue.

«Als Sie die Leitzentrale verlassen haben, hätten Sie ein mobiles Funkgerät mitnehmen müssen. Aber Sie haben es absichtlich oben gelassen. Oder, Enno? Sie waren nicht auf dem Klo, oder jedenfalls nicht nur. Entweder haben Sie sich hier unten aufs Ohr gehauen, weil Ihnen Ihre Frau und Ihre drei Kinder den letzten Nerv rauben. Von genügend Schlaf mal ganz zu schweigen.» Ein Gedanke durchzuckte Marconi. Er scannte Enno nach Hinweisen und wurde schließlich am Kragen seines Oberteils fündig. «Oder Sie hatten Besuch.»

Auf Ennos Hängebacken glänzten Schweißtropfen.

«Weiblichen Besuch, dem Sie Ihr Leid geklagt haben, wie schrecklich anstrengend es zu Hause ist? Eine Affäre, die Sie dann tröstend an ihren Busen gedrückt und Lippenstift auf Ihrem T-Shirt verteilt hat?»

«Sag meiner Frau nichts, bitte!» Breitenreiters Stimme war um eine Oktave nach oben gerutscht.

«Sie sind bestimmt ein netter Mensch, Enno. Und Ihre Frau ist mir wurscht, nichts für ungut. Ich brauche den Namen Ihrer Freundin. Vielleicht hat sie etwas gesehen, als sie angekommen oder wieder abgefahren ist. Alles andere interessiert mich null.»

Enno, inzwischen folgsam wie ein Schoßhund, nannte Marconi einen Frauennamen und drehte sich demonstrativ wieder von ihm weg.

Marconi überließ ihn seinem schlechten Gewissen. Von Enno Breitenreiter hatte er in jeder Hinsicht genug. Außerdem musste er nun wirklich mal aufs Klo.

4

Ein junger Mann findet heraus, dass Wattwürmer vegan sein können

Dilan Topal hielt am Anfang der Fußgängerzone vom Ortsteil Sankt Peter-Bad. Es brauchte mehrere Versuche, bis er den Motorroller abgestellt hatte, weil der Seitenständer Probleme bereitete. Das Geld für die Reparatur konnte er gerade nicht aufbringen. Alle Bänke unter den kleinen Kastanienbäumen waren belegt. Kinder mit eisverschmierten Mündern tobten um ihre Eltern herum. Zwei ältere Damen unterhielten sich auf ihre Rollatoren gestützt angeregt mit zwei ebenfalls weißhaarigen Herren. Eine einzelne Frau las in einem Taschenbuch, die Papiertüte der *Buchhandlung Tewes* noch unterm Arm und blätterte so zügig um, als lese sie um ihr Leben.

Dilan ging die belebte Flaniermeile hinauf bis zum *Nordsee Bär*. Auf der Schwelle zum Laden stieg ihm der Duft von Zucker und Fruchtsaftkonzentrat in die Nase. Von Hotelgästen hatte er aufgeschnappt, dass es hier vegane Süßigkeiten gab. Kritisch begutachtete er die Auswahl – süße Büsumer Krabben mit Orangen- und Zitronengeschmack, Nordseekaviar aus Pfefferminz, Leuchttürme mit Buttermilcharoma – bis er das Richtige gefunden hatte. Er zahlte bei der jungen Frau hinterm Tresen, verstaute das Mitbringsel im Rucksack und ging zurück zu seinem Motorroller.

Kurz darauf passierte er den Kreisel, in dessen Mitte auf einer Erhebung ein roter Rennwagen in Kanuform mit Segel stand. Dilan hatte zwar keine Ahnung, was es damit auf sich hatte, aber irgendwie gefiel ihm das Kunstwerk, und er stellte sich vor, wie er und Merle darin über den endlosen Strand rasten. Merle würde sich kreischend an ihn klammern und allein bei dem Gedanken wurde ihm ganz warm. Er versuchte, etwas mehr aus seinem Roller herauszuholen, um noch schneller bei ihr zu sein.

Er hatte Merle kennengelernt, als er das erste Mal allein zu einer Versammlung von *GreenPlanet* gekommen war und hoffte, dort Freunde in seiner neuen Heimat zu finden. Wenn sich das mit dem Schutz von Tieren verbinden ließ, umso besser. Hatte er bisher gelegentlich für Klassenkameradinnen geschwärmt, wusste er bei Merles Anblick sofort, dass er sich zum ersten Mal richtig verliebt hatte. Seitdem befand sich sein Körper im Ausnahmezustand. Allein schon ihretwegen hatte es sich gelohnt, Eckernförde und die Kieler Bucht hinter sich zu lassen. Auch, die Ausbildung in dem hippen Ökohotel zu beginnen, war die richtige Entscheidung gewesen. Über seine Vergangenheit und seine Familie hatte er Merle nichts erzählt, und auch sonst wusste niemand etwas davon. Nicht, dass er sich für sie schämte, im Gegenteil. Aber Merle und seine neuen Freunde würden seine Familie verurteilen. Er log seine Freundin nicht gerne an, aber es ging nicht anders.

Auf Höhe einer Mühle, deren Windräder abmontiert worden waren, überholte er mühelos einen Traktor. Wolken spiegelten sich in den zahlreichen Wassergräben, die gesäumt waren von blondem Schilf. Ein Glücksgefühl begann, sich in seinem Brustkorb auszubreiten. Von Sekunde zu Sekunde wurde es größer, fast übermächtig, und mit einem lang gezogenen, lauten Schrei ließ er die Anspannung entweichen.

Eine halbe Stunde später bremste er auf dem Parkplatz so stark ab, dass der Kies unter seinem Hinterrad wie eine Fontäne zur Seite spritzte. Er grinste, als er daran dachte, dass Merle es nicht mochte, wenn er so wild fuhr, *machomäßig*, wie sie es nannte. Aber sie hatte es schließlich nicht gesehen.

Er blickte auf sein Handy. Fünf Minuten nach fünf. Er stellte den Roller ab und folgte dem Weg an den Schafen vorbei zum *Multimar Wattforum*, in dem sich eine Erlebnisausstellung mit Aquarien befand.

Vom großen Spielplatz auf der Rückseite, auf dem die Rutsche als rot-weißer Leuchtturm gestaltet worden war, wehte Kinderkreischen zu ihm herüber. Auf der Terrasse der gut besuchten Cafeteria konnte er Menschen sehen, die mit Tabletts voller Backfisch, Schollenfilets und Matjesbrötchen einen Platz suchten. Merle hatte ihm erzählt, wie sehr es sie überrascht und aufrichtig geärgert hatte, dass ausgerechnet in einer Einrichtung, die sich dem Schutz des UNESCO-Welterbes Wattenmeer verschrieben hatte, Tiere zum Verzehr verkauft wurden. Regionaler ökologischer Fischfang hin oder her. Aber sie meinte, sie habe begriffen, dass man ein fehlerhaftes System leichter von innen heraus ändern könne. Um sicherzugehen, war sie der Umweltorganisation *GreenPlanet* beigetreten, die der Politik Druck machen sollte. «Es ist fünf nach zwölf, die Zeit zur Rettung des Planeten ist längst abgelaufen», wiederholte sie stets mantraartig. Es bleibe ihnen nur, den Schaden möglichst gering zu halten.

Er hielt nach Merle Ausschau und entdeckte sie schließlich am Rande des großen Naturteichs zwischen Wattforum und Bundesstraße. Sie war aus ihren Clogs geschlüpft und tauchte die Zehenspitzen abwechselnd in das klare Wasser. Er winkte, aber sie sah ihn nicht. Obwohl es bewölkt war, hatte sie den Blick Richtung Himmel gewandt und ließ die sanfte Brise einige Sekunden ihr schmales Gesicht streicheln, das er so sehr mochte – auch wenn es erschreckend ernst werden konnte, sobald es um den Naturschutz ging. Die Hingabe, mit der sie ihre Ziele verfolgte, beeindruckte Dilan.

«Angefangen hat alles mit einem Referat in der Mittelstufe, da war ich gerade zwölf. Ich war geschockt darüber, dass Robben und Wale gejagt und brutal niedergemetzelt wurden», hatte sie ihm erzählt, als sie nach ihrem ersten Mal eng umschlungen im Bett gelegen hatten. Dann habe sie von der Überfischung der Meere erfahren und dass die Menschheit im Begriff war, die eigene Lebensgrundlage systematisch zu zerstören. Schon damals habe sie beschlossen, ihr Leben dem Schutz der Weltmeere zu widmen. Sie wollte Chemische Ozeanografie studieren, aber aufgrund der Wartesemester hatte sie sich zunächst für einen Bundesfreiwilligendienst im *Multimar Wattforum* entschieden.

Nun beobachtete Dilan sie verträumt, bis eine Grundschulklasse, die lärmend aus dem Informationszentrum strömte, Merles Aufmerksamkeit auf sich zog und sie ihn endlich entdeckte. Sie zog ihre Clogs an und verschwand durch eine Seitentür. Kurz darauf trat sie durch das Eingangsportal. In Jeans und kurzärmeliger Bluse kam sie auf ihn zu, ein offenes Lächeln im Gesicht. Immer wenn sie so lächelte, sah sie noch jünger aus. Sie gab ihm einen Kuss. Hand in Hand gingen sie zum Parkplatz, wo er ihr die Tüte reichte, die er eben für sie besorgt hatte. Während er den zweiten Helm aus dem Kofferraum holte, steckte sie erst sich, dann ihm einen der veganen Wattwürmer aus Fruchtgummi in den Mund und stieg schließlich hinter ihm auf den Motorroller.

«Einmal zu *GreenPlanet*, bitte!» Als er losfuhr, legte sie die Hände an seine Hüften und lehnte ihren Kopf an seinen Rücken. Dilan lächelte.

5

Marconi erkennt Ähnlichkeiten zwischen der Landschaft und einem Pizzaboden

Auf der Fahrt zurück berichtete Marconi von der Begegnung mit Enno Breitenreiter und dem Datenträger, den ihm Bahne Mommsen gegeben hatte. Weil weder Jens noch Eva etwas erwiderten, drehte er sich zur Rückbank um und traf auf Jens' skeptischen Blick.

«Warum sehen Sie mich an, als hätte ich die Milch auf dem Herd anbrennen lassen?»

Jens zog die Augenbrauen hoch. «Der Anschiss von dem Kripo-Wadenbeißer hat dir wohl nicht gereicht?»

«Erstens: Der Anschiss war total unangebracht, das müssen Sie ja wohl auch zugeben. Und zweitens: Ich habe nicht aktiv ermittelt», entgegnete Marconi. «Wollen Sie denn gar nicht wissen, was passiert ist und warum der Mann sterben musste?»

«Doch, schon.» Jens hielt Marconis empörtem Blick stand. «Aber mindestens genauso gerne möchte ich meinen Job behalten, und die Chancen dafür stehen deutlich schlechter, wenn ich der Kripo bei einer Mordermittlung dazwischenfunke.»

«Soll ich einen Kurier beauftragen, der den Datenträger sofort nach Flensburg bringt?» Eva hielt ihm vom Fahrersitz eine Hand entgegen.

Marconi zögerte und sah auf die ausgestreckte Hand. «Weitergabe von Beweismaterial ist Chefsache, sorry.»

Das wiederum brachte ihm einen irritierten Blick von seiner Kollegin ein.

«Hey, ich werde einen Kurier beauftragen und ihm den USB-Stick übergeben, sobald wir in der Polizeistation sind. Das ist doch selbstverständlich», fühlte er sich deshalb bemüßigt hinzuzufügen. Eva und Jens schienen davon weniger überzeugt.

«Was denn?», fragte er.

«Nichts», antwortete Eva, die offenbar beschlossen hatte, nicht gleich am ersten Arbeitstag einen Streit mit ihrem Vorgesetzten vom Zaun zu brechen.

Unangenehmes Schweigen breitete sich zwischen ihnen aus. Eva schaltete das Radio ein, und Marconi sah grimmig aus dem halb geöffneten Seitenfenster. Es hatte wieder angefangen zu nieseln. War ja klar.

Draußen mieses Wetter, drinnen miese Stimmung. Und während Ersteres hier Standard zu sein schien, hatte er für Letzteres nicht einmal einen Arbeitstag gebraucht. Konnte er selbst mit sich im Prinzip ganz gut leben, fiel das seinen Mitmenschen mitunter deutlich schwerer. Vor allem, wenn sie sich in seinem näheren Umfeld aufhielten, was in erster Linie seine Lebensabschnittsgefährtinnen betraf, aber auch schon öfter im Kollegenkreis für Konflikte gesorgt hatte. Dabei hatte er gar kein Problem mit Autoritäten. Nur mit Vorgesetzten, deren Anweisungen in seinen Augen überhaupt keinen Sinn ergaben. Und dass er mit vielen Kollegen nicht klargekommen war, lag nicht in erster Linie an ihm. Fand er zumindest. Sondern daran, dass er schneller Ergebnisse vorweisen konnte, wenn er auf eigene Faust ermittelte. Und er immer aussprach, was er dachte. Nicht wenige seiner Kollegen bei der Münchner Kripo waren verdächtig gut gelaunt gewesen, als sie von seinem Umzug erfahren hatten. Und nun drohte er es sich schon am ersten Tag mit seinen neuen Mitarbeitern zu verscherzen.

Sein Blick schweifte durch das regennasse Seitenfenster. Die Landschaft war hier wirklich so flach wie ein Pizzaboden. Maisäcker wechselten sich ab mit Feldern, auf denen Gerste und Weizen angebaut wurden. Der Halbinsel fehlte alles, was einer Landschaft für seinen Geschmack einen Reiz verpasste. Es gab weder Flüsse noch Seen, weder Berge noch Täler. Nur ab und zu einen Teich, in dem Enten Kopfstand übten. Die höchste Erhebung weit und breit war der Misthaufen neben einem Bauernhof mit angeschlossenem Hofladen. Nichts erinnerte ihn hier an München, sein München, das so viel vom *dolce vita* der Italiener übernommen hatte. Allein die sechshundert italienisch geführten *ristoranti* in München machten es für ihn zur nördlichsten Stadt Italiens.

Jens schien die angespannte Stimmung im Auto nicht länger auszuhalten. Er räusperte sich. «Ihr steigt an der Station aus, und ich kümmere mich dann um den randalierenden Rad-Rentner», sagte Jens.

«Bitte wen?» Marconi meinte, sich verhört zu haben.

«Es hat einen Verkehrsunfall im Ortsteil Böhl gegeben. Ich habe die Meldung gerade bekommen. Offenbar ist ein betagter Mann bei seiner allerersten Probefahrt mit einem E-Bike an einem hohen Bordstein gescheitert und hat anschließend ein parkendes Auto gerammt.»

Marconi stöhnte auf. «Rasende Rentner statt meuchelnde Mörder, das kann ja heiter werden.»

Eva schenkte ihm ein breites Grinsen: «Willkommen in Sankt Peter-Ording!»

Marconi verkniff sich einen Kommentar. Sobald Eva geparkt hatte, wechselte Jens auf den Fahrersitz und fuhr weiter. Eva zeigte Marconi die Räumlichkeiten der Polizeiwache, was, wie erwartet, keine zwei Minuten dauerte und nicht der Rede wert war. Anschließend standen sie sich unschlüssig im Flur gegenüber. Marconis Blick wanderte von der Raufasertapete zu seiner Kollegin. «Und nun?»

«Normalerweise würde ich sagen: Polizeiarbeit. Du gehst in dein Einzelbüro und leitest unsere Station, ich warte im anderen Büro darauf, dass etwas passiert.»

Marconi sah bereits einen massiven Bore-out auf sich zukommen. Doch Eva grinste erneut. «Aber da du dir die Bilder der Überwachungskamera eh ansehen wirst, kann ich dich gerne dabei unterstützen, falls du nix dagegen hast. Vier Augen sehen bekanntlich mehr als zwei.»

«Ähm.» Marconi sah ertappt auf den Teppichboden, der vor langer Zeit beige gewesen sein musste.

«Natürlich, nachdem du die Daten auf deinen Rechner gezogen und den Stick per Kurier nach Flensburg geschickt hast?» Sie sah ihn belustigt an. Marconi nickte und drehte sich schnell um, damit sie nicht sehen konnte, dass er rot geworden war.

Der Stuhl mit der hohen Lehne protestierte quietschend, als er sich darauf niederließ. Der Flachbildmonitor hatte den Namen eigentlich nicht verdient, seine Maße entsprachen eher denen eines monumentalen Bilderrahmens.

Eva setzte sich zunächst mit einer Pobacke auf den Schreibtisch, verließ dann aber den Raum und kam mit einem Klappstuhl zurück, den sie neben Marconi abstellte.

Binnen weniger Minuten hatte sie die Dateien auf den Rechner gezogen und einen Kurier beauftragt, der in zwei Stunden die kostbare Fracht abholen und nach Flensburg bringen würde. Sie zog Sicherungskopien auf die beiden USB-Sticks, die sie mitgebracht hatte, und deponierte einen davon in seiner Schublade. Den anderen steckte sie in Marconis Rechner. Dann machte sie es sich auf dem Klappstuhl gemütlich und ließ die Aufzeichnung ablaufen.

Zwölf kleine Videos erschienen auf dem Monitor, die gleichzeitig über- und nebeneinander abliefen, so, wie Marconi es auf dem Bildschirm im Kontrollturm gesehen hatte. Der Timecode zeigte 22.53 Uhr. Enno Breitenreiter betrat den Kontrollturm und begrüßte einen anderen Mann mit Handschlag, der sich kurz darauf verabschiedete.

«Erstaunlich, wie scharf die Bilder sind», meinte Marconi anerkennend. «Kann man den Ton lauter machen?»

Eva tippte ein paarmal auf eine Taste. «Ist auf voller Lautstärke, scheint sich um ein tonloses Überwachungssystem zu handeln.»

Sie teilten sich die Bilder auf. Marconi beobachtete die Ereignisse auf den linken sechs Bildern, Eva übernahm die rechte Hälfte.

«Schneller laufen lassen?», schlug Eva vor.

«Höchstens doppelte Geschwindigkeit, sonst rutscht uns noch was durch.»

Marconi ahnte, dass sie so möglicherweise den restlichen Nachmittag und wahrscheinlich auch noch Teile des morgigen Tages für die Durchsicht brauchen würden. Andererseits war es ja nicht gerade so, als stünden die Schwerverbrecher vor der Polizeistation Schlange.

Sie hatten gerade die erste Stunde gesichtet, in der noch so gar nichts Aufregendes zu sehen gewesen war, als das Mobiltelefon auf Marconis Schreibtisch klingelte. Eine Sekretärin der Utholm-Grundschule unterrichtete ihn darüber, dass sich Stefano am Vormittag im Unterricht übergeben hatte, aber nicht nach Hause gehen wollte, aus Angst, dort allein zu sein.

«Ich sollte Sie nicht anrufen. Warum, wollte er mir nicht sagen.» Marconi entging der misstrauische Ton in ihrer Stimme nicht. «Er wollte lieber warten, bis seine Schwester Schulschluss hat und dann mit ihr gemeinsam den Bus nehmen.»

Marconi überrollte erneut diese Welle zutiefst empfundener Überforderung. Er sah auf den Monitor, von dem er sich erste Hinweise in einer Mordermittlung erhoffte, die er zwar nicht leitete, die er aber auch nicht ignorieren wollte, dann zu Eva, die ihn fragend anblickte, und schließlich aus dem kleinen Fenster in den wolkenverhangenen Sankt Peteraner Nachmittagshimmel.

Seine Stimme war belegt, als er fragte: «Wo ist Stefano jetzt?»

«Ich habe ihm das Geld für die Fahrkarte gegeben, ihn zu Klaras Schule gebracht und zusammen mit ihr in den Bus gesetzt.» Was sie nicht sagte, weil ihr klar war, dass er es auch so wusste, war, dass davon einige Punkte in seinen Verantwortungsbereich gehörten, allen voran das Geld für eine Busfahrt bereitzustellen. Er bedankte sich eilig für den Anruf und beendete das Gespräch, bevor sie ihm ein noch schlechteres Gewissen einredete, was ohnehin kaum möglich war.

Mit wenigen Worten berichtete er Eva von dem Telefonat.

Sie sah ihn mitleidig an. «Mach Feierabend, ich halte hier die Stellung.»

Dankbar griff sich Marconi Handy und Autoschlüssel. Nachdem er sich wortlos mit Eva darüber verständigt hatte, ließ er auch einen der beiden USB-Sticks mit den Überwachungsbildern in seine Tasche gleiten und machte sich auf den Heimweg in einen vorzeitigen Feierabend.

6

Marconi bekommt Gegenwind

Klara schob die knusprigen Speckstücke mit einem Gesichtsausdruck an den Tellerrand, als handele es sich um Maden, die sich ins Essen verirrt hatten. Stefano kratzte so viel Soße wie möglich von den Nudeln und schob sie sich lustlos in den Mund.

Marconi versuchte, die mangelnde Begeisterung über seine Kochkünste zu ignorieren. «Wie war euer Tag?» Klara zuckte unbestimmt die Schultern und blickte weiter auf das inzwischen zum Schlachtfeld mutierte Durcheinander vor sich.

«Ich hab gekotzt», war alles, was Stefano zwar leise, aber mit unverhohlenem Trotz herausbrachte.

«Ich habe davon gehört», sagte Marconi. «Warum eigentlich?»

Jetzt war es Stefano, der ihn mit einem Schulterzucken abspeiste. Klara sprang ihm zur Seite.

«Das interessiert dich doch gar nicht!» Sie war nicht laut geworden. Damit hätte Marconi vermutlich sogar leben können. Was ihm wirklich zu schaffen machte, war, dass sie ihre Worte wirklich zu glauben schien.

Marconi versuchte, sich die Erschütterung nicht anmerken zu lassen. «Klar interessiert mich das, Klara. Ich bin doch euer Onkel!»

Der Blick, den sich Stefano und Klara zuwarfen, schmerzte. Er konnte ihre Gedanken förmlich hören: *Der will unser Onkel sein? Wo war er denn all die Jahre? Einen Scheiß hat er sich für uns interessiert. Kein Anruf, keine Postkarte zum Geburtstag oder zu Weihnachten. Funkstille. Wir wissen nichts von ihm und er nichts über uns. Er ist nur ein Fremder, der jetzt bei uns lebt.*

Er versuchte, gefasst zu wirken. «Schmecken euch die Spaghetti all'Amatriciana nicht?»

«Da ist Fleisch drin», sagte Klara und starrte vor sich auf den Teller.

«Stimmt», kommentierte Marconi die offensichtliche Tatsache. «Speck aus der Schweinebacke.»

Wieder sah er, dass Klara und Stefano sich einen Blick zuwarfen.

«Isst du kein Fleisch, Klara? Ich kann auch vegetarisch kochen», unternahm er einen neuen Versuch. «Es gibt sehr leckere vegetarische Gerichte in der italienischen Küche.»

Klara starrte weiter missmutig auf ihren Teller und ignorierte ihn.

«Ich hatte mal eine Freundin, die kein Fleisch gegessen hat», fuhr Marconi fort, um keine unangenehme Stille eintreten zu lassen. «Wir haben oft zusammen gekocht, da habe ich viel gelernt.»

Vor allem über mich selbst, ergänzte Marconi in Gedanken. Denn am Ende war das Kochen das Einzige gewesen, bei dem sie nicht in Streit geraten waren. Dabei hatte er von Anfang an mit offenen Karten gespielt, bei Judith, der Vegetarierin ebenso wie bei ihren Vorgängerinnen. Er wollte weder heiraten noch Kinder haben, daraus hatte er nie ein Geheimnis gemacht. War es seine Schuld, wenn nach Monaten glücklicher Zweisamkeit die Themen Hochzeit und Kinderwunsch wieder aufkamen und sich seine Meinung – Überraschung! – nicht geändert hatte? Fast immer war er irgendwann vor die Wahl gestellt worden: verliebt, verlobt, verheiratet – oder Beziehungsaus. Konnte ihm doch niemand einen Vorwurf machen, weil er seiner Lebensphilosophie treu blieb. Dass er jetzt mit zwei Kindern hier saß, war Ironie des Schicksals. Oder eine höhere Gewalt, die ihm den Mittelfinger zeigte.

Klara hob für einen kurzen Augenblick den Blick vom Teller, aber er erntete nichts weiter als ein Schulterzucken, ehe sie missmutig wieder auf das tote Tier im Essen herabsah.

«Wisst ihr, euer Papa war zwar Chefkoch in seinem eigenen Restaurant, aber ich kann auch kochen. Wir haben es beide von eurer Nonna gelernt. Niemand kocht besser als sie.» Keine Reaktion.

Marconi wusste nicht, was er erwartet hatte, aber dieses eisige Schweigen sicherlich nicht. Vielleicht wäre die Situation eine andere, wenn er ihnen erklärte, warum er damals den Kontakt zu seinem Bruder abgebrochen hatte. Vielleicht würden sie es verstehen. Aber in seinen Augen waren sie dafür noch zu jung. Sie sollten eine unbeschwerte Kindheit haben, sofern das nach dem viel zu frühen Tod beider Elternteile überhaupt möglich war. Er konnte allenfalls erahnen, was das mit zwei jungen Seelen anrichtete. Wie konnte er da erwarten, dass sie es ihm leicht machen würden? Er musste sich einfach etwas mehr anstrengen.

«Jemand Lust auf Nachtisch? Es gibt Eis!» Er erhob sich. «Ich wusste nicht, was eure Lieblingssorten sind. Deshalb habe ich eine Fürst-Pückler-Rolle mitgebracht, Vanille, Erdbeere und Schokolade. Mit Sahne. Und Schokostreuseln.»

Wieder tauschten die Kinder einen Blick, und zum ersten Mal an diesem Abend sahen sie nicht aus, als würden ihre Geschmacksknospen malträtiert.

Er wusste nicht, wie lange er schon im Garten saß und auf den kleinen Bildschirm starrte. Nachdem die Kinder ins Bett gegangen waren, hatte er den USB-Stick mit den kopierten Aufnahmen der Überwachungskamera in seinen Laptop gesteckt und angefangen, das Bildmaterial zu sichten, weil es sonst nichts zu tun gab. Seine Augäpfel brannten, sein Weinglas war leer. Etwas irritierte ihn. Es dauerte einige Augenblicke, bis er es benennen konnte. Es war die Stille. Die Abwesenheit menschlicher Geräusche war überwältigend. Kein Motorenlärm, keine Gesprächsfetzen aus den umliegenden Gärten. Kein entspanntes Stimmengewirr, das aus den Straßencafés zu ihm in seine Wohnung am Münchner Gärtnerplatz heraufdrang. Keine Spur von bayrischer Geselligkeit, die ihn in den Biergärten der Stadt umgab, in denen er es sich nach Feierabend mit einem Hellen gemütlich machte. Und erst recht kein lebhafter Austausch, wie es ihn überall in Italien gab, immer eine Spur zu laut, immer ein bisschen zu theatralisch, als wäre ganz Italien eine Bühne und jeder einzelne Bewohner des Landes ein Hauptdarsteller.

Hier tauschten sich nur zwei Vögel in der Nähe über die Ereignisse des Tages aus, gelegentlich ließ eine laue Brise die Nadeln der Kiefern rauschen. Es war leise, viel zu leise. Zu viel Natur, zu wenig Stadt. Hinter ihm schien das Leuchtfeuer des Böhler Leuchtturms durch die dichten

Baumkronen hindurch und gab den Schiffen noch in Dutzenden Kilometern Entfernung Orientierung. Fast meinte er, die einige Hundert Meter entfernte Nordsee zu hören, schließlich hatte sein Bruder auf der Vermietungshomepage für die Ferienwohnung im Obergeschoss nicht umsonst damit geworben, dass es das letzte Haus vor dem Strand in Sankt Peter-Ordings Ortsteil Böhl war. Doch das Meeresrauschen entpuppte sich als Rascheln, das ihn aufhorchen ließ. Feriengäste konnten es nicht sein, denn die Vermietung der Einliegerwohnung war seit Nevios Tod gestoppt worden. Und Klara und Stefano lagen im Bett und schliefen. Die mannshohe Zypressenhecke, die das Grundstück an drei Seiten umschloss, war maximal blickdicht. Eine Maus? Ein Vogel, der im Boden unter der Hecke nach Würmern suchte?

«Hallo, Herr Nachbar?» Die Stimme kam von der anderen Seite der Hecke, einem Grundstück, auf dem ein reetgedecktes Haus stand, das doppelt so groß war, wie das auch nicht gerade kleine Haus seines Bruders. «Massimo, bist du das?»

Schritte entfernten sich und um das Ende der Hecke kam ein groß gewachsener Mann auf ihn zu. Marconi ergriff die ausgestreckte Hand etwas zu eifrig. Endlich ein Beweis von menschlichem Leben an diesem einsamen Abend.

«Jürgen. Jürgen Harzmeier.»

«Massimo Marconi. Freut mich. Möchten Sie einen Wein?»

«Immer.» Jürgen Harzmeier lachte. Mit dem weißen Hemd und dem karierten Sakko, den kurz geschnittenen weißen Haaren und der modernen Hornbrille sah er aus wie ein Hochschulprofessor, trotz der ausgebeulten Jeans, die er dazu trug. Dabei meinte Marconi, sich zu erinnern, dass seine Mutter erwähnt hatte, die Nachbarn seien in der Baubranche.

Marconi stand auf, um ein zweites Glas und die Flasche Wein zu holen. Als er kurz darauf zurückkam, deutete Harzmeier auf den Laptop.

«Nach Netflix sieht das aber nicht aus.»

«Schön wär's», sagte Marconi und klappte den Laptop rasch zu. «Nur Arbeit.»

Harzmeier nickte wissend. «Du bist Kriminalhauptkommissar, oder?» Er nahm einen Schluck Wein. «Nevio hat mir von dir erzählt, war immer total stolz auf seinen Bruder.» Marconi spürte, wie sein Herz sich verkrampfte. Doch er wollte sich nichts anmerken lassen und beobachtete, wie sein Besucher das Getränk im Mund hin und her bewegte, schließlich schluckte und anerkennend nickte.

«Nicht mehr. Ich bin jetzt Dorfpolizist und kümmere mich um Rentner, die in ihrem Urlaub mit E-Bikes gegen Bordsteine rempeln.»

«Aufregend!» Sein Nachbar lächelte nachsichtig. «Passt aber doch, jetzt, wo du zwei Kinder zu versorgen hast, oder? Wie organisierst du dich überhaupt?»

«Wenn ich das so genau wüsste.» Marconi teilte den Rest der Flasche auf. «Ich schätze, von acht bis fünf Dienst. So lange sind die Kinder in der Betreuung, auch wenn sie keine Lust dazu haben. Nach Dienstschluss nehmen sie entweder den Bus, oder ich hole sie ab und fahre nach Hause, wenn nichts dazwischenkommt.»

«Was sollte schon dazwischenkommen? Du bist jetzt Dorfbulle und führst ein ruhiges Leben.» Harzmeier zwinkerte ihm zu und legte eine Reihe makelloser Zähne frei.

Marconi seufzte und erzählte ihm aus einem Impuls heraus vom Anruf der Schulleiterin.

Harzmeier sah ihn mitfühlend an. «Kein guter Start.»

«An Tagen wie heute wünschte ich, ich könnte mich zweiteilen.»

«Glaub ich dir. Musste ich zum Glück nie. Gerda macht die Buchhaltung für meine Firma, war aber mittags immer zu Hause, um sich um unsere Jungs zu kümmern.»

«Wie viele haben Sie?»

«Vier.»

Marconi prostete ihm zu.

«Sind aber alle weggezogen. Und lassen sich viel zu selten blicken, vor allem für Gerdas Geschmack. Aus Langeweile hat sie einen Buchclub gegründet, in dem sie Kriminalromane besprechen. Seitdem verdirbt sie mir jeden *Tatort,* weil sie nach zehn Minuten schon weiß, wer der Täter ist. Gerda schimpft immer, wie stümperhaft die Leute morden.» Harzmeier grinste. «Würde mich nicht überraschen, wenn sie mich eines Tages mit einer Knarre in der Hand empfängt, einfach um auszuprobieren, ob sie es besser könnte.»

Marconi musste lachen. Harzmeier wurde wieder ernst und schwenkte nachdenklich das Glas in seiner Hand. «Gerda könnte nachmittags Klara und Stefano bei den Hausaufgaben helfen, sie zu Freunden fahren, bis du dich eingelebt hast. Was meinst du?»

Marconi sah den Nachbarn verdutzt an. «Das kann ich unmöglich ... nein, das geht nicht.» Er haderte mit sich. Ging es wirklich nicht? Oder war es sein Stolz, der ihn ablehnen ließ? «Ich habe meinem Bruder versprochen, mich um die Kinder zu kümmern. Und im Hort sind sie doch gut aufgehoben – glaube ich jedenfalls.»

Jürgen Harzmeier trank sein Glas aus und erhob sich. «Frag doch Klara und Stefano mal, was sie davon halten, und lass sie entscheiden. Ich bin sicher, Gerda würde sich freuen.»

Der Nachbar verschwand hinter der Hecke auf sein Grundstück. Marconi sah ihm hinterher und stellte fest, dass er sich nun nicht mehr ganz so mutlos fühlte.

7

Marconi macht eine erstaunliche Entdeckung

Der Kopf war unnatürlich verdreht, ein nackter Knochen ragte aus dem Rumpf. Marconi erschauderte, als ihn der stumpfe Blick aus den starren Augen unter den halb geschlossenen Lidern traf. Der graue Morgenhimmel und der Nieselregen, die steten Begleiter seiner ersten Tage im Norden, bildeten einen perfekten Rahmen für dieses unappetitliche Stillleben. Der tote Körper lag neben dem Mini, und Marconi hatte kurz erwogen, ihn dort liegen zu lassen. Da die Kinder aber gleich kommen würden und er ihnen den Anblick am frühen Morgen ersparen wollte, änderte er seinen Plan. Er ging zu dem kleinen Schuppen hinter dem Haus. Mit einem Spaten kehrte er zurück und warf einen letzten Blick auf das Opfer. Die weißgrauen Federn des rechten Flügels waren noch intakt, der linke Flügel fehlte komplett. Gerade als er die Möwe behutsam zum Biomülleimer getragen hatte, verließen Stefano und Klara das Haus.

«Was machst du da?» Stefano brauchte einige Sekunden, um zu realisieren, was vor sich ging.

«Du willst die Möwe wegschmeißen?» Klara sah ihren Onkel entgeistert an.

Innerlich fluchte Marconi, weil er das Tier nicht rechtzeitig entsorgt hatte. «Es ist tot, und ich kann es doch nicht in der Auffahrt liegen lassen!»

«*Es* ist ein Tier, keine Sache. Du kannst Tiere doch nicht einfach in den Müll werfen!» Klaras Stimme wurde vor Empörung immer lauter.

Marconi stand noch immer vor dem Mülleimer, die Schippe in der einen Hand, den Deckel der Tonne in der anderen. «Was soll ich denn deiner Ansicht nach damit machen?»

«Beerdigen!», kam umgehend die Antwort seiner Nichte.

«Das kann nicht dein Ernst sein, Klara. Weißt du, wie viele Möwen es auf der Welt gibt?» Er wollte die Angelegenheit nur schnell hinter sich bringen, die Kinder an der Schule absetzen und dann zur Arbeit, um sich um die richtigen Leichen zu kümmern.

«Zufällig weiß ich das», entgegnete Klara und verschränkte die Arme, einen vorwitzigen Ausdruck im Gesicht. «Genau so viele wie es Menschen gibt, steht in meinem Bio-Buch. Und Menschen entsorgst du auch nicht im Mülleimer, oder?»

Ihr Bruder war neben sie getreten, hatte die gleiche Körperhaltung und den gleichen trotzigen Gesichtsausdruck eingenommen.

«Wir haben jetzt keine Zeit dafür. Wenn wir uns nicht beeilen, kommt ihr zu spät zur Schule und dann kriegen wir alle Ärger», appellierte er an die Vernunft der Kinder.

«Entweder wir beerdigen die Möwe oder wir gehen nicht zur Schule», sagte Klara und Stefano nickte entschlossen.

Marconi wollte schon etwas entgegnen, das er hinterher womöglich bereut hätte, konnte sich aber gerade noch bremsen. Der Polizist in ihm ermahnte ihn, einem Erpressungsversuch niemals nachzugeben. Kamen Kriminelle einmal damit davon, bestand die Chance, dass sie es wieder versuchten. Aber er war sich ziemlich sicher, dass Kinder in Erziehungsratgebern selten bis nie mit Kriminellen verglichen wurden. Also ließ er die Schaufel sinken und legte sie auf dem Boden ab. Wortlos ging er zum Schuppen und kam kurz darauf mit einem kleinen Karton zurück, in den er den Kadaver legte. «Kompromiss: Die Möwe wartet im Schuppen auf uns, und wir beerdigen sie nachher, wenn ich euch aus der Betreuung abgeholt habe.»

Stefano sah seine Schwester fragend an, die zu überlegen schien, ob das ein Kompromiss war, der es ihr erlaubte, ihr Gesicht zu wahren.

Marconi widerstand dem Impuls, auf seinem Handy nach der Uhrzeit zu sehen. Er wusste auch so, dass sie spät dran waren. «Menschen werden auch nicht sofort nach ihrem Tod beerdigt», sagte er mit Nachdruck, «sondern müssen in einer Leichenhalle warten, bis sie an der Reihe sind.» Zu spät ging ihm auf, dass es heikel war, mit zwei Waisen über Leichenhallen zu reden. Doch Klara öffnete kommentarlos die Tür des Minis, setzte sich auf die Rückbank und Stefano folgte ihr. In diesem Augenblick dämmerte es Marconi, dass weder Dauerregen noch tote Krabbenfischer in absehbarer Zeit seine größten Herausforderungen darstellen würden.

«Guten Morgen, liebe Mitglieder des Nachbarschaftsvereins Sommerloch, willkommen auf Sankt Peter-Ording.» Er blickte in ein Dutzend erwartungsvoller Gesichter. Aus Platzgründen hatten sie die Begrüßung nach draußen vor die Dienststelle verlegt, trotz des Wetters. Wegen des Nieselregens mussten sie alle die Augen zusammenkneifen.

«*In*!», wurde es in sein Ohr geflüstert.

Irritiert sah Marconi Eva an, die neben ihm stand.

«Es heißt *in* Sankt Peter. So viel Zeit muss sein.»

«Guten Morgen, liebe Gäste *in* Sankt Peter-Ording», begann Marconi mit einem Seitenblick auf Eva von Neuem. «Wie schön, dass Sie sich für unsere Arbeit interessieren. Wir klären Sie gerne über unsere Aufgabenbereiche auf. Denn die Sicherheit von Bewohnern und Touristen in Eiderstedt liegt uns am Herzen.»

«*Auf*!» Nun war es Jens, der ihn unterbrach. «Eiderstedt ist eine Halbinsel.»

«Ernsthaft?» Marconi versuchte herauszufinden, ob die beiden sich vor der Reisegruppe einen Scherz mit ihm erlaubten.

«Egal. Wir freuen uns über Ihr Interesse. Geben Sie sich keinen Illusionen hin: Anders als Sie es von Ihrem Heimatort im schönen Rheinland-Pfalz gewohnt sind, haben wir kein Sommerloch. Das Meer ist zwar immer nah, aber ein Urlaub ist unsere Arbeit hier nicht gerade. Und warum, das erklären Ihnen Eva und Jens.»

Das Vorgehen hatten sie am Morgen besprochen, da Marconi selbst nur bedingt Ahnung hatte, was eigentlich zu ihren Aufgabenbereichen gehörte. Möglicherweise würde er selbst noch etwas lernen. Einigermaßen fassungslos hatte er erfahren, dass es mitunter so wenig zu tun gab, dass regelmäßig Besuchergruppen aus ganz Deutschland zum *Bürgerdialog* empfangen wurden. Offiziell, um das Vertrauen der Bürger in die Arbeit der Polizei zu stärken. Aber Marconi hatte den dringenden Verdacht, dass diese Möglichkeit vor allem Vereine nutzten, um ihrem Ausflug ans Meer einen offiziellen Anstrich zu verpassen.

«Die Zahl der Einwohner in den Ferienorten auf Eiderstedt wird in den Sommermonaten durch die Urlauber vervielfacht», ergriff Jens das Wort. «In dieser Zeit steigt auch die Zahl der Unfälle und Taschendiebstähle. Außerdem schreiten wir ein, wenn Hunde nicht angeleint außerhalb des Hundestrands laufen oder wenn Jugendliche die Musik zu laut aufdrehen.»

Wie aufs Stichwort übernahm Eva. «Aber uns von der Dienststelle in Sankt Peter ist Augenmaß wichtig. Denn wir sind hier näher am Menschen als in Kiel oder Flensburg. Wir zeigen Präsenz auf den Straßen und an den Stränden, sind hilfsbereit gegenüber Urlaubern und Einheimischen. Zum Glück sind die Menschen hier polizeifreundlich. Und das weiß ich, die ich zwar von Eiderstedt komme, aber die letzten paar Jahre auf der Polizeischule in Berlin war, sehr zu schätzen.»

Marconi wartete einige Sekunden, ob die Kollegen noch etwas sagen würden, was nicht der Fall war, und klatschte dann in die Hände. «Jens übernimmt und führt Sie später auch in die Geheimnisse eines Polizeiwagens ein. Viel Spaß!»

«Berlin also.» Marconi ließ sich in den Drehstuhl mit der hohen Lehne fallen. «Warum eigentlich?»

«Warum eigentlich nicht?» Eva stellte wieder ihren Klappstuhl neben Marconi auf, verließ das Zimmer noch einmal und kam kurz darauf mit zwei Bechern zurück, aus denen es nach frisch gebrühtem Kaffee duftete. Einen davon stellte sie mit einem Grinsen vor Marconi auf den

Tisch. Innenseite und Henkel waren quietschrosa. Auf die weiße Außenseite waren mit schwarzem, dünnem Strich Brüste in unterschiedlichen Größen gezeichnet.

Marconi nahm vorsichtig einen Schluck der heißen Flüssigkeit.

«Und, Kulturschock?»

«Nee, gar nicht, im Gegenteil. Außerdem bin ich ja noch regelmäßig dort. Mein Freund und ich wechseln uns ab mit Fahren.»

«Ach! Aber kein Kollege, oder?» Marconi grinste.

«Auf keinen Fall, der arbeitet was Anständiges.» Eva lachte. «'ne Fernbeziehung zwischen Sankt Peter und München wäre deutlich komplizierter.»

«Wie gut, dass in München niemand auf mich wartet. Ich bin frei wie ein Vogel», sagte Marconi und musste dann an die krepierte Möwe denken, die im Schuppen auf ihn wartete. Er schlürfte hörbar. «Was ist das eigentlich für eine Tasse?»

«Ist von Jens und noch eine von den harmloseren», sagte Eva und zuckte die Achseln.

«Bei uns in München hätte es dafür schon Anträge für Schulungen gegen sexuelle Belästigung und Diskriminierung am Arbeitsplatz gehagelt», sagte Marconi, noch unschlüssig, ob er über die Tassen besorgt oder belustigt sein sollte.

«Wenn sich einer mit dieser Tasse nicht diskriminierend verdächtig macht, dann ist es Jens», entgegnete Eva lachend.

«Wieso?», wollte Marconi wissen.

Eva biss sich auf die Lippe. «Sind wir zum Quatschen hier oder willst du deinen Mörder finden?»

«Wenn ich mich entscheiden muss, dann schweren Herzens für Letzteres.» Er fuhr den Rechner hoch, was einige Sekunden dauerte.

«Sag mal, boykottierst du eigentlich unsere Uniformen? Du hast sie gar nicht an», erkundigte sich Eva.

Marconi stutzte. Die Uniform hatte er total vergessen. Sie hing noch an ihrem Bügel. «Dieses ganze nervige Equipment mit Waffenholster, Handschellen und Bodycam ist ja auch eine Zumutung. Kein Wunder, dass mein Gedächtnis keine Lust hat, mich daran zu erinnern, den Krempel anzuziehen.» Er ignorierte Evas vielsagendes Grinsen und spulte den Film der Überwachungskamera an die Stelle, an der ihn der Nachbar gestern Abend von seiner Aufgabe erlöst hatte. Auf den zwölf Bildern herrschte weiterhin eine Lethargie wie sonst nur auf dem Münchner Zentralfriedhof um Mitternacht.

Sie saßen schon gute eineinhalb Stunden vor dem Monitor, als Jens in der Tür erschien.

«Chef, wollte Bescheid geben, dass der Reporter Wort gehalten und nichts von der Harpune in der Zeitung erwähnt hat.» Als er Eva und Marconi nebeneinander konzentriert auf den Monitor starren sah, hielt er in der Bewegung inne. «Wenn du Probleme mit dem Computer hast, *ich* bin hier der IT-Fuchs auf der Polizeistation.»

Er kam um Marconis Tisch herum, und Eva klickte seufzend auf die Pausetaste. Jens' Blick fiel auf den Bildschirm, und Marconi konnte sehen, wie sich in seinem Gesicht erst Erstaunen abzeichnete, dann Erschrecken und schließlich Empörung.

«Bevor du dir in die Hose machst, Jens», begann Eva, «der USB-Stick ist längst bei der Kripo. Also alles im grünen Bereich.»

Jens deutete mit anklagend ausgestrecktem Zeigefinger Richtung Bildschirm. «Das nennst du grüner Bereich?» Sein Blick wanderte kurz zu Marconi und wieder zurück zu Eva. «Du hast vor ein paar Wochen die Polizeischule abgeschlossen und fängst schon an, der Kripo in die Ermittlung zu funken.» Er bemühte sich ganz offensichtlich, die Fassung zu wahren. «Du kopierst Beweismaterial auf einen Dienstrechner und spielst Miss Holmes. Das ist doch Mist.» Die Arme in die Hüften gestemmt, funkelte er Eva an. Doch Marconi ahnte, wem die Worte eigentlich gegolten hatten.

«Machen Sie sich keine Sorgen, ich weiß, was ich tue. Ich mache das schon etwas länger», sagte er beschwichtigend. Zum einen, weil er wusste, dass Jens recht hatte. Zum anderen, weil er Ärger an seiner neuen Arbeitsstelle vorerst vermeiden wollte. «Und wenn etwas schiefläuft – was es nicht wird – übernehme ich als Dienststellenleiter die Verantwortung.»

«Macht, was ihr wollt.» Jens hatte sich umgedreht und war schon fast aus dem Zimmer. «Je weniger ich weiß, desto besser.» Und damit war er verschwunden. Kurz darauf hörten sie die Tür ins Schloss fallen und ein Auto mit quietschenden Reifen vom Hof fahren.

«Der kriegt sich auch wieder ein», meinte Eva und startete das Video erneut.

«Woher wollen Sie das wissen?» Marconi sah seine Kollegin skeptisch an. «Sie sind doch auch erst seit Kurzem hier.»

«Ich habe vor meiner Ausbildung ein Praktikum hier gemacht und war Jens zugeteilt. Und während meiner Ausbildung in Berlin war ich mit ihm nach Feierabend gelegentlich ein Bier trinken.»

«Jens war auch in Berlin?», fragte Marconi verblüfft.

«Ich glaub, er dachte, er würde dort das große Glück finden. Aber frag ihn doch am besten selbst danach.»

«Sofern er sich denn tatsächlich wieder einkriegt.» Marconi wandte sich den Bildern der Überwachungskameras zu. Er deutete auf den digitalen Zeitcode, der kurz nach halb sechs anzeigte.

«Langsam kommen wir in den Bereich, in dem Enno nach eigener Aussage nicht auf seinem Posten gewesen ist.»

«Der Todeszeitpunkt von Krabbenfischer Klaus Olsen», murmelte Eva.

Nur sehr vereinzelt fuhren Kleinwagen in den Tunnel, der zwischen den mächtigen Sperrwerkstoren hindurchführte. Die Sonne war auf den Bildern noch nicht aufgegangen, weshalb sie bloß dank der wattstarken Beleuchtung der Straßenlaternen auf dem Deich und im Tunnel überhaupt etwas auf den Bildern erkennen konnten. Ein roter Kleinwagen bog vor dem Tunnel auf den Parkplatz mit dem Aussichtspavillon ab. Eva richtete sich auf und tippte mit dem Finger auf den Bildschirm.

«Familie Rohr öffnet ihren Pavillon erst um neun. Von denen ist das niemand!»

Sie blieben nicht sehr lange im Ungewissen, denn kurz darauf tauchte eine Gestalt vor dem Eingang zum zweigeschossigen Flachdachbau mit dem Aufenthaltsraum auf, in dem Marconi mit Enno gesprochen hatte. Marconi nahm an, dass es sich um Inken Kuper handelte. Enno hatte ihm Namen und Handynummer seiner Freundin genannt, dabei aber geradezu um Diskretion gefleht. Er sah die Frau, die vor allem durch die feuerroten Haare auffiel, mit dem Handy telefonieren. Enno kam die Treppenstufen herunter, küsste sie auf den Mund, schloss die Eingangstür auf und schob seine Freundin hindurch. Dann sah er sich nach allen Seiten um und warf zuletzt einen Blick direkt in die Kamera schräg über ihm, die die Szenerie festhielt.

Marconi war wahrlich kein Kind von Traurigkeit, und die Anzahl seiner Liebschaften hielt sich ungefähr die Waage mit der Anzahl seiner gelösten Mordfälle. Aber Affären mit verheirateten Frauen waren für ihn ebenso tabu wie Schäferstündchen während der Arbeitszeit. Erst recht im Gebäude des Arbeitgebers. Und selbst wenn er sich dazu hätte hinreißen lassen, hätte er sehr wahrscheinlich darauf geachtet, nicht von einer Überwachungskamera bei einem außerehelichen Abenteuer gefilmt zu werden. Wollte Enno etwa erwischt werden? Und wenn ja, warum?

«Stopp!», rief Marconi so laut, dass Eva neben ihm zusammenzuckte. «Zehn Sekunden zurück!»

Eva folgte der Bitte und ließ die Aufzeichnung erneut ablaufen. Als die Szene vorbei war, sah Marconi seine Kollegin an – und blickte in ein fragendes Gesicht. «Noch mal», sagte er und tippte diesmal auf den Bildausschnitt in der unteren Reihe, der den Bereich vor der Schleuse auf der Meerseite zeigte. Von einem Moment auf den anderen stoben unzählige Möwen und Schwalben auseinander, flatterten aufgeregt umher und ließen sich schließlich wieder auf dem schmalen Streifen vor dem Schleusentor nieder.

«Ich verstehe nicht ...» Eva kniff die Augen zusammen. Ihre Nasenspitze berührte beinahe den Bildschirm.

«Irgendjemand oder irgendetwas hat ganz offensichtlich ihre Nachtruhe gestört. Die Frage ist, wer oder was.»

«Ein Passant?», schlug Eva vor, klang dabei aber, als glaubte sie der Idee selbst nicht so ganz. «Die Harpune!», flüsterte sie kurz darauf und sprang vom Stuhl.

«Mag sein.» Marconi starrte nachdenklich auf den Bildschirm. «Haben Sie schon mal eine Harpune abgefeuert?»

Eva schüttelte den Kopf.

«Wie laut ist so ein Ding? Und klingt es wie ein Schuss, wenn man abdrückt?»

«Wären die Vögel aufgeschreckt, wenn's nicht so wäre?», entgegnete sie.

«Das ist die Preisfrage», warf Marconi ein. «Und die nächste lautet: *Wer* hat das Geräusch verursacht?»

Er ließ die Überwachungsbilder weiterlaufen. Eva setzte sich auf die Armlehne von Marconis Bürostuhl. Ein Mix aus Sonnencreme und Nordsee kitzelte ihn in der Nase. In den nächsten Minuten war nichts Ungewöhnliches zu sehen. Dann geschahen drei Dinge gleichzeitig: Inken Kuper und Enno traten wieder ins Freie. Während Enno sich mit einem flüchtigen Kuss auf die Wange von ihr verabschiedete und die Treppen zum Kontrollturm hinaufging, band sie sich noch die Schleife ihres Blümchenkleids um die Taille, warf einen Blick in ihren Schminkspiegel und ging dann gemächlich zu ihrem Auto. Währenddessen tauchte der Krabbenkutter im Sichtfeld der Kameras auf, wie er führerlos gegen das Schleusentor stieß. Einmal, zweimal, bis er sich irgendwann quer zwischen den beiden Schleusenwänden verkantete. Zeitgleich streifte etwas den Rand eines der Kamerabilder und verschwand nach weniger als einer Sekunde wieder aus dem Bild. Zunächst glaubte Marconi an eine Störung in der Übertragung. Er ließ die Sequenz zwei weitere Male ablaufen. Dann war er sicher.

8

Marconi macht Bekanntschaft mit den Pyramiden des Nordens

Werden meine Augen altersschwach oder sind das ein Bein, ein hellbrauner Schnürschuh und das Ende eines Mantels?» Marconi kreiste mit dem Zeigefinger um die betreffende Stelle auf dem Bildschirm. Das Standbild selbst war scharf, die Beleuchtung allerdings miserabel, denn alle Laternen zu beiden Seiten der Hafeneinfahrt waren ausgeschaltet, alle bis auf eine. Entweder wollte man Energie sparen, oder die Glühbirnen waren nach und nach ausgefallen und nicht ersetzt worden. Oder – und diese Möglichkeit behagte Marconi am wenigsten – jemand mit dem technischen Know-how dafür hatte die Lampen absichtlich ausgeschaltet.

«Puh, darauf würde ich keine Wetten abschließen!», entgegnete Eva.

«Darauf, dass das Schuh und Mantel sind oder dass ich alt werde?», hakte Marconi nach, ohne jedoch eine Antwort zu erwarten. Er klickte sich durch die Aufnahmen der anderen Kameras, um die Person aus einem besseren Blickwinkel zu sehen. «Gibt's doch nicht, dass nur diese eine Kamera etwas aufgezeichnet hat. Der muss doch irgendwo geparkt haben. Vom Sperrwerk aus sind es Kilometer bis zu den nächsten Wohnhäusern.»

«Stimmt.» Eva sah ihn nachdenklich an. «Alle umliegenden Parkplätze sind videoüberwacht.»

«Und keine Spur von dem Mantel», stellte Marconi fest.

«Sieht mir nach einem Trenchcoat aus», wandte Eva ein. «Und nicht gerade eines der Modelle, die gerade modern sind. Ich würde so ein Teil jedenfalls nicht tragen.»

Marconi überging ihre modische Analyse, kniff die Augen zusammen und nickte.

«Ist das jetzt ein Zeuge oder unser Täter?» Eva sah zwischen dem Standbild und Marconi hin und her.

«Ein Zeuge?» Marconi sah sie skeptisch an. «Wer ist denn um die Zeit am Sperrwerk? Außerdem hat sich niemand gemeldet, als wir den Aufruf nach Augenzeugen für den Mord gestartet haben.»

«Falls er da etwas Illegales veranstaltet hat, dürfte er kaum ein Interesse daran haben, sich bei uns zu melden», meinte Eva. «Wobei wir noch gar nicht wissen, ob das ein Mann oder eine Frau ist. Oder weder noch», sagte sie und fügte hinzu, als sie Marconis hochgezogene Augenbrauen sah: «Menschen mit nichtbinärer Geschlechtsidentität sind weder ganz oder immer weiblich noch ganz oder immer männlich. Pflichtseminar an der Polizeischule: Umgang mit inter-, nonbinären und Transpersonen.»

«Halten wir also fest: Wir haben einen mutmaßlichen Täter.» Mit einem Seitenblick auf seine Kollegin unterbrach er sich und fuhr dann fort. «Oder eine Täterin oder eine für die Tat infrage kommende Person mit nichtbinärer Geschlechtsidentität.»

Eva nickte zufrieden.

«Also: Wir wissen, dass sich um exakt fünf Uhr vierundvierzig eine Person mit braunen Schnürschuhen und mutmaßlichem Trenchcoat aus unmittelbarer Nähe des Tatorts entfernt hat. Wer das ist, woher die Person kam und wohin sie danach verschwunden ist, entzieht sich unserer Kenntnis.» Marconi führte den Becher mit den aufgezeichneten Brüsten an die Lippen und trank einen Schluck Kaffee.

Eva tat es ihm gleich und nickte. «Hast du eine Idee, wen wir dazu befragen könnten?»

«Offiziell dürfen wir keine Befragungen durchführen. Aber Zeit für einen Kondolenzbesuch sollten wir uns nehmen.» Er schaltete den Computer aus und griff nach dem Autoschlüssel. «Ich fahre, du navigierst.»

Hinter Tating bogen sie in Süderdeich auf einen schmalen Grünstreifen ab. Wie eine Fata Morgana ragte das reetgedeckte Haus aus der flachen Landschaft. Allein die Fläche des steil abfallenden, pyramidenartigen Daches musste mehr als tausend Quadratmeter groß sein, mutmaßte Marconi. Auf den Feldern, die das Grundstück umgaben, grasten ein Dutzend Kühe und mehrere Hundert Schafe. Eva hatte das Haus der Fischerfamilie als Haubarg bezeichnet und ihm erklärt, dass es sich dabei um die größten Bauernhäuser der Welt handelte, die es nur auf Eiderstedt gab. Und sie hatte nicht zu viel versprochen. In seinen übertriebenen Dimensionen kam ihm dieses Gehöft wie ein Ufo vor. Früher hatte sich hier offenbar alles im selben Haus befunden: Stauräume für die eingefahrene Ernte und das Heu, Kuhstall, Pferdestall, Wohn- und Schlafräume für den Bauern, seine Familie und die Bediensteten. Eine Kleinstadt unter einem Dach.

Haubarg Blumenhof, begrüßte sie ein Schriftzug an der

hellroten Backsteinmauer. Als sie den Haupteingang gefunden hatten und klingelten, stürzte sich, kaum dass die Tür geöffnet wurde, ein schwarzer Riese auf ihn. Marconi taumelte, weil das Ungetüm ihm auch noch die Pfoten auf die Schultern legte, als wäre er ein verloren geglaubtes Familienmitglied. In Kussdistanz sah er sich einer übel riechenden Schnauze voller Sabber gegenüber. Er hob die Hände, wie um einem Angreifer zu signalisieren, dass er unbewaffnet war.

«Kuddel! Nein! Aus!», befahl eine Stimme aus dem dunklen Flur.

Widerwillig ließ die Dogge von ihm ab, nur um zwischen ihm und Eva hin und her zu springen und dabei wild mit dem Hinterteil zu wackeln. Erwartungsvoll blickte das Tier sie an, bereit, allem nachzujagen, was sie warfen. Marconi, der nicht umsonst Einzelgänger war, hatte zu Haustieren weder eine Meinung noch ein Verhältnis. Eva strich dem Kalb von einem Hund über das glänzende Fell und bedachte ihren Vorgesetzten mit einem amüsierten Blick, während sich der junge Mann als Ole Olsen vorstellte, ein kräftiger Mann Anfang dreißig, hellgraue Augen, Mehrtagebart. Von Eva wusste Marconi, dass es sich bei ihm um Klaus' Sohn handelte.

Marconi erklärte ihm, warum sie mit ihm und seiner Mutter sprechen wollten, worauf dem jungen Olsen ein Stöhnen entfuhr. «Schon wieder? Eure Kollegen waren doch gestern erst da.»

Marconi nickte verständnisvoll. «Die sind von der Kripo und kümmern sich um die Ermittlungen. Wir sind von der Polizeistation in Sankt Peter und möchten uns erkundigen, ob wir etwas für Sie tun können.» In seinen Augen war das nur teilweise gelogen, schließlich half er ihnen, wenn er den Mörder des Familienoberhaupts ausfindig machte.

Sie durchquerten die Diele mit den dicken Holzbohlen und der barocken Truhe, passierten das auf 1878 datierte Ölgemälde des ursprünglichen Haubargs und einen grün gepolsterten Diwan. Neben einer antiquarischen Kommode döste auf einem Holzstuhl ein schwarzer Kater, den Marconi erst nach zweimaligem Hinsehen als Porzellanfigur identifizierte.

In der für ein so riesiges Haus überraschend kleinen Küche saß eine Frau mit rot geweinten Augen am Esstisch mit Blick auf den weitläufigen Garten. Petra Olsen hatte ein schmales Gesicht, das von mit grauen Strähnen durchzogenen blonden Haaren eingerahmt wurde, und dünne, zusammengekniffene Lippen. Jede Falte ihres unfassbar runzligen Gesichts zeugte von grenzenloser Erschöpfung. Marconi ging sicherheitshalber etwas in die Knie, um nicht an die Deckenbalken zu stoßen.

«Mein Beileid», sagte Eva, woraufhin die Frau die Augen schloss, als könnte sie so die Tatsache ungeschehen machen, dass ihr Mann tot war.

Marconi schloss sich der Beileidsbekundung an. Petra Olsen nahm sie mit der Andeutung eines Nickens zur Kenntnis. «Wie kommen Sie zu diesem ungewöhnlichen Haus?», begann Marconi, der nicht den Eindruck erwecken wollte, es handele sich bei ihrem Besuch um eine Ermittlung.

Petra Olsen warf ihm einen irritierten Blick zu, antwortete dann jedoch. «Klaus' Vorfahren waren Landwirte, mussten aber immer mehr Landfläche verkaufen.» Ihre Augen waren auf das Papiertaschentuch in ihren Händen geheftet. «Versoffen und verspielt haben sie alles.» Der abfällige

Tonfall in Ole Olsens Stimme verbarg nicht, was er von seinen Vorfahren hielt.

Ein Blick seiner Mutter ließ ihn verstummen. «Klaus hat dann gar kein Land mehr geerbt, nur den Haubarg. Er hat auf einem Krabbenkutter anheuern müssen, um wenigstens das Haus halten zu können.»

«War aber auch keine gute Idee», wandte Ole Olsen mit abschätzig verzogenem Mund ein. «So schlimm, wie die Kosten gestiegen sind und gleichzeitig die Preise für Krabben gesunken, ist immer weniger übrig geblieben. Und jetzt stehen wir vor dem Nichts, nur weil ...»

«Das ist nicht wahr, Ole», fiel seine Mutter ihm ins Wort. «Immerhin hatte dein Vater die Idee, den Haubarg umzubauen. Mit den Mieteinnahmen werden wir genug zum Leben haben, sobald die ersten Mieter eingezogen sind. Aber ich wüsste nicht, was euch das angeht», wandte sie sich an ihre Besucher. «Wir wollen einfach nur in Ruhe trauern.» Ihre Augen füllten sich mit Tränen.

Ole Olsen war mit zwei großen Schritten bei seiner Mutter, legte ihr eine Hand auf die Schulter und drückte sie behutsam. Die bis zur Ellenbeuge hochgekrempelten Ärmel seines Holzfällerhemds entblößten das Tattoo eines Drachen auf seinem linken Unterarm.

Während er seiner Mutter ein Glas mit Wasser aus der Leitung füllte und beide abgelenkt waren, nutzte Marconi die Chance und sah sich unauffällig in der Küche um. Sie war bieder eingerichtet, schlichte Schränke und Stühle, ein Bauernschrank mit altem Porzellan, Spitzendecken bedeckten nahezu alle Oberflächen. Auf einem gerahmten Foto auf einem Regalbrett posierte Klaus Olsen mit seinem Sohn. Marconi nahm das Bild in die Hand und betrachtete es. Olsen senior hatte einen Arm um seinen Sohn gelegt. Beide trugen olivfarbene Hosen aus PVC mit Hosenträgern, aber nur einer die Andeutung eines Lächelns im Gesicht. Ole Olsen sah aus, als hätte man ihn unter Androhung von Schlägen zu dieser Aufnahme genötigt.

Eva bedeutete ihm mit Blicken, das Foto wieder an seinen Platz zu stellen, doch stattdessen hielt Marconi es dem jungen Olsen unter die Nase. «Sie sind auch Fischer?» Eva seufzte.

Petra Olsen sprang auf. «Was erlaubt ihr euch?!» Dass sie Marconi bis knapp über den Bauchnabel reichte, hinderte sie nicht daran, ihm das Bild aus der Hand zu reißen. «Das reicht. Ich möchte, dass ihr geht.»

Unbeeindruckt musterte Marconi das Olsen-Duo.

«Haben Sie nicht eben noch erklärt, dass mit der Fischerei kein Geld zu verdienen ist?» Marconi zeigte auf den Bilderrahmen, den Petra Olsen noch immer an ihre Brust gedrückt hielt, die Lippen fest aufeinandergepresst. Blitze schossen aus ihren Augen in seine Richtung.

Stattdessen antwortete ihr Sohn: «Das heißt nicht, dass ich meinen Vater nicht unterstützt habe.»

«Das heißt, Sie fuhren normalerweise zusammen mit Ihrem Vater zum Fischen raus?»

«Normalerweise schon.»

«Aber an dem Tag nicht?» Marconi hätte den Mann am liebsten gepackt und geschüttelt, damit der sich nicht alles einzeln aus der Nase ziehen ließ.

«Ole hat am Vorabend von Klaus' Tod eine Grippe bekommen», schaltete sich Petra Olsen wieder ein. «Ich habe ihm die ganze Nacht Wadenwickel gegen das Fieber und den Schüttelfrost gemacht.»

«Deshalb war ich vorletzte Nacht nicht mit ihm draußen. Ausgerechnet. Ein unglücklicher Zufall.»

Marconi glaubte nicht an Zufälle. Das hatte er sich in den fünfzehn Jahren als Kripobeamter abgewöhnt. Aber er war nicht hier, um Verdächtigungen auszusprechen. «Kam das öfter vor, dass Ihr Vater alleine rausfuhr?», fragte er.

«Das war das erste Mal, ist ja eigentlich auch verboten», sagte Ole Olsen mit undurchdringlicher Miene.

«Wenn's verboten ist, warum war er dann draußen?», hakte Marconi nach.

«Mein Vater und Vorschriften?» Ole Olsen lachte. Seine Mutter bedachte ihn mit einem mahnenden Blick. «Warum habe ich das Gefühl, dass das hier kein Kondolenzbesuch ist?» Einige Sekunden war nur das regelmäßige Klackern einer Standuhr in einem der anderen Räume zu hören.

Eva räusperte sich schließlich. «Geht's Ihnen denn wieder besser?»

Ole Olsen nickte, seine zum Mittelscheitel gekämmten dunkelblonden Haare wippten bestätigend. «Muss wohl eine 24-Stunden-Grippe gewesen sein.»

Marconi spürte, ohne hinzusehen, dass Eva ihm einen Seitenblick zuwarf. «Hatte Ihr Vater Feinde?», wechselte er das Thema.

«Warum wollt ihr das eigentlich alles wissen?» Petra Olsen hatte die Fassade forcierter Aufgeräumtheit längst fallen gelassen und reagierte zunehmend aggressiv auf Marconis Fragen.

Marconi antwortete nicht sofort, sondern schaute sie einen Augenblick lang wortlos an. Mit unbewegter Miene hielt sie seinem Blick stand, straffte aber den Rücken, als würde sie sich wappnen.

«Wir wollen helfen», mischte sich Eva ein, und Marconi war sich nicht sicher, ob sie es beschwichtigend in Richtung der Olsens sagte oder ihm selbst einen Vorwurf machte.

Eine gewisse Fassungslosigkeit überzog Petra Olsens Gesicht, wich aber schnell wieder einer eisigen Miene. «Wir brauchen eure Hilfe nicht.»

Olsen junior trat hinter seine Mutter, legte seine Pranken auf ihre schmalen Schultern und drückte sie beschwichtigend. «Ich kann dir nur das Gleiche sagen, wie deinen Kollegen.» Er sah von Marconi zu Eva, die ihn abwartend musterten. «Von Feinden meines Vaters weiß ich nichts.»

«Die Erträge werden immer weniger, die Konkurrenz bestimmt immer härter», entgegnete Marconi. «Fällt Ihnen wirklich niemand ein, der Ihren Vater aus dem Weg haben wollte?»

Er sah Ole Olsen die Frage verarbeiten. «Er war doch nur ein einfacher Krabbenfischer. Was für Feinde sollte er sich denn gemacht haben, stimmt's Mama?» Ole warf seiner Mutter einen Blick zu, der Marconi fast beschwörend vorkam.

Petra Olsen stand auf, ließ Wasser aus der Leitung in ihr inzwischen leeres Glas laufen, trank, räusperte sich, setzte sich und trank erneut. «Klaus hatte keine Feinde.»

Eva sah die Frau mitleidig an. Marconi horchte in sich hinein, doch der Zeiger auf seinem Empathiebarometer zeigte keine Regung. Irgendetwas stimmte hier nicht, entweder lag es an diesem Ungetüm von Haus oder der Darbietung der Hinterbliebenen.

«Kein Ärger mit Kollegen?» Als das keine Reaktion hervorrief, änderte Marconi seine Taktik. «Wenn Sie uns mit einem Namen versorgen, sind wir weg, und Sie können endlich in Ruhe trauern.»

Ole Olsen richtete sich auf und drückte die Schultern durch. Er öffnete nacheinander mehrere Schubladen des Küchenschranks, wühlte darin herum, griff nach einer Schachtel Zigaretten, nahm eine heraus und zündete sie sich an. Seine Augen begegneten dem vorwurfsvollen Blick seiner Mutter. Er zog noch einmal heftig an der Zigarette, den Rest drückte er in der Spüle aus, während er den Rauch ausstieß, wie der Drache auf seinem Arm. «Falls Sie einen Bösewicht in dieser Geschichte suchen, dann ist das wohl Henning Voss.» Die Worte vermischten sich mit dem Geruch von verbranntem Tabak. Marconi zwang sich, nicht zu husten. Er sah fragend zu Eva und erhielt ein Schulterzucken als Antwort, weshalb der Fischer sich bemüßigt fühlte weiterzureden. «Der bringt alles durcheinander. Bedroht hier alle Fischer, nicht nur meinen Vater.»

Eva rutschte auf ihrem Stuhl nach vorn. «Bedrohen?»

Olsen nickte nachdrücklich. «Er ist der einzige Krabbenfischer in Nordfriesland, der nicht mit Schleppnetzen arbeitet, sondern mit Stromstößen.»

«Er fischt mit Strom?», echote Marconi.

Olsen verlieh seinen Worten Nachdruck, indem er mit dem Zeigefinger auf den Esstisch pochte. «Seine Netze senden über Elektroden Stromschläge ins Wasser. Stellen Sie sich eine Hinrichtung durch einen elektrischen Stuhl vor, tausendfach.»

«Davon habe ich schon mal gehört!», bestätigte Eva eifrig nickend, und fast gleichzeitig fragte Marconi: «Und das ist legal?»

«*Noch* ist es legal. Mein Vater hatte mit einem Rechtsanwalt eine Klage vorbereitet, um die Elektrofischerei in Deutschland gerichtlich verbieten zu lassen. Dafür hatte er bereits die Unterstützung aller anderen ansässigen Fischer.»

War es so einfach? Hatten sie ihr Mordmotiv etwa schon gefunden? Marconi sah an Evas Blick, dass sie dasselbe dachte.

«Und deshalb hat Voss deinem Vater gedroht?» Eva notierte sich etwas in ihrem Notizbuch, mutmaßlich den Namen des Elektrofischers.

«‹Wenn du mich fertigmachen willst›, hat er meinem Vater gesagt, ‹dann mach ich dich erst recht fertig, und zwar vorher.› Ich kann das bezeugen, ich war dabei.»

Und wenn Klaus etwas war, dann fertig. So fertig, wie man nur sein konnte, dachte Marconi.

9

Eine Demo verläuft nicht wie geplant

Dilan richtete seinen Blick auf die kleine Schar von Demonstranten, die sich im Binnenhafen versammelt hatte. Er war noch nie zuvor hier gewesen und nun froh, dass die Umweltschutzorganisation *GreenPlanet* Husum für ihre Protestaktion auserkoren hatte, denn die vielen Touristen würden dafür sorgen, dass ihr Anliegen genug Aufmerksamkeit erhielt. Einige Jugendliche hatten Pappen mit Sprüchen beschriftet. Eine Gruppe älterer Männer und Frauen hielt Holzstiele in den Händen, an denen sie aufwendig hergestellte Schilder befestigt hatten. Sein Blick fiel auf Merle, die gerade ein Spruchband ausrollte, das sie in der ersten Reihe mit weiteren Mitstreitern tragen wollte.

Sie winkte ihn zu sich und drückte ihm einen Teil des Lakens in die Hand, auf dem mit roter Farbe gepinselt stand: «Schluss mit der Zerstörung des Wattenmeers! Keine Fischerei in geschützten Gebieten! Rettet das Ökosystem!»

Ein junger Mann mit kurzen blonden Locken, die sein sommersprossiges sonnengebräuntes Gesicht fast wie ein Gemälde umrahmten, stellte sich neben Merle, in der linken Hand das Spruchband, in der rechten ein Megafon, das er sich nun vor den Mund hielt.

«Danke, dass ihr gekommen seid und allen, die nicht

hier sind, um sich fürs Klima einzusetzen, den Mittelfinger zeigt.»

Vereinzelt waren Trillerpfeifen zu hören.

«Ich bin Fabian von der *GreenPlanet*-Ortsgruppe aus Sankt Peter-Ording und das hier ...», er zeigte auf einen Mann in seiner Nähe, dessen dunkles, mit grauen Strähnen durchzogenes Haar zu einem Pferdeschwanz gebunden war, «... ist Rainer, er leitet die Husumer Ortsgruppe.»

Rainer winkte in die Menge, während Fabian weitersprach.

«Ihr wisst, warum wir heute hier sind. Die Leute sollen eine Sache verstehen: Während sie an der Nordsee Urlaub machen, ein Eis essen und sich über die hübschen Boote hier im Hafen freuen, durchpflügen draußen im Watt Fischer den Meeresboden. Dabei zerstören sie ganz legal das Ökosystem, sogar in ausdrücklich geschützten Gebieten.»

Aus der etwa dreißigköpfigen Gruppe waren Buhrufe zu hören.

«Die Bundesregierung darf nicht weiter zusehen, wie schwere Schleppnetze das Ökosystem in Schutzgebieten zerstören. Solche Verbote sind schon seit Jahren angekündigt, aber offensichtlich fehlt der politische Wille, das auch in die Tat umzusetzen und die Meere tatsächlich zu schützen!»

Die Buhrufe und Trillerpfeifen wurden lauter, empörter.

«Wir machen der Politik jetzt Beine.» Fabian legte eine Kunstpause ein und rief dann ins Megafon: «Rettet das Wattenmeer, rettet die Welt!»

«Rettet das Wattenmeer, rettet die Welt!», skandierte die Gruppe im Chor. Die Schilder und Transparente der Demonstranten klärten die wachsende Gruppe an Schaulustigen über weitere Gründe ihrer Anwesenheit auf. «Stoppt die Überfischung, stoppt den Wahnsinn!», stand auf einem Schild, «Erst wenn der letzte Baum gerodet, der letzte Fluss vergiftet, der letzte Fisch gefangen ist, werdet ihr merken, dass man Geld nicht essen kann», auf einem weiteren.

Dilan beobachtete das alles wie in einem Rausch. Teil dieser Gruppe zu sein, die sich für das UNESCO-Welterbe Wattenmeer einsetzte, für eine gute Sache kämpfte, noch dazu Seite an Seite mit Merle, ließ die Endorphine in seinem Körper tanzen. Etwas strich an seinem Arm entlang. Als er nachsah, entdeckte er eine Teenagerin in weißem Strickpulli und mit einem neongrünen Haargummi im dunkelbraunen Haar. Sie hatte sich zwischen ihn und Merle in die erste Reihe gestellt, hielt das Banner mit grimmigem Gesicht in den Händen. Ein Pressefotograf stellte sich vor die Demonstrierenden, ging in die Knie, und Dilan hatte den Eindruck, dass er vor allem das Mädchen in den Fokus nehmen wollte. Dilan sah sich um, konnte aber niemand entdecken, zu dem es gehörte.

Zehn Minuten später setzten sich die Demonstrierenden in Bewegung und folgten zwei Polizisten auf der vorab besprochenen Route vom Binnenhafen Richtung Außenhafen. Menschen säumten ihren Weg, blieben stehen, applaudierten. Einige machten Fotos mit ihren Smartphones. Dilan war nach lächeln zumute, doch ein Blick in Merles entschlossenes Gesicht ließ ihn davon absehen.

Sie waren am Außenhafen angelangt. Ein Frachtschiff löschte an einem der hochhaushohen Getreidesilos gerade seine Ladung. Ein Segelschiff begleitete die Demonstrierenden ein Stück auf seinem Weg in die Nordsee. Ohne für Dilan erkennbaren Grund wurde der Zug langsamer. Erst als Fabian eine Faust in die Höhe reckte und rief «Ein Kilo Krabben, neun Kilo Beifang!», begriff er. Ihr Zug war neben zwei Krabbenkuttern zum Stehen gekommen. Von dem einen wurden gerade Kisten voller Krabben an Land gehievt. Am Kutter daneben verkauften drei Frauen Fischbrötchen.

Das Mädchen neben ihm buhte aus Leibeskräften, und die Kunden, die in der Schlange anstanden, drehten sich erschrocken um. Mehrere Menschen hinter Dilan taten es ihr gleich, buhten und riefen: «Ein Kilo Krabben, neun Kilo Beifang!», so laut sie konnten. Dann hörte er eine Frau schreien. Plötzlich warfen zwei Demonstranten ihre Schilder von sich und rannten in entgegengesetzte Richtungen davon. Andere taten es ihnen gleich und verließen eilig das Hafengelände. Irritiert sah er sich um. Zwei Polizisten stürmten auf Dilan zu und an ihm vorbei. Das Mädchen drückte sich verschreckt an ihn und deutete auf die beiden Kutter neben ihnen. Mehrere Farbflecke aus rotem Lack waren auf der Bordwand zu sehen. Eine Verkäuferin auf dem Fischbrötchen-Boot hielt sich mit schmerzverzerrtem Gesicht den Brustkorb. Auf ihrer Schürze war ein weiterer Farbbeutel geplatzt. Ein Polizist sprach aufgeregt in das Funkgerät an seinem Schulterholster. Der andere nahm das Megafon, das achtlos auf den Boden geworfen worden war, und wandte sich an die Demonstrierenden.

«Hier spricht die Polizei. Ihre Versammlung hat gegen das Friedlichkeitsgebot verstoßen und sich zudem der Sach- und Personenschädigung schuldig gemacht. Die Veranstaltung ist hiermit beendet. Wir werden die Personalien aller Anwesenden aufnehmen, danach gehen Sie bitte friedlich nach Hause.»

Dilan vernahm einige Buhrufe, blickte aber in überwiegend fassungslose Gesichter. Merle dagegen sah zufrieden aus. Ganz anders als die Teenagerin, die sich nach wie vor an ihn drängte. Die Augen weit aufgerissen, sah sie auf die Polizisten. In ihrem Gesicht spiegelte sich blanke Panik wider.

10

Marconi fragt sich, ob Tiere nachhaltig getötet werden können

Marconi hatte direkt weiterfahren wollen zu Henning Voss. Doch Eva bestand darauf, an ihrer Wachstation abgesetzt zu werden. Zum einen, weil sie Jens nicht allzu lange mit der Besuchergruppe aus Sommerloch allein lassen wollte. Zum anderen, weil sie dringend einigen Dingen nachgehen müsse, wie sie sagte. Auf der Fahrt zurück nach Sankt Peter-Ording forschte sie für Marconi nach Voss' Handynummer. Nach einem kurzen Telefonat wussten sie, dass der Krabbenfischer mit seinem Kutter gerade in den Hafen zurückgekehrt war. Also setzte Marconi seine Kollegin ab und machte sich dann auf den Weg ins vierzig Autominuten nördlich gelegene Husum.

Elektrofischer Henning Voss war ein freundlicher Mann in Marconis Alter, offensichtlich gestählt von seiner Arbeit auf hoher See. Man sah ihm die Stürme ebenso an wie die Hochsommertage. Die pralle Sonne hatte sein Gesicht gegerbt, die salzige Luft die Haut glatt geschmirgelt, der zum modischen Undercut rasierte Haarschnitt und der rötlich schimmernde Vollbart waren von der Sonne gebleicht.

Nachdem Marconi auf den blau-weißen Kutter gestiegen

war und sich mit Namen und Dienstrang vorgestellt hatte, packte Voss seine Hand wie ein Tau bei Sturm auf hoher See. Er schien zwar überrascht über Marconis Fragen zu seiner Arbeit, gab aber freundlich Auskunft. Bereitwillig erklärte er ihm, dass er als bislang Einziger im gesamten Nationalpark Wattenmeer nicht mit Schleppnetzen fischte. «Das erregt natürlich immer erst mal Misstrauen, wenn einer was anderes macht als die anderen. Klar», sagte Voss, nahm einen Schluck Kaffee und bot auch Marconi etwas aus seiner Thermoskanne an. Sie setzten sich, und Marconi nahm dankbar den Becher entgegen, den Voss ihm reichte. Die Sonne ließ sich heute wie an den zurückliegenden Tagen nicht blicken. Immerhin hatten die tief hängenden grauen Wolken über ihnen das Regnen vorübergehend eingestellt.

«Als du dich vorgestellt hast, dachte ich, du wolltest mit mir über Klaus reden. Ich habe davon in der Zeitung gelesen.» Voss sah bekümmert an dem gelben Mast seines Bootes vorbei in die Ferne zur hiesigen Schleuse. «Echt schrecklich. Wie ist er denn gestorben? Davon stand nichts in der Zeitung, ich vermute aus ermittlungstaktischen Gründen?»

Marconi hatte nicht vor, Voss die Hintergründe zu liefern. «Ich verschaffe mir gerne ein umfassendes Bild. Erzählen Sie mir von Ihrer Arbeit. Wie funktioniert das genau?», lenkte er ab.

«Das ist kein Hexenwerk und relativ schnell erklärt.» Voss löste seinen Blick vom Husumer Sperrwerk und widmete seine Aufmerksamkeit nun dem Gast an Bord seines Schiffes. «Über Elektroden werden Stromschläge ins Wasser geleitet. Dadurch schrecken die Krabben am Meeresboden auf, zucken zusammen und springen durch den elektrischen Impuls hoch. So kann ich sie in einigem Abstand über dem Grund abfischen.»

«Aber warum der Aufwand? Was macht Ihre Methode denn so viel besser als die konventionelle Fischerei?»

«Alles», entgegnete Voss. «An den herkömmlichen Schleppnetzen hängen schwere Eisenketten oder Rollen, die über den Meeresboden gezogen werden. Denn Krabben oder Plattfische buddeln sich ein und müssen erst ausgegraben werden. Mit der Elektromethode wird der Meeresboden komplett verschont und weder Pflanzen noch Lebewesen getötet.»

«Das klingt fast zu schön, um wahr zu sein», merkte Marconi an. «Wenn's so einfach wäre, würden es doch alle machen, und die Politik hätte diese Art der Fischerei längst gefördert.» Er nahm einen Schluck aus dem Becher und beobachtete sein Gegenüber aufmerksam.

«Ich verstehe es doch auch nicht!» Voss warf den freien Arm in die Luft und schlug sich damit auf den Oberschenkel. Er sprach eine Spur zu laut, als müsste er sich fortwährend gegen die Unwägbarkeiten des norddeutschen Wetters Gehör verschaffen, oder gegen seine Kritiker. «Mein Großvater hat auf die herkömmliche Weise gefischt, mein Vater auch und sogar ich habe es die vergangenen zweieinhalb Jahrzehnte so gemacht, seit ich fünfzehn war. Dann habe ich gehört, dass die Elektrofischerei umweltfreundlicher und lukrativer ist und meinen Kutter umgerüstet. Das hat mich knapp hunderttausend Euro gekostet. Seitdem brauche ich ein Viertel weniger Kraftstoff, weil die schweren Netze nicht mehr über den Boden schleifen.» Voss sprach mit tiefer Stimme, sachlich, aber nicht unemotional und mit einer Offenheit, die Marconi von einem Seebären nicht erwartet hätte.

Er war der Ansicht, nun ausreichend im Bilde zu sein, um zum eigentlichen Grund seines Besuchs zu kommen.

«Warum soll die Elektrofischerei dann verboten werden, wenn es nur Argumente dafür gibt?»

«Verboten?» Voss sah Marconi erstaunt an. «Warum sollte sie verboten werden?»

«Klaus Olsen wollte immerhin gegen Sie klagen.»

«Der alte Olsen gegen mich klagen? Warum sollte er?

«Sie haben ihm nie deshalb gedroht?» Marconis Stimme hatte eine Schärfe bekommen, die seinem Gegenüber nahelegte, sich die nächsten Worte besser gut zu überlegen. Offenbar hatte Voss die Botschaft verstanden.

«Gedroht hab ich ihm nicht, aber ...»

«Sie haben nicht gedroht, ihn *fertigzumachen*?»

Henning Voss zuckte fast unmerklich zusammen. An Bord war es soeben ein paar Grad kälter geworden. Und das lag nicht nur an der Windbö, die die Fangnetze in Bewegung brachte.

«So langsam fällt bei mir der Groschen, dass du doch mit mir über Klaus reden willst. Du verdächtigst mich, ihn umgebracht zu haben.»

«Haben Sie?», erkundigte Marconi sich.

Voss hatte schon den Mund geöffnet, um zu antworten. Dann hielt er jedoch inne und ein neuer Ausdruck schlich sich in sein Gesicht. «Von welcher Mordkommission sagtest du, kommst du? Kripo Kiel oder Kripo Flensburg?»

Im Grunde hatte Marconi mit dieser Frage gerechnet, aber nun war er doch überrumpelt. Ihm wurde heiß.

«Ich ermittle ...» *nicht offiziell*, hatte Marconi schon sagen wollen, sich aber gerade noch gebremst. «... nicht, ich gehe nur Hinweisen nach, die mir gemeldet wurden. Dazu bin ich als Gesetzeshüter verpflichtet.» Er hörte selbst, wie lahm das klang, wollte vor Voss aber nicht klein beigeben.

«Ich mache dir einen Vorschlag.» Das listige Lächeln des Fischers behagte Marconi nicht. «Ich rufe die Tage mal deinen Vorgesetzten bei der Kripo an. Und danach können wir gerne unsere nette Unterhaltung fortsetzen.»

11

Marconi verliert die Fassung

Marconi ärgerte sich über sich selbst. Wie hatte er sich so in Henning Voss täuschen können? Erst gab der Elektrofischer bereitwillig Auskunft, dann drohte er unverhohlen, ihn anzuschwärzen. War er bei der Befragung zu aggressiv vorgegangen? Sollte er die Kripo benachrichtigen, damit die Kollegen Voss auf den Zahn fühlten? Oder war nach wie vor Ole Olsen die vielversprechendere Spur? Aber sie hatten nichts gegen ihn in der Hand. Marconi war so tief in Gedanken versunken, dass er hinter der Ortsausfahrt von Husum eine Abzweigung verpasste und plötzlich vor einem Maschendrahtzaun stand, der an einen Flugplatz grenzte. Er wendete und wollte gerade wieder auf die Bundesstraße abbiegen, als sein Handy klingelte. Beim Blick auf das Display erhöhte sich augenblicklich sein Puls. War es am Vortag die Leiterin von Stefanos Schule gewesen, die ihn anrief, zeigte sein Display nun «Klaras Schule». Er nahm ab.

«Ist etwas mit Klara?»

«Sagen Sie es mir.» Die unfreundliche Person stellte sich als eine der Sekretärinnen heraus.

«Ist sie denn nicht in der Nachmittagsbetreuung?» Marconi konnte die Sorge in seiner Stimme nicht verhehlen.

«Dann hätte ich wohl kaum angerufen.» Marconi fragte sich, ob er der Frau schon einmal begegnet und ihr aus Versehen auf den Fuß getreten war.

«Ich verfüge ja über einige bemerkenswerte Fähigkeiten, aber Hellsehen und Gedankenlesen gehören nicht dazu. Jedenfalls nicht, als ich es zuletzt versucht habe.» Da es in der Leitung daraufhin still blieb, unternahm Marconi einen neuen Anlauf. «Ist etwas mit Klara?»

«Wie ich bereits sagte, sie ist nicht im Hort erschienen.»

«Aber ich hatte sie doch angemeldet!» In Marconis Stimme mischte sich zur Sorge auch eine Spur Empörung.

«Das ist mir schon klar.» Es folgte ein Schnauben. «Aber der Hort ist ein Angebot, keine Verwahrungsanstalt. Wenn Klara entschieden hat, nicht hierherzukommen, sind wir lediglich dazu angehalten, die Erziehungsberechtigten zu informieren.»

Marconi musste sich zusammenreißen, seine fraglos gute Kinderstube nicht zu vergessen. «Wenn Klara nicht im Hort ist, wo ist sie dann?»

«Bin ich erziehungsberechtigt oder Sie?», fragte die Stimme schnippisch. Marconi hatte genug, er drückte den Anruf weg. Hinter ihm hupte es. Er stand noch immer mit gesetztem Blinker an der Kreuzung, und jemand wollte vorbei. Marconi schaltete das Warnblinklicht ein, nahm das Handy und stieg aus. Er rief zu Hause an, doch nach dem zwanzigsten Klingeln legte er wieder auf. Eva schien ihr Telefon ausgeschaltet zu haben. Jens dagegen ging beim ersten Klingeln ran.

«Mein Kind ist weg!» Marconi rief in den Hörer und weil Jens nicht reagierte, noch einmal: «Klara, sie ist weg!»

«Wie, weg?»

Jens' Begriffsstutzigkeit brachte ihn noch mehr auf die Palme. «Sie war im Hort angemeldet, ist aber nie dort aufgeschlagen. Und ich bin in Husum …»

«Was machst du in Husum?», unterbrach Jens ihn misstrauisch.

«Ist doch jetzt egal. Kannst du bei mir vorbeifahren und nachsehen, ob Klara im Garten ist? Ich brauche noch eine halbe Stunde.»

«Klar, gib mir die Adresse.» Jens versprach, sich zu melden, sobald er nachgesehen hatte. «Wird schon nichts passiert sein.»

«Hoffentlich», war alles, was Marconi herausbrachte. Er hatte ein ungutes Gefühl, was ihm, dessen Leben bislang trotz seines Berufs weitgehend aus Sorglosigkeit bestanden hatte, nicht ähnlichsah. Er kannte keine von Klaras Freundinnen, wusste nicht einmal, ob sie überhaupt welche hatte. Wusste nicht, wen er anrufen konnte. Ihm blieb nur, zu ihrer Schule zu fahren und die Mädchen im Hort nach ihr zu fragen. Er sprang in seinen Wagen, würgte ihn beim ersten Versuch ab und fuhr mit quietschenden Reifen auf die Landstraße.

Zehn Minuten später war er gerade in Witzwort erneut falsch abgebogen und wendete den Wagen auf dem Parkplatz des örtlichen Friedhofs, als sein Handy klingelte.

«Keine Spur von ihr rund um euer Haus», sagte Jens und Marconi versuchte, den besorgten Tonfall in seiner Stimme zu ignorieren. «Der Nachbar meinte, er hätte sie den ganzen Tag noch nicht gesehen.»

«*Cazzo*!», entfuhr es Marconi, und er trat das Gaspedal noch heftiger durch.

«Fällt dir ein, wo ich sie noch suchen könnte?», wollte Jens wissen.

«Was weiß denn ich?» Marconi überholte in einem riskanten Manöver einen Traktor mit Anhänger und scherte gerade noch rechtzeitig vor einem entgegenkommenden VW Beetle wieder ein. «Entschuldige, aber ich kann gerade nicht klar denken.»

«Schon gut.»

Marconi konnte nicht heraushören, ob Jens beleidigt war, weil er ihn angeraunzt hatte. «Ich brauche noch zwanzig Minuten bis zu Klaras Schule. Kannst du den Weg zwischen dem Gymnasium und unserem Haus in Böhl noch einmal abfahren und nach ihr Ausschau halten?»

«Klar. Nur weiß ich leider nicht, wie Klara aussieht. Hast du ein Fahndungsfoto? Äh ... ich meine, ein Bild von ihr?»

Marconi musste verneinen. Da fiel ihm etwas ein. Er trat auf die Bremse, fuhr rechts ran, stellte das Warnblinklicht an und ignorierte den Traktor, der mit mehreren lang gezogenen Hupgeräuschen an ihm vorbeifuhr. Er zückte sein Handy und scrollte in den WhatsApp-Nachrichten bis ganz nach unten. Die älteste Nachricht, die sich in seinem Eingang befand, war von Gesa, seiner verstorbenen Schwägerin. Sie hatte ihm wenige Wochen vor ihrem Tod ein Bild geschickt, von ihrer wunderbaren kleinen Familie: Nevio, Klara, Stefano und sie selbst saßen in einem Strandkorb und strahlten um die Wette. Er ignorierte das Ziehen zwischen Magengrube und Brustkorb, das der Anblick dieser Familienidylle bei ihm verursachte.

«Ich schicke dir ein Bild aufs Handy, ist allerdings schon fünf Jahre alt. Klara ist jetzt zwölf.»

«Ich halte einfach nach einem Mädchen in dem Alter Ausschau», schlug Jens vor.

Als Jens auflegte, war Marconi froh, dass er nicht die offensichtliche Frage gestellt hatte: warum er als Onkel kein aktuelles Bild seiner Nichte besaß.

Kurz darauf passierte er den *Haubarg Blumenhof*, war aber so abgelenkt, dass er keinen Gedanken an Ole Olsen und seinen toten Vater verschwendete. Die Sorge um Klara nahm seine Gedanken komplett in Beschlag. Wo war sie? War sie zu Stefanos Schule gegangen? Oder weggelaufen? Das erschien ihm unwahrscheinlich. Stefano würde sie nicht zurücklassen. Und während er das dachte, kam ihm ein noch schlimmerer Gedanke. Hatte sie Stefano von der Schule abgeholt und war gemeinsam mit ihm abgehauen? Bloß, wohin hätten sie gehen können? Verdammt, warum wusste er auch so wenig von ihrem Leben?

Es grenzte an ein Wunder, dass er auf seiner Fahrt nach Sankt Peter nicht ein einziges Mal geblitzt wurde. Zwanzig Stundenkilometer zu schnell fuhr er durch die verkehrsberuhigte Zone in Sankt Peter-Dorf und parkte vor Klaras Schule. Kopfschüttelnd nahm Schulleiterin Uta Hagen seinen Wunsch zur Kenntnis, mit den Teenagern im Hort zu reden.

«Ich mache das!» Sie erhob sich von ihrem Stuhl.

«Lassen Sie mich wenigstens mitkommen!»

«Auf keinen Fall. Ich will nicht, dass die Kinder ihren Eltern erzählen, dass die Polizei hier war auf der Suche nach einem vermissten Mädchen.»

«Hauptsache, der Ruf bleibt intakt, was?»

«Wollen Sie jetzt meine Hilfe oder nicht?»

«Jaja, schon gut.» Marconi ging voran zur Tür und hielt sie Uta Hagen auf. «Ich warte. Beeilen Sie sich!» Als ihn ein vorwurfsvoller Blick streifte, schob er mit einiger Mühe ein «Bitte» hinterher.

Niemand im Hort wusste, wo Klara war. Niemand hatte sie weggehen sehen oder eine Idee, wo sie sein konnte. Das Gleiche bekam Marconi auch von Stefanos Schulleiterin zu hören.

«Weißt du, wo deine Schwester ist?», erkundigte sich Marconi bei Stefano so behutsam, wie es unter den Umständen möglich war.

Stefano sah ihn erschrocken an und schüttelte den Kopf.

«Hatte sie nach der Schule etwas vor?»

Wieder nur ein Kopfschütteln.

Marconi ging auf die Knie, fasste den Jungen sanft an beiden Schultern und sah ihm eindringlich in die Augen. «Es ist wichtig, dass du mir sagst, wenn du etwas weißt, Stefano. Du fällst Klara nicht in den Rücken, wenn du mir verrätst, wo sie ist.»

Stefanos Augen füllten sich mit Tränen. «Ist Klara etwas passiert?»

«Nein.» Marconi räusperte sich. Er wollte den Jungen nicht beunruhigen, aber anlügen auch nicht. «Ich weiß es nicht», sagte er. «Deshalb will ich sie ja finden. Du hast keine Idee, wo sie sein könnte? Niemand kennt sie besser als du.»

Eine einzelne Träne rann Stefano über die Wange. Der Gedanke, was er mit seinen acht Jahren schon durchgemacht hatte, schnürte Marconi die Kehle zu.

«Ich weiß wirklich nichts.» Stefano war von einem lautlosen Weinen zu einem Wimmern übergegangen.

«Ich glaube dir.» Marconi strich dem Jungen die Tränen von der Wange. «Wir finden Klara. Hilfst du mir?»

Stefano zog die Nase hoch. Marconi gab ihm ein Papiertaschentuch, in das er sich geräuschvoll schnäuzte. «Ich gebe dir Geld für den Bus. Kannst du alleine nach Hause fahren und bei den Nachbarn bleiben, bis ich mit Klara zurück bin?»

Stefano überlegte kurz und nickte dann entschlossen.

«Gut. Ich rufe Harzmeiers an und sage, dass du gleich vorbeikommst.»

Kurz hatte er den Impuls, den Jungen an sich zu drücken, strich ihm stattdessen aber eher unbeholfen über den Kopf. «Mach dir keine Sorgen», sagte Marconi beim Hinausgehen. «Klara würde dich nie allein lassen.»

12

Marconi hält eine Grabrede

Es waren Stunden vergangen seit dem Anruf von Klaras Schulleiterin. Stunden, in denen niemand Klara gesehen oder von ihr gehört hatte. Inzwischen hatte Jens Eva erreicht und gemeinsam arbeiteten sie die Liste mit Klaras Freundinnen ab, die ihnen Uta Hagen zusammengestellt hatte. Zum Kloß in Marconis Hals hatte sich ein weiterer in seiner Magengrube gesellt, der minütlich anzuschwellen schien, mit jedem Namen, den sie von der Liste strichen. Während Eva und Jens weiter am Telefon hingen, fuhr Marconi die großen und kleinen Straßen der Sankt Peteraner Ortsteile ab. Er sprach alle Passanten an, die er auf der Straße entdeckte. Doch niemand hatte ein Mädchen allein unterwegs gesehen. Mittlerweile reagierte sein Kopf mit pochendem Kopfschmerz auf die Situation. Er fuhr zur Polizeistation, um Eva nach einer Schmerztablette zu fragen, die immer noch das Telefon ans Ohr drückte und aufgeregt wirkte.

«Sicher, dass es sich um Klara handelt? Klara Marconi?»

Sein Herz machte bei diesen Worten einen Sprung. Auch Jens war aufgesprungen. Eva deutete auf den Hörer und reckte den Daumen, während sie dem Anrufer weiter zuhörte.

«Wie ist sie denn dahin ...» Eva unterbrach sich. «Ach, egal. Wir sind unterwegs.» Sie legte auf. «Sie haben Klara gefunden!»

«Wer?», fragte Jens.

«Wo?», fragte Marconi gleichzeitig.

«Sie war auf einer Umweltschützer-Demo in Husum. Weil einige Chaoten angefangen haben zu randalieren, wurde die Gruppe festgesetzt, und sie haben die Personalien notiert.»

«Husum?» Jens sah sie fassungslos an.

«Demo?» Marconi suchte in ihrem Gesicht nach Anzeichen, dass sie ihn auf den Arm nahm.

«Klara hat natürlich nicht randaliert. Aber sie konnte sich nicht ausweisen. Also haben die Polizisten sie mit aufs Revier genommen, weil sie weder ihren Namen noch den ihrer Eltern verraten wollte.»

«Das kann doch nicht wahr sein!» Marconi rieb sich mit beiden Händen durchs Gesicht. «Ich komme gerade aus Husum!»

Er stand schon am Ausgang, als Jens ihm hinterherrief: «Warte! Ich fahre mit dir.»

Marconi drehte sich um. «Warum? Den Weg finde ich. Lassen Sie mal.»

Jens, der schon nach seiner Jacke gegriffen hatte, sah aus, als hätte Marconi ihm eine Backpfeife verpasst.

«Sorry, das kam falsch rüber», unternahm Marconi einen zweiten Versuch, während er die Tür öffnete. «Sie haben den ganzen Tag über schon genug für mich geregelt. Und dafür danke ich Ihnen sehr, ebenso wie Ihnen, Eva. Gehen Sie heim, Sie haben seit zwei Stunden Feierabend. Ich schaffe das schon.»

Und damit war Marconi aus der Tür und kurz darauf mit dem Wagen vom Polizeigelände verschwunden.

«Ich betone noch einmal, dass deine Tochter sich nicht strafbar gemacht hat!»

Marconi hatte schon den Mund geöffnet, doch Klara kam ihm zuvor. «Ich bin nicht seine Tochter, ich kenne den Mann gar nicht.»

Marconi zückte Perso und Dienstausweis und bedachte Klara mit einem Seitenblick. «Ich bin erziehungsberechtigt, ob das gewissen Personen passt oder nicht.»

Der Polizist, der in der Husumer Polizeistation momentan alleine Dienst schob, bedachte Marconi mit in Falten gelegter Stirn.

«Die Alternative», sagte Marconi an Klara gewandt, «wäre, dass du hierbleibst, bis ein anderer Erziehungsberechtigter dich abholt.»

Ohne ihn anzusehen, stand Klara von dem Stuhl auf, auf dem sie geparkt worden war, und ging an ihm vorbei aus der Tür des Präsidiums – ein Rotklinkerhaus, das, wie Marconi nicht umhinkonnte zu registrieren, mindestens viermal so groß war wie seine eigene Dienststelle.

«Danke, dass Sie sich um meine Nichte gekümmert haben. Wird hoffentlich nicht wieder vorkommen.»

Mit einem wortlosen Gruß sah ihm der Polizist hinterher, bis er in seinen Wagen gestiegen war.

Die ersten zehn der insgesamt rund vierzig Kilometer sprach keiner von beiden ein Wort. Er spürte, wie sich Klaras Augen in seinen Rücken bohrten, doch immer, wenn er in den Rückspiegel sah, wich sie seinem Blick aus. Dutzende Fragen schossen ihm durch den Kopf und mindestens ebenso viele Anschuldigungen und Verwünschungen. Am liebsten hätte er ihr ein paar passende Takte zu ihrem Verhalten gesagt, aber er war sich sicher, dass sie dann erst recht dichtmachen würde.

«Dein Bruder und ich haben uns Sorgen gemacht.» Das war stark untertrieben, aber wenigstens kein Vorwurf. «Er wird sehr froh sein, dass dir nichts passiert ist.»

Im Rückspiegel sah er, dass sie aus dem Seitenfenster in die Dunkelheit schaute. Ihr weißer Strickpulli und die neongrünen Haargummis leuchteten schwach.

«Was war das denn für eine Demo?» Keine Reaktion. «Klara?»

Schließlich räusperte sie sich. «Naturschutz.»

Marconi wartete vergeblich, dass noch etwas hinterherkam. «Für oder gegen was genau?»

«Gegen die Zerstörung des Wattenmeers. Die Fischer machen das Watt mit ihren Netzen kaputt.» Das hatte er heute schon mal gehört. Trotzdem sagte er: «Das wusste ich nicht, magst du mir was darüber erzählen?»

Er sah, wie sie die Lippen zusammenkniff.

«Bitte, Klara. Ich möchte nicht dumm sterben. Was genau machen die Fischerboote mit dem Watt?»

Und dann erzählte sie, erst stockend, dann immer lebhafter, wie alles mit einem Referat für die Schule begonnen hatte. «Viele Nordseevögel verwechseln Plastikteile mit Essen und verbluten dann innerlich, weil der Kunststoff ihnen den Magen aufschlitzt. Und fast alle Fähren im Wattenmeer haben veraltete Dieselmotoren. Und für den Touristentransport müssen viele Schiffstraßen ständig ausgebaggert werden und machen so wertvolle Lebensräume kaputt. Die Menschen zerstören jeden Tag die Umwelt», machte Klara ihrer Empörung übersprudelnd Luft. «Dir kann das ja egal sein, du bist alt. Aber wenn Stefano und ich so alt sind, ist keine Natur mehr da, die wir schützen können!»

Marconi wollte etwas erwidern, aber Klara hatte sich in Rage geredet. «Seit zwei Jahren gehe ich zu jeder *Fridays-for-Future*-Demo in Sankt Peter-Ording. Und heute Morgen haben ältere Schüler von der Demo in Husum geredet. Deshalb bin ich nach der letzten Schulstunde mit dem Linienbus dahin gefahren.»

«Du hast recht, Klara», sagte Marconi, als sie zu Ende erzählt hatte. «Ich bin alt, uralt. Nächsten Monat werde ich 39, das ist schon kurz vorm Altersheim. Aber mir ist nicht egal, was mit diesem Planeten passiert. Deshalb finde ich es bewundernswert, dass du dich für eine gute Sache einsetzt.»

Klara, die offenbar noch immer damit rechnete, bestraft oder zumindest angeschrien zu werden, bedachte ihn mit einem skeptischen Blick.

«Ehrlich! Was glaubst du, warum ich Polizist geworden bin? Weil ich mich damals für eine gute Sache einsetzen wollte.»

«Und heute?» Die Frage kam zögernd.

«Heute glaube ich immer noch, dass ich für eine gute Sache kämpfe. Auch wenn ich manchmal streng zu anderen Menschen sein und darauf bestehen muss, dass sie sich an Regeln halten. Manche Regeln sind einfach wichtig, damit wir alle gut miteinander auskommen.»

Es begann zu nieseln. Marconi betätigte den Scheibenwischer.

«Wenn du gesagt hättest, was du vorhast, wären Stefano und ich vielleicht mitgekommen. Je mehr Menschen für eine wichtige Sache demonstrieren, desto mehr Aufmerksamkeit bekommen sie.»

«*Du* wärst mitgekommen?» Klara klang ungläubig, fast spöttisch.

«Warum nicht?» Er sah, wie sie die Schultern zuckte. «Dann hätte ich dich wenigstens beschützen können, als die Demo außer Kontrolle ...»

Klara fiel ihm ins Wort. «Das war ich nicht!»

«Das weiß ich doch, Klara. Aber gefährlich war es trotzdem. Wenn dich ein Farbbeutel im Gesicht trifft, kannst du ein Auge verlieren.» Er wusste nicht, ob es klug war, so ein krasses Beispiel zu wählen. Aber Abschreckung war manchmal das beste Mittel zur Prävention, jedenfalls aus seiner Erfahrung als Polizist. «Ich kann dich nur beschützen, wenn ich weiß, wo du bist.»

«Du willst mich nicht beschützen, du willst mich kontrollieren!»

«Manchmal ist das dasselbe, Klara. Du hättest wenigstens anrufen können.»

«Der Akku war leer.» Sie fing Marconis skeptischen Blick auf. «Ehrlich. Ich habe nur Mamas uraltes Handy, und der Akku hält nie länger als ein paar Stunden.»

Sie fuhren erneut am *Haubarg Blumenhof* von Familie Olsen vorbei, und er musste an das verkorkste Verhältnis zwischen Ole Olsen und seinem Vater denken. Das musste er mit Klara und Stefano besser hinbekommen. Hinter Garding bog er ab. Er war froh, dass sie bald zu Hause sein würden und dieser Tag in naher Zukunft zu Ende wäre. Allerdings hatte er die Rechnung ohne Klara und Stefano gemacht. Und die Möwe.

Umgeben von dichtem Grün standen sie um das Loch, das sie zu dritt ausgehoben hatten. Stefano und Klara hatten darauf bestanden, den Vogel noch an diesem Abend zu beerdigen, weshalb Marconi verlangte, dass die beiden ihren Teil beitrugen. Nach anfänglichem Murren hatten sie mit fast feierlichem Ernst angefangen, ihre kleinen Pflanzkellen im Boden zu versenken. Es hatte aufgehört zu regnen, und Marconi war überrascht, nicht nur Grau, sondern auch ein paar vereinzelte blassblaue Lücken über ihnen zu entdecken. Er griff nach dem kleinen Karton, den er mit einem Geschirrtuch abgedeckt hatte. Wie ein einsamer Trauergast kreiste eine Möwe über ihnen. Stefano nahm Klaras Hand. Mit gespannten Gesichtern und einer Spur Trauer sahen sie Marconi an.

Mit feierlicher Miene richtete er sich an die beiden Kinder. «Möchte jemand der Anwesenden ein paar Worte über die Verstorbene sagen?»

Stefano sah fragend zu seiner Schwester, die nach kurzem Zögern den Kopf schüttelte. Er tat es ihr gleich.

Marconi nickte wissend, stellte die Kiste auf dem Boden ab und faltete die Hände.

«Wir wissen leider nicht sehr viel über Herrn oder Frau Möwe. Aber sie ist gestorben, als sie das tat, was sie am besten konnte und am liebsten tat: Luftsurfen.»

Die Kinder hatten ihre Hände ebenfalls gefaltet und nickten bedächtig bei Marconis Worten. «Wir wissen nicht, wie viele Matjesbrötchen sie in ihrem Leben verputzt hat. Vielleicht war sie noch viel zu jung, um zu sterben. Aber es ist nie der richtige Zeitpunkt, nie der richtige Tag.» Marconi spürte, wie sich etwas in ihm Bahn brechen wollte. So ruhig, wie es ihm möglich war, sprach er weiter. «Es ist immer zu früh. Und doch bleiben Erinnerungen an reich gedeckte Picknicks am Strand, sicher auch den ein oder anderen Streit mit anderen Artgenossen um… um einen Krebs. So viele einzigartige Momente, die unvergessen bleiben. Vielleicht nicht für uns, die wir dich nicht kannten, aber bestimmt für viele deiner Freundinnen und Freunde und sicher auch für deine Familie.»

Stefano hatte sich eng an Klara gekuschelt und hielt mittlerweile ihre Hand. Marconi wandte den Blick wieder auf die Kiste zu seinen Füßen. «Du bist nun bereit, um deinem Schöpfer, dem Vogelgott zu begegnen.» Für den nächsten Satz hob er den Blick und richtete ihn auf Klara und Stefano. «Dein Möwenvater würde jetzt vielleicht sagen: ‹Das Leben hört nicht auf, lustig zu sein, nur weil jemand stirbt; und es hört nicht auf, ernst zu sein, nur weil jemand lacht.›» Angst und Wut, Trauer und Verzweiflung wallten gleichzeitig in ihm auf und versuchten, an die Oberfläche zu gelangen. Doch er schluckte sie hinunter und ging in die Knie, um den Karton aufzuheben. «Und falls du keinen Vater mehr hast, dein Bruder wird es auf jeden Fall so sehen.»

Er musste schwer schlucken, zwei, drei Mal und trotzdem wollte der Kloß nicht verschwinden, der sich in seinem Hals eingenistet hatte. Was maßte er sich überhaupt an, über Brüder zu sprechen? Darüber, was sie dachten oder wie sie Dinge sahen? So oft hatte Nevio die Hand ausgestreckt, um Frieden zu schließen. So oft hatte er Kontakt gesucht, um zu reden. Doch er, Marconi, hatte jede Gelegenheit ausgeschlagen, mit seinem Bruder ins Reine zu kommen. Und nun war es zu spät.

Er hielt die Kiste Klara und Stefano entgegen und wartete, bis sie ihre kleinen Hände ebenfalls an den Karton legten. Gemeinsam ließen sie den Leichnam in das frisch ausgehobene Grab sinken.

13

Marconi wird mit der Vergangenheit konfrontiert

Was für ein anstrengender Tag, dachte Marconi, während er die Holztreppe hinunter in die Küche zurückkam. Er öffnete den Kühlschrank und wog die Optionen ab, in welcher Form von Alkohol er die Ereignisse der letzten zwölf Stunden ertränken sollte. Da klopfte es. Er sah zur Terrassentür, wo er Jürgen Harzmeier, den Nachbarn, erwartete, aber dort war niemand. Marconi ging zur Haustür und als er öffnete, stand er Jens gegenüber.

«Stör ich?» Jens hielt ihm ein Sixpack Bier entgegen.

«Kommt darauf an», entgegnete Marconi mit undurchdringlicher Miene und deutete auf das Bier.

«Ist ein italienisches, dachte, das könnte dir schmecken.»

Marconi trat zur Seite. «Ich mag mitdenkende Mitarbeiter.»

Sie gingen ins Wohnzimmer. Jens sah sich die Familienfotos an, die in Holzrahmen in hellem Grau oder Blau über- und nebeneinander an der Wand hingen. Marconi hatte es bislang vermieden, davor zu verweilen, schon weil er selbst darauf nur durch Abwesenheit glänzte.

«Nett habt ihr es hier. Modern eingerichtet und trotzdem gemütlich.» Jens setzte sich auf den hellgrauen Polstersessel. «Hast du dich schon etwas eingelebt?»

«Bis auf Kulturtasche und Unterwäsche sind die Umzugskisten und Koffer noch nicht angerührt.» Marconi seufzte. «Aber wo der Flaschenöffner ist, weiß ich.» Er hantierte in der offenen Wohnküche herum und kam kurz darauf mit zwei geöffneten Flaschen zurück, wobei er einen Blick auf das Etikett warf. «*Ichnusa*? Aus Sardinien? Das kenne selbst ich noch nicht.»

«Dann erweitern wir heute beide unseren Horizont.» Jens grinste.

Nachdem Marconi auf dem Ecksofa Platz genommen und Jens zugeprostet hatte, nahm er einen Schluck und nickte anerkennend. Es war also nicht alles schlecht. Jetzt musste er nur noch einen guten Espressoladen finden, dann wären zwei wichtige Probleme gelöst. «Apropos Horizont: Falls ich richtig informiert wurde, bin ich nicht der Einzige, der sich in einer Großstadt wohler fühlt als in einem Küstenort.»

Jens sah ihn verständnislos an.

«Berlin?» Marconi nahm einen weiteren Schluck. «Ist es Ihnen hier *auf* Eiderstedt zu eintönig geworden? Nicht, dass ich Sie dafür verurteilen würde.»

Jetzt probierte auch Jens das italienische Gebräu und ließ sich Zeit mit einer Antwort. Marconi hatte den Eindruck, dass er zu überlegen schien, wie viel er preisgeben sollte. «Sagen wir so, ich hatte meine Gründe, Land und Leute mal eine Zeit lang hinter mir zu lassen.»

«Und die Gründe haben sich verflüchtigt? Oder wurde der Ruf der Nordsee irgendwann zu laut?»

«Ach …» Jens trank aus, nahm zwei weitere Flaschen aus dem Sechserträger, ging zur Schublade, aus der Marconi sich eben bedient hatte, und drückte ihm anschließend eine der beiden Flaschen in die Hand. «Anderswo ist das Gras auch nicht grüner.»

Das sah Marconi entschieden anders, auch wenn ihm bewusst war, dass das ländliche Leben Vorzüge gegenüber dem Leben in einer Großstadt haben konnte. Es war eben eine Typfrage. Die einen blühten auf, sobald sie dem Stadtrummel entkamen. Andere gingen ein wie eine Primel, sobald der Lärmpegel eine gewisse Lautstärke unterschritt. Gerne hätte er nachgehakt, aber er hatte den Eindruck, Jens wollte nicht darüber reden. Warum war er überhaupt vorbeigekommen?

«Danke noch mal für Ihre Unterstützung heute.» Marconi hob seine Bierflasche in Jens' Richtung, der zurückprostete und abwinkte.

«Was gibt's Neues in Sachen Krabbenmord?», fragte er Marconi beiläufig.

«Ich dachte, je weniger Sie wissen, desto besser.»

«Zwei Dinge will ich mal klarstellen. Erstens: Ich weiß, dass wir dich nerven, weil jeder jeden duzt. Aber is hier nu ma so. Hast du vorhin übrigens auch aus Versehen gemacht, als du mich angebrüllt hast.» Jens' Mundwinkel zuckten. «Also kannst du mich auch gleich duzen, nicht nur, wenn du mich gerade zusammenscheißt.»

«Und zweitens?»

«Zweitens will ich doch auch wissen, wer hier auf Eiderstedt Leute umbringt!» Den letzten Satz hatte Jens lauter gesprochen. Dass Marconi keine Regung zeigte, verunsicherte ihn wohl. Er wurde wieder ruhiger. «Aber Eva ist frisch von der Polizeischule und tollt dir bei deiner inoffiziellen Ermittlung hinterher wie ein unerfahrener Welpe. Du hast die Verantwortung für sie und solltest sie nicht auch noch anstacheln. Sonst sind ihre ersten Wochen als Polizistin auch ihre letzten. Und ehrlich gesagt habe ich keine

Lust, mich schon wieder an einen neuen Dienststellenleiter gewöhnen zu müssen, wenn du rausfliegst.»

Marconi musterte Jens. «Was schlägst du vor?»

Jens setzte die Flasche erneut an. Marconi hatte den Eindruck, dass er sich für dieses Gespräch Mut hatte antrinken müssen. «Wir unterstützen die Kripo, wie es unsere Aufgabe ist. Wir können auch eigene Ermittlungen anstellen, sofern wir deren Arbeit nicht unterwandern. Unsere Ergebnisse übermitteln wir sofort den Kolleginnen und Kollegen in Flensburg. Und wenn ich das Gefühl habe, wir überschreiten unsere Kompetenzen, darf ich das sagen, ohne dass du mich feuerst oder strafversetzt.» Jens beugte sich über den Couchtisch in Marconis Richtung. «Ich sehe vielleicht nicht so aus, aber was meine Arbeit angeht, bin ich konservativ.»

Marconi stand auf und stellte die Terrassentür auf Kipp. Von draußen kam kühle Luft ins Zimmer.

«Erleuchte mich bitte: Bleibt das jetzt so und geht nahtlos in Schnee über?» Er zeigte auf die dicken Tropfen, die auf die Holzplatten der Terrasse prasselten. «Oder klart das auch mal auf?»

Jens grinste. «Schietwetter fängt erst bei Windstärke zwölf an. Und solange die Pfütze nicht zufriert, ist im Norden Sommer.»

Marconi stöhnte auf. «Das halte ich nur mit viel *Ichnusa* aus.» Wie um der Aussage Nachdruck zu verleihen, trank er die Flasche aus.

«Gewöhnste dich schnell dran, wetten?» Jens grinste nun noch breiter. «Und schneller, als du denkst, isses Hochsommer und der Regen schon viel wärmer.»

Marconi bedachte seinen Gast mit einem skeptischen Blick. Er wusste nicht, ob Jens ihn auf den Arm nahm. Aber ein Funken Wahrheit war wohl definitiv darin zu finden. Er seufzte zum wiederholten Mal, ging zur Couch und stützte sich auf die Lehne. Er hatte schon den Mund geöffnet, um auf Jens Vorschläge einzugehen, als ein kaum wahrnehmbares Stimmchen aus dem Obergeschoss zu ihnen drang.

«Papa?»

«Dein Papa ist …» Marconi unterbrach sich. «Ja, Stefano?»

«Ich habe schlecht geträumt.»

Marconi stellte seine Bierflasche auf dem Couchtisch ab. Jens nickte ihm aufmunternd zu, als er an ihm vorbeiging.

Oben angekommen, nahm er Stefano wortlos auf den Arm, brachte ihn in sein Bett und deckte ihn zu.

«Was hast du Schlimmes geträumt?» Sachte setzte er sich auf die Bettkante und lauschte Stefanos unregelmäßigen Atemzügen. Ein Schluchzen entfuhr dem kleinen Körper. Marconi legte eine Hand auf den Kopf seines Neffen. Minutenlang verharrten sie in dieser Position.

«Ich vermisse ihn auch, weißt du?» Marconis Stimme war rau.

Stefano drehte seinen Kopf, sah aber an Marconi vorbei zur Decke. «Ehrlich?»

Überrascht hielt Marconi in der Bewegung inne. «Klar!»

«Okay.»

Der zweifelnde Unterton entging Marconi nicht.

«Er war doch mein Bruder.» Noch während er es aussprach, merkte er, wie lahm das Argument klang.

«Warum hast du uns dann nie besucht?» Sieben Worte, die so naheliegend waren und auf die er keine gute Antwort wusste. *Aus verletztem Stolz*, hätte er antworten können. Aber wie er Stefano da vor sich im Bett liegen sah, wurde

Marconi schlagartig bewusst, was er über die Jahre versäumt hatte und nicht zurückholen konnte. All die verpassten Familienfeste. All die Besuche von Nevios Familie in München, während derer er mit seinen jeweiligen Freundinnen lieber einen Wochenendtrip in die Alpen unternommen hatte. Kein Wunder, dass er ein Fremder für Klara und Stefano war.

Marconi räusperte sich. «Hat Papa dir erzählt, wie wir mal aus Versehen den Nachbarskaninchen zur Flucht verholfen haben, als wir so alt waren wie du und Klara?»

Jetzt, endlich, sah Stefano ihn an, während er den Kopf schüttelte.

«Wir wollten immer ein Haustier haben, aber Nonno ist allergisch gegen so ziemlich alles, was Federn oder Fell hat. Deshalb sind wir manchmal zu den Nachbarn gegangen, wenn die nicht zu Hause waren, und haben die Kaninchen im Garten durch die Stalltür gestreichelt. Einmal hatte ich die Idee, eines aus dem Stall zu nehmen. Nevio wollte mich davon abhalten. Er war immer der Vernünftige von uns beiden. Hätte ich mal auf ihn gehört, denn das Kaninchen hatte natürlich keine Lust zu kuscheln. Es hat mir mit seinen langen Hinterbeinen einen Tritt versetzt und ist auf und davon gehoppelt. Aber dein Papa hat mir versprochen, mich nicht zu verraten. Und obwohl das Kaninchen schnell wieder aufgetaucht ist, hat er für mich geschwindelt, als wir gefragt wurden, ob wir wüssten, wie das Tier aus dem Stall entfliehen konnte. Sonst hätte ich richtig Ärger bekommen. Auf deinen Papa konnte ich mich verlassen. Immer!» *Bis auf das eine Mal*, fügte Marconi in Gedanken hinzu. *Dieses eine verfluchte Mal.*

«Ja, Papa ist der Beste.» Stefanos Augen füllten sich wieder mit Tränen.

Marconi strich ihm über die Wange. «Hilfst du mir morgen beim Kochen?»

Stefano schien zu zögern. Marconi hob eine Augenbraue. «Alles okay, kleiner Mann?»

«Ja, schon.» Er schien nach den richtigen Worten zu suchen.

«Hey, spuck's aus. Sonst muss ich dir Handschellen anlegen, bis du mit der Sprache rausrückst.» Er drückte seinen Zeigefinger sanft in Stefanos Seite, bis der Junge kicherte. «Im Ernst, du kannst mir alles sagen. Vielleicht wird mir nicht alles gefallen und bestimmt werde ich manchmal anders reagieren, als du glaubst oder es dir wünschst. Ich habe nicht viel Erfahrung mit Kindern. Aber ich werde für dich und deine Schwester da sein, so gut ich kann. Einverstanden?»

Stefano nickte schließlich und sagte: «Nonna hat in den letzten Wochen jeden Tag für uns italienisch gekocht. Und das war auch lecker ...»

Marconi sah Stefano aufmunternd an. Der schluckte und fuhr fort. «Aber das Essen, das Mama und Papa immer gekocht haben, mögen wir am liebsten.»

Marconi streichelte dem Jungen erneut über den Kopf und dachte kurz darüber nach. «Norddeutsche Küche? Na, so schwer kann das doch nicht sein.»

Als der Junge ihn zweifelnd ansah, ließ Marconi seine Zeigefinger über dem kleinen Körper kreisen. «Mir wird schon was einfallen. Aber nur, wenn du mir morgen dabei hilfst, okay?»

Kichernd umgriff der Junge die beiden Finger, um die drohende Kitzelattacke abzuwehren. Marconi umschloss sanft seine Hände und legte sie auf die Bettdecke.

«Schlaf gut, Kleiner!»

«Das hat Papa auch immer zu mir gesagt», sagte Stefano leise.

«Wirklich? Kein Wunder: Nonno hat das auch zu uns immer gesagt.»

Marconi löschte das Licht. «Schlaf gut, Kleiner!», sagte er noch einmal. Er bemerkte den sanften Tonfall, der sich in seiner Stimme eingenistet hatte.

«Und wenn die Träume wiederkommen?»

«Dann rufst du mich. Niemand kann böse Träume so gut verjagen wie ich. Als Polizist lernt man das in der Ausbildung.»

«Okaaaaaay.»

Vor Stefanos Zimmertür warf er einen Blick auf die Uhr seines Smartphones. Er war fast eine halbe Stunde im Kinderzimmer gewesen. Beinahe erwartete er, dass Jens gegangen war, doch zu seiner Überraschung stand er im Flur vor dem großen Schrank und studierte die Buchrücken. Gemeinsam gingen sie zurück ins Wohnzimmer und setzten sich. Marconi seufzte. «Vater *werden* ist nicht schwer, heißt es ja so schön. Vater *sein* dagegen ...»

«Zumal bei dir ja sogar der Spaß im Vorfeld wegfällt.»

Marconi zögerte kurz, wog dann den Kopf unbestimmt hin und her. Das war eine andere Geschichte für einen anderen Abend mit einem weiteren Sixpack Bier. «Zu deinem kurzen, aber bemerkenswerten Vortrag vorhin ...»

Jens sah ihn ob des abrupten Themenwechsels überrascht an.

«Zweitens: willkommen an Bord bei unserer inoffiziellen Mordermittlung. Und erstens: Mir geht's wirklich auf den Zeiger, dass ich mich von Verdächtigen duzen lassen muss, von Pressefotografen und sonstigen Stinkstiefeln. Aber um guten Willen zu zeigen, dass wir Südlichter nicht alle einen Stock im Hintern haben, werde ich wenigstens meine Kollegen duzen. Solange allen Beteiligten die Hierarchien bewusst sind. Denn was das angeht, bin *ich* konservativ.»

Jens stand auf, nahm militärische Haltung an, schlug die Hacken zusammen, und salutierte zackig. «*Tutto klaro, capitano*!»

14

Ein junger Mann glaubt nicht alles, was man ihm erzählt

Es war kühl geworden, so kühl, dass Dilan den Wind auf seiner Haut spüren konnte, als er aus der Polizeistation trat. Eine Bö bewegte die Krone des haushohen Kastanienbaums, der an der Straßenkreuzung unmittelbar vor dem Ausgang stand. Darunter warteten Merle und Fabian auf ihn. Merle sah besorgt aus, Fabian dagegen kam mit zum High Five erhobener Hand auf ihn zu.

«Echt jetzt?» Dilan schlug die Hand beiseite. «Die haben mich festgenommen und meine Personalien aufgenommen. Ich kann froh sein, wenn die kein Verfahren einleiten. Und du willst mich abklatschen? Du hast sie doch nicht alle!» Am liebsten hätte Dilan ihm jede Sommersprosse einzeln aus dem Gesicht gehighfivt.

Fabian lachte sein überhebliches Lachen. «Und wenn schon, da kommt am Ende doch sowieso nichts bei raus.»

«Sag mal, checkst du es nicht?» Dilan knurrte, so leise es ging, durch zusammengebissene Zähne, damit die Beamten in der Polizeistation ihn nicht sofort wieder wegen nächtlicher Ruhestörung einkassierten. «Mein Perso war zusammen mit meinem Geld in deinem Scheißlieferwagen. Und wenn du nicht weggelaufen wärst wie ein Feigling, hätten sie mich gar nicht erst mitnehmen müssen, um meine Personalien festzustellen.»

Merle trat zu ihm und drückte sanft seinen Oberarm. «Tut mir leid», sagte sie leise. Und von einem Moment auf den anderen wichen alle Anspannung, Frustration und Ärger aus ihm. Gemeinsam luden sie seinen Motorroller in den Lieferwagen, den sich Fabian von seinem Vater geliehen hatte, und fuhren schweigend zurück nach Eiderstedt. Er fragte sich, wie er gleich die Nachtschicht überstehen sollte. Sein Chef hatte ihm geglaubt, dass es einen Notfall gegeben hatte und er sich verspäten würde. Es war seinen guten Leistungen in der Berufsschule und seinem bislang tadellosen Verhalten in seiner Ausbildung zum Hotelfachangestellten zu verdanken, dass er keinen Ärger bekommen würde.

Als sie in die Strandpromenade einbogen und auf das *Urban Nature Hotel* zufuhren, brach Dilan schließlich sein Schweigen. «Was ist da vorhin eigentlich passiert?»

«Was meinst du?», erkundigte sich Fabian und bedachte ihn mit einem Seitenblick.

Was er meinte? Der Typ war doch nicht zu fassen! «Warum die Demo so eskaliert ist, das meine ich.»

«Ach, ein paar Typen wollten wohl zeigen, dass sie es ernst meinen.» Fabian schien das lustig zu finden, denn er grinste wieder.

«Wusstet ihr etwa, dass da jemand 'ne Eskalation plant?» Dilan musste hören, ob sie ihn sehenden Auges ins offene Messer hatten laufen lassen.

«Nein», kam es umgehend von Fabian zurück und Merle schüttelte den Kopf, sah ihm aber nicht in die Augen.

«Aha», machte Dilan und bemühte sich um einen Ton, der keinen Zweifel daran aufkommen ließ, dass er Fabian nicht glaubte.

Inzwischen waren sie am Hotel angekommen. Fabian stellte den Motor aus und öffnete die Tür, blieb aber sitzen und sah Dilan an. «Echt, ich wusste nichts. Aber geil finde ich es schon. Überleg doch mal, was wir damit für eine Aufmerksamkeit erreichen. Eine gewöhnliche Demo interessiert doch heute keinen mehr.»

Dilan öffnete kommentarlos die Beifahrerseite und stieg aus. Fabian half ihm, seinen Motorroller die Rampe herunterzubugsieren und bei den Fahrradstellplätzen anzuschließen. Merle umarmte ihn zum Abschied, dann ging Dilan die Treppen hinauf, bis die elektrische Schiebetür ihn verschluckte.

15

Eine Frau macht einen grausamen Fund

Barbara Borchardt fühlte sich zum ersten Mal seit einer sehr langen Zeit wieder wohl in ihrer Haut. Der Krebs war besiegt oder immerhin doch bis auf Weiteres in Schach gehalten. So anstrengend die Wochen im Krankenhaus auch gewesen waren, sie hatte endlich einmal Zeit gehabt, in sich hineinzuhorchen. Zeit, um sich selbst einige wichtige Fragen zu stellen. Noch in der Klinik hatte sie Georg gesagt, dass sie sich scheiden lassen würde. Sein Desinteresse an ihr hatte sie all die Jahre schweigend hingenommen, und auch seine gelegentlichen Besuche im Krankenhaus waren mehr pro forma gewesen als von Herzlichkeit geprägt. Sollte er sich seine Wäsche doch ab sofort selbst waschen. Sofern er denn überhaupt wusste, wie eine Waschmaschine zu bedienen war.

Sie blieb stehen und grub ihre Zehen in das feuchte Watt. Die Nordsee war auf dem Rückzug, aber noch küssten die Wellen ihre Füße, immer und immer wieder. Diese Kur würde sie als Anfang für ein neues Leben nutzen. Sie trat ins Meer wie ein Fußballer bei einem Freistoß, wie um mit dem aufspritzenden Wasser den verdammten Georg für immer aus ihren Gedanken und ihrem Leben zu vertreiben.

Beschwingter setzte sie ihren Spaziergang auf der Sandbank vor Westerheversand fort. Mehr als eine Stunde war sie schon unterwegs, noch vor dem Frühstück war sie bei Niedrigwasser aufgebrochen. Eine Stunde in Stille, am Rande der silbrigen See unter einem perlgrauen Morgenhimmel. Sie genoss es, jeden Tag bei Wind und Wetter ans Meer zu gehen und die immer neue Schönheit des Tagesanbruchs auf sich wirken zu lassen.

Am Horizont tauchte der berühmte Leuchtturm auf, den sie so oft im Dämmerzustand zwischen zwei Therapien in der Fernsehwerbung für ein Bier gesehen hatte. Er war der Auslöser gewesen hierherzukommen. Dieser rot-weiß gestreifte Riese. Jeden Tag führten sie ihre Spaziergänge zu ihm, wie, um einen guten Freund zu besuchen, der ihr in schweren Zeiten beigestanden hatte. So früh am Morgen war sie allein unterwegs. Wobei das nicht stimmte, denn allein war man hier nie. Vor ihr blubberte es aus dem Häufchen eines Wattwurms. Über ihr schaukelte sanft eine Heringsmöwe am Himmel, ließ ihre senfgelben Krallen über dem Wattenmeer baumeln, sich vom Wind hinaustreiben, kam aber doch wieder zurück und setzte etwa zweihundert Meter von ihr entfernt zu einem Sturzflug an. Kaum, dass die Möwe gelandet war, entdeckte sie eine zweite im Anflug und nur wenig später eine dritte, der ein ganzer Schwarm folgte. Neugierig näherte sie sich. Was glitzerte da am Boden? Zunächst hatte sie den irrwitzigen Gedanken, dass ein uralter Silberschatz an Land gespült worden war. Doch mit jedem Schritt offenbarte sich ihr immer mehr das ganze Grauen ihres Fundes.

Sie versuchte, gegen den Schock anzuatmen, der von ihr Besitz zu ergreifen drohte. Mangels eines Handys, das sie bewusst in der Pension gelassen hatte, und da niemand außer ihr unterwegs zu sein schien, kehrte sie um. So schnell es das Watt zuließ, machte sie sich auf die Suche nach einem Telefon, um die Feuerwehr anzurufen. Oder die Polizei. Oder besser noch: beide.

16

Marconi schämt sich nicht

Es war gerade einmal acht Uhr, und über dem Ortsteil Dorf hing wie üblich eine dichte Wolkendecke. Nach dem Aufwachen hatte Marconi kurz gedacht, das Wetter sei kaputt, als er die Gardine aufzog und ihm ein merkwürdiges gelbes Ding vom Himmel ins Gesicht schien. Aber nun war wieder alles wie immer, die fleckigen grauen Wolken waren zurück. Im Schlepptau hatten sie einen kühlen Wind, der an den Markisen der Stände rüttelte. Der Platz war voll mit Menschen und Marconi ehrlich erstaunt, als er die Dimensionen des Wochenmarkts überblickte. Oberhalb der Stände, hinter dem drei Meter hohen Deich, erhob sich die Kirche, in der sie vor vier Monaten Nevio zu Grabe getragen hatten. Er hoffte inständig, dass sich Klara und Stefano durch ihren Anblick nicht die Freude über den spontanen Ausflug vor dem Schulunterricht trüben ließen. Beide Kinder hatten heute erst zur zweiten Stunde Unterricht, und er hatte beim Frühstück vorgeschlagen, vorher über den Wochenmarkt zu bummeln. Eva und Jens hatte er Bescheid gegeben, dass er eine Stunde später zur Arbeit käme. Im Moment konnten sie ohne die Ergebnisse der Spurensicherung oder neue Indizien ohnehin nichts tun.

«Guck mal!» Stefano rannte zu einem Stand mit Leuchttürmen für den Vorgarten, die in etwa so groß waren wie er selbst. Er deutete auf ein Keramik-Schaf im gelben Friesennerz, das in pinkfarbenen Gummistiefeln mit weißen Punkten steckte. «Wenn wir schon kein Haustier haben dürfen, dann wenigstens dieses Schaf?»

Das geht ja gut los, dachte Marconi. Aber sollte man Kindern alles verbieten? Wann gab man nach, wann nicht? Und warum gab es eigentlich keine Wochenendschulungen oder Onlineseminare für neue Eltern und solche, die es nie werden wollten?

«Lasst uns doch erst einmal besorgen, wofür wir eigentlich hierhergekommen sind, okay?», schlug Marconi vor. «Danach sehen wir weiter.»

An einem der zahlreichen Fischstände kauften sie Krabben für seine Pasta-Kreation. Klara vergewisserte sich, dass die Tiere nicht mit Grundschleppnetzen gefangen worden waren. Für die Fisch-Cannelloni, die er sich für den morgigen Abend ausgedacht hatte, ließ er sich Garnelen aus einer nachhaltigen Aquakultur an der Kieler Förde abwiegen und erkundigte sich dann nach Kabeljaufilet.

«Ist der aus der Nordsee?», hakte Klara nach. Der Verkäufer nickte. «Dann nicht», sagte Klara und bedachte Marconi mit einem beschwörenden Blick. «Der wird dreimal so schnell gefischt, wie er sich vermehren kann.»

«Dann nicht», wiederholte Marconi in Richtung des Mannes hinterm Verkaufstresen und fügte an Klara gewandt hinzu: «Welchen Fisch schlägst du vor?»

Sie kaute einige Sekunden auf ihrer Unterlippe und entschied sich schließlich für Seehecht. Marconi hoffte insgeheim, dass das Rezept auch mit Hecht funktionieren würde.

Von allen Käseständen wählten sie den mit der längsten Schlange und warteten geduldig, bis sie an der Reihe waren. Die Kinder durften sich je eine Sorte aussuchen. Stefano entschied sich für *Blanken Hans*, einen festen Pellwormer Inselkäse. Klara hatte es ein ganzer Laib Blauschimmelkäse angetan, dessen Inhalt so flüssig war, dass er herausgelöffelt werden musste. Zufrieden nahm Marconi zur Kenntnis, dass sein Plan aufgegangen war, die Kinder auf andere Gedanken zu bringen. Sie schlenderten von Stand zu Stand, kicherten über das Mobile aus Möwen mit Federpropeller am Hinterteil, bestaunten das Kauspielzeug für Hunde aus Büffelhorn und kauften ein Glas Thymianhonig, gesammelt von Eiderstedter Bienen. Die Kette mit dem Salamanderanhänger aus Silber, den Klara vorsichtig in die Hand nahm und streichelte, notierte er sich in Gedanken. Ebenso die duftende Handseife aus Mandelöl und Rosengeranie. Der nächste Geburtstag kam bestimmt, und bislang hatte er bei all diesen Anlässen durch Abwesenheit geglänzt.

«Ganz schön groß, euer Wochenmarkt», stellte Marconi fest. Angebot und Auswahl mussten sich nicht hinter dem seines geliebten Münchner Viktualienmarkts verstecken. Oder kam ihm das nur so vor, weil die Erinnerung bereits anfing zu verblassen?

«Riesig!», stimmte Stefano ihm zu und auch Klara nickte anerkennend. Marconi gefiel diese sanftere Seite seiner Nichte deutlich besser als die pubertäre Version, die immer wieder ihre Grenzen austestete – auch wenn er sich darin selbst wiedererkannte.

Fast beiläufig sah Marconi auf die Uhr seines Mobiltelefons und erschrak. «Auweia, jetzt aber los! Sonst kommt gleich der nächste Anruf aus der Schule, weil ihr nicht pünktlich im Unterricht seid.» Auf dem Weg zum Wagen blieben Klara und Stefano abrupt an einem maritim dekorierten Schmuckstand stehen. Er wollte sie schon zur Eile antreiben, als sein Blick auf die Armbänder fiel, die die Aufmerksamkeit der Kinder erregt hatten. Nach kurzem Zögern kaufte er zwei der Schmuckstücke aus dicker Kordel mit silbernen Ankern als Verschluss. Auf dem Weg zum Auto setzte ein dünner Sprühregen ein und überzog das Kopfsteinpflaster mit einem öligen Schimmer. Die letzten Meter legten sie joggend zurück. Gerade noch pünktlich lieferte Marconi sie nacheinander an ihren jeweiligen Schulen ab und fand zum ersten Mal, dass er sich gut geschlagen hatte. Aber wo er gerade einen Lauf hatte, konnte er sich auch gleich darin üben, ein besserer Sohn zu werden.

«Ciao, Mamma.» Marconi war auf dem Weg zum Dienstantritt einer spontanen Eingebung folgend an der Polizeistation vorbei hinauf zum nahe gelegenen Deich gelaufen, um in Ruhe zu telefonieren. «Wie war Papas Operation?»

«Na ja.»

Na ja? Marconis Herz zog sich schmerzhaft zusammen.

«Die Ärzte sagen, sie konnten alle geplanten Eingriffe vornehmen und die OP wäre gut verlaufen. Aber als er aus der Narkose aufgewacht ist, ging es ihm nicht so gut.»

Die Sorge in ihrer Stimme war unüberhörbar. Obwohl sie angesichts des Todes von Sohn und Schwiegertochter und der Herzprobleme ihres Ehemanns jeden Grund dazu gehabt hätte, hatte seine herzensgute Mutter ihre lebensbejahende Einstellung nie abgelegt. Sie so bekümmert zu hören, versetzte Marconi einen Stich.

«Richte ihm Grüße von mir aus, ja? Und sag ihm, wir telefonieren, sobald er fit genug ist.»

«Vor der Operation hat er noch einmal gesagt, wie froh er ist, dass du dich um seine Enkel kümmerst. Er macht sich schreckliche Vorwürfe, dass wir wegen seiner OP abreisen mussten und jetzt erst einmal nicht zu euch kommen können. Aber der Termin stand schon so lange fest und verschieben …»

«Mamma, Papàs Gesundheit geht vor. Ich mach das schon hier oben. Seht ihr mal zu, dass ihr gesund werdet und gesund bleibt. Wir brauchen euch noch.»

«Wie geht es denn meinen Enkeln?»

Marconi zögerte. Ja, wie ging es ihnen? «Ganz ehrlich? Ich weiß es nicht. Du hast vergessen, mir die Gebrauchsanweisung zum Umgang mit Kindern und Teenagern rauszulegen.»

Nun war es Lucia, die zögerte. Und Marconi wusste, was ihr auf der Zunge lag, das auszusprechen sie aber tunlichst vermeiden würde: *Selbst schuld, Massimo. Ich habe dir immer gesagt, schluck deinen Stolz runter. Er ist dein Bruder. Er liebt dich. Und deine Nichte und dein Neffe wollen ihren Onkel kennenlernen. Du machst einen Fehler, den du irgendwann bereuen wirst.*

All das sagte sie nicht, weil sie wusste, dass er es auch so wusste. «Widme dich den Kindern mit derselben Liebe wie dem Kochen und dann wird das schon.»

«Da geht's ja schon los. Mit italienischer Küche brauche ich ihnen nicht zu kommen.»

Seine Mutter seufzte. «Dein Bruder hat vieles richtig gemacht in seinem kurzen Leben. Aber mit der Integration hat er es ein bisschen zu gut gemeint.»

Marconi ließ den Blick zur Nordsee schweifen, die ihm wieder wie eine nasse graue Brühe erschien. «Inwiefern?»

«Er wollte sich einfügen und seine Kinder sollten das auch. Deshalb hat er sich bewusst dagegen entschieden, ein italienisches Restaurant zu eröffnen. Er meinte, die Leute würden sonst immer nur den Pizzabäcker in ihm sehen. Stattdessen hat er sich auf norddeutsche Küche spezialisiert, und der Erfolg hat ihn offenbar in seiner Entscheidung bestätigt.»

Marconi war, wieder einmal, erstaunt, wie wenig er über seinen Bruder wusste. Die Entscheidungen, die Nevio getroffen hatte. Und ihre Konsequenzen.

«Dann wird es Zeit, dass jemand ihnen mal zeigt, was richtiges Essen ist», sagte Marconi. «Für unsere Küche müssen wir uns ja nun wirklich nicht schämen.»

17

Ein Todesfall kommt selten allein

Marconi ließ sich, einen Becher Filterkaffee in der Hand, in seinen Bürostuhl fallen, der verdächtig knarzte. Sein Finger schwebte schon über dem Einschaltknopf seines Computers, als Jens an der Türschwelle auftauchte und an den Rahmen klopfte – in der Hand eine Tasse mit dem Aufdruck *Mir ist egal, ob du schwarz, schwul, lesbisch, dick oder dünn bist. Ich hasse alle Menschen.* Während Marconi überlegte, ob es sich um Diskriminierung handelte, wenn gleich die gesamte Menschheit ausgegrenzt wurde, setzte sich Jens auf den Klappstuhl, der noch vom Vortag im Büro stand.

«Klara und Stefano in der Schule?», erkundigte sich Jens und trank schlürfend einen Schluck aus seiner Tasse.

«Läuft.»

«Und du wieder undercover im Einsatz?»

Marconi sah Jens verwirrt an.

«Na, so ganz in Zivil. Deine Uniform hast du wohl meistbietend im Internet verhökert.»

«Das gibt's doch nicht!» Marconi schlug sich mit der Hand gegen die Stirn. «Keine Absicht, wirklich. Morgen denke ich dran.»

Jens zuckte die Schultern. «Du glaubst nicht, was ich herausgefunden habe. Ich bin gestern Abend noch …»

«Klopf, klopf!» Eva stand an der Bürotür. «Stör ich?»

«Quatsch, komm rein.» Marconi zeigte auf die Eckkante seines Schreibtischs. «Wir haben dir deinen Stammplatz frei gehalten.»

Eva ließ es sich nicht anmerken, falls sie überrascht war, von ihrem Chef plötzlich zurückgeduzt zu werden. Mit gespielter Empörung schüttelte sie den Kopf. «Macht euch keine Umstände, ich sitze gerne unbequem.»

Jens grinste breit. «Dir ist doch Gleichberechtigung immer so wichtig. Die Zeiten, in denen ich dir den besseren Platz überlasse, sind vorbei.»

Jetzt grinste auch Eva. Dann kam sie zum Thema. «Ich habe Ennos Liebhaberin auf den Zahn gefühlt und …»

«Eigentlich, liebe Kollegin, war ich gerade dabei, zu erzählen, was ich gestern Abend im Hafen entdeckt habe. So viel zum Thema Gleichberechtigung. Schön hinten anstellen.» Jens verschränkte die Arme und lehnte sich zurück, aber aus seinen Augen blitzte der Schalk.

«Nix da, Schönheit vor Alter!» Eva vergewisserte sich, dass sie die ungeteilte Aufmerksamkeit hatte. «Also: Ich habe Inken Kuper, die Flamme vom Enno, in ihrem Kosmetikstudio in Kotzenbüll besucht.»

«*Kotzen*büll?», platzte es aus Marconi heraus.

«Ja, *Kotzen*büll!» Eva warf ihm einen mahnenden Blick zu. «Sie war ziemlich erschrocken, als ich bei ihr im Laden stand. Stellte sich raus, dass sie noch mehr Blagen hat als ihr Lover, nämlich vier.»

Jens pfiff anerkennend durch die Zähne.

«Weil ich so rücksichtsvoll war und nicht direkt vor ihrer Haustür stand, hat sie es gar nicht erst abgestritten und Ennos Version weitgehend bestätigt.»

«Leugnen wäre auch zwecklos gewesen, die Kameras haben ja alles aufgezeichnet.» Marconi sprang auf und begann, grübelnd durch sein Büro zu laufen. Seiner Erfahrung nach war Gehen dem Denken zuträglich. Eva ergriff die Chance und setzte sich auf Marconis Bürostuhl. Marconi blieb kurz stehen, betrachtete Eva auf seinem Stuhl und lehnte sich kommentarlos an die Wand. «Aber hat sie etwas bemerkt, das uns weiterbringen würde?»

Eva neigte den Kopf hin und her. «Sie will einen Wagen aus Richtung Katinger Watt direkt hinterm Sperrwerk gesehen haben.»

«Einen Wagen?», echote Marconi und stieß sich von der Wand ab.

«Sie konnte nicht sagen, ob er vom Parkplatz Eidersperrwerk Nord gefahren kam. Nur, dass er mit ausgeschaltetem Licht an der Kreuzung zur Landstraße stand. Es war so dunkel, dass weder Wagen noch Kennzeichen zu erkennen waren.»

«Die Kreuzung an dem Parkplatz, auf dem wir neulich auch geparkt haben? Der unter dem Windrad? Oder der andere?», erkundigte sich Marconi.

«Der unter dem Windrad», bestätigte Eva. Sie zog eine Schublade am Schreibtisch auf und legte ihre Füße ausgestreckt darauf ab. «Übrigens: bequem hier. Wollen wir Büros tauschen?»

Marconi öffnete seinen Mund, schloss ihn aber wieder, als ihm aufging, dass sie einen Scherz gemacht hatte. Stattdessen zeigte er ihr einen Vogel. «Netter Versuch. Konnte die Kuper sagen, was es für ein Auto war?», fragte er, obwohl er die Antwort ahnte.

Erwartungsgemäß schüttelte Eva den Kopf. «Ein dunkles. Sicher war sie sich aber nicht. Nur, dass es ein weißes

Auto war, konnte sie so gut wie ausschließen. Das hätte selbst im Dunkeln hell geschimmert.»

«Nicht sehr hilfreich», merkte Marconi an. «Konnte sie wenigstens sagen, in welche Richtung der Wagen abgebogen ist?»

«Auch nicht. Die Person war schlau genug zu warten, bis Inken Kuper um die nächste Kurve gefahren war.»

Marconi setzte sich auf die Schreibtischkante und sah nachdenklich von Eva zu Jens. «Wäre ja auch zu schön gewesen.»

«Apropos schön», ergriff Jens die Gelegenheit. «Ich bin gestern Abend nach meinem Besuch bei dir noch einmal beim Hafen am Eidersperrwerk gewesen und habe mich umgesehen.»

«Ach», entfuhr es Eva. «Was hast du denn bei Massimo …?»

Marconi, der sich angesichts dieser Bemerkung fragte, ob die beiden ein Paar waren und inwiefern sich das auf die Arbeitsmoral auswirken könnte, hob die Hand. «Würdet ihr das später ausdiskutieren? Danke. Hast du was herausgefunden?»

Jens nickte vielsagend. «Ich habe mir die Kutter angesehen, die im Hafen hinter dem Sperrwerk ankern. Und einen Blick in die kleineren Boote habe ich auch werfen können.»

«Und?» Marconi hielt es nicht mehr auf der Schreibtischkante, er stand wieder auf.

«Auf einem der kleineren Motorboote habe ich einen Shock Absorber liegen sehen.» Jens sah seine Kollegen mit strahlenden Augen an, als erwarte er Szenenapplaus.

«Einen *was*?» Verständnislos blickte Marconi den Kollegen an.

«Na, einen Rückdämpfer für einen Harpunenpfeil. Das eine Ende befestigst du an der Harpune und das andere an der Leine. So gehst du sicher, dass du deinen Fang nicht verlierst.» Jens holte sein Handy aus der Uniformjacke und zeigte ihnen auf einem Bild aus dem Internet, was er meinte. Leider wusste Marconi noch immer nicht, worauf er hinauswollte.

«Wäre das Nordlicht so freundlich, dem begriffsstutzigen Italiener aus Bayern zu erklären, wovon es da gerade spricht?»

«Na, das ist doch offensichtlich!» Jens rieb seine Hände an den Oberschenkeln. «Wo ein Rückdämpfer für Harpunen an Bord liegt, da sollte doch auch eine Harpune nicht weit sein. War aber keine da. Also geht die Person entweder gerade damit am Strand spazieren, was eher unwahrscheinlich ist. Oder es ist die Harpune, die in Krabben-Klaus steckte.»

«Oder der Besitzer des Bootes hat die Harpune mit nach Hause genommen und in einen Waffenschrank gesperrt, wo sie meiner Ansicht nach hingehört», gab Marconi zu bedenken.

«Woher kennst du dich überhaupt so gut aus und weißt, wie ein Harpunenrückdämpfer aussieht?», wandte Eva ein.

«Erstens: Ich hab recherchiert. Eine Harpune als Mordwaffe ist doch seltsam, oder? Da wollte ich einfach mehr über diese Geräte wissen. Zweitens glaube ich nicht, dass die Harpune irgendwo eingesperrt ist. Und ihr werdet das auch nicht mehr glauben, wenn ich euch sage, wem das Boot gehört.» Die Blicke, die Jens den beiden anderen Anwesenden zuwarf, schwankten irgendwo zwischen Euphorie und Ekstase.

«Wir kennen den Besitzer?», entfuhr es Marconi, der langsam anfing, sich zu ärgern, dass man Jens jedes Bröckchen Information einzeln aus der Nase ziehen musste. Doch bevor Jens antworten konnte, ertönte aus seiner Tasche eine Mundharmonika mit der Melodie von *Spiel mir das Lied vom Tod*.

«Untersteh dich …», *den Anruf anzunehmen,* wollte Marconi mahnen, doch Jens hatte nach einem Blick auf das Display bereits abgenommen.

Zunächst hörte er nur zu, dann gab er kurz hintereinander aufgeregte Laute von sich. «Ach! Ach was! Nein! Gibt's doch nicht! Wo? Okay! Wir kommen.»

«Könntest du uns bitte erst einmal sagen, wem das Boot …?»

«Keine Zeit. Auf Eiderstedt hat ein Massaker stattgefunden!», platzte es aus Jens heraus.

Eva sprang aus dem Bürostuhl. Marconi spürte, wie ihm alle Farbe aus dem Gesicht wich.

«Tausende Fische liegen tot am Strand vor Westerhever!», ergänzte Jens, dem gerade aufzugehen schien, dass sein erster Satz Raum für Spekulation ließ.

«Fische? Aber wieso?» Jens' Antwort auf Marconis Frage bestand aus einem einzigen Schulterzucken, er eilte schon aus dem Büro.

«Hey!», rief Marconi ihm nach. «Und was ist jetzt mit der Harpune?»

18

Eine Frau macht sich Gedanken über ein Leben nach dem Tod

Der Soundtrack aus Muhen und Mähen war um diverse Dezibel lauter als bei seinem letzten Besuch. Marconi stellte den Wagen am Holzgatter zur Schafwiese ab und ging auf die sechs knorrigen Linden zu, die wie Wächter auf der Frontseite des Hauses Spalier standen. Ihre Baumkronen waren gestutzt worden und ließen nun mehr Licht durch die Fenster im Erdgeschoss und im Giebel dringen. Im Inneren des Hauses war auf den ersten Blick niemand zu sehen. Auf sein Klingeln reagierte nur die Dogge, die mit empörtem Bellen antwortete. Marconi beschlich ein mulmiges Gefühl. Vielleicht hätte er Jens und Eva doch nicht beide in Richtung Massaker vorschicken sollen. Aber nach Jens' Eröffnung hatte er es nicht erwarten können, sich den jungen Olsen noch einmal zur Brust zu nehmen.

«Sie schon wieder!»

Marconi fuhr herum, erblickte ein halbes Dutzend Apfel- und Birnbäume, aber kein menschliches Wesen. Also folgte er dem Kiesweg zu der imposanten Schneeballhecke, die jetzt im Frühsommer prächtige, weiße Blüten trug.

Petra Olsen, die die Erde neben einer beeindruckenden Lavendelstaude umgrub, bewegte sich schwer und grob, trotz ihrer hageren Gestalt. Das nikotingelbe Haar hing wie überkochte Spaghetti an ihr herunter. Die Falten in ihrem

Gesicht schienen seit ihrer letzten Begegnung noch tiefer geworden zu sein. Die Trauer hatte sich in ihr Gesicht gegraben. Trauer, dachte Marconi, oder eine Einsamkeit, die sie vielleicht bereits länger begleitete. Ehe hin oder her. Aber das war bloße Spekulation.

«Ole ist nicht da.»

«Wer sagt denn, dass ich zu Ole will und nicht zu Ihnen?»

Das Schulterzucken wäre ihm beinahe entgangen, so beiläufig hatte sie es angedeutet. Mit unbewegter Miene hielt sie Marconis Blick stand.

«Wo ist Ole? Und wann kommt er zurück?»

Wieder zuckte sie bloß mit den Schultern. Falls Petra Olsen dachte, dass sie ihn damit schneller loswurde, konnte sie gleich noch einmal denken. Schließlich zeigte sein Schweigen Wirkung.

«Seit ...» Sie unterbrach sich, ließ endlich von der Erde ab, richtete sich auf und sah Marconi weiter in die Augen. «Seitdem Klaus tot ist, ist Ole nicht mehr zur See raus. Ich weiß nicht, wo er sich stattdessen rumtreibt.»

Marconi ging um die hüfthohe Lavendelstaude herum. «Was vermuten Sie denn, wo er sich *rumtreibt*?»

Sie seufzte und ging in die Knie, um ihre Arbeit wieder aufzunehmen. Während sie den Kopf schüttelte, antwortete sie so leise, als unterhielte sie sich mit den Blumen. «Ole hat die Fischerei immer gehasst.»

Marconi überlegte, inwiefern das eine Antwort auf seine Frage war, hielt sich aber zurück und ließ die Frau in ihrem eigenen Tempo weiterreden. Tatsächlich vergingen einige Minuten, in denen sie die Schaufel beiseitelegte, eine junge schwarze Stockrose aus einem Pflanztopf nahm und sie in der frisch gegrabenen Kuhle platzierte. Als sie die Wurzeln mit Erde zugeschüttet hatte, stand sie auf, griff nach der Gießkanne und bewässerte ihr neues Familienmitglied.

«Ole wollte nie in die Fußstapfen seines Vaters treten, aber den hat das nicht interessiert. Was Klaus gesagt hat, wurde gemacht. Würde mich nicht wundern, wenn Ole schon dabei ist, sich nach was Besserem umzusehen.» Ihr Mund war seltsam angespannt, und er ahnte, dass sie diese Geschichte noch nie jemandem erzählt hatte.

«Und was ist mit Ihnen?»

«Mit mir?» Überrascht blickte sie ihn an. «Was soll mit mir sein?»

«Sehen Sie sich jetzt auch nach etwas Besserem um?» Marconi hatte es nicht aggressiv oder unverschämt ausgesprochen, eher interessiert und mitfühlend. Zu diesem Schluss schien auch die Witwe des Krabbenfischers gekommen zu sein. Sie winkte unwirsch ab.

«Wir müssen Klaus' Tod, so tragisch er auch ist, als einen Neuanfang sehen, Ole und ich. Wir haben nur noch uns.»

Und als Marconi den Mund öffnete, um nachzuhaken, ergänzte sie: «Hören Sie: Wenn Sie mir versprechen, mich künftig mit weiteren Besuchen zu verschonen, gebe ich Ihnen Oles Handynummer. Dann können Sie ihn selbst fragen, was Sie wissen wollen. Ich kann Ihnen jedenfalls nicht weiterhelfen.»

Nachdem sie ihm die Nummer ins Handy diktiert hatte, entfernte Marconi sich ein paar Schritte und wählte. Während es tutete, spazierte er zu den bestimmt dreißig Meter hohen Buchen an der Westseite des Grundstücks hinüber, die wohl wütende Stürme davon abhalten sollten, ungebremst an dem ehemaligen Bauernhof zu zerren. So unberechenbar, wie er den Norden bislang kennengelernt hatte, taten die Olsens gut daran, wettermäßig auf das Schlimmste vorbereitet zu sein. In der Tat hatte der Wind seit dem Morgen aufgefrischt, und die Äste der Giganten wiegten sich hin und her, wie die Arme jener aufblasbaren Schlauchpuppen, die vor Autohäusern oder Waschanlagen um Aufmerksamkeit buhlten. Dann mischte sich in das Rauschen der Blätter noch etwas anderes: ein Klingelton. Marconi legte auf, lauschte in die Stille, und sofort verstummte auch das Handyklingeln. Als er die Wahlwiederholung drückte, war der Klingelton erneut zu hören. Er folgte dem Geräusch um den Haubarg herum über die große Rasenfläche und an der Terrasse einer der Mietwohnungen vorbei bis zur Streuobstwiese. Auf der Rückseite des Haubargs entdeckte er ein drei mal vier Meter großes Tor. Aus der kleineren, darin eingelassenen Tür, die einen Spalt offen stand, drang ein Klappern und Scheppern zu ihm nach draußen. Und ganz eindeutig auch das Handyklingeln. Marconi stellte sich in die Tür.

«Hallo?»

Das Rumpeln erstarb. Nun war nur noch das Klingeln zu hören.

«Hallo?», wiederholte Marconi und trat durch die Tür. «Herr Olsen?»

Was er sah, als er ins Innere des Gebäudes trat, ließ ihn für einen Moment die Luft anhalten. Das komplette, mehr als tausend Quadratmeter große Reetdach wurde von nur vier mächtigen, miteinander verbundenen Eichenpfählen getragen. Bis in rund siebzehn Meter hielten Holzverstrebungen in dem steil abfallenden Dach das Reet in Position, das durch die Bretter hindurchlugte. Aus drei Meter Höhe sah Ole Olsen mit einer Mistgabel von einem gemauerten

Vorsprung, der einmal ein Heuboden gewesen sein musste, auf ihn herab. Allerdings schien dort längst kein Heu mehr zu lagern.

«Was ist?» Olsens Tonfall ließ darauf schließen, dass er keine Lust auf dieses Treffen hatte.

«Ich habe versucht, Sie anzurufen.»

«Ich gehe nicht ans Handy, wenn ich arbeite.»

«Was arbeiten Sie denn?» Marconi deutete auf die Mistgabel.

«Aufräumen.»

«Warum ist Ihre Mutter der Ansicht, dass Sie nicht da sind?»

«Willst du mich verarschen? Woher soll ich das wissen?»

«Wollen Sie nicht herunterkommen? Ich würde gerne einige Fragen klären.»

«Welche Fragen?»

Marconi antwortete nicht und gab dem Fischer mit einem Blick zu verstehen, dass seine Anwesenheit eine Etage tiefer gerade sehr erwünscht war. Olsen schien zwar zu begreifen, stützte sich aber demonstrativ auf den Griff der Mistgabel. Hinter ihm machte Marconi das Skelett eines Weihnachtsbaums aus, an dem traurig einige Fäden übersehenes Lametta baumelten.

«Warum fahren Sie seit dem Tod Ihres Vaters nicht mehr raus, Krabben fischen?»

Die Frage trieb Olsens Augenbrauen in die Höhe. «Was geht die Polizei das an? Ist doch meine Privatsache.»

«Ihre Mutter meint, Sie hassen Ihren Beruf?»

«Und wenn?»

«Dann sind Sie jetzt also frei, etwas anderes zu machen.»

«Kann sein, keine Ahnung. Und wenn schon.»

«War Klaus ein guter Vater?»

Erneut entgleisten Olsen die Gesichtszüge. Aber nur kurz.

«Was glaubst du denn?»

«Also eher nicht?»

«Geht dich nix an.»

«War er auch kein guter Ehemann?»

«Geht dich erst recht nix an.»

«Fast nie zu Hause, aber wenn er da war, mussten alle nach seiner Pfeife tanzen?» Marconi wusste, dass seine Fragen reine Spekulation und damit grenzwertig waren. Aber wie so oft, wenn deutsches Pflichtbewusstsein und italienisches Temperament in ihm miteinander rangen, setzte sich meist Letzteres durch.

Olsen gab ein leises, fast schon erschöpft klingendes Seufzen von sich. Marconi hoffte, dass er sein passiv-aggressives Verhalten aufgeben würde, aber Olsen schwieg.

«Hat er Sie geschlagen?»

«Selbst wenn, getötet habe ich ihn deshalb nicht.» Er schaltete schnell, das musste Marconi ihm lassen.

«Weshalb dann?»

Olsen stutzte, dann lachte er trocken und schüttelte den Kopf. «Netter Versuch.»

«Haben Ihnen die Kollegen von der Kripo erzählt, wie Ihr Vater gestorben ist?»

«Nein. Aber es hat mich auch nicht interessiert. Tot ist tot, oder etwa nicht?»

Marconi wiegte den Kopf hin und her, was das Interesse von Olsen zu wecken schien, der ihn nun fragend ansah.

«Jemand hat ihm eine Harpune in den Brustkorb gejagt.»

In Olsens Blick glomm kurz etwas auf, dann schlug er die

Augen nieder. Marconi konnte nicht einordnen, ob die Reaktion Erschütterung oder Überraschung verriet, dafür hatte sich Olsen zu gut unter Kontrolle.

«Als jemand, der erst seit ein paar Tagen am Meer lebt, frage ich mich, wozu man heutzutage überhaupt noch eine Harpune braucht.»

«In Norwegen oder Frankreich kannst du damit auf Fischjagd gehen», antwortete Olsen, nun misstrauisch.

«Und in Deutschland?», gab sich Marconi ahnungslos.

«Ist das Speerfischen verboten, der Besitz einer Harpune aber erlaubt.»

«Besitzen Sie so eine Waffe?»

Olsen zögerte, ehe er antwortete. «Und wenn?»

«Wenn Sie eine Harpune hätten, wo würden Sie sie dann aufbewahren?», wollte Marconi wissen.

«In meinem Motorboot vielleicht.»

«Das die meiste Zeit direkt hinter dem Sperrwerk festmacht?»

«Da oder im Hafen von Tönning.»

Marconi erstaunte es insgeheim, dass Ole Olsen zwar angespannt wirkte, aber nicht zu wissen schien, worauf er hinauswollte und bereitwillig Auskunft gab.

«Wenn Sie Ermittler wären ...»

Marconis Formulierung ließ Olsen aufhorchen. Er nahm die Mistgabel in die rechte Hand und stemmte die linke in die Hüfte.

«... was würden Sie denken, wenn in einer Leiche eine Harpune steckt und im Motorboot des Sohnes, der jahrelang unter seinem tyrannischen Vater gelitten hat, ein Shock Absorber liegt und die dazugehörige Harpune fehlt?»

Die Antwort kam umgehend. «Ich würde annehmen, der

Sohn hat sie in dem Mann versenkt, der seine Frau unterdrückt und seinem Sohn alle Möglichkeiten verbaut hat.»

«War das ein Geständnis?»

«Das war eine Antwort auf deine Frage, was ich denken würde, wenn ich Polizist wäre. Bin ich aber nicht. Und die Dinge sind nicht immer, wie sie scheinen.»

«Und wenn Ihre Fingerabdrücke auf der Mordwaffe gefunden werden?»

«Macht mich das nicht zum Täter. Die Harpune gehört schließlich mir.»

Natürlich hatte Ole Olsen recht. Aber ein seltsamer Zufall war es schon, dass Klaus ausgerechnet mit seiner Harpune getötet worden war. Marconi hatte keinen Schimmer, wie es sich sonst abgespielt haben könnte.

«Du hast keinen Schimmer, wer es außer mir sonst gewesen sein könnte, stimmt's?», feixte Olsen wie ein Megafon für Marconis Gedanken. «Jemand könnte es mir in die Schuhe schieben wollen. Und hat deshalb die Harpune von meinem Boot genommen.»

«Warum war die Waffe überhaupt für jedermann zugänglich?»

«Kommt ja nicht jeder in den Hafen, der ist mit einem Zaun abgesperrt.»

«Allerdings nicht sehr hoch. Wer da rüberwill, schafft das auch. Ich meinte aber, warum haben Sie die Harpune nicht ordentlich weggesperrt?»

Olsen zuckte mit den Schultern. Marconi wartete vergeblich darauf, dass da noch etwas hinterherkam.

«Wenn die Kollegen von der Kripo Sie danach fragen, wird das als Antwort nicht reichen», gab er zu bedenken. Und als Olsen auch darauf nicht antwortete: «Was wollen

Sie jetzt eigentlich machen? Also, mal angenommen, dass Sie Ihren Vater nicht umgebracht haben und nicht ins Gefängnis müssen.»

Bei Olsen schien die Erkenntnis einzusickern, dass Marconi nicht hier war, um ihn festzunehmen. Endlich legte er die Mistgabel aus der Hand und lehnte sie an die Dachschräge, dann stieg er die Treppe herab. Erst als er vor ihm stand, antwortete er. «Darüber habe ich mir noch keine Gedanken gemacht.» Er wandte sich zum Ausgang und verließ den Haubarg.

Marconi folgte ihm, vorbei an staubschweren Netzen von Spinnen, die darin ihrer Bestimmung des Tötens nachgingen, bis zu dem Spielplatz am Rande des weitläufigen Gartens. Olsen setzte sich auf eine Schaukel. Nachdem Marconi sich auf die zweite gesetzt hatte, schwiegen sie einige Sekunden miteinander.

«Jetzt, wo ich nicht mehr Krabben fischen *muss*, kann ich mir sogar vorstellen weiterzumachen.» Olsen sprach ganz langsam. Marconi hatte den Eindruck, er hätte fast vergessen, dass er da war. «Allerdings anders als vorher. Vielleicht fischen wir nur noch für den Eigenbedarf und eröffnen eine mobile Krabbenbrötchenbude am Strand, Mutter und ich. Das könnte ihr gefallen.»

«Das klingt wirklich nach einem guten Plan, Herr Olsen.»

«Vielleicht verkaufen wir den Haubarg auch und machen mit dem Geld was Sinnvolles, Urlaub zum Beispiel.» Olsen sah mit fast zärtlichem Blick in die Ferne zu den Bäumen, deren Äste vom Wind durchgeschüttelt wurden.

«Wird man so was denn schnell los?»

«Vor einiger Zeit war ein Interessent sehr hartnäckig, aber mein Vater wollte nicht verkaufen.»

«Wer kauft denn so ein Riesenhaus?»

«Der Mann wollte Luxusapartments hier einbauen und einen Wellnessbereich im Nebengebäude. Sie werden ihn nicht kennen, wenn Sie neu hier sind. Ein lokaler Bauunternehmer.»

Marconi stutzte. «Jürgen Harzmeier?»

Endlich wandte Olsen den in die Ferne gerichteten Blick Marconi zu, Überraschung im Gesicht. «Sie kennen ihn?»

«Kann man so sagen. Wann war das?»

«Vor rund zwei Jahren.» Olsen sah wieder auf die Bäume am Rand des Grundstücks und schaukelte, als würde er den ganzen Tag nichts anderes tun.

«Aber Klaus wollte nicht verkaufen?»

«*Nur über meine Leiche*, hat er immer wieder gesagt, obwohl ich Harzmeiers Angebot echt großzügig fand. Mein Vater hatte eben einen sturen Dickschädel.»

Da ist er nicht der Einzige, dachte Marconi. Er würde aus Olsen nichts Nützliches mehr herausbekommen. Zeit, das Ganze abzuschließen. Er stand auf und stellte sich vor den schaukelnden Fischer, sodass dieser abbremsen musste. «Sie lagen in der Nacht von Sonntag auf Montag mit Fieber und Schüttelfrost im Bett?»

«Das hatten wir doch schon besprochen.» Olsen schaute ihm ins Gesicht, aber nicht in die Augen.

«Und Ihre Mutter wird das bezeugen können?»

«Klar!»

«Die gleiche Mutter, die mich eben mit einer Lüge loswerden wollte?»

«Ich weiß, ich bin tatverdächtig. Aber mehr als die Wahrheit kann ich dir nicht bieten.» Olsen sprang von der Schaukel. «Und ich kann nur darauf vertrauen, dass du mir eine ehrliche Chance gibst. Auch wenn die von der Kripo das nicht tun werden.» Er griff sich eine Schubkarre und marschierte grußlos Richtung Streuobstwiese davon.

Auf dem Weg zurück zu seinem Auto winkte Marconi Petra Olsen noch einmal zu, die gerade ein Tablett mit zwei Stullen und zwei Gläsern auf dem kleinen Tisch vor dem Haus absetzte.

Marconi begriff in dieser Sekunde, dass es für Petra Olsen unerheblich war, ob Ole ihren Mann getötet hatte. Und dass sie nun endlich die Mutter für ihren erwachsenen Sohn sein würde, die sie von Anfang an hatte sein wollen. Solange ihr niemand das Gegenteil beweisen konnte, hatte Ole in jener Nacht mit Grippe im Bett gelegen, umsorgt von der eigenen Mutter, während Klaus in die ewigen Fischgründe befördert worden war.

19

Marconi erhält einen Gruß aus der Hölle

Vorbei an Rindern in sämtlichen Braunschattierungen reizte Marconi den Toleranzbereich maximal aus, um so schnell wie möglich die nächste Katastrophe zu erreichen. Während das Gespräch mit Ole Olsen noch in ihm arbeitete, versuchte er den Fokus auf das zu richten, was ihn hinter dem Deich erwarten würde. Schafe hatten sich kauend auf der Deichkrone niedergelassen, quasi in ihrer eigenen Loge mit Rundumblick. Anders als ihm schien ihnen der penetrante Nieselregen nichts auszumachen. Er öffnete das Tor, das motorisierten Verkehr vom Deich fernhalten sollte, fuhr den geteerten Weg hinauf, auf der dem Meer zugewandten Seite wieder hinunter und sah den rot-weiß gestreiften Leuchtturm, den er bislang nur aus der Fernsehwerbung für ein herbes Friesenbier kannte. Er kam sich vor, als würde er durch einen überdimensionierten Tuschekasten fahren: die saftig grünen Wiesen am Deich, darauf weiße Wollknäuel, die den Rasen fraßen und die Erde darunter festtraten, das braune Watt in einiger Entfernung, das rot leuchtende Wahrzeichen, auf das er zufuhr, und die versteckten Farbtupfer zu beiden Seiten der Fahrbahn, die von blau blühendem Knabenkraut herrührten und von gelben Feldblumen, die er nicht zuzuordnen wusste. Er konnte in Ansätzen schon nachvollziehen, was Menschen an dieser

Szenerie reizte. Aber der graue Himmel wusste dieses Landschaftsgemälde zuverlässig zu verderben.

Pilgerströme, wie er sie sonst nur von Wallfahrtsorten kannte, erstreckten sich auf den Pfaden unter ihm zwischen Deich und Wattenmeer. Er kam nicht schneller als im Schritttempo voran, weil Fußgänger und Radfahrer auf die Salzwiesen links und rechts neben dem schmalen Weg ausweichen mussten, der gerade so seinem Polizeiwagen Platz bot. Endlose Minuten später bog er ab und folgte dem asphaltierten Weg zum Leuchtturm von Westerheversand, wo neben dem Polizeiwagen zwei weitere Autos parkten.

Nach einem kurzen Spaziergang erblickte er Eva und Jens, die sich im Gespräch mit zwei ernst dreinblickenden Frauen befanden. Als er zu ihnen trat und das Elend mit eigenen Augen sah, wusste er ihre Gesichtsausdrücke zu deuten.

Im Gegensatz zu seiner Mutter glaubte er nicht an biblische Sagen wie die von den zehn Plagen. Angeblich hatte Gott die Pest geschickt und mit ihr alle Pferde, Kamele, Rinder und Schafe Ägyptens dahingerafft. Und doch konnte er nicht anders, als genau daran zu denken. Vor seinen Füßen trieben in flachen Senken dicht gedrängt Fische mit dem Bauch nach oben in den auslaufenden Wellen. Er hob den Blick und konnte kein Ende dieses irrsinnigen Fischfriedhofs ausmachen. Es mussten Tausende, wenn nicht Zehntausende Tiere sein. Und sekündlich schwirrten mehr Möwen über ihren Köpfen, die sich über das unverhoffte All-you-can-eat-Büfett hermachten.

Jens stellte die beiden Frauen, die sich so ähnlich sahen, dass sie Schwestern hätten sein können, als Biologin und Küstenforscherin Constanze Islei von der Uni Kiel und Evelyn Siburski von der Schutzstation Wattenmeer in Husum vor. Beide hatten blonde Kurzhaarschnitte, beide hatten grau-blaue Augen, beide sahen ihn mit einem Blick an, als würden sie an einem Grab stehen – was im Prinzip ja auch der Fall war.

«Was ist passiert?», fragte er, während er sie nacheinander per Handschlag begrüßte.

«Eine Katastrophe», sagte Evelyn Siburski.

«Ein Gruß aus der Hölle», meinte Constanze Islei.

Das erschien Marconi doch etwas melodramatisch, aber er hielt sich zurück. «Ist so was normal?» Er deutete unbestimmt auf das Massaker vor ihnen.

Evelyn Siburski sah aus, als würde sie gleich in Tränen ausbrechen. «Ein solch dramatisches Massensterben am Strand gab es meines Wissens in dieser Form noch nicht.»

Marconi ging in die Knie und besah sich die Kadaver aus der Nähe. «Was ist das überhaupt? Sieht aus wie Matjes.»

Siburski von der Schutzstation sah ihn entgeistert an und suchte in seinem Gesicht nach Anzeichen, dass das ein Scherz gewesen war. Offenbar erkannte sie keine, und sie gab ein Schnauben von sich. «Matjes ist kein Fisch.» Als sie sah, dass Marconi widersprechen wollte, nahm sie eines der toten Tiere in die Hand. «Das ist ein Hering, der zu Matjes oder Rollmops oder was auch immer verarbeitet wird.»

Obwohl er sich maßlos über Leute ärgerte, die von ihrer persönlichen Lebenswelt ausgingen und meinten, ihr eigenes Wissen wäre Allgemeingut, schluckte er die patzige Antwort hinunter, die ihm auf den Lippen gelegen hatte.

«Also, womit haben wir es hier zu tun?»

«Was wir schon wissen: Es war kein Unfall», ergriff Evelyn Siburski das Wort. «Heringe sind sehr gute Schwimmer und verirren sich nicht massenhaft aus Versehen in gefährlich flache Gewässer.»

Jens hob seine Polizeimütze etwas an, um sich nachdenklich den Kopf zu kratzen. «Könnte es denn an Wassertemperatur, Algen oder Sauerstoffmangel gelegen haben?»

«Tja.» Constanze Islei hob die Arme in einer einzigen Geste der Ahnungs- und Hoffnungslosigkeit. «Der Klimawandel macht den Meeresbewohnern insgesamt zu schaffen. Aber dass sie auf einen Schlag in so großer Menge verenden? Zumal ihr Konditionsindex recht unauffällig aussieht.»

«Konditionsindex?», hakte Eva nach.

«Eine Art Bodymaßindex für Fische», sagte die Küstenforscherin, während sie zum wiederholten Male in die Knie ging und einzelnen Heringen über den Körper strich. Eine fast zärtliche Geste.

«Das heißt, Sie können nicht abschätzen, was hier passiert ist?» Marconi versuchte, seine Ungeduld zu unterdrücken.

«Noch heißt es *Wissen*schaft und nicht *Abschätzungs*schaft», gab die Forscherin schnippisch zurück. «Ich schicke die Kadaver an die Universitäten in Kiel, Hamburg und Oldenburg, an Biologen in Husum und Büsum und das Landeslabor Schleswig-Holstein. Gemeinsam machen wir uns an die Ursachenforschung. Und bevor Sie fragen ...» Ihr Seitenblick galt Marconi. «Das erledigt sich nicht in Stunden und möglicherweise auch nicht in wenigen Tagen. Manchmal kann es dauern, bis man Gewissheit hat.»

Damit wandte sich Constanze Islei ab, ging zu ihrem Wagen und kam kurz darauf mit Behältern zurück, in die sie vorsichtig einige der verendeten Tiere hineinlegte.

«Die Schutzstation Wattenmeer wird überprüfen, ob es Veränderungen beim Salzgehalt, bei den Strömungen oder der Wasserdichte gibt», sagte Evelyn Siburski und sah nacheinander Marconi, Eva und Jens an. «Aber vielleicht gibt es am Ende auch nicht die eine Ursache, sondern eine Kombination aus verschiedenen Gründen.» Sie füllte Meerwasser und Sedimente in kleine PET-Flaschen, die sie – vorausschauender als ihre Kollegin – gleich mitgebracht hatte.

Etwas ratlos sah Marconi zu dem knapp vierzig Meter hohen Turm mit den markanten weißen und roten Streifen und sog die salzige, frische Luft ein. Was war hier passiert? Tausende Fische begingen doch keinen kollektiven Selbstmord. Erst der tote Krabbenfischer, jetzt das. Konnte es einen Zusammenhang zwischen diesen beiden Ereignissen geben? Aber wie sollte der aussehen? Sein Aufenthalt auf Eiderstedt erschien ihm wie ein anhaltendes Kopfzerbrechen.

«Böse Zungen könnten behaupten», sagte Eva, die sich mit Jens zu ihrem Vorgesetzten gesellte, «dass du unserer beschaulichen Halbinsel bislang nicht gerade Glück gebracht hast.»

Marconi stöhnte auf. «Glaub mal nicht, das würde nicht auf Gegenseitigkeit beruhen!»

Jens legte eine Hand auf Marconis Schulter, nahm sie aber wieder runter, wohl weil er merkte, dass die Geste recht innig war. «Deine Sorge, dich zu Tode zu langweilen, war jedenfalls offensichtlich unbegründet.»

Marconi sah auf seinem Mobiltelefon nach der Uhrzeit. «Ich brauche dringend was zu essen und starken Kaffee.»

Sie standen schon an ihren Autos, als Marconi ein Gedanke wie ein Blitz durchfuhr. In seinem Gehirn hatten Synapsen ein Feuerwerk in Gang gesetzt und eine Erinnerung an die Oberfläche gespült. So schnell es der unebene Boden zuließ, ging er zurück zu dem Tierfriedhof.

Verwundert sahen Evelyn Siburski und Constanze Islei, die im Watt knieten, zu ihm auf.

«Wäre es möglich, dass die Tiere an einem Stromschlag gestorben sind? Sie wissen doch, dass im Wattenmeer ein Elektrofischer unterwegs ist?» Ohne eine Antwort abzuwarten, fuhr Marconi fort. «Für den Meeresgrund soll diese Art des Fischens ja nachhaltiger sein. Aber das hier sieht mir schon stark nach Massenexekution aus.»

Die beiden Frauen warfen sich einen Blick zu und standen langsam auf, was wie eine einstudierte Choreografie aussah.

«In Laborexperimenten sind beim Elektrofischen Tiere gestorben», sagte Constanze Islei, allerdings mehr zu sich selbst oder zu Evelyn Siburski als zu Marconi. «Einige Kabeljaue verkrampften so stark, dass sie sich die Wirbelsäule brachen.»

Siburski nickte zunächst, schüttelte dann den Kopf und wiegte ihn schließlich hin und her. «Das war am Anfang, aber die Stromstärken wurden angepasst, seitdem stirbt kein Fisch mehr dabei.»

«Könnte nicht etwas schiefgelaufen sein?» Marconi wollte noch nicht von seiner Idee lassen. Allerdings schüttelten nun beide Frauen unisono den Kopf.

«Fischer dürfen nur maximal sechzig Volt verwenden, höher können sie die Voltzahl bei den neuen Geräten gar nicht stellen», sagte Islei, und Siburski ergänzte: «Außerdem sammelt ein Bordcomputer alle Daten über die Stromstöße und schickt sie an die Bundesanstalt für Landwirtschaft und Ernährung.»

Marconi bedankte sich für die Information. «Berücksichtigen Sie bitte trotzdem bei ihren Untersuchungen die Möglichkeit eines tödlichen Stromschlags.» Bevor er sich ein weiteres missbilligendes Blickduett einhandelte, drehte er sich um und ging zu seinem Wagen.

Wenig später saßen sie zu dritt auf Holzstühlen unter einem riesigen uralten Apfelbaum. Da im kleinen Gastraum des *Landcafé Éclair* alle Tische belegt gewesen waren, hatten sie kurz entschlossen mit Geschirrtüchern die Regenreste abgewischt und im lauschigen Garten des reetgedeckten Hauses Platz genommen. Marconi hatte seine Tomatensuppe bereits aufgegessen und machte sich immer noch hungrig über den Schokoladen-Käse-Kuchen mit Johannisbeeren her.

Die toten Fische waren ihm offenbar nicht auf den Magen geschlagen, wohl aber aufs Gemüt. Nach wie vor über das Massaker nachgrübelnd, pickte er mit der Kuchengabel auch den letzten Krümel von seinem blumenverzierten Porzellanteller, befürchtete jedoch, dass er hier und jetzt nicht weiterkam. Vielleicht sollten sie sich für den Moment einer anderen Spur zuwenden. Er nahm einen Schluck Kaffee und spürte, wie das Koffein an den entsprechenden Stellen im Gehirn andockte. Wie aus einem unruhigen Schlaf erwacht, berichtete er Jens und Eva von der Begegnung mit Ole und Petra Olsen. Er ließ weder Petras Lüge aus, noch Oles Bekenntnis, ein Motiv gehabt zu haben, den eigenen Vater umzubringen.

«Glaubst du ihm? Ich meine, dass er es *nicht* war?» Eva

wischte sich den Puderzucker ihrer frisch gebackenen Waffel mit der Serviette vom Mund. So köstlich sahen die Waffeln aus, dass er sich vornahm, Klara und Stefano je eine davon mitzubringen.

«Irgendwie schon. Aber wenn ihm sogar die eigene Mutter die Tat offenbar zutraut, wäre es dann nicht fahrlässig, ihn schon vom Haken zu lassen?»

«Hat die Mordkommission aus Flensburg denn schon mit ihm gesprochen?», fragte Jens, während er der Bedienung winkte und einen doppelten Espresso macchiato bestellte.

«Tja.» Marconi rührte konzentriert seinen Kaffee, obwohl er gar keinen Zucker hineingetan hatte. Dann trank er mit kleinen Schlucken weiter.

«Wenn das hier eine Vernehmung wäre», Eva musterte ihn, halb belustigt, halb skeptisch, «würde ich annehmen, du versuchst, Zeit zu schinden.»

Seufzend stellte Marconi die Tasse ab. «Wie gut, dass das hier keine Vernehmung ist.»

Als bei Jens die Erkenntnis einsickerte, sah er seinen Chef aus weit geöffneten Augen an. «Du hast der Kripo gar nichts von unseren Erkenntnissen erzählt?»

Marconi wand sich innerlich. «Ich rufe heute Nachmittag in Flensburg an.»

«Das hatten wir anders besprochen, Massimo.» Jens war anzusehen, dass es ihm nicht leichtfiel, seinem Vorgesetzten Paroli zu bieten. «Ich bin echt teamfähig. Aber ein Mannschaftssport funktioniert nur, wenn sich auch alle an die Spielregeln halten.»

«Fertig?», fragte Marconi freundlich.

«Erst mal schon», entgegnete Jens.

«Erstens: Mit Mannschaftssport kannst du mich jagen», sagte Marconi.

«Mich auch. War bloß die erstbeste Metapher, die mir eingefallen ist.»

«Und zweitens: Du hast recht. Viele Italiener sind ja bekanntermaßen nicht sehr autoritätshörig. Aber wer die Gelbe Karte gezeigt bekommt, wäre ziemlich dämlich, sich noch lautstark zu beschweren und einen Platzverweis zu riskieren. Ich kümmere mich um die Kollegen in Flensburg.»

Marconi hielt Jens die ausgestreckte Hand hin, die der zu Recht als Friedensofferte auffasste und ergriff.

«Schön, dass die Jungs sich nicht mehr um den Ball streiten», schaltete sich Eva ein. «Ich kann übrigens auch noch etwas berichten. Ich habe mich wegen der defekten Lampen am Eidersperrwerk erkundigt.» Sie bemerkte die fragenden Gesichter von Jens und Marconi. «Na, die in der Mordnacht ausgefallen waren. Hat sich herausgestellt, dass niemand sie absichtlich ausgeschaltet hat. Die Glühbirnen haben einfach über die Zeit eine nach der anderen den Geist aufgegeben und wurden nicht ausgetauscht.»

«Ein Elektriker scheidet als Täter somit wohl aus.» In Gedanken versunken, sah Marconi hinüber zur Terrasse, die von einem handgefertigten Zaun aus Ästen umrahmt wurde, den wiederum Katzen und Vögel aus Keramik zierten. «Also, was haltet ihr von der Herings-Apokalypse?», fragte er nach einer Weile.

«Albtraum!», meinte Jens.

«Echt der Horror», meinte Eva. «Hoffentlich finden die Wissenschaftlerinnen schnell eine Erklärung.»

«Meint ihr, dass das in irgendeiner Weise mit unserem Krabben-Klaus zusammenhängt?», legte Marconi ihnen seine Vermutung nahe. «Ich frage mich, ob Henning Voss in dieser Sache mit drinhängt.»

«Der Elektrofischer?» Jens wirkte nicht überzeugt.

Eva hatte die Stirn in Falten gelegt. «Glaubst du, die toten Fische gehen auf sein Konto?»

«Ich glaube jedenfalls nicht an Zufälle. Unser ermordeter Krabbenfischer hat Voss mit einer Klage gedroht, kurz darauf ist er tot. Und als wäre das nicht genug, treiben tote Fische in eurem geliebten Wattenmeer, die meiner Meinung nach unter Strom gesetzt worden sein könnten – aus Versehen oder absichtlich.»

Der Nieselregen setzte wieder ein. Jens, der als Einziger nicht vom schützenden Blattwerk des Apfelbaums profitierte, blickte nach oben, kniff die Augen zusammen und setzte sich seine Polizeimütze auf. «Wir sollten es nicht ausschließen.»

«Immer schwierig, etwas mit Gewissheit auszuschließen, wenn man nur bruchstückhafte Informationen hat», bemerkte Marconi.

«Was schlägst du vor?», fragte Eva.

«Ich mache meine Hausaufgaben und spreche mit den Kripokollegen. Könnt ihr bei der Bundesanstalt für Landwirtschaft und Ernährung die Daten von Elektrofischer Voss einholen?»

Jens meldete sich, als wäre er in der Schule. «Das übernehme ich. Eva darf zwei Grundschulklassen Verkehrsregeln erklären.»

«Sehr schön.» Marconi erhob sich, um im Café die Rechnung zu bezahlen und zwei Waffeln zu kaufen. «Fahrt ihr schon mal vor. Ich hab noch eine Kleinigkeit zu erledigen.»

Nach einem zwanzigminütigen Vortrag von einem Mann mit Schnauzer, der die Bezeichnung *Pornobalken* durchaus verdiente, rauchte Marconi der Kopf. Mehr als ein Dutzend Handymodelle hatte der Besitzer des einzigen Elektrofachgeschäfts im Ort aus den verstaubten Regalen gezogen und die jeweiligen Vor- und Nachteile ausführlich erörtert. Um die Sache zu beschleunigen, entschied Marconi sich für das Exemplar, das ihm am nächsten lag. Immerhin ging es ihm nur um die Grundfunktion und einen langlebigeren Akku.

Während er an der Kasse bezahlte, streifte sein Blick die Titelseite der Tageszeitung, die auf dem Tresen zum Verkauf auslag. Draußen wollte er sich gerade an einer Gruppe Touristen in Öljacken und Regenhosen vorbeidrängen, die sich in westfälischem Dialekt unterhielten, als in seinem Gehirn etwas einrastete. Er ging zurück in den Laden, griff nach der Tageszeitung und starrte ungläubig aufs Titelblatt. Dann legte er eine Zwei-Euro-Münze auf den Tresen und marschierte wieder aus dem Laden, ohne auf sein Rückgeld zu warten.

20

Dilan erlebt einen lustigen Zufall, der weder Zufall noch lustig ist

Sankt Peter-Ording bestand wirklich zu achtzig Prozent aus Himmel, dachte Dilan, als er von seiner Mitarbeiter-WG im Zentrum kommend die schmale Straße zwischen Kiefernwäldchen und Salzwiesen Richtung Strand verließ. Die Weite, die es dem Blick erlaubte, in drei Himmelsrichtungen bis zum Horizont zu sehen, berauschte ihn. Er konnte das Schwinden des Tages mehr fühlen, als dass er es wirklich sah. Das Licht ging von einem strahlenden in ein schimmerndes Graublau über. Ein Ziehen in seiner Körpermitte, irgendwo zwischen Magen, Herz und Lunge, durchflutete ihn wie bei einer Achterbahnfahrt, kurz vor der ersten, der steilsten Abfahrt, und er schob es auf die Kombination aus Landschaft und der Aussicht, gleich auf Merle zu treffen. Der Gedanke, die drei Stunden bis zu seiner Nachtschicht mit seiner Freundin zu verbringen, ließ ihn eiliger gehen. Der Sand unter seinen nackten Füßen war vom Nieselregen am Nachmittag noch feucht. Zu beiden Seiten säumte Schilfrohr den schmalen Pfad, teils golden, teils tiefviolett, darin surrte und brummte es wie in einem Großraumbüro, was es in gewisser Hinsicht ja auch war.

Endlich tauchte vor ihm der Pfahlbau auf, in dem sich die *Strandbar 54 Grad Nord* befand. Es war Flut und das Gebäude stand schon so weit unter Wasser, dass es nicht mehr über die Holztreppe, sondern nur noch über einen langen Holzsteg zu erreichen war. Hinter der Strandbar tauchte ein Kitesurfer auf, dessen Silhouette sich vor dem Horizont abzeichnete. Dilan bog ab und steuerte auf das Wassersportcenter in dem flacheren roten Pfahlbau zu, in dem sich Merle in jeder freien Minute aufhielt, wenn sie nicht gerade die Welt rettete.

Da sah er sie schon am Holzgeländer. Sie hatte den Neoprenanzug gegen Jeans und einen übergroßen Kapuzenpullover ausgetauscht und hielt wie üblich eine Zitronenlimo in der Hand. Gerade wollte er sich bemerkbar machen, doch dann fiel ihm die Person neben ihr auf. Es war Fabian von *GreenPlanet*, der mit einer Flasche Bier in der Hand nah bei ihr stand. Viel zu nah.

Als Dilan bei ihnen ankam, war ihm, als trete Fabian einen kleinen Schritt zurück. Oder bildete er sich das bloß ein? Merle gab Dilan einen Kuss auf den Mund, Fabian hielt ihm die erhobene Hand hin und als er einschlug, zog er ihn an sich heran und umarmte ihn wie einen Bruder. Dann ging er zur Bar, um zwei weitere Bier zu holen.

«Ich wusste nicht, dass Fabian auch surft», sagte Dilan so neutral wie möglich.

«Er kennt den Inhaber des Wassersportcenters und war zufällig hier, als ich vom Surfen zurückgekommen bin», entgegnete sie gut gelaunt und beobachtete an ihm vorbei die anderen Jugendlichen und jungen Erwachsenen.

«Lustiger Zufall», sagte Dilan lahm. Sein Blick fiel auf Merles helle Haut, die so weiß aussah wie Porzellan. Wahrscheinlich hatte er auch deshalb das Gefühl, auf sie aufpassen zu müssen: damit sie nicht zerbrach. Er griff nach ihrer Hand, umschloss ihre Finger und bedeckte sie sanft mit Küssen. Überrascht sah sie ihn an, ließ es aber geschehen und protestierte auch nicht, als er sie an sich zog und ihren Hals direkt an der Stelle unterhalb ihres Ohres küsste. Er konnte die Gänsehaut sehen, die sich sofort einstellte, kaum dass seine Lippen sie berührten. Doch als er sich wieder von ihr löste, sah er, wie sie die Augenbrauen so tief zusammenzog, dass sie wie ein einziger, wenn auch schöner Balken aussahen. Er folgte ihrem Blick und entdeckte zwei Fischerboote, die sich in einiger Entfernung durch die Nordsee schoben.

«Elende Massenvernichtungswaffen», murmelte Merle.

Auf der Terrasse der Pfahlbau-Strandbar zeigten einige Besucher hinaus aufs Meer. Vereinzelt wurden Kinder hochgehoben, damit sie die Boote besser sehen konnten.

«Die Großen zeigen den Kleinen, woher ihre Fischstäbchen kommen», witzelte Dilan.

Merle funkelte ihn wütend an. «Wenn die Menschen die Fische mit eigenen Händen töten oder zusehen müssten, wie Krebse und Babyschollen elend an Bord ersticken, dann würden sie weder essen, was sie dort essen, noch den Leuten hinterherwinken, die da mordend durch unsere Nordsee pflügen.»

«Das stimmt», sagte Dilan. «Deshalb bin ich sehr für Fischzucht in nachhaltigen Aquakulturen.»

Sie sah ihn entgeistert an. «Diese Konzentrationslager sind auch nur eine Vorstufe der Massenvernichtung.»

«Das stimmt nicht, Merle. Da hat sich in letzter Zeit einiges getan», entgegnete er.

«So ein Unsinn, selbst wenn man Haftbedingungen verbessert, leiden dort immer noch Millionen unschuldiger Lebewesen.» Sie funkelte ihn an.

«Lass uns nicht schon wieder darüber streiten.»

«Das solltest du dir überlegen, bevor du so dumme und falsche Dinge von dir gibst.» Sie löste sich aus seiner Umarmung. Als sie an ihm vorbeisah, hellte sich ihre Miene auf. Fabian drückte ihnen eine Flasche *Lille Helles* in die Hand. Dilan presste die Lippen aufeinander. Eine Gruppe Jugendlicher kam mit Surfbrettern unter den Armen aus dem Wasser an den Strandkörben vorbei auf sie zu. In diesem Augenblick beneidete Dilan sie um ihre Unbeschwertheit.

«Warum kann die deutsche Regierung nicht einfach den dänischen Weg gehen und Fischfang im Wattenmeer komplett verbieten?», sagte Merle. Düster blickte sie hinaus aufs Meer.

«Weil unsere Regierung noch immer handelt, als würde man ihr eine Truhe voller Geldscheine überreichen. Und sie weiß nichts Besseres damit anzufangen, als die Scheine in Brand zu setzen», sagte Fabian, und Dilan bemerkte, dass Merle ihn aufmerksam musterte. Dilan fand das Bild reichlich schräg, verkniff sich aber einen Kommentar.

Einige Augenblicke sagte keiner ein Wort. Jeder schien seinen eigenen Gedanken nachzuhängen. Dann sagte Merle leise: «Ich wünschte, mehr Leute würden den Mut aufbringen und die Fischer am Morden hindern.»

Dilan schluckte schwer und gerade, als er entgegnen wollte, dass sie so etwas doch nicht sagen könne, fügte Fabian, ebenso leise, fast flüsternd, in verschwörerischem Tonfall hinzu: «Es geschieht dem alten Olsen recht, dass er gekillt wurde. Schließlich hat er mehrmals gedroht, uns umzubringen.»

Dilan hielt den Atem an und suchte in den Gesichtern

seiner Freunde nach einem Zeichen, das das Gesagte als Scherz entlarvte. «Ihr ... kanntet den getöteten Fischer?»

Fabian nickte. «Vor ein paar Wochen kam er mit zwei anderen Krabbenfischern auf unseren Infostand in der Fußgängerzone zugestürmt und drohte uns. Sie dachten, wir hätten in der Nacht davor ihre Netze zerschnitten. Klaus Olsen hat mich am Kragen gepackt. Wenn seine Kumpels ihn nicht zurückgehalten hätten, hätte er mich wahrscheinlich verprügelt.»

«Aber ihr seid es gewesen?» Er sah entsetzt von Fabian zu Merle und wieder zu Fabian. «Ihr habt die Netze zerstört?»

Die beiden warfen sich einen Blick zu, mit dem sie auszuloten schienen, ob sie Dilan einweihen sollten.

«Er war kein guter Mensch», sagte Merle schließlich und eine Kälte lag in ihrer Stimme, die Dilan Gänsehaut den Rücken hinunterjagte. «Also hat er auch keine gute Behandlung verdient.»

Dilan sah seine Freundin an, unschlüssig, wie er reagieren sollte. Dann nahm er Merle in den Arm, mehr, um sich selbst daran zu hindern fortzulaufen. Er spürte, wie sich ihre Hände auf seinen Rücken legten, während die beiden Fischerboote endlich aus seinem Blickfeld verschwanden.

21

Marconi steht am Abgrund – und ist morgen vielleicht schon einen Schritt weiter

Stefano presste seine Zunge fest zwischen die Lippen, während er den Pecorino über die Reibe gleiten ließ. Neben der Spüle verquirlte Klara Eigelbe in einer Schüssel. Marconi hatte die beiden nicht lange dazu überreden müssen, ihm beim Kochen zu assistieren. Kurz hatte er sich gefragt, ob er Klara die Zeitung zeigen sollte, die Entscheidung darüber aber auf später vertagt. Nun stand Stefano auf einem kleinen Tritthocker links, Klara rechts neben Marconi, der Nordseekrabben in einem Sieb abspülte. Vorsichtig gab Stefano die Spaghetti in das kochende Wasser, während Marconi die Krabben in die Pfanne gleiten ließ. Sobald sie goldrosa schimmerten, gab er die abgeschüttete Pasta dazu. Klara goss ein Ei-Parmesan-Gemisch über die Pfanne, mixte es durch, bis der Käse schmolz, und gemeinsam hoben sie drei gleich große Portionen in die extragroßen tiefen Teller. Marconi entging der stolze Ausdruck auf beiden Kindergesichtern nicht.

Er versah die drei Portionen mit etwas Pfeffer und einer dekorativen Pecorino-Krone. Dann setzten sie sich an den Tisch. Er hatte vorgeschlagen, Klaras Lichterkette aus Schmetterlingen auf die Mitte des Esstisches zu legen und anschließend die Deckenbeleuchtung gelöscht.

«Mmmmmh.» Klara schloss die Augen. Stefano tat es seiner großen Schwester gleich und nickte wie zur Bestätigung.

Marconi sparte sich die Nachfrage, ob es schmeckte. «Mit ein bisschen Fantasie bekommen wir eure norddeutsche Küche zusammen hin. Oder?»

Wieder nickte Stefano und diesmal stimmte Klara mit ein. «Kochen wir morgen wieder Spaghetti Krabbonara?», wollte Stefano wissen.

«Das», meinte Marconi kauend, «oder Küsten-Cannelloni.»

«Was ist das?», erkundigte sich Klara mit gerunzelter Stirn, als überlegte sie, ob oder wo sie davon schon einmal gehört hatte.

«Na, Cannelloni kennt ihr doch sicher. Und statt der Fleischfüllung nehmen wir einfach den Seehecht vom Markt.»

Stefanos Blick suchte den seiner Schwester. Sie sahen sich an. Klara sagte leise: «Ja, das wäre schön», und steckte sich eine weitere Gabel Nudeln in den Mund.

Marconi bedachte die beiden Kinder mit einem Lächeln. Gutes Essen war einer der Gründe des Daseins. Ein weiterer, das dämmerte ihm allmählich, saß mit ihm hier am Tisch. Und die restlichen hoffte er irgendwann noch zu finden.

«Wer hat Lust auf Nachtisch?», fragte er, nachdem der Topf und alle Teller geleert waren.

«Was für Nachtisch?», erkundigte sich Stefano neugierig.

«Hol mal die Tüte Karotte-Banane aus dem Schrank», schlug Marconi vor.

«Och nö, Karotten sind doch kein Nachtisch!», protestierte Stefano enttäuscht.

«Sind sie schon, wenn sie in Gummibärchen in Matrosenform stecken», antwortete Marconi im gleichen nörgelnden Tonfall.

«Gummibärchen!» Stefanos Blick hellte sich schlagartig auf.

«Aber nur, wenn wir sie auf einem kleinen Spaziergang naschen, um das ganze Essen zu verdauen.»

Klara stöhnte auf. «Hast du mal rausgeguckt? Es regnet!»

«Ist bestimmt warmer Regen.» Marconi grinste.

Kauend und schmatzend marschierten sie kurz darauf den Weg hinter ihrem Haus auf den Böhler Leuchtturm zu. Klara hatte den Mund geöffnet, als Marconi sich die Gummistiefel und Regenjacke von Nevio genommen hatte, ihn aber wieder geschlossen und stattdessen die Lippen fest aufeinandergepresst. Er konnte ihr Unbehagen nachvollziehen, natürlich. Allerdings war seine Garderobe vieles, aber ganz offensichtlich nicht für ein Leben im Dauerregen geeignet. Stattdessen hatte er ihr die offene Tüte hingehalten, und sie hatte nach kurzem Zögern zwei Gummi-Seemänner daraus genommen.

Sie ließen den teerbedeckten Deich hinter sich und betraten die Salzwiesen, die das Wohngebiet vom Meer trennten. Der Sand, nassschwer und betongrau, bildete eine feste Fläche unter Marconis Gummistiefeln. Der hochgewachsene Sandhafer erschien ihm fast urwaldartig. Er wich einem lilafarbenen Gewächs aus, von dem er nicht wusste, ob es Strandflieder war, Lavendel oder doch Unkraut. Aber es rang Marconi Respekt ab, dass überhaupt etwas hier überlebte, permanent davon bedroht, von Salzwasser überflutet zu werden.

Klara deutete auf eine gummiartig aussehende Pflanze. «Queller! Papa hat immer welchen gepflückt, obwohl das eigentlich nicht erlaubt ist, und dann was damit gekocht.» Ihr Blick trübte sich leicht.

Marconi betrachtete die dickfleischigen und verzweigten Stängel skeptisch, die wie Wüstenpflanzen aussahen, und konnte sich kaum vorstellen, wie sie schmecken sollten. Klara brach drei kleine Stücke ab und reichte ihrem Bruder und Marconi je eins. Der zögerte, wollte sich aber auch keine Blöße geben. Die Konsistenz war die von grünem Spargel. Es schmeckte nicht nur salzig, sondern auch leicht pfeffrig.

«Fang mich!» Stefano, der sein Stück bereits verschlungen hatte, tippte Klara an und lief flink voraus. Klara rannte hinterher. Marconis Telefon vibrierte in der Hosentasche und nach einem Blick aufs Display nahm er ab.

«Alles okay? Ich mache mir Sorgen.»

Zu Recht, dachte Marconi. Laut sagte er: «Du machst dir immer Sorgen und meist zu Unrecht.»

«Klar mache ich mir Sorgen, das gehört zu den Grundrechten eines liebenden Vaters!»

Er hörte Cosimo durch den Hörer grinsen und musste selbst lächeln. Es tat gut, seine Stimme zu hören.

«Im Ernst: Geht's dir gut, mein Sohn?»

«Ja, Papà, allen geht's gut.»

«Kommst du klar?»

«Ja, Papà, wird schon. Wir gewöhnen uns aneinander ...»

«Sehr schön. Wie lebst du dich ein? Triffst du interessante Menschen?»

Er dachte an Jens und Eva und musste grinsen. «Interessante Menschen? In Sankt Peter-Ording? Machst du Witze?» Durchs Telefon war das Glucksen seines Vaters deutlich zu hören.

Vor ihm, am Ende der Salzwiesen, tauchten Strandkörbe hinter dem Strandhafer auf. Dunkelgrüner Tang lag in langen Wellenlinien am Boden. Die Kinder waren gut hundert Meter vorausgelaufen, die Unlust, bei Regen freiwillig vor die Tür zu gehen, schien wie verflogen, stellte Marconi fest. Die salzig-nasse Luft öffnete seine Lungen, und er atmete tief ein.

«Wie geht's dir, Papà? Mamma meinte, die Herz-OP …»

«Ach, du kennst doch deine Mutter. Immer übertreibt sie. *Finché c'è vita, c'è speranza.*»

Solange man am Leben ist, besteht Hoffnung.

«Recht hast du. Mit Herzschrittmacher und Bypass spricht nichts mehr dagegen, dass du hundert Jahre alt wirst. Kümmere dich mal gut um dich und …»

Ein schriller Schrei sorgte dafür, dass ihm beinahe das Handy aus der Hand gefallen wäre. Er reckte den Kopf, sah nach links und nach rechts, konnte aber nicht feststellen, woher das Geräusch kam.

«Was war das?» Sein Vater klang alarmiert.

«Nichts. Ich muss auflegen, Pà. Ich melde mich.»

Schon folgte ein zweiter schriller Schrei und kurz darauf hörte er Stefano seinen Namen rufen. Marconi rannte, so schnell er konnte. Seine Gummistiefel schmatzten im feuchten Untergrund. Abwechselnd rief er Stefanos und Klaras Namen, folgte ihren alarmierten Stimmen. Als er die Salzwiesen hinter sich ließ, sah er zunächst nichts außer der grünblauen Nordsee, die sich schäumend zurückzog.

Die Kinder würden doch nicht …? Dann, im abnehmenden Licht der Dämmerung entdeckte er Stefano auf dem Bauch vor einem Loch liegen, in das er seinen Arm hineinstreckte. Marconi spurtete die letzten fünfzig Meter und warf sich neben ihm in den Sand. Gut zwei Meter unter ihnen stand Klara in einem Hohlraum, in dem sie sich kaum bewegen konnte, die Nase blutig geschlagen, und sah mit angstgeweiteten Augen zu ihnen auf.

Er beugte sich über die Öffnung im Boden, versuchte, Klara unter den Armen zu packen, rutschte zweimal ab und ergriff ihre Hände, die sie ihm entgegenstreckte. Schließlich gelang es ihm, sie hinaufzuziehen. Jetzt erst, als die Gefahr gebannt war, begann sie hemmungslos zu schluchzen. Stefano warf sich auf den Boden neben seine Schwester und umklammerte sie wie ein kleines Äffchen. Marconi, unschlüssig, wie er sich verhalten sollte, fummelte ein unbenutztes Papiertaschentuch aus seiner Hosentasche und tupfte Klara vorsichtig das Blut von der Nase. Sie ließ es kurz geschehen, nahm es ihm dann ab und verarztete sich selbst. Er zögerte, legte ihr eine Hand auf den Kopf und versuchte sanft, den Sand aus ihren Haaren zu streichen.

«Was ist denn passiert?», fragte er vorsichtig.

«Das Loch war eben noch nicht da», schniefte Klara in ihr Taschentuch. «Ganz plötzlich ist der Sand unter mir verschwunden, und ich bin gefallen.»

Marconi sah sie stirnrunzelnd an. Der Erdboden tat sich nicht einfach so auf und verschlang wahllos Menschen. Und wenn doch, dann wäre er selbst wohl die geeignetere Wahl gewesen.

«Na kommt», sagte er und erhob sich. Vergeblich versuchte er, den Schlamm von seiner Cordhose zu klopfen, rieb sich die schmutzige Hand an der Regenjacke ab und hielt sie dann Klara hin. Die griff nach kurzem Zögern danach, zog sich hoch und wischte sich mit der freien Hand über die tränennassen Augen. Der Wind blies ihnen feinen Regen ins Gesicht. Sie waren schon fast wieder bei den Salzwiesen angelangt, als Marconi noch einmal zurückging und mit seinem Handy ein Foto von dem Graben machte. Fragen kreisten durch sein Gehirn, viele Fragen. Aber die mussten warten, bis die Kinder sich beruhigt hatten.

Viel zu spät, erst gegen halb elf, zog er die Tür von Klaras Zimmer hinter sich zu. Sie hatten alle nacheinander geduscht, Klara am längsten, um sich den Sand aus den Haaren zu spülen. Geredet hatten sie nicht viel, und auf die wenigen Fragen der geschockt wirkenden Kinder – *Was war das für ein Loch? Wo kommt es her? Kann das wieder passieren?* – hatte er keine Antworten. Stefano war vor Erschöpfung regelrecht unter die Decke getorkelt. Klara hatte sich wie eine alte Frau mit schweren Gliedern ins Bett gehievt. Er ging in die Waschküche, breitete die verdreckten Klamotten aus, in der Hoffnung, dass er den gröbsten Matsch am nächsten Morgen würde abklopfen können. Als er sich aufs Sofa setzte, war jegliches Adrenalin, das eben noch seinen Körper geflutet hatte, gewichen. Er fühlte sich so erschlagen, als hätte er den ganzen Tag lang Baumstämme gehackt. Ein Bild des Kraters sandte er an Eva und Jens und wählte sofort anschließend Jens' Nummer.

«Kleinen Moment», sagte Marconi, rief Eva an und fügte die beiden Telefonate zu einer Konferenz zusammen.

«Schaut euch bitte mal das Foto an, das ich euch eben geschickt habe.»

«Was soll das sein?» Eva klang irritiert. «Hat das ein großer Hund gegraben?»

«Würde ich euch ein Foto von einem Loch schicken, das ein Hund gegraben hat?» Marconi berichtete, was Klara ihm erzählt hatte. Wie der Boden unter ihr nachgegeben hatte und sie mit einem Fuß ins Leere getreten war. Stefano hatte diese Version bestätigt und versichert, dass sie das Loch nicht übersehen hatten. «Zumal kein Hund ein zwei Meter tiefes Loch gräbt und auch niemand mit Plastikschaufel. Außerdem würde sonst ein entsprechend großer Sandhaufen danebenliegen.»

«Seltsam.» Eva klang ungewohnt ernst. «Ich fahre gleich vorbei und sperre den Bereich ab, damit nicht noch mehr Kinder darin versinken.»

«Nett von dir, danke.» Marconi stand auf und ließ sich ein Glas Wasser aus der Leitung ein. Dabei fiel sein Blick auf die schmutzige Pfanne. Er seufzte, stellte sein Smartphone auf Lautsprecher, legte es neben die Spüle und bewaffnete sich mit der Spülbürste, um die Krabbonara-Spuren zu beseitigen.

«Vorhin kamen die Daten vom Bundesamt für Landwirtschaft und Ernährung», wechselte Jens das Thema.

«Über die Stromstärken vom Elektrofischer?» Marconi suchte nach dem Spüli, und als er feststellte, dass es leer war, ließ er das Wasser wieder ab und sich selbst aufs Sofa fallen.

«Genau die. Ein ganz schöner Zahlenwust. Wird dauern, bis ich damit durch bin.»

«Ist ja nicht so, dass jemand von uns zeitnah Ergebnisse

erwarten würde», entgegnete Marconi. «Außerdem sind die Kollegen von der Kripo auch noch nicht wirklich weiter.»

«Woher weißt du das?», wollte Eva wissen.

«Ich habe vorhin mit Bergmann in Flensburg telefoniert. Krabben-Klaus wurde noch nicht obduziert, aber sie verfolgen offenbar eine Spur.»

«Das ist doch gut, oder?» warf Jens ein, während Eva zeitgleich fragte: «Welche Spur?»

«Wir sollen nicht dazwischenfunken, war alles, was er dazu gesagt hat.» Marconi seufzte. «War aber klar, dass er mich nicht einweiht.»

«Ich habe ’nen Kontakt bei der Kripo, ein alter Bekannter. Den könnte ich mal anhauen.»

«Ralph?» Eva sagte den Namen eine Spur zu laut. «Ihr habt wieder Kontakt?»

«Nö, aber ich hab noch was bei ihm gut.»

«Sieht er das auch so?»

«Wer ist Ralph?», schaltete sich Marconi ein.

«Egal», sagten Eva und Jens unisono.

«Schön, dass ihr euch darin einig seid», meinte Marconi. Er würde ein anderes Mal nachhaken.

«Ich kenne einige Umweltschützer vom Surfen», warf Eva ein. «Vielleicht kann ich mich da ja mal unauffällig umhören.»

«Das klingt nach einem sehr guten Plan!» Marconi musste so herzhaft gähnen, dass sein Kiefer knackte. «Autsch! Entweder ist’s eure Seeluft, die mich zermürbt, oder ich bin noch nicht in meinem neuen Leben angekommen.»

Nachdem sie sich für den nächsten Vormittag in der Dienststelle verabredet hatten, schleppte sich Marconi die Treppe rauf ins Obergeschoss, putzte sich die Zähne und lag kurz darauf im Bett. Im Bett seines Bruders, in dem Nevio so viele Ehejahre mit Gesa gelegen hatte. Ausgerechnet. Es stimmte wirklich: Kein Verbrecher konnte so hart zuschlagen wie das Leben. Die Sehnsucht nach München überfiel ihn so plötzlich, dass es schmerzte.

Er hatte seinen Alltag zwischen erfüllender Arbeit und ausgefüllter Freizeit genossen. Anders als in München fühlte er sich in Sankt Peter-Ording trotz der Weite und der ständigen Sicht auf den Horizont eingeengt und befangen, und er bezweifelte, dass er sich hier etwas von seinem Lebensgefühl zurückerobern konnte. Er versuchte, seine Gedanken auf den Fall zu fokussieren. Doch auch das führte zu nichts, außer zu noch mehr Unruhe. Denn auf die seltsamen Ereignisse konnte er sich einfach keinen Reim machen. Für den Mord an Klaus Olsen kamen zwar gleich mehrere Personen und Gruppierungen infrage. Aber ein riesiger Haufen toter Fische? Hingen diese Begebenheiten vielleicht sogar zusammen? Und falls ja, waren die Verursacher dieselben? Zum gefühlt hundertsten Mal drehte sich Marconi auf die andere Seite. Es war wie verhext! So müde er körperlich war, so wach war er gedanklich. Und er kannte sich gut genug, um zu wissen, dass vorerst an Schlaf nicht zu denken war. Also schob er sich aus dem Bett, schaltete das Licht an und begann, den ersten der zehn Umzugskartons zu öffnen, die sich im Schlafzimmer stapelten, und seine Kleidung in den Schrank zu verfrachten. Die Sachen seines Bruders legte er behutsam in die Kartons. Eine Kiste nach der anderen nahm er sich vor und trotz seiner Erschöpfung fühlte es sich gut an, dass wenigstens etwas in seinem Leben voranging.

22

Marconi dreht Däumchen

Zum Wohl.»

Marconi sah in die Tasse, die Jens vor ihn auf den Schreibtisch gestellt hatte. Dann sah er wieder zu Jens. «Danke. Aber was ist das?»

Jetzt war es an Jens, seinen Chef irritiert anzusehen. «Na, Espresso aus unserem Vollautomaten.»

«Ich möchte nicht undankbar erscheinen.» Marconi sah ihn mit ernstem Gesichtsausdruck an. «Aber da schwimmt ein halber Liter braune Flüssigkeit in meiner Tasse.»

Bei Jens schien der Groschen zu fallen. «Vielleicht sollte ich die Einstellungen für die Wassermenge mal anpassen», sagte er und sah zerknirscht in die kleine Tasse und dann mit einem schelmischen Grinsen zu Marconi. «Aber schraub mal deine Erwartungen runter, wir sind hier nicht in Italien.»

«Das musst du mir nicht sagen, das merkt man schon am miserablen Wetter.» Jetzt grinste auch Marconi «Ich bringe die Tage mal meine *Caffettiera* mit. Dann zeige ich dir, was ein ordentlicher Espresso ist.»

«Habe ich hier gerade Espresso gehört?» Evas Kopf tauchte im Türrahmen auf.

«Ja, frisch gekocht», sagte Marconi und schob ihr die Tasse hin, die Jens ihm eben gebracht hatte.

Ungerührt kippte Eva die Flüssigkeit in einem Schluck

hinunter, stieß ein wohliges «Aaaah» aus und leckte sich über die Lippen.

Marconi schüttelte den Kopf. «Alles Banausen hier im Norden.»

«Erfüllt seinen Zweck, macht wach», sagte Eva lapidar und fügte an Jens gewandt hinzu: «Du siehst ganz schön scheiße aus. Was hast du letzte Nacht getrieben?»

Jetzt fielen auch Marconi die dunklen Ringe unter Jens' Augen auf. Der zuckte aber bloß die Schultern, weshalb Eva eine Ausgabe der *Husumer Nachrichten* auf den Tisch legte. Marconi sank ein Stein in den Magen, als er an die gestrige Ausgabe dachte, aber auch das heutige Titelblatt hatte es in sich: Darauf war ein Bild der toten Heringe zu sehen.

«Neue Erkenntnisse?», erkundigte sich Marconi. Aus Erfahrung wusste er, dass die Presse oft besser informiert war als die Polizei. Zumindest war das in München so gewesen.

Eva schüttelte den Kopf. «Aber es werden eine Reihe von Ursachen diskutiert.» Sie blätterte zu einer Seite, auf der einige sogenannte Expertinnen und Experten mit Foto abgedruckt waren, und tippte mit einem Finger auf eine Stelle im Artikel. «Ein Experte vom Naturschutzbund äußert die Vermutung, dass der Bau einer neuen Windkraftanlage im Nationalpark Wattenmeer die Ursache sein könnte.»

Marconi überflog die Stelle, auf die Eva tippte. «Möglicherweise sind durch die Druckwelle beim Einrammen der Fundamente die Schwimmblasen der Fische geplatzt.»

«Klingt plausibel», meinte Jens.

«Der Pressesprecher von *Greenpeace* bringt die Möglichkeit ins Spiel, dass Chemikalien von Mittelplate A ungeplant ins Wasser gelangt sein könnten», fuhr Eva fort und zeigte auf ein anderes Foto in Briefmarkengröße.

«Mittel-was?» Marconi sah sie an, als spräche sie eine fremde Sprache.

«Die einzige Ölförderplattform in der deutschen Nordsee liegt im Wattenmeer und gar nicht so weit von hier», erklärte Eva und als sie seinem verständnislosen Blick begegnete, meinte sie: «Hast du wirklich noch nie davon gehört?»

«Erstens hab ich bis vor wenigen Tagen mein Leben eintausend Kilometer südlich von hier gelebt.» Marconi schälte sich eine Banane. «Und wie soll man bitte auf die Idee kommen, dass in einem UNESCO-Welterbe ganz offiziell Öl gefördert wird?»

«Ein Krabbenfischer aus Büsum äußert den Verdacht, dass es mit der Elektrofischerei zusammenhängen könnte», sagte Eva und tippte auf ein Foto, das einen Mann in Ölzeug auf einem Boot zeigte.

«Wenn der unsere nächste Leiche wird, ist es wohl doch Henning Voss, der seine Kritiker nach und nach aus dem Weg räumt», sagte Marconi trocken.

«Mach keine Witze, ein Toter reicht!» Eva boxte ihm leicht gegen die Schulter.

«Die Fische werden noch untersucht?», wollte Marconi wissen.

Jens nickte. «Sonst hätten wir schon was gehört. Aber ich rufe unsere Wissenschaftlerinnen gleich noch mal an. Übrigens ...» Er tippelte etwas unschlüssig von einem Fuß auf den anderen vor Marconis Schreibtisch hin und her. «Ach nee, doch nicht.»

«Zu spät», sagte Marconi. «Raus damit.»

«Sicher, dass du noch mehr schlechte Nachrichten verkraftest?» Jens sah zerknirscht aus.

«Wenn du was zu sagen hast, bitte keine Beschwichtigungstänzchen drum herum», rügte Marconi.

«Ich habe eine kleine Nachtschicht eingelegt und die Daten vom Bundesamt ausgewertet.»

«Das erklärt immerhin die schmalen Schlitze in deinem Gesicht», stellte Eva fest.

Marconi richtete sich in seinem Bürostuhl zu voller Größe auf.» Und? Hat Henning Voss die Fische auf dem Gewissen?»

«Ich bin kein Experte», meinte Jens abwiegelnd. «Aber ich habe nichts Ungewöhnliches entdeckt. Voss hat den Daten zufolge immer nur mit der vorgeschriebenen Stromstärke gefischt.»

«Wenn das stimmt ...», begann Marconi.

Eva fiel ihm ins Wort: «Wovon wir ausgehen können, denn Jens ist ein Daten- und Computer-Nerd.»

«Gut zu wissen», fuhr Marconi fort. «Also, wenn wir davon ausgehen, dass die Daten stimmen, dann hat Voss nichts mit dem Fischmassaker zu tun, und wir stehen wieder am Anfang. Das sind in der Tat schlechte Nachrichten.»

Eva schaltete sich erneut ein. «Aber heißt das automatisch auch, dass er nichts mit Klaus Olsens Tod zu tun hat?»

«Das, Frau Kollegin, können wir nur herausfinden, wenn wir weiter ermitteln – inoffiziell natürlich.» Marconi bedachte sie mit einem Augenzwinkern.

«Heute um fünf ist übrigens eine Versammlung von hiesigen Naturschützern, von denen gestern auch einige auf der Demo in Husum waren. Ich dachte, vielleicht erfahren wir da etwas über die toten Fische.» Sie nahm die Kaffeetasse samt Untertasse vom Tisch und sah Jens und Marconi an. «Habt ihr schon was vor?»

«Ich treffe mich um sechs mit …» Jens beendete den Satz nicht, was ihm die ungeteilte Aufmerksamkeit von Eva und Marconi einbrachte. «Ich kann leider nicht.»

«Klar komm ich mit!», sagte Marconi, unterbrach sich aber ebenfalls. «Mist, die Kinder!» Er überlegte. Wenn er in der Schule anrief und den beiden ausrichten ließ, dass sie rüber zu Harzmeiers gehen sollten, bis er nach Hause kam? Dann waren sie versorgt. «Ich bekomme das hin, wir treffen uns dort.»

Eva schenkte ihm einen gehobenen Daumen und verließ den Raum.

«Ich muss jetzt nach Brösum. Von dort gab es eben einen Anruf wegen Sachbeschädigung. Bis später!»

Brösum – noch so ein alberner Ortsname. Davon schien es hier ja so einige zu geben.

Marconi nutzte den ereignisarmen Vormittag, um Jürgen Harzmeier eine Nachricht zu schicken. Wenige Minuten später erhielt er einen hochgereckten WhatsApp-Daumen als Antwort, woraufhin er mit den Schulsekretariaten von Klara und Stefano telefonierte. Die Kinder sollten gebeten werden, nach dem Hort direkt zu Jürgen und Gerda Harzmeier zu gehen, bis er nach Hause kommen und mit ihnen das Abendessen kochen würde. Gerda Harzmeier hatte er am Telefon als freundliche und tatkräftige Frau kennengelernt, die schon ganz andere Dinge im Leben gemeistert zu haben schien, als zwei Nachbarskinder zu hüten, weshalb er keine Bedenken hatte, ihr seine Kinder anzuvertrauen.

Nachdem das erledigt war, zog er eine Schublade seines

Schreibtischs auf und holte das Smartphone aus dem Karton, das er am Vortag für Klara gekauft hatte. Binnen weniger Minuten war das Gerät eingerichtet. Marconi lud noch eine versteckte Tracking-App darauf. Eva und Jens hatten ihn auf die Idee gebracht. Damit konnte er per GPS nachverfolgen, wo sich Klara befand, ohne dass sie davon wusste. Marconi hatte kurz mit sich gerungen, ob es okay war, das Kind auf Schritt und Tritt verfolgen zu können. Aber der Vorfall mit der Demo hatte ihn gefühlt um Jahre altern lassen. Er musste einfach hoffen, dass Klara die App nicht fand. Immerhin war es eine relativ harmlose Variante. Schockiert hatte er zur Kenntnis genommen, dass es auch Tracking-Apps gab, über die man sogar mithören konnte, worüber die Kinder mit ihren Freunden sprachen.

Gegen Mittag kippte er das Fenster und sofort roch es in seinem Büro nach salziger Meeresluft. Spontan beschloss er, die kurze Regenpause zu nutzen, um schnell den Kilometer zur *Dorfbäckerei* zu gehen. Eine halbe Stunde später kam er mit einer Kuchenauswahl zurück zur Polizeistation, was ihm Applaus und Jubelrufe seiner Kollegen einbrachte.

Den Nachmittag verbrachte er in seinem Büro. Er tippte aus dem Gedächtnis Protokolle in seinen Computer von den Gesprächen, die er inoffiziell geführt hatte. Mit Elektrofischer Henning Voss, Olsens Sohn Ole und dessen Mutter Petra.

Zu den toten Fischen vor Westerhever schrieb er einen offiziellen Bericht und fügte den Namen der Zeugin Barbara Borchardt ein, sowie die Kontaktdaten der beiden Expertinnen.

Um Viertel vor fünf erschien Eva in der Tür zu seinem Büro. «Kleiner Spaziergang zum Naturschützertreffen?» Sie hatte ihre Polizeiuniform gegen eine weiße Jeans und einen blau-weiß gestreiften Pullover getauscht.

Schlau, bei dem Treffen nicht die Polizistin raushängen zu lassen, dachte Marconi. «Lieber mit dem Auto. Ich hab versprochen, nicht zu spät zu Hause zu sein.»

Wenige Minuten später stellten sie den Wagen auf dem Parkplatz der Dünen-Therme ab. Wie schon den ganzen Tag lag der Geruch von Regen in der Luft. Eine Windbö blies ein leeres Pappschälchen an ihnen vorbei, auf dem noch Ketchupreste klebten.

Vor einem weißen Gartentor, das von einer Hagebuttenhecke eingerahmt wurde, kam ein junges Paar auf sie zu. Marconi sah, wie das Mädchen die Hand des Jungen losließ und Eva fröhlich grüßte.

«Wir surfen gelegentlich zusammen», flüsterte Eva ihm zu, während sie nach ihnen den Garten betraten. «Dass ich Polizistin bin, weiß sie aber nicht. Ihr Name ist Merle.»

23

Keine Gewalt ist auch keine Lösung

Als sie auf die hüfthohe Hagebuttenhecke zusteuerten, ließ Merle seine Hand los. Sie hatte darauf bestanden, ihren Mitstreitern bei *GreenPlanet* vorerst nicht zu erzählen, dass sie zusammen waren. Sie wolle nicht den Eindruck erwecken, dass sie sich durch irgendetwas von ihrer Mission abbringen lasse, hatte sie Dilan erklärt. Er konnte das nicht nachvollziehen. Er ließ ihr doch alle Freiheiten. Hatte es am Ende eher mit Fabian zu tun?

Der hatte ihnen gestern Abend eine WhatsApp geschickt und bei der Sitzung heute um ihre Unterstützung gebeten. Merle schien neugierig, was er vorhatte. Dilan selbst war deutlich weniger enthusiastisch. Fabian war in seinen Augen ein Blender. Jemand, dem es um Aufmerksamkeit ging, um sich selbst, nicht um die Sache.

Merle grüßte zwei ihm unbekannte Personen am Gartentor und folgte ihm dann in den verwunschenen Garten. Er wusste, wie sehr Merle diesen Garten liebte. Sie hatte einmal gemeint, sie fühle sich bei jedem Besuch wie Alice im Wunderland. Und er verstand, was sie damit meinte. Hinter ihnen tobte das Leben: Dünen-Therme, Touristen-Information und das Nationalpark-Haus SPO waren nur wenige Schritte entfernt. Doch sobald man das kleine Gartentor in der Hagebuttenhecke durchschritt, befand man sich in einer anderen Welt. Und auch das zweigeschossige Haus, das eine Künstlerin ihnen für die Sitzungen zur Verfügung stellte, wirkte wie einem Märchen entsprungen. Die braunen Backsteine waren in einem vertikalen Wellenmuster angeordnet und das Highlight bildete eine Fensterrose über der Eingangstür, wie bei einer Kathedrale. Direkt hinter dem Gartentor befand sich die Skulptur eines nackten Menschen, der bäuchlings im Rasen lag und Besuchern zur Begrüßung sein blankes Hinterteil entgegenstreckte. Allein schon wegen dieser mutigen Figur hatte Merle sich von Anfang an mit der Künstlerin verbunden gefühlt. Hinter ihr trat er durch den Seiteneingang ins Haus.

Das Wohn-Esszimmer war so groß, dass es dreißig Stühlen in fünf Reihen Platz bot. An den Wänden hingen Gemälde in unterschiedlichen Größen, vor allem abstrakte Darstellungen. Auf dem Bild, neben das er sich setzte, meinte er, eine Vulva zu erkennen. Merle setzte sich zwei Reihen vor ihn und ließ zudem vier Stühle zwischen ihnen frei. Dilan schluckte seine Enttäuschung darüber hinunter.

Fabian eröffnete das Treffen. Dilan sah, wie Merle mit den Augen die spärlich besetzten Stuhlreihen durchging, um die Anwesenden zu zählen. Nicht einmal zwanzig Zuhörer waren gekommen, schätzte Dilan. Er konnte Merle ansehen, wie sehr sie sich darüber ärgerte, dass die meisten der achtzig Mitstreiter der Ortsgruppe passive Teilnehmer waren und außer ihrem Mitgliedsbeitrag nichts zur Rettung der Welt beizutragen gedachten. *Trittbrettfahrer* nannte Fabian diese Leute. Dilan war da weniger kritisch: besser, finanziell einen Verein zu unterstützen, der sich für Natur und Umwelt einsetzte, als gar nichts zu tun, wie Millionen andere.

Heute stand nur ein Thema auf der Tagesordnung: die toten Fische, die im Wattenmeer vor Sankt Peter-Ording gefunden worden waren. Fabian hatte einen Beamer mit seinem Smartphone verbunden, warf nacheinander Bilder hinter sich an die Wand und schien zufrieden, dass mehrere Personen im Raum bei deren Anblick aufstöhnten. «Seit vorgestern werden jeden Tag Zigtausende tote Heringe an unseren Strand gespült. Ihre Anzahl könnte langsam in die Million gehen, so genau weiß das niemand. Weder die Schutzstation Wattenmeer in Husum noch Forscher der Universitäten in Hamburg, Kiel und Oldenburg konnten bislang die Ursachen ermitteln.» Fabian sprach frei, ohne Manuskript, und legte eine Kunstpause ein, während der er jedem Anwesenden in die Augen sah. Die gespannte Stille im Raum war mit Händen greifbar. Dilan sah, wie Merle die Luft anhielt.

«Die Leute wollen uns weismachen, die toten Fische hätten nichts mit dem exorbitanten Fischfang zu tun, der die Nordsee seit Jahrzehnten ausbeutet.» Fabian tippte auf das Smartphone in seiner Hand, und an der Wand hinter ihm erschien ein Fischerboot mit prallvollen Netzen an beiden Seiten. Als Nächstes zeigte er ein Bild, das eine Wanne an Bord des Bootes zeigte, in dem sich kiloweise Meerestiere stapelten.

«Fischerei ist ja generell Mist, aber keine andere Art der Fischerei ist zerstörerischer als die Krabbenfischerei. In ihren Baumkurrennetzen, die über den Meeresboden geschleppt werden, verfangen sich alle möglichen Tiere. Zwei Drittel davon sind zu junge Krabben, der Rest junge Schollen, Seezungen und Kabeljau. Die Tiere sind zum allergrößten Teil tot, wenn sie wieder über Bord geworfen werden.»

Dilan kannte all diese Informationen ebenso wie der Großteil der Anwesenden, aber doch war beinahe greifbar, wie sich Wut unter ihnen ausbreitete. Fabian verstand sein Handwerk, das musste man ihm lassen.

«Zuletzt wurden Rekordmengen von 38 000 Tonnen Krabben in der Nordsee gefangen. Das macht 342 000 Tonnen Beifang – Tiere, die einfach weggeworfen werden und qualvoll verenden – und entspricht einem Gewicht von fast einer Viertelmillion normaler Autos oder mehr als 26 000 Reisebussen. Jedes Jahr!»

«Das ist barbarisch, eine Katastrophe», platzte es aus Merle heraus. «Was können wir dagegen tun?»

Fabian nickte ihr zu, offensichtlich dankbar für den Zwischenruf. «Wir müssen die besonders sensiblen Bereiche schützen und das Wattenmeer für die Krabbenfischerei komplett sperren, so wie Dänemark es tut. Außerdem müssen Netze eingesetzt werden, die Fischen eine Fluchtmöglichkeit erlauben. Das ist von der EU längst vorgeschrieben, aber keine Sau hält sich dran.»

«Lasst uns Unterschriften sammeln!», rief eine Stimme aus dem Publikum.

Fabian schüttelte den Kopf. «Es reicht nicht mehr, Petitionen zu schreiben. Die Fangquoten, die Deutschland, Großbritannien, Dänemark und weitere Anrainerstaaten ausrufen, sind ein schlechter Scherz, reine Verarsche. Zumal keine Sau kontrolliert, ob die auch wirklich eingehalten werden. Spoiler-Alarm: natürlich nicht. Die Fischer scheißen auf Quoten. Quoten gefährden ihre Lebensgrundlage, sagen sie. Aber was ist das für ein Argument, wenn die Weltmeere bald leer gefischt, die Ozeane durch das Schweröl der Frachter komplett verdreckt sind, wenn dadurch die Natur und damit die Lebensgrundlage von Millionen Menschen zerstört wird? Wer kann sich das denn dann noch leisten, die Umwelt wieder zu reparieren? Die Rechnung geht vorne und hinten nicht auf. *GreenPlanet* muss die Umwelt aktiv schützen. Wir müssen damit aufhören, uns mit Reden aufzuhalten, die niemand hören, Petitionen aufzusetzen, die niemand lesen will, und endlich anfangen, etwas zu *tun*.»

Merle war die Einzige, die lautstark applaudierte. Sie saß ganz vorn auf der Kante ihres Stuhls. Auffordernd sah sie in die Gesichter der anderen, die aber wegschauten. Dilan spürte, wie sie seinen Blick suchte. Er tat, als würde er es nicht bemerken, und sah weiter zu Fabian.

«Du tust ja so, als würden wir nur faul auf unseren Hintern sitzen und nutzlose Diskussionen führen», meldete sich ein Mann in den Dreißigern mit Nickelbrille zu Wort. «Ich halte zweimal im Monat ehrenamtlich Vorträge vor Schulklassen und erkläre ihnen, wie schützenswert der Lebensraum Wattenmeer ist.»

Dilan kannte Piet Lorenzen nur flüchtig und wusste um sein Engagement. Seine Vorträge kamen in den Schulen gut an. Ihm hatten sie viele Mitgliedschaften von Schulkindern und deren Eltern zu verdanken.

«Keiner sagt, dass das nichts ist», versuchte Fabian zu beschwichtigen. «Aber ihr seht doch, was gerade rund um Eiderstedt passiert. Und nicht nur hier. Ja, wir tun was. Aber das reicht nicht. Wir müssen mehr tun, drastischer werden, damit die Politik, die Öffentlichkeit und auch die verdammten Fischereikonzerne begreifen, dass es so nicht weitergeht.»

«Ach und wie soll das gehen?», meldete sich Piet erneut zu Wort. «Willst du alle Fischer lynchen, ihre Schiffe in

Brand setzen und sämtliche Fischfabriken noch dazu, oder wie?»

«Natürlich nicht!» Fabians Stimme war schneidend.

«Oder Minijobberinnen, die Krabbenbrötchen verkaufen, weil sie sich und ihre Familie durchbringen müssen, mit Farbbeuteln bewerfen?» Piet wandte sich an die Leute, die um ihn herumsaßen. «Wenn der Farbbeutel die Frau im Gesicht getroffen hätte, hätte sonst was passieren können.»

Fabian warf Piet einen vernichtenden Blick zu. «Gewalt gegen Menschen ist tabu, aber es gibt einen anderen Weg. Einen, der schon von einigen Organisationen beschritten wurde. Und unsere Zentrale in London würde uns hierbei unterstützen.»

Fabian schilderte seinen Plan, der klang, als sei er schon beschlossene Sache. Dilan verabscheute Gewalt, aber er konnte sehen, wie einige Menschen im Raum dafür entbrannten. Merle zum Beispiel, die vor Aufregung rote Wangen hatte und einen sehr entschlossenen Gesichtsausdruck zur Schau trug.

«Das ist Nötigung, und Menschen könnten dabei zu Schaden kommen», wandte Piet ein. «Ich bin raus, ich hab keinen Bock auf eine Anzeige.» Er stand auf und stürmte aus dem Raum.

«Auf Piet können wir verzichten», befand Fabian. «Also, wer ist dabei?»

24

Marconi kriegt Ärger

Marconi konnte nicht glauben, dass er einer Veranstaltung beiwohnte, auf der öffentlich eine Straftat geplant wurde. Während er überlegte, wie er diesen Fabian möglichst beiläufig nach dessen Alibi für die Tatnacht aushorchen konnte, spürte er sein Handy in der Innentasche seines Cordsakkos vibrieren. Er warf einen Blick aufs Display und hatte es plötzlich eilig, aus dem Raum zu kommen.

«Stefano?»

«Nee, Klara.»

«Ist alles okay?

«Weiß ich nicht.»

«Warum rufst du denn an? Ich bin bald da.»

«Hier ist jemand.»

«Wer ist wo?»

«Eine Frau. Sie sagt, sie kommt vom Jugendamt.»

«Jugendamt?! Aber wieso ...» Marconis Gedanken fuhren Achterbahn. «Gib mir mal Frau Harzmeier.»

«Die ist nicht hier.»

«Dann Herrn Harzmeier.»

«Der ist auch nicht hier.»

Marconi rutschte das Herz in die Hose. Irgendwas war schiefgelaufen, und jetzt stand eine Frau vom Jugendamt in seinem Haus bei Klara und Stefano, zwei unbeaufsichtigten Kindern, für die er die Aufsichtspflicht hatte.

«Gib mir die Frau mal. Oder nein, warte, ich bin in zehn Minuten da.»

Die Frau hatte sich in seinem Türrahmen aufgebaut und sah ihm entgegen. Klara und Stefano flankierten sie wie zwei Schöffen eine vorsitzende Richterin. Und nichts weniger als ein Tribunal war, was er erwartete.

Über einem weißen Shirt trug sie einen kurz geschnittenen olivfarbenen Blazer und dazu eine Hose in der gleichen Farbe. Marconi hielt ihr die Hand hin, die sie ohne Zögern ergriff. Die Frau war jünger, als er erwartet hatte, um die dreißig. Ihre Katzenaugen waren grün, weder blass wie bei einem Fünfeuroschein noch dunkel wie die Blätter eines Ficus, sondern leuchtend hell. Die Farbe bildete einen faszinierenden Kontrast zum Rotbraun ihrer Haare, die ihr in leichten Wellen auf die Schultern fielen. Sie stellte sich als Jasmin Hegel vor.

«Massimo Marconi. Tut mir leid, dass ich nicht hier war», fügte er an die Kinder gewandt hinzu. «Aber warum seid ihr denn nicht rüber zu den Nachbarn?»

«Wir sollten hier warten, bis die Nachbarn rüberkommen», sagte Klara.

«Ihr solltet bei den Nachbarn klingeln, sobald ihr da seid», widersprach Marconi so ruhig es ihm möglich war, aber mit Nachdruck.

«Siehste», sagte Stefano zu seiner Schwester. «Hatte ich doch recht.»

«Mir hat die Sekretärin gesagt, ich soll nach Hause gehen, wo die Nachbarn auf uns aufpassen, bis du kommst.»

Klara klang trotzig, aber auch ein wenig verunsichert, als sei sie sich nicht mehr ganz sicher, bei wem genau jetzt eigentlich der Fehler lag.

Marconi stöhnte leise. Ihm war nicht entgangen, dass Jasmin Hegel der Konversation interessiert folgte.

Sie räusperte sich. «Ich wollte mir einen Eindruck von der Situation hier machen. Früher oder später wäre ich ohnehin vorbeigekommen, wie wir das bei Sorgerechtsverfügungen immer tun. Aber nachdem wir einen Anruf erhalten haben ...»

«Ich bin erst seit ein paar Tagen hier, und vielleicht läuft noch nicht alles perfekt. Aber ich habe die Lage im Griff.» Marconi breitete die Arme aus und setzte ein selbstbewusstes Lächeln auf. Als Jasmin Hegel nicht darauf reagierte, sondern sich still Notizen auf ihrem Klemmbrett machte, das sie wie einen Schutzschild vor sich hielt, fühlte Marconi sich bemüßigt weiterzusprechen. «Ich habe die Kinderbetreuung für heute organisiert, aber irgendwo scheint bei der Kommunikation was falsch abgebogen zu sein. Warum setzen wir uns nicht ins Wohnzimmer und besprechen alles in Ruhe?»

Jasmin Hegel sah weiter auf ihr Klemmbrett. Marconi konnte erkennen, dass sie zwei Kästchen mit Kreuzen versah, wusste aber nicht, ob das gut oder schlecht war.

«Zeigt ihr mir eure Zimmer?» Sie sah Klara und Stefano an. Die schauten fragend zu Marconi, er nickte aufmunternd. Jasmin Hegel folgte den Kindern ins Obergeschoss. Marconi, unschlüssig, ob seine Anwesenheit erwünscht war, ging mit einigem Abstand hinterher.

Eigentlich sah er es nicht ein, sich Sorgen zu machen. Er hatte nichts falsch gemacht, hatte in beiden Schulen angerufen und die Kinder benachrichtigen lassen. Er hatte eine Betreuung gefunden, für maximal zwei Stunden, die er beruflich unterwegs war. Trotzdem war er angespannt.

Während Stefano Jasmin Hegel sein Luftkissenboot für Rettungseinsätze von *Lego Technic* zeigte, informierte er sie darüber, dass er als Erwachsener bei der Seenotrettung arbeiten werde. Seine Schwester war deutlich zurückhaltender und beäugte die Fremde skeptisch, während diese sich Notizen machend durch das Zimmer bewegte. Mit verschränkten Armen stellte sich Klara vor ihren Schreibtisch, als müsste sie das Möbelstück und dessen Inhalt vor dem Eindringling beschützen.

Marconis Schlafzimmer inspizierte Jasmin Hegel besonders lange, zumindest kam es ihm so vor. Marconi hastete zum ungemachten Bett, faltete notdürftig das Bettzeug und lächelte ihr entschuldigend zu. Das T-Shirt, das er vergangene Nacht getragen hatte und das nun auf dem Boden lag, stopfte er unters Kopfkissen. Sie verfolgte seine Bewegungen mit unbewegter Miene und kritzelte dann weiter in ihre Unterlagen.

«Ich bin noch gar nicht dazu gekommen, mich hier groß einzurichten. War bislang immer so viel zu tun», sagte er.

Keine Reaktion. Kein Nicken, kein Lächeln, einfach gar nichts. Wortlos verließ sie das Obergeschoss. Marconi gab den Kindern mit einer Handbewegung zu verstehen, dass sie oben bleiben sollten. Dann folgte er Jasmin Hegel ins Wohnzimmer.

«Soll ich Ihnen einen Espresso machen? Oder mögen Sie einen Ramazzotti? Ach nein, Sie sind ja im Dienst. Kein Ramazzotti, ist ja klar.» Dass er selbst gerade gut einen Kräuterschnaps vertragen könnte, behielt er für sich. Eine

Alkoholfahne wäre in dieser Situation wohl nicht gerade zuträglich.

«Ein Glas Leitungswasser würde ich wohl nehmen», sagte Jasmin Hegel in neutralem Tonfall und mit neutraler Miene.

Marconi reichte es ihr und setzte sich aufs Sofa. Die Besucherin stand weiter mitten im Raum und schrieb. Die Sekunden vergingen wie Stunden. Um sich nicht völlig nutzlos zu fühlen, schickte er Eva eine WhatsApp-Nachricht, in der er sich dafür entschuldigte, ohne ein Wort abgehauen zu sein. Er erklärte die Situation und versprach ihr, das Taxi zu bezahlen, sofern sie nicht in Fußnähe vom Versammlungsort der Naturschützer wohnte.

Dann sah er wieder zu Jasmin Hegel. Sein Blick fiel auf die geöffnete Handtasche über ihrer Schulter, aus der eine Ausgabe der *Husumer Nachrichten* ragte. Schweiß brach ihm aus. Es war sicher kein Zufall, dass sie ausgerechnet die Zeitung vom Vortag dabeihatte. Jene Ausgabe, die er im Elektroladen gekauft hatte. Auf dem Titelblatt war Klara zu sehen, wie sie ein Transparent in den Händen hielt. Er wusste nur zu gut, welche Bilder im Innenteil abgedruckt waren: ein großes Porträtfoto der weinenden Verkäuferin mit dem roten Farbfleck auf der Schürze. Aufnahmen der beschädigten Krabbenkutter. Und eine Traube von Demonstranten, in deren Mitte sich Klara mit vor Angst aufgerissenen Augen Hilfe suchend umblickte. Jemand musste Klara auf dem Titelblatt erkannt und beim Jugendamt angerufen haben. Er wusste nicht, ob er dazu etwas sagen sollte. Jede Erklärung käme einem Rechtfertigungsversuch gleich.

Er sah auf das Wasserglas, das noch unberührt auf dem

Wohnzimmertisch stand. «Kann ich Ihnen etwas anderes anbieten?»

Kaum merklich schüttelte sein Gast den Kopf.

Was würde es bedeuten, wenn dieser Besuch zu seinen Ungunsten ausging? Marconi konzentrierte sich darauf, dass keine seiner Schreckensvorstellungen an die Oberfläche drang. Wie um ihn in seiner Sorge zu bestätigen, seufzte Jasmin Hegel in sich hinein. *Was ist denn?*, dachte Marconi. Und dann: *Du musst etwas tun, damit dir die Situation nicht entgleitet*.

Weil ihm nichts Besseres einfiel, plapperte er einfach drauflos. Er erzählte Jasmin Hegel vom gemeinsamen Kochen und dem gestrigen Spaziergang ans Meer. Den Sturz ins Loch ließ er wohlweislich aus, ebenso Klaras Verschwinden und die aufreibenden Diskussionen. Wer es nicht besser wusste, hätte annehmen müssen, der Vater des Jahres spräche hier aus seinem heiteren Leben mit zwei Engeln. Und er hatte nicht einmal ein schlechtes Gewissen dabei. Denn hier ging es um mehr als nur darum, eine Frau zu beeindrucken. Marconi beendete seinen Monolog mit einem Ausblick auf den heutigen Abend, an dem die Kinder lernen würden, Cannelloni mit Fisch zu füllen.

«Übrigens habe ich heute ein Smartphone für Klara gekauft, damit ich sie künftig jederzeit erreichen kann – und sie mich.»

Eine Treppenstufe knarzte, gefolgt von einem «Pscht» und Stefanos gemurmelter Entschuldigung. Wie lange die Kinder schon auf der oberen Treppe standen und zuhörten, war unklar. Da sie nun enttarnt waren, kamen sie ins Erdgeschoss. Klara ging an den Kühlschrank und nahm sich den Apfelsaft heraus.

«Als Schorle bitte, Klara. Apfelsaft enthält viel Zucker.»

Klara rollte dramatisch die Augen. Als sie Marconi genervt ansah, warf er einen Seitenblick auf die Besucherin – und Klara verstand. «Okay», sagte sie, füllte zwei Gläser zu einem Drittel mit Saft und zu zwei Dritteln mit Leitungswasser, reichte Stefano ein Glas und trank ihres in kleinen Schlucken leer. Dass Klara mitspielte und ihn nicht hatte auflaufen lassen, verbuchte Marconi als kleinen Erfolg. Jasmin Hegel verfolgte die Darbietung jedoch weiterhin ohne jede Regung.

«Ich bekomme ein neues Handy?», erkundigte sich Klara und fügte, als er nickte, ein «Cool» hinzu.

«Warum bekomme ich keins?» Stefano sah ihn vorwurfsvoll an.

«Wenn du so alt bist wie Klara, bekommst du ein eigenes. Bis dahin lässt dich deine Schwester bestimmt ab und zu damit spielen.»

Klaras unbestimmte Kopfbewegung konnte alles bedeuten, von *auf jeden Fall* bis hin zu *im Leben nicht*. Aber Marconi hatte nicht vor, die Handynutzung vor Frau Hegel auszudiskutieren.

«Sie wissen schon, dass unser Vater Chef von einem Restaurant war und viel arbeiten musste?» Klara verschränkte die Arme. Ihr Gesichtsausdruck ließ wenig Zweifel darüber aufkommen, was sie von der Frau hielt. «Und trotzdem war er fast immer für uns da.»

Jasmin Hegel sah Klara ausdruckslos an. Dann schlug sie eine Seite in ihren Unterlagen auf. Sie kreuzte zwei Kästchen an, setzte in ein weiteres einen Haken und strich zwei Passagen durch. Anschließend streckte sie Marconi die Hand hin. Als er ihre Hand ergriff, sah sie ihm für einen

Moment mit undurchdringlichem Blick in die Augen. Kurz darauf war sie aus der Tür und brauste in einem schwarzen Opel Corsa davon.

«Steckt dich die blöde Frau ins Gefängnis?» Stefano hatte die Zunge wieder fest zwischen die Lippen geklemmt, während er die Außenseite einer Zitrone über die Reibe gleiten ließ.

Marconi sah Stefano erstaunt an. «Wie kommst du denn auf *die* Idee?»

«Kann sie ja gerne mal versuchen, uns von hier wegzukriegen», sagte Klara, den Blick auf die Auflaufform gerichtet, die sie mit Butter einfettete.

«Niemand geht nirgendwohin, niemand kommt ins Gefängnis, niemand nimmt niemanden von hier weg. Alle bleiben da, wo sie sind.» Marconi gab den Seehecht, Garnelen, Basilikum, Salz und Pfeffer sowie Stefanos Zitronenschalenabrieb in den Mixer.

«Woher weißt du das?», fragte Stefano, nachdem das laute Geräusch des Mixers wieder abgeklungen war.

Marconi drückte Stefano und Klara je eine zehn Zentimeter lange Röhrennudel in die Hand und zeigte ihnen, wie sie die Fischmasse mit den Fingern in die Cannelloni füllen sollten.

«Weil ich Polizist bin, und Polizisten wissen immer alles.»

Stefano sah ihn skeptisch an.

«Und weil ich eurem Papa versprochen habe, dass ich auf euch aufpasse wie ein Löwenvater auf seine Löwenkinder.

Und was ich verspreche, halte ich auch.» Marconis Biologiekenntnisse reichten nicht so weit, dass er wirklich gewusst hätte, ob es tatsächlich die Väter waren, die bei Löwen auf den Nachwuchs aufpassten, oder doch die Muttertiere, wie so oft in der Natur. Aber entweder wusste Klara es auch nicht besser, oder sie behielt es für sich, weil sie die Botschaft verstanden hatte. Stefano schien jedenfalls für den Moment beruhigt, denn er nickte und widmete sich wieder den Nudeln.

Nachdem alle Röhren in der Form lagen, ließ Marconi Stefano die abgeriebene Zitrone auspressen und vermengte den Saft mit Kochsahne, rosa Pfefferkörnern, Parmesan und einigen Garnelen. Klara fügte Salz hinzu und goss die Mischung über die Cannelloni. Gemeinsam verteilten sie kleine Butterkleckse auf ihrer Kreation und bedeckten sie anschließend mit Alufolie.

Zufrieden schob Marconi die Form in den Backofen. «So, wer übernimmt heute die Tischdeko?»

25

Marconi schmiedet einen Plan

Der nächste Morgen fügte Marconis einseitigen Erfahrungen mit dem nordfriesischen Wetter eine neue Facette hinzu. Ein starker Wind trieb die dunkelgrauen Wolken so rasch vor sich her, als hätte er es eilig, sie irgendwo abzuliefern. Heftige Regenduschen wechselten sich im Minutentakt mit trockenen Phasen ab, wie bei einer Duschbrause mit Wackelkontakt. Pünktlich und ohne Zwischenfälle setzte er die Kinder an der Schule ab und parkte wenig später an der Polizeistation. Beim Aussteigen entdeckte er Jens am Geländer vor der Eingangstür lehnend, einen großen Becher in der Hand.

«Servus, Kollege.» Marconi setzte sich auf das Geländer und spähte in Jens' Tasse. «Genehmigst du dir wieder den wässrigsten Espresso der Welt?»

Waren Jens' Tränensäcke gestern schon dunkler gewesen, hatten sie an diesem Morgen die nächste Stufe erreicht. Er sah aus, als hätte er in der Nacht zehn Runden gegen die Welt geboxt.

«Wilde Nacht gehabt?», konnte Marconi sich einen Kommentar nicht verkneifen.

«Für die Ermittlung gebe ich eben alles.» Jens gähnte und nahm einen großen Schluck aus seiner Tasse. «Ich weiß jetzt, auf wen sich die Kripo bei ihrer Untersuchung konzentriert.»

Jens war wirklich immer für eine Überraschung gut. «Lass hören.»

«Es gibt da eine Umweltorganisation, *GreenPlanet*, eine Gruppe überwiegend junger Naturschützer, die durch radikale Aktionen auf sich aufmerksam macht.»

«Du machst Witze, oder?»

Jens sah Marconi irritiert an. «Wieso?»

«Weil die Versammlung der Naturschützer, bei der ich gestern Abend mit Eva war, eine regionale Aktionsgruppe von *GreenPlanet* war.»

«Ach nee! Und?»

«Sehr aufschlussreich, erzähl ich dir anschließend. Warum glaubt die Kripo, dass die Naturschützer was mit dem Tod von Krabben-Klaus zu tun haben? Und warum erzählen die ausgerechnet dir davon?»

«Vor einigen Wochen gab es eine Auseinandersetzung zwischen *GreenPlanet* und einigen Fischern, weil in der Nacht zuvor die Netze an verschiedenen Booten zerschnitten wurden. Es hagelte Anzeigen von beiden Seiten. Wegen Sachbeschädigung gegen *GreenPlanet* und wegen Verleumdung und versuchter Körperverletzung gegen Klaus und drei weitere Fischer.»

«Lass mich raten: Herausgekommen ist dabei nichts.»

«Richtig. Was habt ihr bei der Versammlung erfahren?»

«Erst mal würde mich interessieren, wer dich bei der Kripo mit Informationen versorgt und warum?»

«Ich sagte doch schon: Ein alter Bekannter war mir noch was schuldig.» Jens wich seinem Blick aus.

«Wer versorgt wen mit Informationen?» Eva trat zu ihnen ins Freie. «Ihr sitzt da wie die Opas aus der *Muppet Show* auf ihrem Balkon.»

«So alt fühle ich mich heute auch.» Jens gähnte herzhaft, erinnerte sich an seine Kinderstube und hielt die Hand vor den Mund.

«Du siehst scheiße aus, Jens.» Eva klopfte ihm mitfühlend auf die Schulter. «Schlecht geschlafen?»

«So was in der Art.»

Marconis Mundwinkel zuckten, doch er wurde gleich wieder ernst, als Eva sich erkundigte, wie die Sache mit dem Jugendamt ausgegangen sei.

«Jugendamt?» Jens sah ihn überrascht an. «Ihr habt Geheimnisse vor mir!»

«Ich habe keine Geheimnisse», antwortete Eva. «Ich bezeichne es als unveröffentlichtes Bonusmaterial.»

Marconi berichtete Jens in knappen Sätzen von Jasmin Hegels Besuch am Vortag, davon, dass er eine der Schulsekretärinnen im Verdacht hatte, ihn angeschwärzt zu haben, er aber auch nicht ausschloss, dass der Kollege von der Polizeistation in Husum Bescheid gegeben hatte, dass eine Zwölfjährige ohne Begleitperson bei einer Demo festgesetzt worden war. Noch dazu vierzig Kilometer von ihrem eigentlichen Wohnort entfernt.

«Und nun machst du dir ernsthaft Sorgen, dass das Jugendamt dir die Kinder wegnimmt?», fragte Jens.

«In meiner Welt ist das komplett ausgeschlossen, aber wer weiß schon, in welcher Welt Jasmin Hegel lebt?» Marconi versuchte, optimistisch dreinzublicken. «Also, falls ihr zum Jugendamt irgendwelche geheimen Kontakte haben solltet, hätte ich nichts dagegen, wenn ihr die anzapft.»

«Sorry, da muss ich passen.» Jens sah ihn bedauernd an.

Eva schüttelte ebenfalls den Kopf. Dann berichtete sie Jens von der Versammlung am gestrigen Abend. Als sie zu den Plänen der Naturschützer kam, wurden Jens' Augen immer größer.

«Die haben ein eigenes Schiff? Wahnsinn! Und wann soll dieses Himmelfahrtskommando stattfinden?»

«Heute Abend.» Eva nahm, ohne zu fragen, Jens' Tasse und trank sie aus.

«Wir könnten ein offizielles Verbot erwirken, damit sie gar nicht erst auslaufen», schlug Jens vor.

«Keine Sorge, auslaufen lassen werden wir sie nicht. Aber auf frischer Tat ertappen», ergänzte Marconi. «Wenn wir sie wegen versuchter Sachbeschädigung festnehmen, können wir ihnen hier auf den Zahn fühlen.»

Er konnte förmlich sehen, wie bei Eva und Jens fast zeitgleich die Erkenntnis einsickerte, was er vorhatte.

«Du meinst, sie nach Krabben-Klaus und einem Alibi zu fragen, ohne einen Anschiss aus Flensburg befürchten zu müssen?»

«Genau das!»

«Könnte funktionieren», meinte Jens.

«Ich liebe es, wenn ein Plan funktioniert. Und falls nicht, tritt Plan B in Kraft.»

«Wie sieht der aus?», erkundigte sich Eva.

«Eigentlich genauso wie Plan A, nur mit mehr Pinot Grigio», sagte Marconi und grinste.

26

Dilan kommt ein schrecklicher Verdacht

Dilan fluchte und tupfte die Blutstropfen fort. Nachdem er sich das Küchenpapier um den Zeigefinger gewickelt hatte, gab er die Zwiebel und das vegane Hackfleisch in die Pfanne. Er hatte sich Merles Wohnungsschlüssel erschlichen, indem er ihr eine Überraschung versprochen hatte. Im Internet war er auf ein Rezept für vegane Bolognese gestoßen. Vielleicht begriff sie so, wie wichtig sie ihm war. Und dass sie das immer haben könnte: jemand, der für sie da war – wenn sie denn nur wollte.

Während er die Soße umrührte, stellte er sich vor, wie es wäre, in dem Einzimmerapartment mit Merle zusammenzuwohnen. Für sie zu kochen, wenn sie von der Arbeit nach Hause kam, sofern es sich ergab, dass ihre Schichten ihnen einen gemeinsamen Feierabend ermöglichten.

In einer halben Stunde kam Merle mit dem Bus von ihrer Schicht im *Multimar Wattforum* nach Hause. Bis dahin würde er die Soße vor sich hin köcheln lassen. Er tauschte das durchgeblutete Küchenpapier durch ein neues aus und sah sich suchend nach einem Pflaster um. Etwas ratlos stand er vor den drei weißen, deckenhohen *Billy*-Regalen, die sich zwischen dem Schlafsofa und der Kochnische an die Wand pressten. Vor dem Fenster stand ein kleiner Schreibtisch. Er zog eine der beiden Schubladen auf und fand nichts als einen Schreibblock und eine Handvoll Stifte. Auch die zweite Schublade wollte er schon wieder schließen, weil darin nichts als Dokumente lagen. Doch zwei Pässe erregten seine Aufmerksamkeit. Vom Mitgliederausweis eines Schützenvereins lächelte Merle ihm trotzig entgegen, als hätte sie bei der Aufnahme des Bildes schon gewusst, dass er das Dokument eines Tages finden würde. Der andere Ausweis war ein Fischereischein. Auch er war auf Merle König ausgestellt. Seine Merle, die Menschen als Mörder verurteilte, die es wagten, einen Fisch zu essen, geschweige denn zu angeln. Dabei zweifelte Dilan keine Sekunde daran, dass für den Erwerb eines solchen Passes auch das fachgerechte Töten und Ausnehmen eines selbst gefangenen Fisches gehörte.

Als die Erkenntnis zu ihm durchgesickert war, dass Merle ihn belogen hatte, warf er die beiden Dokumente angewidert auf den Schreibtisch. Dabei konnte er ihr dieses Geheimnis im Grunde nicht einmal vorwerfen, schließlich hatte auch er sie von Anfang an belogen. Er hatte sich ihr zwar anvertrauen wollen. Doch der richtige Zeitpunkt war einfach nie gekommen, und dann war es irgendwann zu spät gewesen. Aber bei Merle wog der Verrat in seinen Augen schwerer: Sie positionierte sich als Naturschützerin, hatte sich zuletzt immer radikaleres Vokabular angeeignet und war doch heimlich Sportschützin und Anglerin? In diesem Augenblick setzte sich vor seinem inneren Auge ein Puzzle zusammen, das perfekt zusammenpasste: Merles Radikalisierung, die Auseinandersetzung mit dem Fischer und dessen Ermordung nur wenige Wochen später, ihr geflüsterter Wunsch, noch mehr Fischer sollten sterben. Und nun fand er heraus, dass Merle mit einer Waffe umzugehen wusste. Und dass sie log. Die Erkenntnis, was das bedeuten konnte, trieb ihm kalten Schweiß auf die Stirn.

Er spürte sein Herz bis zum Hals schlagen. Bis eben hatte er es als Redewendung abgetan, doch zum ersten Mal in seinem Leben spürte er tatsächlich seine Halsschlagader pulsieren.

Merles Radikalisierung in den zurückliegenden Wochen war ihm durchaus aufgefallen, doch er hatte es als ideologisches Gerede einer Aktivistin abgetan, die zufällig seine Freundin war. Nach diesem Fund klangen ihre Worte jedoch anders.

Als er den Schlüssel im Schloss hörte, versuchte er, sich nichts anmerken zu lassen und rührte mit dem Holzlöffel in der Soße.

«Hey!», rief Merle, kaum dass die Tür einen Spalt geöffnet war. «Das riecht ja richtig lecker, wie beim Italiener.» Sie trat hinter ihn, legte ihre Hände auf seine Hüften und drückte ihm einen schnellen Kuss auf den Nacken. Als er nicht reagierte, küsste sie ihn erneut, zog dann die Schuhe aus und ging ins Bad. «Heute waren die Kinder im Forum besonders aufgedreht», plauderte sie, und Dilan konnte hören, wie sie sich die Hände einseifte. «Muss an den bevorstehenden Ferien liegen. Als ich erzählt habe, dass viele Fische, die es jahrtausendelang in der Nordsee vor Eiderstedt gegeben hat, wegen des Klimawandels nach Norwegen abgewandert sind und es mittlerweile sogar Mittelmeerfische bei uns gibt, meinte ein Kind doch allen Ernstes *cool* dazu.» Sie hatte das Wasser abgestellt und kam nun wieder zu ihm ins Zimmer. «Ich sollte meine pädagogischen Konzepte offenbar noch einmal überarbeiten», fügte sie hinzu, und er konnte hören, wie sie dabei lächelte. Merle war gut gelaunt, was in letzter Zeit nicht oft der Fall war. Noch immer hatte er nicht reagiert, weshalb sie sein Kinn in die Hand nahm und seinen Kopf in ihre Richtung drehte. Ihr Lächeln erstarb, als sie in sein Gesicht sah. «Ist etwas passiert?»

Wortlos deutete er mit dem Holzlöffel auf den Schreibtisch am Fenster. Tomatensoße tropfte auf den schmalen PVC-Streifen vor der Kochzeile. Irritiert sah Merle von den roten Flecken zu ihren Füßen zum Schreibtisch, auf dem ihr Jagdschein und der Angelschein lagen. Mit wenigen Schritten hatte sie den Raum durchquert und nahm die beiden Dokumente in die Hand.

«Du hast meine Unterlagen durchwühlt.»

«Ist das alles, was du dazu zu sagen hast?» Er versuchte, die aufsteigende Wut zu unterdrücken.

«Ich verstehe nicht ...»

Dilan gab ihr gar nicht die Gelegenheit, den Satz zu vervollständigen. «Du verstehst nicht? *Du*?» Dilan warf den Holzlöffel zurück in den Topf, aus dem die Soße zu allen Seiten spritzte. «Was soll *ich* da erst sagen?»

Sie sah ihn aus großen Augen verständnislos an, was ihn noch wütender machte. Wie konnte sie nur so begriffsstutzig sein? Oder war das alles Show und Merle einfach eine verdammt gute Schauspielerin?

«Ich dachte, du könntest niemals ein Tier töten? Ich dachte, Menschen, die Fische töten, sind Mörder?»

Merle sah ihn noch immer an, als hätte sie größte Mühe, seinen Gedanken zu folgen. Sie legte eine Hand auf seinen Oberarm, drückte einmal fest zu und streichelte dann sanft darüber. «Ja, das habe ich gesagt. Aber warum regt dich das plötzlich so auf?»

Dilan deutete mit dem Zeigefinger auf die Pässe in ihrer

Hand. «Willst du mir erzählen, die haben dir den Angelschein gegeben, ohne dass du dafür Fische töten musstest? Das ist doch alles eine verlogene Scheiße!»

Endlich konnte er sehen, wie bei Merle die Erkenntnis einsickerte, was sich hier gerade abspielte. Ihre Augen füllten sich mit Tränen.

«Hast du dir eigentlich mal das Datum angesehen, wann ich den Schein gemacht habe?» Zu den feuchten Augen gesellte sich wieder die steile Falte zwischen ihren Augenbrauen. «Ich war neun – neun! – , als mein Vater mich den Jugendangelschein machen ließ. Welcher Vater lässt seine neunjährige Tochter einem Fisch so lange mit dem Griff eines Messers auf den Kopf schlagen, bis er anfängt zu zittern? Und wer lässt ein Kind mit einem spitzen Messer einem anderen Lebewesen ins Herz stechen? Weißt du, woran man erkennt, dass man das Herz sauber getroffen hat? Dann läuft sofort Blut aus der Wunde!» Die letzten Worte hatte sie schluchzend herausgepresst. Endlich nahm Dilan sie in den Arm, und sie weinte einige Sekunden, bis sie ihr Gesicht von seiner Schulter löste. «Mein Vater hat mich vor mehr als zehn Jahren zu einer Mörderin gemacht. Seitdem vergeht kein Tag, an dem ich mich nicht dafür schäme. Ich versuche, meine Schuld ungeschehen zu machen, indem ich so viele Fische wie möglich rette.»

Dilan nickte. Er wollte ihr glauben. Zu gerne würde er die Angelegenheit auf sich beruhen lassen. Bloß, wie sollte er ihr jemals wieder vertrauen, wenn er nicht jetzt versuchte, Antworten zu erhalten?

Er nahm ihr Gesicht in seine Hände und hielt es sanft, aber bestimmt fest. «Hast du etwas mit dem Tod des Fischers zu tun?»

In ihre Augen schlich sich ein Ausdruck, den er an ihr noch nicht kannte und auch nicht deuten konnte.

«Du könntest es mir sagen, wenn es so wäre.»

«Du glaubst, ich habe den Krabbenmörder getötet?» Sie sah ihn mit einer Miene an, die Unglauben oder Empörung bedeuten konnte. Oder Angst.

«Ist das denn wirklich so abwegig?» Dilan fischte mit einer Hand nach dem Waffenschein und hielt ihn ihr vors Gesicht.

«Selbe Geschichte wie mit dem Angelschein», sagte sie tonlos. «Eine Ewigkeit her.»

Dilan hob eine Augenbraue und suchte in ihrem Gesicht nach Anzeichen einer Lüge. Merles Mundwinkel zuckten, zunehmend heftiger, bis sie es nicht mehr aushielt und zu prusten begann. «Du hast wirklich geglaubt, ich hätte den Fischer getötet?», platzte es aus ihr heraus und sie lachte und lachte, bis ihr erneut Tränen über das Gesicht liefen. Vor Erleichterung stimmte Dilan mit ein, bis auch ihm Lachtränen übers Gesicht liefen. Nein, er hatte sich nicht in Merle getäuscht. Da war er sich nun sicher.

«Komm, lass uns essen», sagte Merle, als sie sich von ihm löste. «Damit wir rechtzeitig in Tönning bei Fabian und den anderen sind.»

27

Marconi verkleidet sich

Die Kinder räumten ihre Teller in die Spülmaschine. Die Stimmung war zwar nicht gerade ausgelassen, aber längst nicht mehr so angespannt wie in den ersten gemeinsamen Tagen. Das mochte auch am Abendessen gelegen haben. Am Morgen war ihm der Sandwichmaker in der hintersten Ecke des Geschirrschranks aufgefallen. Mit Weißbrot, das erst lecker belegt und dann getoastet wurde, konnte man wenig verkehrt machen, hatte er angenommen. Und recht behalten. Waren die Kinder zunächst noch skeptisch, als er Zucchini raspelte, mit Joghurt, Schafskäse, Honig und Thymian vermengte und die Mischung zwischen zwei Toastscheiben packte, orderten sie nach dem ersten Toast eine weitere Runde. Und als auch die verputzt war und Klara und Stefano erneut einen Nachschlag verlangten, ging er mit geheimnisvoller Miene zurück an die Küchenzeile und fragte, ob sie ihm beim Nachtisch helfen würden. Stefano wollte schon aufspringen, hielt jedoch inne und sah zu seiner Schwester. Erst als sie schulterzuckend aufstand, folgte er ihr.

Marconi ließ Klara einige Toastscheiben entrinden, mit Erdnusscreme bestreichen und mit Schokotäfelchen belegen. Dann wies er Stefano an, ein Ei mit Milch und Honig zu verrühren und die zusammengeklappten Brotscheiben gleichmäßig zu beträufeln. Anschließend half er ihm beim Zusammendrücken.

«Und?» Er hätte sich die Frage auch sparen können, denn die gefüllten Schokosandwiches waren genauso saftig und schokoladig, wie er es sich ausgemalt hatte.

Klara sah ihn listig an. «Mach dir doch selbst eins, dann weißt du, ob's schmeckt.»

Marconi ahnte, worauf Klara abzielte. «Und nur eins zu machen, wäre ja Platzverschwendung, schließlich gibt's im Sandwichmaker Platz für zwei Portionen, stimmt's?»

Klara tat so, als wäre ihr der Gedanke noch gar nicht gekommen und zuckte scheinbar gleichgültig die Schultern.

«Ihr bekommt jeder noch einen halben.» Er sah, wie sich Stefanos Gesicht aufhellte. Wie passten nur so viele Toasts in so ein kleines Kind? «Aber nur, wenn ihr gleich keinen Ärger macht. Gerda Harzmeier müsste jeden Moment da sein.»

Konzentriert vermengte Stefano bereits eine weitere Portion Milch und Honig in der Schüssel und versuchte gleichzeitig, sich mit Marconi zu unterhalten. «Und du musst wieder Verbrecher jagen?»

Marconi reichte Klara das Messer und die Erdnusscreme. «Eher im Gegenteil: Ich will verhindern, dass ein paar Leute zu Verbrechern werden.» Dass es sich dabei um einige der Leute handelte, mit denen Klara gemeinsam demonstriert hatte, verschwieg er wohlweislich.

Er entschied sich für das weiße Hemd mit den langen Ärmeln und die dunkelblaue Hose mit passender Krawatte. Dazu wählte er das dunkelblaue Sakko, das eigentlich nie im Dienst getragen wurde, sondern nur zu repräsentativen Zwecken. Aber er hatte ja gewissermaßen keine Funktion und sollte bei Einsätzen wie dem bevorstehenden bloß dabei sein. Anschließend zog er das Waffenholster durch die Schlaufen seiner Hose.

Stefanos Augen leuchteten begeistert, als Marconi in Uniform die Treppe herunterkam. Er ließ sich die Handschellen zeigen, fragte seinen Onkel über die Bodycam an seinem Gürtel aus, mit der die Polizei bei Einsätzen Aufnahmen von Straftaten per Livestream direkt an einen anderen Ort übermitteln konnte, und war etwas enttäuscht, weil Marconi seine Dienstpistole im Waffenschrank auf dem Revier deponierte. Klara sagte nichts, aber er sah ihr an, dass ihr sein Aufzug peinlich war. Er würde sich besser schnell daran gewöhnen, dass peinlich zu sein zu den Kernkompetenzen des Erziehungsberechtigten eines pubertären Mädchens gehörte. Marconi konnte es ihr nicht einmal verübeln. Er kam sich selbst vor, als hätte er sich für ein Kostümfest verkleidet.

Sie brauchten kaum mehr als zwanzig Minuten für die Fahrt ins zwanzig Kilometer entfernte Tönning. Eva entdeckte das Boot der Wasserschutzpolizei an der vereinbarten Stelle unterhalb der Kaimauer als Erste. Unmittelbar daneben parkte Jens den Polizeiwagen im absoluten Halteverbot. Marconi stieg auf der Beifahrerseite aus und ließ den Blick über die jahrhundertealten Fassaden des historischen Hafens gleiten. Direkt gegenüber stand ein ehemaliger Speicher aus rotem Backstein von rund achtzig Meter Länge. Ein Mann mit dunkelblauer Schwimmweste über dem weißen Polizeihemd stieg vom Boot und kam zu ihnen herüber. Dem Namensschild zufolge, das er an seinem Brustkorb trug, hieß der Mann Kirch.

Hinter ihm auf dem Boot konnte Marconi zwei weitere männliche sowie zwei weibliche Wasserschutzpolizisten erkennen. Kirch erläuterte ihnen seinen Plan.

«Das Schiff von *GreenPlanet* liegt nicht weit von hier auf der anderen Seite des Hafens. Wir fahren vom Wasserarm in die Eider und versperren den Fluchtweg übers Wasser, während ihr die Promenade absichert, damit uns niemand davonläuft.»

«Wie viele Leute sind an Bord?», erkundigte sich Eva.

«Mindestens fünf haben wir beobachtet. Zwanzig große Feldsteine wurden in den vergangenen Stunden mittels Kran und Stahltauen von der Ladefläche eines Lkws aufs Schiff verladen. Sie könnten jeden Moment auslaufen», fasste Kirch zusammen.

«Nicht, wenn wir das verhindern.» Marconi nickte dem Mann entschlossen zu. Der nickte zurück und marschierte mit großen Schritten zum Boot.

Marconi, Eva und Jens überquerten eine Klappbrücke aus weißem Holz, die zur Rückseite des Hafens führte. Es roch nach Backfisch, Pommes und Bratwurst, nach Frittierfett und Holzkohlegrill.

«Da!» Eva stieß Marconi leicht den Ellbogen in die Seite. Hinter dem roten Schuppen, den sie gerade passierten, tauchte in hundertfünfzig Meter Entfernung ein Zweimaster auf, der am Ufer festgemacht hatte. *Narwal II* stand in weißen Großbuchstaben auf dunkelgrünem Grund am Bug. Der Name begegnete ihm nicht zum ersten Mal. Aber wann und wo hatte er davon schon gehört? Seitlich an der Bordwand prangte, ebenfalls in Grün, der Schriftzug von *GreenPlanet*. Als sie näher kamen, erkannte Marconi den jungen Mann, der am Vorabend das Treffen geleitet und zu dieser

Aktion aufgerufen hatte. Fabian, wenn er sich richtig erinnerte.

Als das Polizeiboot aus der Hafeneinfahrt bog, stellten sich Eva, Jens und Marconi so an der Mole auf, dass sie die Fluchtwege auf Höhe von Bug, Heck und der Rampe der *Narwal II* versperrten, falls jemand der Naturschützer auf die Idee kam, sich von Bord zu schleichen. Die überwiegend jungen Leute waren so beschäftigt, dass sie sie noch nicht gesehen hatten. Erst als das Polizeiboot neben ihnen auftauchte, entdeckten die Naturschützer die Polizisten zu beiden Seiten ihres Schiffes.

«Hier spricht die Wasserschutzpolizei», hallte Kirchs Stimme aus den Lautsprechern über dem Steuerstand. «Wir werden an Bord kommen und eine schifffahrtspolizeiliche Kontrolle durchführen.»

Ein Hoch auf unser Beamtendeutsch, dachte Marconi.

«Haben Sie einen Durchsuchungsbefehl?», rief Fabian in aggressivem Tonfall zurück. Ein groß gewachsener und sportlicher Mann, vielleicht Mitte vierzig, legte ihm die Hand auf den Arm und trat an die Reling.

«Mit welcher Berechtigung?»

«Sie stehen unter Verdacht, mehrere Tonnen Feldsteine an Bord geladen zu haben», antwortete Kirch vom Polizeiboot aus.

«Das ist nicht strafbar», rief der Große zurück. Obwohl seine Stimme weiter tief und fest klang, merkte Marconi an der Art, wie der Mann seinen gepflegten Vollbart rieb, dass er nervös war.

«Das Hafenamt hat dafür keine Genehmigung erteilt, insofern ist es eben doch strafbar. Männer, wir gehen an Bord.»

Damit stieg Kirch in Begleitung von drei weiteren Kolleginnen und Kollegen über die mitgeführte Gangway an Deck der *Narwal II*. Die Polizisten aus Sankt Peter-Ording blieben wie besprochen an Land und beobachteten, wie Fotos von den Granitsteinen gemacht und anschließend die Personalien aller Beteiligten aufgenommen wurden. Wieder einmal bedauerte Marconi, nur dabei statt mittendrin zu sein. Umso aufmerksamer ließ er seinen Blick über das Deck des Zweimasters gleiten – und stutzte. *Verdammt!* Wo war dieser Fabian? Er war wohl kaum unter Deck gegangen, während die Personalien aufgenommen wurden? Marconi verließ seine Position, ging mit schnellen Schritten zu Jens am Bug des Schiffes, sprang einige Male in die Höhe, um an Deck sehen zu können und ignorierte dabei Jens' fragende Blicke. Anschließend rannte er zu Eva, und just in dem Augenblick, in dem er die Prozedur wiederholen wollte, hörte er einen leisen Platscher, als gleite etwas sanft ins Wasser. Er lugte um das Heck und sah gerade noch, wie das Wasser an einer Stelle dicht an der Bordwand kleine Wirbel schlug.

Natürlich wusste Marconi, dass es sinnvoller wäre, Alarm zu schlagen. Doch er sah den Moment gekommen, endlich selbst ins Geschehen einzugreifen. Ohne zu zögern, legte er Dienstwaffe und Bodycam ab und balancierte über die Steine am Ufer. Sobald die Eider tief genug war, ließ er sich ins Wasser gleiten. Von Fabian fehlte jede Spur. Hatte er sich geirrt? Da sah er in zehn Meter Entfernung einen Kopf auftauchen und sofort wieder untergehen. Fabian schien ein guter Schwimmer und ein noch besserer Taucher zu sein, was man von Marconi nicht gerade behaupten konnte. Zudem spürte er bereits, dass sich seine Polizeiuniform vollsog und Schuhe alles andere als optimal waren zum Schwimmen. Sein Abstand zu dem Flüchtigen wurde immer größer. Gleich würde Fabian das gegenüberliegende Ufer der Eider erreicht haben, während er selbst hier vor sich hin paddelte wie ein Pudel. Da hörte er hinter sich den Motor eines kleinen Schlauchboots und kurz darauf wurde er an Bord gezogen. Den vorwurfsvollen Blick des Wasserschutzpolizisten hatte er verdient, das wusste er, und versuchte ihn deshalb mit Fassung zu ertragen. Schnell hatten sie Fabian eingeholt, der den ausgestreckten Arm zwar ignorierte, aber schließlich gegen seinen Willen am Kragen seines Sweatshirts gepackt und aus dem Wasser gefischt wurde. Die Entschlossenheit des Jungen rang Marconi Respekt ab.

Als sie sich auf dem Beiboot gegenüberstanden, schwieg Fabian. Sie sahen sich in die Augen, wie zwei Cowboys vor einem Duell. Nur das Eiderwasser, das in Strömen an ihnen beiden herablief, zerstörte den Effekt.

Marconi brach schließlich das Schweigen. «Ich hätte da mal ein paar Fragen, die Sie mir auf dem Revier beantworten dürfen.»

Fabians gleichgültige Miene wich einem abfälligen Lächeln. «Du glaubst, ich werde mit dir reden?»

«Wäre besser für Sie.»

Als Antwort verschränkte Fabian die Arme.

28

Marconi wird zum Quizmaster

Ich will meinen Anwalt.»

«Ist unterwegs.»

«So lange sage ich nichts.»

«Müssen Sie nicht, nur zuhören.»

«Fick dich.»

«Später. Und wenn Sie das noch mal sagen, kommt Beamtenbeleidigung mit auf die Liste.»

«Fick dich.»

Marconi nickte, als ob Fabian etwas Aufschlussreiches gesagt hätte. Aus Mangel an Alternativen in der Polizeistation Sankt Peter-Ording saßen sie in Marconis nicht gerade geräumigem Büro. Eva hatte einen weiteren Klappstuhl organisiert, auf dem Fabian Platz nahm. Sie selbst setzte sich auf ihren Stammklappstuhl auf der anderen Seite des Schreibtischs neben Marconi.

«Um die Steine, die Sie auf dem Meeresboden verklappen wollten, kümmern wir uns später. Erst einmal will ich wissen …»

Fabian schnaubte laut. «Gar nichts wollten wir verklappen.»

«Sondern? Einen japanischen Steingarten hinter dem Haus Ihrer Eltern anlegen?»

«Fick dich.»

Marconi klappte den Block vor sich auf und zog sorgfältig drei Linien nebeneinander. Fabian sah irritiert auf die Striche.

«Wir wollten damit nach Amsterdam auslaufen.»

«Um dort was genau damit zu tun?»

«Geht dich nichts an.»

«Stimmt.»

Fabian sah ihn überrascht an. Hinter der selbstsicheren Fassade meinte Marconi einen gar nicht mal so mutigen jungen Mann zu erkennen, der zwar für die gute Sache kämpfte, dem es aber mindestens ebenso wichtig war, wie er nach außen wirkte. Was Marconi auch daraus schloss, dass sich Fabian unentwegt durch die Haare fuhr, die nach seinem Bad in der Eider nicht mehr dem beabsichtigten Surferlook entsprachen, sondern eher wie bei einem Stachelschwein nach allen Seiten abstanden. Während Fabian noch vor sich hintropfte, hatte Jens aus seiner Sporttasche eine Jogginghose gefischt, die Marconi sich übergezogen hatte.

«Ihr habt uns verboten, was wir eh nicht vorhatten.»

«Das haben Aktivisten von *GreenPlanet* vor einem halben Jahr auch behauptet, als sie trotz Verbot Granitsteine vor Rügen versenkt haben.»

«Wann kommt mein Anwalt?»

«Weiß ich nicht, ist doch *Ihr* Anwalt.»

Marconi merkte, wie Eva, die dem Gespräch bis eben wie vereinbart stumm gefolgt war, neben ihm unruhiger wurde und auf ihrem Stuhl hin und her rutschte. Unter dem Tisch gab er ihr ein Handzeichen, dass sie nicht einschreiten sollte.

«Es war ein Notfall. Wir würden das nicht tun, wenn es nicht zum Schutz der Meere unbedingt notwendig wäre.»

«Also geben Sie zu, dass Sie die Steine versenken wollten?»

«Fick dich.»

Marconi zog einen vierten Strich neben den bisherigen auf seinem Block. Fabian dämmerte, was Marconi damit bezweckte, und schob ein weiteres «Fick dich» hinterher, das Marconi prompt mit einem Querstrich quittierte.

«Was muss denn noch passieren, damit ihr es checkt?»

«Erklären Sie es mir doch.»

«Die Weltmeere stehen kurz vor dem Exitus. Scheißklimawandel, Scheißüberfischung, Scheißvermüllung, Scheißplastik.»

«So weit nichts Neues.»

«Du checkst es echt nicht, oder? Wir müssen dringend handeln, damit die Meere den Schutz bekommen, den sie verdienen.»

«Indem Sie Steinblöcke im Wattenmeer versenken, kämpfen Sie gegen Klimawandel und Plastikmüll?»

«Stellst du dich absichtlich dumm oder bist du wirklich so blöd?»

«Die einen sagen so, die anderen so.»

«Fischer durchpflügen den Meeresboden in ausdrücklich geschützten Gebieten wie dem Wattenmeer, ganz legal, und zerstören damit das Ökosystem. Und keinen interessiert's.»

«Mich interessiert's.»

«Mich auch», sagte Eva ruhig.

Fabian musterte sie beide stirnrunzelnd. «Ach ja? Und warum sitze ich dann hier?»

«Das wissen Sie ganz genau.»

Schweigen.

«Na gut, ich tue Ihnen den Gefallen», seufzte Marconi

und fuhr in einem ruhigen Tonfall fort, als spräche er mit einem begriffsstutzigen Kind. «Erstens: Sie waren dabei, eine widerrechtliche Umweltprotestaktion in einem Naturschutzgebiet zu starten.»

«Die einen sagen so, die anderen so.» Fabian verzog den Mund zu einem verächtlichen Grinsen.

«Zweitens: Sie haben Widerstand gegen die Staatsgewalt geleistet, indem Sie sich einer Feststellung Ihrer Personalien entzogen haben.» Nicht zum ersten Mal fiel Marconi auf, wie unsexy Beamtendeutsch war.

«Und drittens», Marconi setzte die Pause bewusst lang, bis er Fabians ungeteilte Aufmerksamkeit hatte, der ihn mit einer Mischung aus Neugier und Ablehnung ansah, «sind Sie Verdächtiger in einem Mordfall.»

In der Stille, die folgte, hätte man eine Milbe husten hören können. Das Lachen, das schließlich aus Fabian herausbrach, erschien Marconi dafür umso lauter.

«Sie finden Mord lustig?»

«Du solltest Büttenredenschreiber werden.»

«Ich hasse Karneval. Aber mögen Sie Quizshows?»

Wieder sah Fabian ihn überrascht an. Marconi schien ihn zu irritieren. Gut so, dachte er.

«Kommt drauf an.»

«Darauf, was es zu gewinnen gibt?»

Fabian zuckte die Schultern. «Zum Beispiel.»

«Ich stelle Ihnen jetzt fünf Fragen. Und mit jeder Antwort, die nicht aus ‹Fick dich› besteht, streiche ich einen Strich wieder von meinem Block.»

«Und was hab ich davon?»

«Pro Strich 750 Euro mehr in der Tasche, die Sie sonst an Geldauflage zahlen müssten, und drei Monate weniger

Bewährungsstrafe. Sonst dürfen Sie künftig nicht mal einen Kieselstein in die Nordsee werfen, ohne dass wir es als widerrechtliche Umweltprotestaktion bewerten und Sie wegen Verstoßes gegen Bewährungsauflagen dafür einsitzen.»

Marconi konnte Fabian ansehen, wie gerne er einen weiteren Strich riskiert hätte. Sein trotziges Schweigen nutzte Marconi, um mit der Befragung zu beginnen.

«Erzählen Sie mir von Ihrem Streit mit Krabbenfischer Olsen.»

«Wer sagt was von einem Streit?»

«Keine Gegenfragen. Wir sind hier nicht bei *Jeopardy*.»

«Das mit der Quizshow ist 'ne Scheißidee.»

«Wollen Sie jetzt Ihr Strafmaß verringern oder nicht?»

«Was ich will, ist mein Anwalt.»

«Da kann ich Ihnen leider nicht helfen. Benachrichtigt ist er, hierherfahren muss er schon selbst.»

«Dann will ich ihn noch mal anrufen.»

«Ihr Telefonjoker ist verbraucht. Jetzt heißt es warten. In der Zwischenzeit dürfen Sie Ihr Strafmaß reduzieren.»

«Olsen hat mich und meine Leute mehrfach bedroht. Wir sollten ihn und seine Kollegen ihre Arbeit machen lassen, sonst würde er dafür sorgen, dass wir nie wieder in der Lage wären, eine Protestaktion durchzuführen.»

«Klingt wie eine Morddrohung.»

«Eben. Aber er hat ja selbst die Grätsche gemacht, bevor er seinen Plan umsetzen konnte.»

«Wie praktisch.»

«Einen Strich kannste schon mal weghobeln von deinem komischen Block da.»

Marconi malte mit seinem Kuli über die Strichliste, bis sie komplett verschwunden war. Hoffnung keimte in Fabians Gesicht auf, verschwand aber wieder, als Marconi vier neue Striche zog.

«Wissen Sie eigentlich, wie man mit einer Harpune umgeht?»

«Warum sollte ich?»

«Erstens haben Sie schon wieder eine Frage mit einer Gegenfrage beantwortet. Und zweitens funktioniert unser Deal nur, wenn Sie die Wahrheit sagen.»

«Das *ist* die Wahrheit. Welcher Vollidiot kann denn schon mit einer Harpune umgehen? Du vielleicht?»

«... »

«Hey, warum machst du da 'nen Strich auf deinen Scheißblock?»

«Weil ‹Fick dich› nicht die einzige Form der Beamtenbeleidigung ist. ‹Vollidiot› zählt auch dazu. Aber ich setze mich dafür ein, dass Ihre Geldstrafe einem gemeinnützigen Umweltverein zugutekommt. Dagegen hätten Sie doch sicher nichts, oder?» Marconi stellte fest, dass sich in Fabians Augen Tränen der Wut sammelten. Zufrieden fuhr er fort. «Wenn *ich* mit einer Harpune umgehen könnte und Klaus Olsen *mir* gedroht hätte, wäre ich vielleicht in Versuchung geraten, dem Mann einen Denkzettel zu verpassen.»

«Erstens: Das war keine Frage. Zweitens: Ich bin kein Mörder. Der einzige Mörder hier ist Klaus.»

«Ich glaube auch nicht, dass Sie ein Mörder sind.»

«Schön. Kann ich dann gehen?»

«Nicht alle Straftäter werden absichtlich zu Mördern. Manche wollen auch nur eine Lektion erteilen und werden gewissermaßen aus Versehen zum Verbrecher. Wissen Sie, wer außer Klaus Olsen in der Nacht, in der er starb, noch draußen im Wattenmeer unterwegs war?»

«Warum sollte ich?»

«Ja oder nein?»

«Nein.»

«Laut Bahne Mommsen, dem Chef aus dem Kontrollturm des Eidersperrwerks, hatte er Funkkontakt mit der *Narwal II*. Eben jenem Schiff der Umweltorganisation *GreenPlanet*, auf dem wir Sie und Ihre Mitstreiter heute erwischt haben. Die *Narwal II* hat das Sperrwerk abends gegen halb zehn passiert. Eine halbe Stunde, bevor Krabbenfischer Klaus Olsen zu seiner Fangfahrt aufgebrochen ist.»

«Davon weiß ich nichts.»

«Aber Sie wissen, wo Sie in der Nacht von Sonntag auf Montag waren?»

«Im Bett?»

«Wir hatten doch vereinbart, dass Sie die Wahrheit sagen müssen, wenn unser kleines Spiel hier funktionieren soll.»

«Scheiß doch auf die Wahrheit, wenn du mir hier Mord unterstellst.»

«Wollten Sie mit der Harpune ein Loch in die Bordwand schießen, um das Schiff manövrierunfähig zu machen? Oder wollten Sie es sogar versenken?»

Vor Marconis Büro war eine laute Stimme zu hören. Jetzt ging es um Sekunden.

«Haben Sie aus Versehen Klaus Olsen mit der Harpune getroffen? Oder war es gar kein Versehen? Und Sie sind ihm, nachdem er Sie öffentlich bedroht hat, zuvorgekommen und haben ihn aus dem Weg geräumt, bevor er seine Drohung wahrmachen konnte?»

Krachend flog die Tür auf. «Das Gespräch ist beendet. Ich bin Kai-Oliver Dircksen, der Rechtsbeistand von Herrn

Holthusen. Bitte verlassen Sie den Raum, damit ich mich mit meinem Mandanten beraten kann.»

Marconi schloss seine Bürotür hinter sich und Eva. Jens erwartete sie im Flur mit einem Föhn in der Hand. Während der Befragung hatte er die Autositze damit getrocknet. Bei seinem Anblick hob Marconi die Arme. «Ich gestehe, bitte nicht totföhnen.»

«Ha, ha», entgegnete Jens trocken, während er den Föhn auf seinen Schreibtisch legte. «Und?»

«Eva bringt dich auf den aktuellen Stand. Ich muss mal telefonieren.»

Er wollte nach draußen gehen, auch um ein wenig frische Luft zu schnappen, doch kräftige Windböen drückten gegen die Eingangstür. Marconi stemmte sich dagegen, bis sie schließlich aufging und er sich nach draußen schieben konnte. Fluchend griff er nach seinem Telefon. Kurz nach halb zehn, leuchtete ihm die Anzeige entgegen. Mit schlechtem Gewissen wählte Marconi seinen eigenen Anschluss und hatte nach zweimaligem Klingeln Gerda Harzmeier am Apparat. Der Abend sei ruhig gewesen, berichtete sie. Natürlich könne er länger wegbleiben, wenn die Arbeit es erfordere. Sie habe einen spannenden Kriminalroman am Wickel und werde eh nicht eher ins Bett gehen können, bevor sie wisse, wer der Mörder sei. Willkommen im Club, dachte Marconi. Er dankte ihr und legte auf.

«Mein Mandant möchte bei Ihren Ermittlungen behilflich sein.»

«Er legt ein Geständnis ab?»

«Netter Versuch. Um sich nicht selbst zu belasten, aber guten Willen zu zeigen, werde ich wiedergeben, was mir Herr Holthusen eben gesagt hat.»

«Wir sind ganz Ohr.» Marconi wurde von Eva und Jens auf ihren obligatorischen Klappstühlen flankiert.

«Es stimmt, die *Narwal II* war in der Nacht des Mordes an Klaus Olsen tatsächlich im Wattenmeer vor Eiderstedt unterwegs.»

«Das ist uns bekannt, nur der Grund noch nicht.»

«Der tut nichts zur Sache.»

«Also, ehrlich …»

«Wollen Sie nun unsere Hilfe oder nicht?»

«Ihre Hilfe schon, aber keinen Lückentext, bei dem ich die Leerstellen selbst füllen muss.»

Er spürte, wie Eva unterm Tisch mit ihrem Fuß gegen seinen stieß.

«Na gut. Tut letztlich auch nichts zur Sache, ob Fabian in der Nacht Steine versenkt hat, um den Fischern ihre Arbeit zu erschweren.»

«Sehen Sie, geht doch. Laut Radar waren in dieser Nacht einige Boote in der Gegend unterwegs. Erkennen konnte man nichts, es war stockdunkel da draußen.»

«Sagt Fabian, weil er selbst an Bord war?»

«Auch das tut nichts zur Sache.»

«Wenn Fabian den Krabbenfischer nicht umgebracht hat, auch nicht an Bord der *Narwal II* und es außerdem zu dunkel war, um etwas zu sehen, warum sitzen wir dann überhaupt hier?»

«Es geht nicht darum, was zu sehen war, sondern zu hören.»

«Wie soll ich das verstehen?»

«Die Rede ist von einem Geräusch.»

Marconi sah erst Fabian, dann den Anwalt erstaunt an. «Ein Geräusch?»

«Ein Brummen.»

«Ein Brummen? Wie ein Rasenmäher? Oder eher wie ein Schiffsmotor?»

«Wäre mein Mandant in jener Nacht an Bord gewesen, wäre ihm sowohl das Geräusch eines Rasenmäher- als auch eines Bordmotors vertraut. Und beides kommt dem Geräusch absolut nicht nah.»

Marconi seufzte. «Könnten wir Ihren Mandanten, der in jener Nacht *nicht* an Bord der *Narwal II* war, noch einmal zu dem Brummen befragen, falls es im Laufe der Ermittlungen nötig sein sollte?»

«Ich fürchte, das wird nicht möglich sein. Sobald Sie Ihren Teil des Deals einhalten, gedenken wir, unsere Kooperation einzustellen.»

«Das hat sich dann wohl erledigt», stellte Fabian fest und zeigte auf die Strichliste. Widerwillig nickte Marconi, woraufhin Fabian danach griff, den Zettel zerknüllte und zurück auf den Schreibtisch warf.

Während der Anwalt seinen Klappstuhl geräuschvoll zurückschob, wandte Marconi sich noch einmal an Fabian.

«Sollte in nächster Zeit ein Boot vor Eiderstedt kentern, weil ein Fischernetz an einem der Findlinge hängen geblieben ist, die Sie und Ihre Mitstreiter *nicht* dort versenkt haben, müsste ich Meldung machen, wie die Steine dorthin gekommen sind.»

Fabian bedachte ihn mit einem abschätzigen Blick und schob dann ebenfalls seinen Klappstuhl zurück.

«*Mutmaßlich* dorthin gekommen sind. Steine gibt es hier wie Sand am Meer.» Mit einem selbstgefälligen Grinsen rauschte er hinter Kai-Oliver Dircksen aus dem Büro.

«Ich dachte schon, du verpasst ihm eine Abreibung», sagte Eva kopfschüttelnd und drückte zweimal auf einen Knopf am Kaffeevollautomaten.

«Ich? Ich war die Ruhe in Person.» Marconi gähnte. Sein Adrenalinspiegel sank allmählich wieder auf Normalpegel. «Schade, dass *er* mir keine verpasst hat, sonst hätten wir ihn hierbehalten können.»

«Ich fand deine Idee ja erst scheiße.» Jens schob Eva zur Seite und drängelte sich nun selbst vor die Kaffeemaschine.

«Pass bloß auf, sonst lege ich für dich auch gleich eine Strichliste an.» Marconi sah auf seine Uhr. «Wie könnt ihr um diese Uhrzeit überhaupt Koffein in euch hineinschütten?»

«Die menschliche Geisteskraft steigt proportional zur getrunkenen Kaffeemenge», sagte Jens und hielt Eva seinen Becher entgegen. Eva ließ sich nicht lange bitten und stieß mit ihm an.

«Jedenfalls», ergriff Jens erneut das Wort, «dein Plan, Fabian mit aufs Revier zu nehmen, hat ja doch zu einer Spur geführt. Gratuliere!»

«Ein Brummen auf hoher See lässt sich wohl kaum als Spur bezeichnen.» Marconi seufzte. «Normalerweise würde ich am Ende eines Tages noch Aufgaben verteilen. Aber angesichts der Uhrzeit vertagen wir die Besprechung auf morgen früh. Okay?»

«Hurra, keine Hausaufgaben!» Eva hielt Jens die Hand vors Gesicht. Der gab ihr ein High Five.

29

Marconi hat die Befürchtung, dass sich die Nordfriesen völlig normal verhalten

Der Tag hatte sich längst aus dem Staub gemacht, als Marconi den Mini seines Bruders vor dem Haus abstellte. Es war still wie auf einem Friedhof, dachte er, während er die wenigen Schritte bis zur Haustür ging und den Schlüssel ins Schloss steckte.

Gerda Harzmeier saß auf dem Sofa, hatte die Beine hochgelegt und war in ihr Buch vertieft, als er ins Wohnzimmer trat.

«Eine Viertelstunde länger, und ich hätte gewusst, wer der Täter ist», sagte sie und klappte das Buch zu.

«Ich kann auch noch mal eine Runde um den Block gehen», bot Marconi freundlich an.

«Unsinn!» Gerda Harzmeier lachte. «Ich lese drüben weiter.»

«Danke, Gerda. Ich hoffe, ich muss deine und Jürgens Hilfsbereitschaft nicht noch öfter strapazieren.»

«Jederzeit wieder gerne. Kinder erfrischen das Leben und erfreuen das Herz.» Sie erhob sich vom Sofa.

«Freut mich, dass du das so siehst.» Marconi zog sein Sakko aus und legte es über den Sessel. «Wenn nur der anstrengende Teil mit der Erziehung nicht wäre.»

«Ich verrate dir mal ein Geheimnis.» Sie kam mit einem

Lächeln auf ihn zu. «Kinder brauchen nicht erzogen zu werden, sie machen uns eh alles nach. Alles, was wir tun sollten, ist, ihnen ein gutes Vorbild zu sein.»

Für Marconi klang das zwar eher nach Glückskeks, aber wer war er, über die Tipps einer Frau zu urteilen, die vier Kinder großgezogen hatte. Er brachte Gerda Harzmeier zur Tür.

«Ist denn etwas dabei herausgekommen?» Als sie seinen fragenden Blick auffing, ergänzte sie: «Entschuldige meine Neugier. Du hattest am Telefon etwas von einer Vernehmung gesagt. Und in meinem Buchclub, den *Xanthippen*, gibt es seit Tagen kein anderes Thema als den Mord an Klaus.» Sie schlüpfte in ihre flachen Schuhe, während sie weitersprach. «Wir würden einfach gerne wissen, ob der Täter bald gefasst wird und wir auf unserer schönen Halbinsel wieder ruhig schlafen können.»

«Richte deiner Bücherrunde viele Grüße von mir aus. Die Vernehmung war sehr vielversprechend. Es kann nicht mehr lange dauern.» Das war zwar gelogen, aber es gab keinen Grund, einer Gruppe älterer Damen schlaflose Nächte zu bereiten. Außerdem war es eine Absichtserklärung. Man sollte ja positiv bleiben, um Positives zu erwirken.

Gerda Harzmeier bedankte sich mit einem Lächeln im Namen aller *Xanthippen* und hatte sich schon zum Gehen gewandt, drehte sich aber noch einmal zu ihm um. «Darf ich fragen, ob es Ole Olsen war, den ihr befragt habt?»

Marconi lächelte nachsichtig. «Gerda, du weißt doch sicher aus deinen Krimis, dass ich über laufende Ermittlungen nichts sagen kann.» Er fing ihren enttäuschten Blick auf. «Wie kommst du denn ausgerechnet auf Ole?»

«Die beiden konnten nicht miteinander. Überhaupt

nicht.» Ihr Blick bohrte sich in seinen. «Das weiß halb Nordfriesland.» Und damit verschwand sie aus der Tür in die Dunkelheit. Marconi wartete, bis er die Haustür auf dem Nachbargrundstück hörte, dann schloss er die Tür und ging ins Obergeschoss. Keine fünf Minuten später fiel er ins Bett – um sich wenig später wieder einmal hin und her zu wälzen.

Er war doch so kaputt, warum konnte er nicht schlafen? Wieder und wieder schloss er die Augen und versuchte, an nichts zu denken. Das gelang ihm gerade mal für ein paar Sekunden. Es war schon nach halb zwei. Im Haus war es still, im Schlafzimmer viel zu warm, obwohl es draußen keine zehn Grad sein konnten. Er starrte ins Dunkel. Seine Gedanken mäanderten umher, wie ein Kreisel, der sinn- und ziellos seine Runden drehte: Krabben-Klaus, Ole Olsen, Fabian, Klara und Stefano, Jasmin Hegel und wieder von vorn.

Marconi setzte sich im Bett auf. Mit einem Seufzen schlug er die Decke zurück, stand auf, ging zum Fenster und öffnete es. Eine Brise klarer, salziger Luft drang ins Zimmer. Obwohl kein Freund von Schlafen bei offenem Fenster, legte er sich wieder hin und lauschte. Hinter dem Deich rauschte das Meer. Entfernt blökte ein Schaf, gefolgt vom Schrei einer Möwe. Marconi sah sie vor seinem geistigen Auge über den Salzwiesen kreisen, um sich im Priel niederzulassen und watschelnd nach Krebsen zu suchen. Oder schliefen Möwen nachts ebenso wie Menschen? Was wusste er schon vom Leben am Meer, der ewigen Monotonie von Ebbe und Flut, von Stille und Sturm. Eigentlich, dachte er, war die Nordsee eine Metapher für das Leben selbst. Manchmal ruhig und gleichmäßig, manchmal unberechenbar und stürmisch. Ständig änderte sich alles im

Spiel von Wind, Wellen und Wolken, im Glanz von Mond und Sonne, sofern sich Letztere denn mal blicken ließ. Hoffentlich ebbte der Sturm für ihn und die Kinder bald ab und die Sonne ließ sich blicken, im übertragenen wie im wortwörtlichen Sinne, und hatte Ruhe und Lebensfreude für sie alle im Gepäck. Es hatte in letzter Zeit genug Regentage für ihn gegeben, fand er. Immerhin war das Leben ein stetiger Wechsel aus Ebbe und Flut, Gutem und Schlechtem, aus Abschied und Zurückkommen. Bis man sich irgendwann zum letzten Mal verabschiedete. Wie Nevio. Wie Gesa. Wie Krabben-Klaus. Und schon waren seine Gedanken erneut beim toten Fischer gelandet. Marconi schloss die Augen und öffnete sie wieder. Normalerweise war ein Verdacht der erste Schritt von der Ahnungslosigkeit zur Gewissheit. Das war in diesem Fall anders. Fast alle Beteiligten führten sich merkwürdig auf. Oder taten sie das gar nicht, und er fremdelte nur mit den norddeutschen Gemütern? Vielleicht verhielten sie sich für Nordfriesen ganz normal, und er selbst war der schräge Vogel?

Marconi stand auf, schleppte sich ins Bad, trank mehrere Schlucke Wasser direkt aus dem Hahn, wischte sich den Mund ab und ging zurück ins Schlafzimmer. Unschlüssig stand er zwischen Bett und Fenster und beschloss, seinen kreisenden Gedanken nachzugeben. In der Hoffnung, dass sie ihn anschließend würden schlafen lassen.

Ihn irritierte, dass er seine Menschenkenntnis verloren zu haben schien. Hatte er sich bislang darauf verlassen können, jedes beliebige Lügengenom zu entschlüsseln, zweifelte er seit seiner Ankunft im Norden an seiner eigenen Auffassungsgabe. Vor allem Ole Olsen gab ihm Rätsel auf. Er versuchte, sich auf die Fakten und logische Schlussfolgerungen zu verlegen. Wenn Olsen junior ein Vatermörder war, warum hätte er dann seine eigene Harpune benutzen sollen? Andererseits hatte er ein Motiv. Sie brauchten mehr Fakten. Was fuhr er zum Beispiel für ein Auto? Warum hatten sie das bislang nicht gecheckt? Er käme doch durchaus als Fahrer des Wagens infrage, den die Zeugin Inken Kuper, Ennos Affäre, an der Straßengabelung gesehen hatte. Er griff nach seinem Handy, um sich eine entsprechende Notiz zu machen.

Auch dieses seltsame Brummen, das Fabian gehört haben wollte, beschäftigte ihn mehr, als ihm lieb war. Ein Brummen, das nicht zuzuordnen war? Hatte Fabian sich das bloß ausgedacht, um den Verdacht von sich zu lenken? Und weiter, als die Nacht vorgerückt war und er wieder im Bett lag: Was machte er hier eigentlich? Er zerbrach sich den Kopf über einen Fall, der nicht seiner war. Wenn die Kripo Wind davon bekam und ihn rauswarf, müsste er sich einen anderen Job suchen, um für Klara und Stefano sorgen zu können. Vielleicht als Küchenkraft in Nevios Restaurant, das dessen Geschäftspartner nun allein weiterführte. Bei diesem absurden Gedanken bremste er sich selbst. Ich brauche einen neuen Kopf, dachte er. Der alte grübelt zu viel.

Als schließlich ein leichter Regen einsetzte, zog ihn das regelmäßige Klopfen der Tropfen gegen sein Fenster endlich in einen traumlosen Schlaf.

30

Marconi sieht es nicht kommen

Als Marconi am nächsten Morgen vor dem tristen Polizeibau parkte, verzog er wie immer beim Anblick des roten Klinkers das Gesicht. «Einer von uns muss sich ändern», murmelte er. Er nahm die Polizeimütze vom Beifahrersitz und stieg aus dem Wagen.

Eva und Jens saßen auf dem Geländer der Rollstuhlrampe. Jens prostete ihm mit einer Tasse zu, auf der geschrieben stand: *Ich hasse Menschen, Tiere und Pflanzen. Steine sind okay.* Beide sahen aus wie aus dem Ei gepellt. Evas blonder Pferdeschwanz saß straff. Jens' kurze rötlich blonde Haare waren zu einem perfekten Undercut rasiert. Entweder hatten sie sich über Nacht Vitamine spritzen lassen, oder die Arbeit an diesem Fall und die damit verbundene Abwechslung vom monotonen Polizeialltag tat ihnen gut. Oder aber sie hatten brisante Neuigkeiten …

Ohne sich lange mit beiläufiger Konversation aufzuhalten, platzte Jens prompt mit der Nachricht heraus, dass Klaus Olsen am Vorabend endlich obduziert worden war. Die Gerichtsmedizin hatte aufgrund von Krankheitsfällen und drängenderen Autopsien einige Zeit verstreichen lassen, zumal die Todesursache offensichtlich schien. Doch so offensichtlich war die Sachlage dann doch nicht. Die Obduktion, erzählte Jens, hatte eine Überraschung zutage gefördert. Denn in Klaus Olsens Körper steckte eine Pistolenkugel. Jens freute sich sichtlich über Marconis verdutzten Gesichtsausdruck. Ob Klaus an dem Schuss gestorben war oder durch die Verletzungen der Harpune, ließ sich nicht einwandfrei rekonstruieren. Aber beide Geschosse hatten tödliche Verletzungen verursacht und waren sehr wahrscheinlich kurz nacheinander abgefeuert worden.

«Wenn der Espresso nach Espresso schmecken würde und nicht nur nach braunem Wasser, würde ich mir auf den Schreck erst mal einen zapfen», sagte Marconi und setzte sich neben Eva auf das Geländer. Dann beugte er sich nach vorn und sah an ihr vorbei zu Jens. «Woher hast du überhaupt diese Informationen? Von Bergmann, dem arroganten Aas, ja wohl kaum.»

Jens wich Marconis Blick aus. «Ich hab 'nen Bekannten bei der Kripo in Flensburg.»

«Ich hab 'nen Bekannten, der ist Sternekoch. Deshalb verrät er mir trotzdem nicht all seine Berufsgeheimnisse. Etwas mehr Info musst du mir schon geben.»

Jens sah Marconi noch immer nicht in die Augen. Stattdessen bedachte Eva ihren Kollegen mit einem vielsagenden Blick und verabschiedete sich unter dem Vorwand, sich noch einen *leckeren* doppelten Espresso zapfen zu wollen. Es bedurfte zweier weiterer Aufforderungen, bis Jens endlich anfing zu reden. Erst stockend, dann immer schneller, als wolle er die Angelegenheit endlich hinter sich bringen.

«Wie ich dich einschätze, bist du der Ansicht, Arbeit ist Arbeit und Privates ist privat. Geht mir übrigens genauso. Aber erstens hast du gefragt und zweitens betrifft in diesem Fall mein Privatleben eben auch die Arbeit.» Jens holte Luft. «Ich bin schwul.»

Das hatte Marconi absolut nicht kommen sehen, aber

er fragte sich, warum Jens bei dieser Eröffnung aussah, als schwebte ein Damoklesschwert über ihm. In München hatte er einige schwule Kollegen und lesbische Kolleginnen gehabt. Befürchtete Jens etwa, dass das ein Problem für ihn wäre? «Oh», war alles, was ihm zu sagen einfiel. Und als er bemerkte, dass er das so schlecht stehen lassen konnte, fügte er hinzu: «Schön für dich?»

«Es ist, wie es ist, und es ist gut so», sagte Jens. «Auch wenn man es mir nicht immer leicht gemacht hat. Aber darum geht's hier nicht, sondern um einen Kriminalpolizisten aus Flensburg, den ich vor sechs Jahren kennengelernt habe. Obwohl ich mir bewusst war, dass es keine gute Idee ist, bin ich damals eine Beziehung mit ihm eingegangen. Mit einem Kollegen.»

«Das Herz will, was das Herz will», stellte Marconi fest.

«Ziemlich genau so, ja.» Jens nickte seufzend. «Das ging fast eineinhalb Jahre lang, bis ich herausgefunden habe, dass er nebenbei noch was mit einem anderen Typen laufen hatte. Natürlich habe ich die Beziehung beendet, und zum Dank hat mich mein Ex als spießig und kleingeistig abgetan. Schönen Dank auch.»

Marconi sah zu Jens, dessen Strahlen deutlich abgenommen hatte. «Es gibt Menschen, da fragt man sich, ob der Kopf nur eine Sicherheitskopie vom Arsch ist», sagte er tröstend.

Jens lachte auf. «Ja, so kann man das zusammenfassen.»

Marconi war sich nicht sicher, worauf Jens mit diesem Gespräch hinauswollte. «Deshalb bist du nach Berlin?»

«Genau. Ich dachte, da finde ich mein Glück – und die Liebe. War aber nicht so. Also bin ich wieder zurück. Lieber allein und glücklich in Sankt Peter als allein und unglücklich in der Hauptstadt. Ich wollte einfach nur zurück ans Meer.» Jens, der die ganze Zeit auf seine Hände oder an Marconi vorbeigeschaut hatte, sah ihm nun zum ersten Mal in die Augen. «Es ist vielleicht nicht immer alles gut, aber an der Nordsee wird vieles besser.»

«Und jetzt hast du deinen Ex-Freund wieder aktiviert, um dir Insiderhinweise zu Krabben-Klaus zu erschleichen?» Marconi wusste nicht, was er von dieser Art der Informationsbeschaffung halten sollte.

Jens schüttelte den Kopf und grinste verschmitzt. «Nicht meinen Ex, sondern dessen Affäre, mit dem er seitdem zusammen ist. Der ist nämlich auch bei der Kripo. Und ich dachte, so eine kleine Revanche wäre eine gewisse Genugtuung.»

Marconi musste grinsen. «Und?»

«Ich bin nicht stolz drauf, aber ja, in diesem Fall ist Rache süß. Aber auch wenn er mehr wollte, bin ich nach dem fünften Bier brav allein ins Bett.»

«Na, ihr Plaudertaschen?» Eva stieß die Tür auf, kam ihnen über die Rollstuhlrampe entgegen und drückte Marconi eine Tafel *Schoko-Kombüse Küstensalz* in die Hand. «*Tutto paletto*?»

«Falls du in der Zwischenzeit eine Lektion Italienisch auf dem Handy absolviert hast, muss ich dir leider sagen, dass es so semi-erfolgreich war», stellte Marconi fest. Er entfernte die Pappverpackung und steckte sich ein Stück Schokolade in den Mund, die laut Aufdruck aus Norddeutschland stammte. Zart schmelzende Vollmilchschokolade traf auf seine Geschmacksknospen, gefolgt von einem Hauch Meersalz. Wer immer die Idee zu dieser Komposition gehabt hatte, er oder sie hatte die Essenz der Küste zwischen süßer Sonne und beißenden Sturmböen perfekt eingefangen. Er spürte dem Geschmack noch einige Augenblicke nach, nickte anerkennend und ließ ein zweites Stück folgen, ehe er die Tafel weiterreichte und mit Schokoladenschmelz auf der Zunge weitersprach. «Aber wo wir gerade so nett beieinanderstehen: Was sagen wir eigentlich zum Ergebnis der Obduktion? Die Kugel plus Harpune. Gleich zwei verschiedene Täter?»

Eva schüttelte den Kopf. «Warum sollte der eine schießen, wenn der andere schon eine Harpune abgefeuert hat?»

«Ein Einzeltäter ist aber genauso unlogisch», gab Jens zu bedenken, brach sich ein großes Stück der Schokolade ab und schob es sich in den Mund. Nachdenklich kaute er und schluckte.

Marconi rieb sich die schokoladenverschmierten Finger. «Es ergibt dann Sinn, wenn die Harpune das Abfeuern der Pistolenkugel verschleiern sollte, um auf einen anderen Täter oder ein anderes Motiv hinzudeuten.»

«Ole Olsen.» Eva ließ es wie eine Mischung aus Frage und Feststellung klingen.

«Naheliegend.» Marconi nickte. «Vielleicht zu naheliegend?»

«Und was fangen wir jetzt mit den neuen Informationen an?» Eva sah ihren Chef erwartungsvoll an, bereit, jeder Anweisung mit Elan nachzugehen.

«*Wir* fangen gar nichts an», sagte Marconi und bedachte Jens mit einem Seitenblick. «Das ist ein Fall für die Kripo, nicht für uns Dorfbullen.»

«Das sind ja ganz neue Töne, *Commissario.*» Eva sah ihn fassungslos an. «Wer hat dir denn letzte Nacht eine Gehirnwäsche verpasst?»

Eine Kirchturmglocke in unmittelbarer Nähe schlug neun Mal. Aus Richtung der Kirche Sankt Ulrich am Ende der Straße kam ihnen eine alte Frau mit Rollator und einem Hund entgegen, die sich schließlich als alter Mann mit schulterlangen weißen Haaren entpuppte. Die französische Bulldogge zerrte an der Leine und schien ihren Besitzer den Deichgrafenweg entlang bis zu ihrem Fressnapf schleifen zu wollen. Beide gaben asthmatische Geräusche von sich.

Erst als das Duo aus ihrem Blickfeld verschwunden war, antwortete Marconi. «Habt ihr nicht irgendwo am Strand eine Leinenpflicht zu kontrollieren?»

«Ich muss tatsächlich gleich mal raus zu Anneliese Wittenbrink.» Jens verdrehte die Augen theatralisch.

«Schon wieder?» Eva stöhnte. «Kannst du sie mal darüber aufklären, dass es strafbar ist, die Polizei wegen jedem Scheiß zu benachrichtigen?»

«Und dann isses einmal aus Versehen wirklich ein Notfall, ich fahre nicht hin und bekomme Ärger wegen unterlassener Hilfeleistung, Missachtung irgendwelcher Regeln oder sonst irgend'nem Mist. Nee, dann fahre ich lieber zum x-ten Mal umsonst hin.»

«Na siehste, ist doch nicht so, als hätten wir hier gar nichts zu tun», verkündete Marconi erleichtert und schob sich von dem unbequemen Metallgeländer.

«Hier ist doch was faul!» Eva musterte ihn aus zusammengekniffenen Augen.

«Gar nix ist hier faul, Miss Holmes.» Nach dem Gespräch mit Jens neulich konnte es ja nicht schaden, Eva vor sich selbst zu schützen und nicht mehr ganz so intensiv einzubinden. Marconi klatschte in die Hände. «Auf an die Arbeit. Und wenn's keine gibt, sucht euch welche. Das Verbrechen schläft nicht, und falls doch, dann gibt's bestimmt jede Menge Kaugummiautomaten, die bewacht werden wollen.»

Während sich die Kollegen von ihm widerwillig in die Polizeistation scheuchen ließen, kam Marconi zum ersten Mal die Idee, dass es weniger wichtig war, wo man arbeitete als mit wem.

31

Marconis Welt bricht auseinander

Der Morgen hatte mit Ostwind begonnen und einem dunklen Himmel. Sie waren am Campingplatz Biehl abgebogen, hatten die befestigte Straße verlassen und waren mit dem Polizeiwagen über die schmale Zufahrt auf den Sand gefahren. Schon absurd, dachte Marconi, dass man hier wie bei einem Autobahnzubringer über einen Sandstreifen mit dem Auto zum Strand fahren konnte, während direkt vor einem die Nordsee ihre Wellenbahnen zog.

Das Meer hatte sie nicht gerade freundlich empfangen, eine grauschwarze undurchdringliche Masse. Das Wasser erschien ihm heute noch unattraktiver, voller Schaumspuren von dubioser Herkunft.

Davon ließen sich weder die älteren Herrschaften noch die jungen Familien, deren Kinder nicht schulpflichtig waren, abhalten und badeten im Meer. Während sie auf den Hundestrand im Norden zuhielten, sah Marconi über die kleine Bucht hinweg den Leuchtturm Westerheversand. Ein kleiner, zerzauster Terrier jagte einer Möwe hinterher, die immer nur so weit flog, dass der Hund gerade nicht an sie herankam. Ein Langhaarcollie trabte elegant neben seinem Herrchen, das joggend einen Kinderwagen vor sich herschob. Wohin er auch blickte, sah er nur zufriedene, meist sogar frohe Gesichter. Sogar der Collie schien unter seiner arrogant-majestätischen Fassade zu lächeln. Marconi hatte das Seitenfenster heruntergelassen, Eva saß am Lenkrad und hatte darauf bestanden, dass er sie und Jens begleitete und seine erste Strandkontrollfahrt absolvierte. Nicht nur, damit er sein Einsatzgebiet kennenlernte, sondern auch, damit er sah, worin seine Hauptarbeit bestand, fernab von Mord, Tod und Lebensgefahr.

Am nördlichen Ende des Strandabschnitts wendete Eva, um den zwölf Kilometer langen Strand Richtung Süden abzufahren. Eine träge, wohlige Stille hatte sich im Wagen ausgebreitet. Jeder schien für sich die Ruhe zu genießen und entweder den eigenen Gedanken nachzuhängen oder sich vorübergehend in den Stand-by-Modus versetzt zu haben. Von der Rückbank ertönte die *Marseillaise*, bis Jens an sein Handy ging.

«Was?» Der alarmierte Tonfall in Jens' Stimme verhieß nichts Gutes. «Wo? ... Wir sind nicht weit weg!»

Er beendete das Telefonat und steckte seinen Kopf zwischen die beiden Vordersitze. «Nach Sankt Peter-Bad, Eva! Gib Gas!»

Eva ließ sich nicht lange bitten. Marconi spürte, wie die Reifen auf dem Sand durchdrehten und das Heck für einen kurzen Moment ins Schlingern geriet. «Was ist denn passiert?»

«Ein Kind wäre fast ertrunken.»

«Das ist schlimm, aber warum ist das ein Fall für die Polizei?», erkundigte sich Marconi verwundert.

«Unser Strand ist flach wie ein Topfboden, Massimo. Du kannst hier ewig rauslaufen und immer noch stehen. Aber da, wo der Strand eigentlich flach ins Meer gehen sollte, fällt er jetzt plötzlich steil ab. Sagt jedenfalls der Rettungsschwimmer vom DLRG. Und der sollte es eigentlich wissen!»

«Unmöglich!», rief Eva.

«Offenbar nicht», meinte Marconi, der die Situation als Ortsunkundiger nur schwer einordnen konnte. Aber die Polizeiausbildung und Sherlock Holmes hatten ihn gelehrt, dass, wenn man das Unmögliche ausschließen konnte, das, was übrig blieb, die Wahrheit war, so unwahrscheinlich sie auch sein mochte.

Vor einem Pfahlbau winkte ihnen eine Rettungsschwimmerin in leuchtend roter kurzer Hose und ärmellosem Shirt zu. Bei ihr stand eine junge Frau mit einem etwa vierjährigen Mädchen auf dem Arm, das verheulte Augen hatte und zitterte, obwohl es in ein Handtuch eingewickelt war. Die beiden Frauen erzählten abwechselnd, dass das Mädchen mit seinem kleinen Eimer nur wenige Meter von der Mutter entfernt im flachen Wasser gespielt hatte und plötzlich einfach verschwunden war. Eva und Jens krempelten sich die Polizeihosen hoch und ließen sich die Stelle zeigen. Marconi zögerte kurz, tat es ihnen dann aber gleich. Bis zu den Waden standen sie im Wasser, als sich vor ihnen unverhofft eine massive Abbruchkante auftat. Die sei gestern definitiv noch nicht hier gewiesen, ließ die Rettungsschwimmerin sie wissen.

«Ich surfe regelmäßig genau an dieser Stelle», sagte Eva und klang dabei so erschüttert, wie Marconi sie weder am Fundort der Fischleichen erlebt hatte, noch, wenn er es recht bedachte, am Eidersperrwerk im Angesicht von Olsens Leiche. Kein Wunder, dachte er. Die ihr so vertraute, friedliche Welt von Sankt Peter-Ording bekam hässliche Risse und schien buchstäblich auseinanderzubrechen.

Sie versuchten, sich ein Bild davon zu machen, wie tief die Kante nach unten abfiel und wie groß der Abschnitt sein mochte, der seit gestern offenbar einfach verschwunden war. Sie kamen auf eine Länge von mindestens fünfzehn Metern. Wie weit hinaus aufs offene Meer die Vertiefung reichte, ließ sich ohne entsprechende Tauchausrüstung und Messwerkzeug nicht absehen.

Marconi sah in die Gesichter seiner Kollegen, in denen sich die Erkenntnis abzeichnete, dass Sankt Peter-Ording ein gewaltiges Problem zu haben schien.

«Lasst uns den Bereich fix großflächig absperren», sagte er und schaute sie aufmunternd an. «Ihr seht aus, als könntet ihr was zu essen vertragen.»

Ein leichter Salzduft lag in der Luft und vermengte sich mit dem Geruch von frisch gebrühtem Kaffee. Mit einer Mischung aus Ungläubigkeit und Bewunderung schüttelte Marconi den Kopf über die Tollkühnheit der Nordfriesen, ihre Restaurants wie die *Strandbar 54 Grad Nord* auf Stelzen zu packen. Drei Portionen in Backteig frittiertes Fischfilet und die dazugehörigen Pommes frites wurden ihnen an den Tisch gebracht. Gierig machte Marconi sich darüber her. Er hegte den Verdacht, dass Eva und Jens ihm scheinbar beiläufig die Postkartenseiten seiner neuen, vorübergehenden Heimat näherbrachten. Ein allzu durchsichtiges Manöver, fand er. Aber zu all den Toten und sonstigen Katastrophen kein ganz miserables Alternativprogramm.

Wie durch eine stille Übereinkunft sprachen sie während des Essens nicht über die Arbeit, auch wenn ihnen allen der Schreck über das soeben Erlebte noch in die Gesichter geschrieben stand. Eva berichtete, dass der Wind in den nächsten Tagen auffrischen sollte und es endlich wieder Gelegenheit zum Surfen geben würde. Jens erzählte, dass er, sooft die Zeit es zuließ, vor Dienstantritt am Strand eine Dreiviertelstunde lang Yoga praktizierte und mittlerweile nicht nur die Krähe, sondern auch den Kopfstand beherrschte. Und als Marconi von seiner Runde über den Wochenmarkt mit den Kindern erzählte, war ihm, als würfen sich Eva und Jens verstohlen einen wissenden Blick zu. Nachdem er sein alkoholfreies Bier ausgetrunken und drei doppelte Espresso bestellt hatte, faltete er die Serviette und legte sie auf den leer gegessenen Teller vor sich.

«Also, was haltet ihr davon?»

«Von dem Graben?» Jens sah seinen Chef an und seufzte.

«Von dem Graben in Verbindung mit allem anderen!» Marconi verschränkte die Arme hinter dem Kopf und streckte sich. Der Kellner brachte drei kleine Tassen mit dem schwarzen Gold. Eva und Jens teilten sich ein Päckchen Zucker, Marconi verzichtete und trank seinen Espresso pur. «Wenn ich es nicht besser wüsste, würde ich vermuten, das mysteriöse Bermudadreieck hat sich nach Eiderstedt verlegt, wo plötzlich Strand verschwindet, Harpunen durch die Luft fliegen und Heringe kollektiv Selbstmord begehen.»

«Das war wohl eher Mord als Selbstmord», wandte Jens zwischen zwei Schlucken ein.

«Absichtlich bringt niemand Tausende Fische um», meinte Eva. Und wurde sofort von Jens unterbrochen: «Leute legen auch Giftköder aus, weil sie Hunde hassen. Genügend Bekloppte gibt es ja. Und manchmal sind die Gründe nicht zu erahnen. Vielleicht hat einer sein Kind verloren, das an einer Gräte erstickt ist, und will sich jetzt an allen Fischen rächen.»

Marconi sah Jens an, als hätte der nicht mehr alle Tassen im Schrank. Doch je länger er darüber nachdachte, desto weniger verrückt klang dessen Theorie. Das Schicksal des Menschen war der Mensch. Und da der Mensch bekanntermaßen zu allem fähig war, war Jens' Theorie eine, die so lange realistisch war, bis sie sie widerlegen konnten.

«Konzentrieren wir uns mal auf den Graben. Es ist bislang noch nie vorgekommen, dass ein Stück Strand einfach verschwindet?», wollte Marconi wissen.

«Anders als viele Inseln oder andere Küstenorte hat Sankt Peter kein Problem mit Sandschwund, im Gegenteil», erklärte Eva. «Das hat was mit Strömungen zu tun, die den Sand zwar an der einen Seite abtragen, aber an der anderen Seite der Insel wieder anschwemmen. Frag mich bitte nicht nach Details, bin ja keine Expertin.»

«Ich hab das auch noch nie erlebt», meinte Jens.

Plötzlich schlug sich Marconi an die Stirn. «Aber ich!»

Die anderen beiden starrten ihn entgeistert an.

«Ich glaube, mein Hirn hat es zu meinem eigenen Besten einfach verdrängt. Ich hab euch doch von dem Loch erzählt, in das Klara am Strand gefallen ist. Ich dachte, es hätte vielleicht jemand gegraben, aber jetzt …»

Jens musterte ihn skeptisch. «Du meinst echt, Klaras Sandloch und der abgesackte Strandabschnitt hängen zusammen?»

«Wäre ich in München und du würdest mir am Telefon davon erzählen, hätte ich dir einen Vogel gezeigt.» Marconi sah von Jens zu Eva. «Aber hier gehen doch Sachen vor sich, die zumindest einem Ortsfremden wie mir reichlich seltsam vorkommen.»

Den restlichen Tag versuchte Marconi zu ergründen, was es Seltsames war, das hier vor sich ging. Doch sosehr er sich den Kopf zerbrach, er hatte sich in eine Sackgasse manövriert, aus der er momentan keinen Ausweg sah. Frustriert verabschiedete er sich am frühen Abend von seinen Kollegen und fuhr nach Hause.

32

Marconi sieht rot

Er rannte und rannte, wagte nicht, sich umzudrehen. Seine Lungen schmerzten. Er hatte das Gefühl, nicht genügend Sauerstoff zu bekommen. Aber seine Beine hatten das Kommando übernommen. Waren es Stunden, die er schon lief? Tage? Ein Krampf im Bein bremste ihn jäh aus. Er strauchelte, landete ungebremst auf dem Boden. Sein Gesicht schürfte über den Schotter. Verzweifelt versuchte er, sich aufzurappeln, rutschte aus, schlug erneut hin, drehte sich, um der Bedrohung ins Angesicht zu sehen. Ein Feuerball von der Größe eines Containerschiffs kam mit hoher Geschwindigkeit auf ihn zu. Noch bevor ein Schrei seiner Kehle entrinnen konnte, schlug er neben ihm ein. Er sah noch, wie sein Hemd Feuer fing, bevor…

Marconi erwachte mit dem Gefühl, eine Katastrophe überlebt zu haben. Etwas stimmte nicht. Etwas lag in der Luft wie die Elektrizität vor einem Gewitter. Durch das gekippte Fenster bemerkte er ein Glühen, das er zunächst für den Feuerball aus seinem Traum hielt. Er stürzte ans Fenster, stellte aber fest, dass das Flimmern aus einer anderen Seite des Gartens kommen musste. Als er scharf die Luft einsog, schlug die Erkenntnis wie ein Blitz ein, dass es für das, was er sah und hörte, nur eine einzige Ursache geben konnte.

Er stürmte in Stefanos Zimmer, hob den schlafenden Jungen auf seinen Arm. Als Nächstes rannte er zu Klara, rüttelte sie gerade noch behutsam genug, um ihr keinen Schreck einzujagen, nahm sie an die Hand und lief mit ihr die Treppe hinunter. Im Untergeschoss vernahm er knackende und knirschende Geräusche, die aus dem Garten kamen. Glas splitterte. Widerstrebend öffnete er die Haustür.

Das Grauen kroch wie schwarzes Gift in seine Adern. Das hier war kein Traum, es war real. «*Porco dio!*» Er stieß ein schockiertes Keuchen aus. Nevios Mini stand in Flammen. Das Auto musste schon eine Weile brennen, und es schien eine Frage von Sekunden, bis die Flammen auf das offene Carport übergriffen, das gefährlich nah beim Haus stand. Verdammt, wo war der Feuerlöscher? Gab es überhaupt einen? Er fragte die Kinder, bemüht, sie nicht anzuschreien, doch sie sahen ihn nur aus schreckgeweiteten Augen an und schüttelten die Köpfe. Ohne groß nachzudenken, hielt er drei Handtücher unter den Wasserhahn der Gästetoilette neben der Haustür, gab je eines den Kindern und hielt sich sein eigenes vors Gesicht. An ihrem Nicken erkannte er, dass sie verstanden hatten. Er nahm Klara an der Hand, sie ergriff Stefanos Arm, und zusammen traten sie aus dem Haus. Die Luft flimmerte vor Hitze. Dicker, schwarzer Qualm strömte ihnen entgegen. Der stechende Geruch nach Plastik war kaum zu ertragen. Marconi führte die Kinder in weitem Bogen um das Carport herum zur Terrasse, aus deren Richtung der Wind kam, damit sie nicht mehr in der beißenden Rauchwolke standen.

Die beiden Vorderreifen des Minis waren kaum mehr als solche zu erkennen. Aus den Schlitzen der Motorhaube züngelten Flammen, die Vordersitze brannten wie zwei Fackeln. Es stank erbärmlich nach verkohltem Gummi und

Schmierstoffen. Die Scheiben der Seitenfenster waren zerstört, und Marconi sah, dass die Flammen bereits am Holz des Carports leckten. Von dort würden sie im Nu auf die Bäume und irgendwann aufs Haus überspringen.

Hilfe musste her. Aber sein Handy lag im Haus, neben dem Festnetztelefon. Er hätte hineingehen und es holen können, aber er wollte die Kinder nicht allein lassen. Er sah sich um, doch noch schien niemand das Feuer bemerkt zu haben.

Einem Impuls folgend stieg er auf die Betonplatte des Gartentischs, um über die hohe Hecke zum Nachbargrundstück der Harzmeiers schauen zu können. Tatsächlich meinte er, hinter den Fenstern zwei Umrisse erkennen zu können. In der Hoffnung, sich nicht zu irren, gab er den Schemen mit eindeutigen Gesten zu verstehen, dass sie die Feuerwehr rufen sollten. Er glaubte, einen gereckten Daumen zu erkennen. Marconi flüsterte Stefano, den er wieder auf den Arm gehoben hatte, beruhigende Worte ins Ohr und strich Klara, die sich an ihn presste, tröstend über den Kopf. In diesem Moment fing auch das Carport an zu brennen.

In den ohnehin schon beißenden Gestank mischte sich der unverkennbare Geruch von Benzin.

«Kann Papas Auto explodieren?» Stefanos Blick war starr auf die Tragödie vor ihnen gerichtet.

«So was gibt's nur im Film», versuchte Marconi ihn zu beruhigen.

Ein Knall durchschnitt die Sankt Peteraner Nacht, wie um Marconi den Mittelfinger zu zeigen. Mit einer schnellen Bewegung drehte er dem brennenden Wrack den Rücken zu und stellte sich vor Klara. Schon folgte ein zweiter Knall, ähnlich laut, ähnlich durchdringend. Er spürte, wie die Kinder zusammenzuckten, und fast augenblicklich begannen sie zu weinen. Marconi legte die Arme um sie, während er weiter die Flammen beäugte.

«Das müssen die Airbags gewesen sein, die durch die Hitze geplatzt sind», flüsterte er, «oder ein Reifen.»

Gerade als die Blätter des großen Apfelbaums Feuer fingen, kündigte eine Sirene die nahende Rettung an. In das Martinshorn mischte sich erneut eine Explosion. Die Heckscheibe des Minis zerbarst und beinahe meinte Marconi zu hören, wie auch in ihm etwas unwiederbringlich zu Bruch ging.

Er versuchte, sich zu erinnern, wie viel Benzin noch im Tank war und ob er sich richtig eingeprägt hatte, dass ein Autotank tatsächlich nicht explodieren konnte. Er schob den Gedanken beiseite und ging mit den Kindern den mit Steinplatten ausgelegten Weg bis zum hinteren Ende des Grundstücks. Selbst in dieser Entfernung konnte er die Wärme der Flammen spüren.

Zwei Löschfahrzeuge hielten am Wendehammer am Ende der Sackgasse. Blaulicht schleuderte Blitze in die Szenerie, was im Zusammenspiel mit dem Feuerball in der Einfahrt eine gespenstische Atmosphäre erzeugte.

Mehr als ein Dutzend Männer in schwarzen Uniformen sprangen aus den beiden Wagen. Einer von ihnen, offenbar der Einsatzleiter, erkundigte sich bei Marconi in breitestem Norddeutsch, ob sich Personen im Haus befänden. Als er verneinte, wurde eine Reihe von Befehlen gerufen.

«Angriffstrupp zur Brandbekämpfung mit dem C-Strahlrohr zum Pkw über die Auffahrt vor!»

«Wassertrupp einsatzbereit!»

«Wasser marsch!»

Zwei der Männer trugen brandfeste Sturmmasken, über die sie Helme gezogen hatten. Aus einem der Löschfahrzeuge fuhr ein Lichtmast drei oder vier Meter in die Höhe. Ein Verteiler wurde gesetzt für weitere Schläuche, damit Auto, Carport und Baum parallel gelöscht werden konnten und das Feuer nicht auch noch auf das Haus übergriff.

So stellte Marconi sich seine persönliche Apokalypse vor.

Vielleicht schlafe ich noch und träume das alles, dachte er. Vielleicht ist das alles vorbei, wenn ich nur endlich aufwache. Er sah Stefano und Klara in die kleinen Gesichter und wusste, dass dem nicht so war. Sie hatten die Augen fest geschlossen. Marconi wusste, dass es jetzt weitere Bilder und Geräusche geben würde, die sie bis an den Rest ihres Lebens verfolgen würden. Die lauten Stimmen der Feuerwehrleute, die sich über den Lärm der Maschinen martialisch anmutende Kommandos zubrüllten. Das Gefühl, auch im letzten Heimathafen, ihrem Zuhause, nicht mehr sicher zu sein.

Als das Wasser endlich auf den Brand traf, verfärbte sich der Rauch dunkler. Der Wind schien gedreht zu haben, denn der Rauch stach Marconi in die Kehle und trieb ihm Tränen in die Augen. Asche stieg empor und fiel auf sie herab. Stefano begann zu husten, und Marconi reichte ihm sein Handtuch. Klara rieb sich die Augen.

Das Feuer war binnen Minuten unter Kontrolle, die Gefahr eines Übergreifens auf das Haus gebannt. Doch die Feuerwehrleute hielten den Strahl weiter auf das dampfende Wrack, das einmal das Auto seines Bruders gewesen war. Marconi ging neben den Kindern in die Knie. «Geht's?» Er wischte Stefano die Tränen aus dem Gesicht, die sich mit

Ruß vermischt hatten. Stefano starrte stumm auf das qualmende Skelett.

Klara folgte seinem Blick. «Jetzt ist Papas Auto auch noch weg.» Sie begann hemmungslos zu schluchzen. Marconi nahm sie in den Arm. Stefano schlang ebenfalls die Arme um seine Schwester. Eine Weile wiegten sie sich hin und her, bis Klaras Weinen abebbte.

Abwesend starrte Marconi auf die Brandstelle. Er versuchte, den Kloß, der in seinem Hals festsaß, fortzuräuspern, was ihm jedoch nicht gelingen wollte. Jetzt, da die Flammen weitgehend erstickt waren, glomm in ihm die Frage auf, was zum Teufel diesen Brand ausgelöst hatte. Vom Himmel gefallen war das Feuer sicher nicht.

Am Rande des Wendehammers, am Ende der Sackgasse, an deren Ende ihr Haus stand, hatte sich inzwischen eine Menschentraube gebildet. Marconi entdeckte zwei vertraute Gesichter, die fassungslos auf das ausgebrannte Autowrack starrten.

«Oh Gott!» Eva stürmte auf sie zu und bremste sich gerade rechtzeitig, sonst wäre sie wohl Marconi und den Kindern um den Hals gefallen. «Seid ihr okay?»

Jens folgte in ihrem Windschatten und legte Marconi mitfühlend eine Hand auf die Schulter. Marconi löste sich von Klara. Ihre verquollenen Augen versetzten ihm einen Stich. Er wusste beim besten Willen nicht, ob sie okay waren.

«Bleibt ihr kurz bei Klara und Stefano?» Marconi sah Eva und Jens an und ging dann neben den Kindern in die Hocke. «Ich bin gleich zurück.»

Der Einsatzleiter sprach mit einem anderen Uniformierten, der mit einer Wärmebildkamera nach Glutnestern suchte. Marconi erkundigte sich, wann er wieder ins Haus könne.

«Wir geben den Brandort in zwanzig bis dreißig Minuten frei. Aber dann müssen Sie noch die Anweisung der Kollegen von der Schutzpolizei abwarten, nech?!»

«Trifft sich gut, ich *bin* nämlich der Kollege von der Schutzpolizei.»

«Ouha! Gibt's jo nech.»

Marconi atmete erleichtert auf. Das Feuer war unter Kontrolle. So weit die gute Nachricht. Die schlechte war, dass der Schutt vorerst liegen bleiben musste. Kriminaltechniker würden in den nächsten Tagen die Brandursache ermitteln, solange durfte nichts weggeräumt werden. Na klar, wer lebt nicht gerne mit einer Brandruine auf engstem Raum zusammen?, dachte Marconi.

Er bedankte sich für die schnelle und effektive Hilfe und wollte zurück zu den Kindern gehen, die aber nicht mehr am Gartenhaus standen. Bevor er in Panik verfallen konnte, entdeckte er sie mit Eva und Jens an einem Löschfahrzeug. Eva hatte den Jungen auf dem Arm, Jens seine Hand auf Klaras Schulter gelegt. Er gab den Erklärbären und deutete auf die verschiedenen Schläuche, Kisten und Anschlüsse. Erst jetzt fiel Marconi auf, dass die Kinder zitterten. Er ging zum Haus, doch als er durch die offen stehende Tür treten wollte, hielt ihn einer der Feuerwehrmänner zurück. Marconi ignorierte ihn und ging die Treppe hinauf zu den Kinderzimmern. Kurz darauf war er wieder draußen, drückte den Kindern die dicksten Strümpfe in die Hände, die er hatte finden können und steckte sie in Gummistiefel und wattierte Jacken. Er selbst war barfuß in Nevios Gummistiefel geschlüpft. Über den Rasen verteilt hatten sich große Pfützen gebildet, auf denen ein unansehnlicher Schmierfilm schwamm.

Eva beugte sich zu ihm hinüber, damit Stefano nicht mithören konnte. «War's ein technischer Defekt oder wie ist das passiert?» In ihren Augen war die Furcht vor der Antwort zu sehen und gleichzeitig die Hoffnung, dass Marconi es vielleicht für eine spontane Selbstentzündung halten könnte.

«Lass uns morgen reden.» Marconi nahm Eva und Jens die Kinder ab. «Danke», war alles, was er in Richtung seiner Kollegen sagte. Dann schob er die Kinder zurück zum Haus. Klara und Stefano waren schon durch die Tür, da riss es Marconi das rechte Bein in die Luft. Er hielt sich mit einer Hand noch am Türrahmen fest, konnte aber nicht verhindern, dass er das Gleichgewicht verlor und schwungvoll mit dem Rücken auf die Türschwelle schlug. Der Schmerz schoss die Wirbelsäule entlang und setzte seine Rückseite unter Strom. In die Sterne, die vor seinen Augen tanzten, schoben sich erschrockene Kindergesichter.

«Alles okay, mir geht's gut, bin nur gestolpert», brachte er zwischen zusammengepressten Zähnen hervor. Er sah sich nach der Ursache für seine akrobatische Einlage um, konnte aber nichts entdecken. Als er versuchte aufzustehen, ließ ihn ein unfassbarer Schmerz zurücksinken. Er wusste nicht, ob er sich die Rippen geprellt hatte oder gebrochen, ob seine Wirbelsäule vielleicht angeknackst war. Er wusste bloß, dass er die Kinder nach dem Schock der vergangenen Stunde nicht noch einem weiteren aussetzen konnte. Er wollte sich auf den rechten Arm stützen, um aufzustehen, konnte ihn aber weder spüren noch bewegen. Ob der Arm taub war oder tot, würde er später herausfinden müssen. Stattdessen stützte er sich auf den linken Arm. Er kam sich vor wie Herkules, der eine weitere seiner schier unmöglichen und schwierigen Aufgaben zu erfüllen hatte, als er langsam und mit unterdrücktem Stöhnen aufstand. Mit einer Hand am Geländer, der anderen an der Wand, zog und schob er sich ins Obergeschoss. Er schickte Klara und Stefano ins Ehebett ihrer Eltern, in dem er bislang geschlafen hatte, damit sie die Nacht nicht allein und in getrennten Zimmern verbringen mussten.

«Morgen schlaft ihr aus», sagte er. «Ich rufe in der Schule an, dass ihr später kommt. Braucht ihr noch was?»

Die Kinder schüttelten die Köpfe, und er löschte das Licht. Hätte er bei ihnen bleiben sollen? Sich zu ihnen legen? Er wusste es nicht und ärgerte sich über sich selbst, weil er das Gefühl hatte, nichts richtig zu machen. Im Flur lehnte er sich an die Wand und sank zu Boden. Er ignorierte den Schmerz in seinem Rücken, so gut er konnte. Es war einfach alles zu viel.

Marconi hätte sich keineswegs als wehleidigen Menschen bezeichnet. Er war niemand, der sich in Selbstmitleid wälzte. Aber in dieser Situation wäre er geneigt gewesen, eine Ausnahme zu machen. Er kämpfte gegen die Tränen an, gegen die Enttäuschung, die Wut, schluckte sie herunter, drehte sich auf alle viere, um stöhnend aufzustehen. Beide Hände am Geländer schleppte er sich Stufe für Stufe wieder ins Erdgeschoss und ging zur Eingangstür, die noch immer offen stand. Er trat hinaus, und umgehend wurde der Gestank nach Lagerfeuer, nach illegaler Altreifenverbrennung intensiver. Einer der Löschwagen war bereits verschwunden. Die Besatzung des zweiten Fahrzeugs rollte die Schläuche wieder ein und packte die restlichen Sachen zusammen. Von Eva und Jens war nichts zu sehen. Der Blick auf das noch immer dampfende Autowrack, auf den überfluteten Rasen und das verkohlte Carport versetzte ihm einen Stich. Schnell wollte er die Tür schließen, doch etwas steckte zwischen Fußmatte und Schwelle. Etwas, das ihn zu Fall gebracht hatte. Das konnte doch nicht … *Ernsthaft?* Aus der Küche holte er sich Einweghandschuhe und eine Brottüte. Noch einmal biss er die Zähne zusammen, um in die Knie zu gehen. Er nahm den Gegenstand, packte ihn in den Beutel und verschloss ihn mit einigen Falzen. Darum würde er sich morgen kümmern.

Anschließend kämpfte er sich die Treppe hoch und hievte erst Klaras, dann Stefanos Matratze in sein Schlafzimmer. Ohne Licht zu machen, legte er sich umständlich auf die Kindermatratzen am Fuße des Ehebetts und rollte sich zusammen. Er lauschte dem gleichmäßigen Atmen der Kinder und hörte durchs geöffnete Fenster das Meer und den Wind. Beides, das Atmen und das Meer, griffen perfekt ineinander und brachten ihn irgendwann zur Ruhe.

33

Dilan beweist einen guten Riecher

Mit dem Ellbogen drückte Dilan die Klingel und als sich sekundenlang nichts rührte, noch einmal. War Merle doch schon früher aufgebrochen? Ihre Schicht im *Multimar Wattforum* begann um zehn. Der Bus, den sie immer nahm, fuhr in einer Dreiviertelstunde. Oder hatte sie gar nicht zu Hause übernachtet? Dilan wollte sich nicht ausmalen, was das bedeuten konnte. Es musste eine andere Erklärung dafür geben, dass Merle nicht öffnete. Er wandte sich schon zum Gehen, als hinter ihm der Türsummer erklang.

Mit einem heftigen Gefühl der Erleichterung bedachte er die Tür mit einem Tritt und spurtete die Treppen hinauf in den vierten Stock. Merle stand in der Tür. Sie trug nichts als ein Schlafshirt mit Snoopy-Aufdruck, das ihr bis zu den Oberschenkeln ging. Verschlafen gähnte sie ihm entgegen, als er ihre Etage erreichte. Süß sah sie aus, fand Dilan. Er drückte ihr einen Kuss auf die zerknautschte Wange und wedelte vorsichtig mit den zwei wiederverwendbaren Kaffeebechern. Er wusste, dass kaum etwas Merle so sehr empörte wie To-go-Becher aus kunststoffbeschichteter Pappe. Unter dem Arm trug er eine Papiertüte von der *Dorfbäckerei*, deren Inhalt verführerisch duftete.

«Komm rein», sagte Merle, und Dilan versuchte, sich die Enttäuschung über den unterkühlten Empfang nicht anmerken zu lassen. Er stellte den Cappuccino mit Hafermilch auf ihre Seite des kleinen Esstischs, den Becher mit Filterkaffee auf die andere. Aus dem Schrank in der Pantryküche holte er zwei Kuchenteller und legte auf jeden ein noch warmes Schokocroissant. Auf der Suche nach Stoffservietten – Merle hasste Papierservietten, bezeichnete sie als Verschwendung von Rohstoffen – fiel ihm auf, dass es in der Wohnung nach Rauch roch. Weil er hörte, wie Merle sich im Bad die Zähne putzte, wagte er, an Jeans und Kapuzenpulli zu riechen, die neben dem Bett auf dem Boden lagen. Rauchte Merle jetzt auch noch? Allerdings rochen die Klamotten irgendwie anders. Mehr nach Lagerfeuer als nach Zigaretten.

Mit einem Badelaken um den Oberkörper gewickelt, kam Merle aus dem Bad. Dilan konnte wieder einmal kaum fassen, wie umwerfend sie aussah.

«Na, jetzt wach?» Er trat hinter sie und während sie den Inhalt ihres Kleiderschranks musterte, gab er ihr einen langen Kuss auf den Hals. Er freute sich über die Gänsehaut, die er damit verursachte.

«Ich hab mir den Wecker heute bewusst später gestellt», sagte sie leichthin und entschied sich für ein dunkelgrünes Kleid mit asiatisch anmutenden Blüten und exotischen Vögeln. Der elastische Bund betonte ihre schmale Taille.

Er legte die Hände an ihre Hüften, verschloss das Kleid am Stehkragen mit zwei Schnüren und fragte so beiläufig wie möglich: «Warst du noch aus gestern?»

Sie musterte ihn kurz im Spiegel, drehte sich dann um und ging zum Esstisch. «Mmmmh, Wahnsinn!» Genüsslich kaute sie ein großes Stück Croissant. «Kannst du gern öfter vorbeibringen.» Sie zwinkerte ihm zu. «Aber leider muss ich los.» Sie steckte sich das letzte Stück Gebäck in den Mund, seufzte erneut, stand auf und gab ihm einen Kuss. «Wir reden später.»

Er griff grob nach ihrer Hand, was ihm umgehend leidtat. «Warum weichst du mir aus?»

«Dilan, ich muss zum Bus!»

«Warum sagst du mir nicht einfach, wo du gestern warst?» Er wusste, dass er wie einer dieser eifersüchtigen Typen aus mittelmäßigen Vorabendserien klang. Aber er konnte nicht aus seiner Haut. Er *wollte* Merle ja vertrauen, aber er musste wissen, dass er ihr vertrauen *konnte*. Und ja, er wusste, dass auch dies der typische Spruch eines Serienstalkers war, der kurz davorstand, seine Freundin aus Eifersucht aus dem Fenster zu schubsen.

«Weil du es nicht verstehen würdest, Dilan, deshalb.» Sie wand ihren Arm aus seinem Griff, packte Wohnungsschlüssel, Handy und Portemonnaie, war schon halb aus der Tür, kam dann noch einmal zurück, nahm den Becher mit dem Cappuccino und war im nächsten Moment verschwunden.

34

Marconi sattelt um

Marconi erwachte mit einer Kehle, so trocken und rau, als hätte er die Nacht hindurch Kette geraucht. Jede Faser seines Rückens schmerzte. Alles zwischen Nacken und Po war entweder geprellt oder gerissen oder verstaucht oder gebrochen. Oder alles gleichzeitig. Dass er die Nacht auf zwei Kindermatratzen verbracht hatte, hatte sicherlich nicht geholfen. Er kam sich wie ein Walross vor, das sich schwerfällig auf den Bauch wälzt. Als sein Blick auf die Kinder fiel, die tief und fest schliefen, wallte in ihm ein unbekannter Zorn auf. Heftig genug, um dem, der ihnen das angetan hatte, am liebsten den Hals umzudrehen.

Aber er musste einen klaren Kopf behalten. Man durfte die Monster nicht an sich heranlassen. Man durfte aber auch selbst nicht zum Monster werden. In seinem Beruf sollte man keine Emotionen zeigen, hieß es. Kalt werden und abstumpfen sollte man aber auch nicht. All das war ihm bewusst. Aber was half dieses Bewusstsein, wenn Familie involviert war, wenn kleine Kinder hätten sterben können?

Bislang war es eher seinem professionellen Ehrgeiz geschuldet gewesen, dass er sich des toten Krabbenfischers angenommen hatte. Ein Toter war ein Toter, und wenn der quasi vor seiner Haustür lag, wollte er auch dessen Mörder finden. In der vergangenen Nacht – davon war er überzeugt – hatte jemand den Fall zu etwas Persönlichem gemacht. Er – oder sie – hatte gezielt sein Haus ins Visier genommen. Diese Unverfrorenheit drückte Marconi die Brust zusammen. Da brauchte er keine Kriminaltechniker, die ihm bestätigten, dass es Brandstiftung war. Allein, um Klara und Stefano nicht weiter zu gefährden, hieß es jetzt, sich bedeckt zu halten. Vor allem, wenn er seinen gestrigen Fund auf der Türschwelle bedachte.

Er riss den Blick von den schlafenden Kindern los und schleppte sich ins Badezimmer. Das Radio im Bad spuckte eine Explosion guter Laune aus, als hätten sich die müden Witze der beiden Moderatorinnen über Nacht darin angestaut. Deshalb und auch, weil sein Kopf schmerzte, schaltete er das Gerät sofort wieder ab. Sein Spiegelbild forderte ihn auf, sich zu rasieren. Doch er konnte sich nicht dazu aufraffen und beschloss, optisch vorübergehend den Gigolo mit Stoppelbart zu geben. Seine Augen blickten nicht ganz so unbeschwert wie sonst, und die Lachfalten kamen ihm seit dem letzten intensiven Blick in den Spiegel nun tiefer vor. Aber dagegen konnte er nichts tun. Er drehte sich so, dass er im Spiegel seine Rückseite sehen konnte – und erschrak. Wenn er es darauf anlegen würde, hätte er sich um Aufnahme in eine Kunstgalerie bemühen können. Gelbe und dunkelgrüne Stellen zwischen violetten und blauen, dazu rote Kratzer. Ihm wurde übel bei dem Anblick. Sollte er doch mal einen Arzt draufschauen lassen? Später, vielleicht, irgendwann. Ächzend stieg er in die Dusche.

Eine Viertelstunde später – er hatte die Schulen benachrichtigt und private Gründe für die Verspätung angegeben – stapelte er drei Weißbrotscheiben übereinander, die er zuvor mit Kräuterpesto, Tomatenscheiben, einem Salatblatt und Stefanos Inselkäse vom Wochenmarkt belegt hatte. Dann schnitt er den dicken Stapel diagonal durch und verteilte ihn auf verschiedene Teller. Die Prozedur wiederholte er, bloß dass er diesmal Erdnussbutter, Erdbeermarmelade und Schokocreme auf die verschiedenen Brotseiten strich. Dazu erhitzte er Milch auf dem Herd. Kaum, dass die Flüssigkeit im Topf zu dampfen begann, hörte er nackte Füße auf der Treppe.

«*Buongiorno*!», sagte er mit aufgesetzter Fröhlichkeit, als die Kinder in der Küche standen. «*Colazione*!»

«Kein Hunger», entgegnete Klara, während Stefano immerhin neugierig auf die Teller schielte.

«Nix da», sagte Marconi. «Meine Tramezzini müssen auf jeden Fall probiert werden. Sie haben magische Kräfte.»

«Haha», entgegnete Klara tonlos.

«Doch, ehrlich. Für jeden Bissen in die magischen Brote müsst ihr eine Minute später in den Unterricht.»

«Ich bin zwölf *Jahre* alt und nicht zwölf *Monate*.» Betont widerwillig setzte sie sich an den Tisch, nagte an einer Ecke, sah ihn provozierend an und begann zu zählen.

«In den Spielregeln steht, dass nur Bisse zählen, die man auch als solche erkennen kann», mahnte Marconi.

In den folgenden Minuten unterboten Klara und Stefano sich, wer den kleinsten sichtbaren Biss zustande brachte und sie überredeten ihn, dass auch der Kakao magisch sei und jeder Schluck eine weitere Minute schulfrei bedeutete. Marconi spielte das Spiel bereitwillig mit. Nach der zurückliegenden Nacht war er dankbar über jede Minute, die die Kinder nicht an den Brand dachten.

Sie hatten die zweihundert passiert und Marconi fragte sich schon, ob er heute überhaupt noch zur Arbeit würde gehen können, als ihm etwas einfiel. Er schlug vor, ihnen die gewonnene Zeit durch einen Handel wieder abzukaufen.

«Eis zum Frühstück?», entgegnete Klara misstrauisch.

«Ich kenne kein Gesetz, das das verbietet. Du?»

Nach einer längeren Debatte, die Klara so hartnäckig geführt hatte, dass es sie zur Verhandlungsführerin in einer Geiselnahme qualifiziert hätte, einigten sie sich darauf, in einer Stunde loszufahren. Im Gegenzug bekam jeder zwei große Kugeln Eis mit Streuseln. Marconi betete innerlich, dass die Eisdiele um diese Uhrzeit schon geöffnet hatte.

Eine Dreiviertelstunde später standen sie mit gepackten Schulranzen vor der Tür und drei Augenpaare richteten sich auf das ausgebrannte Autowrack, das einmal ihr einziger fahrbarer Untersatz gewesen war. Fast gleichzeitig schien ihnen dieselbe Frage in den Kopf zu schießen.

«Ähm», begann Stefano und direkt daran schloss sich Klaras Frage an: «Wie kommen wir eigentlich zur Schule?»

Marconi hatte keine Lust, den Kindern eingestehen zu müssen, dass er diese elementare Frage bis eben völlig verdrängt hatte. Deshalb bestimmte er, so souverän, als hätte er alles schon längst durchgeplant, dass sie mit dem Fahrrad fahren würden. Während Klara die Augen verdrehte, wies Stefano seinen Onkel darauf hin, dass er die Fahrradprüfung erst im nächsten Jahr ablegen würde und Nevios Fahrrad schon länger einen Platten hatte.

Marconi seufzte. Dann also Plan C. Er ging noch einmal ins Haus und schnappte sich einen Schlüssel, bei dem er davon ausgegangen war, dass er ihn so schnell nicht wieder würde benutzen können, und griff sich einen Schal seines Bruders. Auf dem Rückweg nach draußen fiel sein Blick auf die unschuldig aussehende Brottüte, deren Inhalt alles andere als unschuldig war. Kurzerhand steckte er sie ein und beeilte sich dann, zu den Kindern in den Schuppen zu kommen. Dort machte er sich im hinteren Bereich an der schwarzen Abdeckplane aus PVC zu schaffen.

«Was ist da drunter?», fragte Stefano, der sich hinter ihn gestellt hatte und um Marconis Hüfte lugte, als würde Marconi gleich etwas Gefährliches freilassen.

«Eines der wenigen Dinge, die ich nicht übers Herz gebracht habe, in München zu verkaufen», sagte Marconi und schüttelte an der Plane wie ein Magier vor einem spektakulären Zaubertrick. Mit einem Ruck wollte er die Plane wegziehen, die sich allerdings verhakte, weshalb Marconi wenig glamourös die Ecken einzeln ablösen musste.

«Boah!», rief Stefano. «Ist das ein Motorrad?»

«Eine Vespa», korrigierte Marconi. «Und damit fahre ich euch jetzt zur Schule.»

Während Stefano in Jubel ausbrach, musterte Klara das Gefährt skeptisch. Kluges Mädchen, dachte Marconi. Er hatte bislang nie eine Beifahrerin gehabt, geschweige denn gleich zwei, zumal Kinder. Seines Wissens machte der Gesetzgeber aber erstaunlich wenig Vorgaben für das Mitnehmen von Kindern auf Motorrollern, sofern sie gesichert waren.

«Übergangsweise», sagte er, beschwichtigend an Klara gerichtet, der Marconis Aktion nicht geheuer war, und an Stefano, um die Euphorie zu dämpfen. «Aber für heute ist es am praktischsten.»

Er rollte die Vespa aus dem Schuppen und versuchte, die immer noch knöcheltiefen Löschwasserpfützen so gut wie möglich zu umkurven. Stefano war vorausgerannt und hatte das Gartentor geöffnet. Zu Marconis Erleichterung sprang der Roller beim ersten Versuch an. Während die Kinder sich ihre Fahrradhelme aufsetzten, nahm er seinen eigenen Helm aus dem Stauraum unterm Fahrersitz. Dann hob er Klara auf den Beifahrersitz, ermahnte sie, sich gut an ihm festzuhalten und hob Stefano vor sich, wo er zwischen seinen Beinen saß. Der Schal war lang genug, um Stefano an sich festzubinden. Dabei ignorierte er den Schmerz, den der Stoff durch die Spannung an seiner Rückseite verursachte. Langsam fuhr er an. Weil die Kinder noch etwas unsicher auf ihren Sitzen hin und her wackelten, was die Statik ein wenig unberechenbar machte, drehte Marconi zur Sicherheit einige Runden im Wendehammer, bis sie sich stabilisiert hatten.

«Alle bereit?», erkundigte er sich und hob den Daumen. Stefano ließ lautes Kampfgebrüll vernehmen, und Klara reckte ihm von hinten wortlos den Daumen vors Visier. Vorsichtig rollte er auf die Böhler Landstraße. So hatte er sich seine erste Fahrt auf seinem geliebten Roller im Norden definitiv nicht vorgestellt.

Natürlich hatte die Eisdiele um diese Uhrzeit noch nicht geöffnet. Aber glücklicherweise musste er sein Versprechen nicht brechen, weil Klara ein Laden an der Kurpromenade einfiel, der schon morgens um neun Uhr Softeis anbot. Das Beste von ganz Sankt Peter-Ording, wie sie versicherte. Und während sie ihr Eis mit einer Extraportion Streuseln aßen, besorgte Marconi in der Apotheke nebenan die stärksten frei verkäuflichen Schmerztabletten für sich selbst. Dann lieferte Marconi die Kinder mit der Versicherung an der Schule ab, sie nach der Nachmittagsbetreuung pünktlich wieder einzusammeln.

Als er kurz darauf auf den Parkplatz der Polizeistation fuhr, saßen Eva und Jens ins Gespräch vertieft auf dem Geländer der Rollstuhlrampe. Er stellte den Roller ab und kam mit Helm auf dem Kopf auf sie zu. Erst als er vor ihnen stehen blieb, rissen sie sich von ihrem Gespräch los. Irritiert sahen sie ihn an. Als er zuerst das Visier hochklappte und dann den Helm abzog, zeichnete sich ein Mix aus Überraschung und Fassungslosigkeit in Evas Gesicht, während Jens anfing zu lachen und gar nicht wieder aufhören konnte.

«Ich weiß nicht, was es an einem mittelalten Mann mit Helm zu lachen gibt, dem letzte Nacht das Auto abgefackelt wurde und der deshalb seine Nichte und seinen Neffen mit dem Motorroller zur Schule fahren musste.»

Jens lachte noch immer und entschuldigte sich glucksend. «Ich weiß, nicht lustig. Trotzdem musste ich daran denken, dass du innerhalb einer Woche vom hippen Großstadt-Cop zum knatternden Küsten-Kommissar abgestiegen bist.»

35

Dilan sucht nach dem richtigen Weg

Garfield begann zu schnurren, kaum dass er Dilan durch die Käfigwand erblickte. Offenbar hatte der rot getigerte Kater mit dem Knickohr ihn ebenso sehr vermisst wie er ihn. Sofort rieb er seinen Kopf an Dilans Handrücken, nachdem der den Käfig geöffnet hatte. Dilan spürte, wie sein Herzschlag sich beruhigte, als er das Tier auf den Arm nahm und es sanft streichelte. Auch deshalb gefielen Dilan seine Stunden im Tierheim so gut. Hier konnte er abschalten. Er drehte eine Runde durch den Innenhof, erwiderte die Grüße der Angestellten, die ihm den Spitznamen Katzenflüsterer gegeben hatten. So gut er es fand, dass es Einrichtungen wie diese gab, so sehr musste er jedes Mal an Massentierhaltung denken. Er schmiegte kurz seine Wange an Garfields weichen Rücken und ließ den Kater anschließend neugierig durch den Innenhof stromern. Gleich fühlte er sich besser.

Dennoch ging ihm das Gespräch mit Merle nicht aus dem Kopf. Er war ihr hinterhergerannt zur Bushaltestelle. Sie hatte ihm noch einmal an den Kopf geworfen, dass er es nicht verstehen würde. Dass sich die Probleme dieser Welt eben nicht mit Verständnis und Rücksichtnahme lösen ließen. Sie seien die letzte Generation, die den letztendlichen Kollaps der Meere noch aufhalten könne. Und deshalb müssten sie ihren Forderungen Nachdruck verleihen und zeigen, dass sie es ernst meinten. Merles Zorn, gepaart mit dem Geruch in ihrer Wohnung, hatten bei Dilan sämtliche Alarmglocken schrillen lassen. «Was habt ihr getan?», hatte er sie angefahren.

Statt einer Antwort hatte sie ihn mit der Frage überrascht, ob er denn nicht auch Kinder wolle. Noch während er überlegte, ob die Frage konkret gemeint war, also ob er Kinder mit ihr wolle oder ganz grundsätzlich, hatte sie ihm zu verstehen gegeben, dass jeder, der Nachwuchs plane, sich dem zivilen Widerstand anschließen müsse, um sich dem zerstörerischen Kurs der Regierung in den Weg zu stellen.

Es war nicht so, dass er diese Argumente nicht schon ein Dutzend Mal gehört hatte, von ihr ebenso wie von den anderen Mitgliedern von *GreenPlanet*. Doch die Vehemenz, mit der Merle sie ihm an der Bushaltestelle entgegenspie, erschütterte ihn. Sein Argument, wenn sie Gewalt einsetzten, um ihre Ziele zu erreichen, seien sie keinen Deut besser als die RAF-Terroristen, hatte sie nur mit einem höhnischen Lachen quittiert. Und damit war sie in den Bus gestiegen und hatte ihn an der Haltestelle stehen gelassen.

Er sammelte Garfield wieder ein, brachte ihn zurück in den Käfig, den er sich mit zwei weiteren Katzen teilen musste, strich ihm noch einmal wehmütig übers Fell und verschloss die Käfigtür. Er wusste, dass es Merle nicht reichen würde, Katzen im Tierheim zu streicheln oder mit den Hunden Gassi zu gehen. Aber es musste doch einen Mittelweg geben zwischen dem, was er hier tat und dem, was sie vergangene Nacht getan hatte. Was auch immer das gewesen sein mochte. Und mit wem.

36

Marconi macht eine unverhoffte Bekanntschaft

Störe ich?» Jens steckte seinen Kopf durch die angelehnte Tür.

«Nein, komm rein.» Marconi tippte weiter in seine Tastatur, schlug mit der Hand auf die Tischplatte und hackte anschließend noch fester auf die Tasten ein.

«Öhm, kann ich helfen?» Unschlüssig stand Jens vor dem Schreibtisch und wechselte von einem Standbein auf das andere.

«*Porca miseria*!» Marconi sprang auf, packte die Tastatur, als wollte er sie gegen die Wand werfen. Dann besann er sich eines Besseren und stellte das widerspenstige Teil wieder ab. «Eure veraltete Technik scheint mir den Krieg erklärt zu haben.» Marconi atmete einmal tief durch und schenkte Jens ein entschuldigendes Lächeln. «Bei Frau Wittgenstein alles klar?»

Jens sah noch einmal zwischen Schreibtisch und Vorgesetztem hin und her. «Wittenbrink? Ja, alles klar. Ein *Terrorist* hat bloß sein E-Bike gegen ihren weißen Holzzaun gelehnt, und Frau Wittenbrink wollte Anzeige wegen Hausfriedensbruch und Sachbeschädigung erstatten. Der schwarze Fleck hat sich aber nicht als Beschädigung, sondern als Vogelkot herausgestellt, weshalb ich sie überzeugen konnte, den Terroristen noch einmal ungeschoren davonkommen zu lassen. Obwohl sie der Ansicht war, dass er dann wohl woanders einen Anschlag planen würde.»

Marconi unterdrückte mit Mühe ein Stöhnen. «Wie gut, dass ihr Profis euch darum kümmert. Ich wäre versucht gewesen, Frau Wittgenbusch einen Vogel zu zeigen.»

«Wittenbrink», korrigierte Jens. «Willst du mir nicht doch verraten, wie ich dir helfen kann? Wenn du die Tastatur zertrümmerst, musst du eine neue beantragen. Da können schon mal zwei bis vier Monate ins Land ziehen, bis das genehmigt wird. Wenn du künftig also nicht auf Schreibmaschine und Kristallkugel statt auf Computer und Internet angewiesen sein möchtest ...»

«Ist ja gut. Ich wollte im Zentralen Fahrzeugregister nachsehen, was für einen Wagen eigentlich die Olsens fahren.»

«Ole Olsen einen VW Passat in der Farbe Tornadorot, seine Mutter einen hellblauen VW Up und unsere harpunierte Leiche einen dunkelbraunen Lada Niva.» Jens grinste, als Marconi die Kinnlade herunterklappte. «Aber ich dachte, das herauszufinden ist Aufgabe der Kripo, nicht die von uns Dorfbullen.»

Marconi griff sich sein Portemonnaie vom Schreibtisch. «Ich dreh hier gleich durch. Du bringst mich irgendwohin, wo es einen guten Espresso aus einer Siebträgermaschine gibt, und erklärst mir auf dem Weg, warum du wieder mal mehr weißt, als du wissen solltest.»

Es herrschte mildes graues Wetter. Immerhin regnete es nicht, insofern betrachtete Marconi das als Fortschritt. Zudem hüllten ihn die drei Schmerztabletten, die er vor einer

Stunde genommen hatte, in eine Art betäubenden Kokon. Der Wind war frisch, aber schwach und beinahe angenehm, als Jens ihn durch das kleine Wäldchen auf den Deich hinauf führte. Die Kiefern und Lärchen waren sicher zwanzig Meter hoch, aber sie hatten sich vom Meereswind peitschen und krümmen lassen. Entblößt und gemartert hielten sie allen Widrigkeiten stand, die das Leben ihnen in den Weg warf.

Jens berichtete auf dem kurzen Spaziergang von seinen Nachforschungen. Davon, wie er die Automarken von Familie Olsen schon vor Tagen ermittelt hatte und noch einmal unerkannt vorbeigefahren war, um zu überprüfen, ob die Automobile zwischenzeitlich umlackiert worden waren oder noch ihre ursprüngliche Farbe hatten. Da Letzteres der Fall war, kamen sowohl Oles dunkelroter Passat als auch Klaus' dunkelbrauner Geländewagen infrage, in der Tatnacht vom Sperrwerk weggefahren zu sein. Ein hellblaues Auto wäre wohl trotz der Dunkelheit zu erkennen gewesen, mutmaßte Marconi.

«Und was machen wir jetzt mit den Infos, Chef?» Jens schien mittlerweile Feuer und Flamme für die verbotene Ermittlung zu sein. Aber Marconi hatte seinen Entschluss gefasst. Wo ein Feuer war, konnte leicht ein zweites ausbrechen. Aufgeben wollte er die Nachforschungen jedoch nicht, bloß vorsichtiger vorgehen und seine Kollegen nicht mit hineinziehen. Jens quittierte Marconis Ausführungen mit einem verständnisvollen Nicken.

Während sie abbogen und kurz darauf auf dem Deich weiterliefen, berichtete Jens von einem Feuer im Hafen von Büsum. Die Netze von zwei Fischerbooten waren vergangene Nacht in Brand gesetzt worden. Immerhin konnte das Feuer noch rechtzeitig gelöscht werden, da einer der Fischer an Bord geschlafen hatte und die Feuerwehr benachrichtigte. Der Sachschaden sei enorm, aber weil eine Person an Bord gewesen war, habe die Kripo die Fahndung nun wegen versuchter Körperverletzung oder sogar versuchten Totschlags ausgegeben.

«Die Naturschützer?», erkundigte sich Marconi, doch Jens bedachte ihn nur mit einem Schulterzucken. «Das wird noch ermittelt. Wenn sie dahinterstecken, könnte es zwar eine Verbindung zu Klaus Olsen geben, aber die toten Fische haben sie wohl kaum auf dem Gewissen.»

Dicke Wolken trieben über dem Meer, in dem Marconi an die zwanzig Farbpunkte entdeckte, die er mit einiger Mühe als Surfer identifizierte. Sie bewegten sich mit ihren Brettern im Wasser wie Badende an einem strahlenden Sommertag. Verrückt, diese Nordlichter.

«Dazu gibt es übrigens immer noch keine Neuigkeiten. Was die Experten in den *Husumer Nachrichten* von sich gegeben haben, ist meiner Ansicht nach Quatsch.»

«Was meinst du?»

«Dass der Bau einer neuen Windkraftanlage im Nationalpark Wattenmeer die Ursache für das Massaker sein könnte.» Jens kickte einen Kiesel in die Salzwiese und scheuchte eine Möwe auf, die zeternd an ihnen vorbeiflog. «Windparks müssen dreißig bis vierzig Kilometer Abstand zum Festland haben. Die Fische wären viel weiter an der Küste verstreut gewesen, wenn sie aus einer solchen Entfernung an Land getrieben worden wären.»

«Klingt logisch.» Marconi sah mit nachdenklich gekräuselter Stirn in die Ferne. «Aber ich bin kein Meeresbiologe und gänzlich ausschließen lässt es sich auch nicht. Oder?»

Vor ihnen tauchte ein heller Backsteinbau mit großer

Fensterfassade auf. Jens bedeutete ihm, den Deich zu verlassen.

«Während du deinen Computer vermöbelt hast, habe ich mit Constanze Islei von der Uni Kiel telefoniert. Die Untersuchungen der Fische sind noch nicht abgeschlossen. Aber sie sind sich sicher, dass die Tiere nicht vergiftet wurden. Keine Spur von Chemikalien in ihren Körpern.»

«Was war's dann?»

«Viele Fische scheinen erstickt zu sein. Jedenfalls wurden ihre Kiemen durch Sedimente verstopft. Bei anderen Exemplaren ist die Schwimmblase geplatzt. Die eine allgemeingültige Todesursache gibt es also nicht.»

Sie betraten das *Urban Nature Hotel* durch eine Glastür, die automatisch beiseiteschwang, und befanden sich im *Tunnel der Fusion*, wie sie ein Schild willkommen hieß. Ein Flur blieb ein Flur, egal welche neumodischen Bezeichnungen man sich dafür einfallen ließ, dachte Marconi und fragte sich gleichzeitig, warum Jens ihn hierhergeführt hatte.

«Viele Gäste sind aus Hamburg oder Berlin und nicht nur die Leute sind hip, auch das Hotel, das Essen und die Drinks», sagte Jens, als hätte er Marconis Gedanken erraten. «Mit der Großstadt und mir hat es ja bekanntermaßen nicht funktioniert. Aber wann immer es mir zu eng wird und mir urbanes Leben fehlt, komm ich hierher. Kaffee können sie hier jedenfalls.» Die Decke im Foyer war schwarz, der Fußboden aus trendigem Sicht-Estrich. Wirre Zeichnungen an den Tapeten sollten offenbar den Großstadtdschungel symbolisieren. Lichtinstallationen tauchten das hypermoderne Mobiliar in ein warmes, diffuses Licht. Jens erkundigte sich bei dem Mann an der Rezeption, ob die Dachterrasse schon geöffnet sei, was der aber verneinte.

Marconi trat an den Thekentresen und bestellte bei dem jungen Mann zwei doppelte Espresso. Jens hatte sich an einen Tisch in der *Drifters Hang Out Bar* gesetzt. Marconi beobachtete, wie der Barista die Tassen mit heißem Wasser vorwärmte, während er die Espressobohnen fein mahlte. Er liebte es, Menschen dabei zuzusehen, wie sie Kaffee in einer Siebträgermaschine zubereiteten. Für ihn war es eine Kunst und von ähnlicher Ästhetik wie Tanz oder Akrobatik. Die haselnussbraune Flüssigkeit lief in die Tassen, und Marconi lief das Wasser im Mund zusammen. Der Barista warf noch einen prüfenden Blick auf seine Kreation und stellte sie dann vor Marconi ab. Die dicke Crema obenauf sah köstlich aus. Marconi bedankte sich und zahlte. Als er die Getränke kurz darauf vor Jens auf den Tisch stellte, spürte er plötzlich ein Kribbeln im Nacken, konnte aber nicht sagen, was sein Unterbewusstsein in Aufruhr versetzte. Er sah sich um, entdeckte aber nichts, was Anlass zur Besorgnis gegeben hätte. Vielleicht war er nach all den Vorkommnissen einfach etwas paranoid.

«Wenn man schon an allem verzweifeln soll, dann wenigstens mit einem exzellenten Kaffee in der Hand.» Jens sah Marconi aufmunternd an. Marconi nahm die Tasse in die Hand und schnupperte daran. Dann nippte er, nippte noch einmal und nickte anerkennend. «Vielleicht sollte ich Sankt Peter-Ording doch noch nicht komplett abschreiben. Wo guter Kaffee ist, da ist auch Hoffnung.»

Jens grinste. Marconi musste Jens recht geben: Die bunten Lampenschirme mit den Fransen, die schillernden Sitzhocker mit Flokatibezug, die Rattansitzmöbel mit den farbenfrohen Kissen und die Brettspiele, die überall herumstanden, verströmten tatsächlich urbanes Flair.

«Fassen wir noch mal zusammen.» Marconi kratzte sich den Nasenrücken. «Da wäre zum einen Krabben-Klaus, der sowohl erschossen als auch harpuniert wurde und vor seinem Tod mit Naturschützern und Elektrofischer Henning Voss aneinandergeraten ist. Dann das makabre Fischmassensterben und die Sandlöcher. Hängt das alles zusammen? Obwohl wir bei den Ermittlungen, die wir allenfalls begleitend und unterstützend führen ...», an dieser Stelle bedachte er Jens mit einem vielsagenden Blick, «... keinen Schritt vorangekommen sind, bin ich mir inzwischen sicher, dass wir mindestens einem der Täter auf die Füße getreten sind.»

Überraschung stand Jens ins Gesicht geschrieben. Er lehnte sich näher zu Marconi. «Wie kommst du darauf?»

Marconi zog die Brottüte aus seiner Sakkoinnentasche, öffnete sie und hielt sie Jens hin. Der warf einen Blick hinein. Fast konnte Marconi eine Denkblase mit einem großen Fragezeichen über seinem Kopf erscheinen sehen. «Die Patrone einer Pistolenkugel?»

«Wären wir in Sizilien, der Heimat meiner Eltern, hätte vermutlich ein toter Fisch auf meiner Türschwelle gelegen. Wenigstens hätte ich den nicht übersehen und mir den Rücken zertrümmert, als ich darauf ausgerutscht bin.»

«Ausgerutscht?» Jens sah noch immer irritiert von seinem Vorgesetzten in die Papiertüte mit der Patrone und wieder zurück.

«Jemand hat sich nicht damit begnügt, den Wagen meines Bruders in Brand zu setzen. Er wollte sichergehen, dass ich die Botschaft auch wirklich verstehe, und hat mir ganz nach Mafia-Art eine Patrone auf die Türschwelle gelegt. Oder zumindest nach dem, was sich Nordfriesen, die zu viele schlechte Filme gesehen haben, unter Mafia-Art vorstellen.»

Marconi konnte regelrecht dabei zusehen, wie die Farbe aus Jens' Gesicht wich.

«Du glaubst, der Täter stand heute Nacht vor deiner Tür?» Jens Stimme war plötzlich heiser.

«Wenn da nur die Kugel gelegen hätte, wäre ich ja noch willens, an einen Scherz zu glauben, wenn auch einen schlechten. Aber das Auto hat sich nicht selbst entzündet.»

Ohne ein weiteres Wort stand Jens auf, ging zu dem jungen Barista an den Tresen und wechselte ein paar Worte mit ihm. Wieder kribbelte es Marconi im Nacken, und er hätte nicht sagen können, ob es sein geschundener Rücken war, der sich bemerkbar machte, oder sein Unterbewusstsein, das ihm etwas sagen wollte. Wortlos stellte Jens zwei kleine Gläser mit einer durchsichtigen Flüssigkeit auf dem Tisch ab. Marconi roch vorsichtig daran und stieß mit Jens an, der ihm sein Glas entgegenhielt.

«Und schon ist der unbezahlbare Geschmack eines vorzüglichen Kaffees von norddeutschem Kümmelschnaps platt gewalzt worden», sagte Marconi, nachdem er das Glas geleert hatte.

«Besondere Umstände erfordern nun mal besondere Maßnahmen.»

«Klingt wie der Titel meiner Autobiografie.»

«Was willst du jetzt machen?»

«Könnte dein Kontaktmann bei der Kripo checken, ob es sich bei der Kugel um dasselbe Modell handelt, mit dem Ole Olsen erschossen wurde?» Marconi malte beim Wort *Kontaktmann* Anführungszeichen in die Luft, um die Doppeldeutigkeit des Begriffs zu unterstreichen.

Jens' Gesichtsfarbe wechselte binnen Zehntelsekunden von Kalkweiß zu Tomatenrot. «Was ein guter Ermittler ist, der tut alles für die Informationsbeschaffung», sagte er und nahm Marconi die Papiertüte aus der Hand.

Marconis Blick fiel auf die aktuelle Ausgabe der *Husumer Nachrichten* auf einem der benachbarten Tische. In seinem Hirn rasteten zwei lose Enden ineinander, verschmolzen zwei Erinnerungen und ein gerade erkanntes Gesicht zu einem Gedanken. Seine Beine setzten sich von selbst in Bewegung und führten ihn zurück zu dem Barista, der mit einem Handbesen gerade Kaffeekrümel vom Tresen fegte.

Er gratulierte dem jungen Mann zu seinem hervorragend gebrühten Espresso und verwickelte ihn in ein Gespräch über die Bohnensorte, die sie im Hotel verwendeten, über den richtigen Mahlgrad der Bohnen, die Brühzeit und die Art der Kompression des Kaffeepulvers. Dann kratzte er sämtliches Schauspieltalent zusammen, das er finden konnte. Mitten im Satz hielt er inne und tat, als fiele es ihm just in diesem Moment ein.

«Sie sind Naturschützer, stimmt's?»

Ein Paar hellbrauner Augen musterte ihn. «Sollten wir das nicht alle sein?»

Marconi stimmte zu. Er trug Zivilkleidung, was sicher nicht von Nachteil war, wenn man mit zwei schlecht gesicherten Kindern auf der Vespa unterwegs war. An diesem Morgen war es vermutlich von Vorteil. «Sie waren vor ein paar Tagen auf dem Titel der *Husumer Nachrichten*. Bei der Demo, in erster Reihe neben einem kleinen Mädchen.»

Im Blick des jungen Mannes glomm kurz etwas auf, dann nickte er wortlos und begann, die kleine Spülmaschine unterm Tresen mit Tassen und Untertassen zu befüllen.

«Ist ja nicht so gut gelaufen, die Demo», fuhr Marconi fort.

«Und Sie sind?» Dem Barista fiel es sichtlich schwer, dem Kunden gegenüber freundlich zu bleiben.

«Massimo Marconi.» Er streckte seine Hand aus, die der Barista nach kurzem Zögern ergriff. «Ein Bewunderer Ihrer Kunst.»

«Nichts, was man nicht bei einem Wochenendkurs lernen könnte. Ist ja kein Hexenwerk.»

«Das Mädchen an Ihrer Seite war übrigens meine Nichte.»

Der Mann stutzte. «Ach, dann waren Sie auch auf der Demo?»

«Nein, sie war allein dort. Wenn's um Naturschutz geht, hat sie ihren eigenen Kopf.» Marconi setzte die folgende Pause bewusst. «Wie einige Mitglieder von *GreenPlanet* anscheinend auch.»

Die Augen des Barista verengten sich zu Schlitzen. «Sind Sie von der Polizei?»

«Ich war neulich bei einer Versammlung von *GreenPlanet*», antwortete Marconi ausweichend. «Dort wurde eine sehr radikale Rede gehalten, für einige Mitglieder offenbar zu radikal, wenn ich das richtig gedeutet habe. Waren Sie auch bei der Versammlung?»

Er musterte Marconi, die Stirn in Falten gelegt. «Wir sind nicht alle so radikal wie Fabian.»

«Was halten Sie von ihm?»

Äußerlich zeigte der junge Mann keine Regung. Aber allein sein Zögern ließ Marconi vermuten, dass er sich seine Antwort genau überlegte.

«Fabian ist okay.»

«Okay, wirklich? Ich fand ihn ja eine Spur drüber.» Marconi beobachtete, ob sich der Barista provozieren ließ, was nicht der Fall war. Marconi legte nach. «Ich hatte den Eindruck, dass ihm so einiges zuzutrauen ist.»

Der junge Mann wandte sich ab, räumte eine weitere Espressotasse samt Untertasse in den Geschirrspüler und wischte dann mit einem Lappen über den Tresen. Marconi ließ ihn nicht aus den Augen.

«Als würde er sogar über Leichen gehen, um seine Ziele zu erreichen.» Marconi ließ es betont beiläufig klingen, aber jetzt wurde es dem Barista wohl doch zu bunt. Er warf den Lappen in die Spüle und funkelte Marconi an, die Hände auf den Tresen gestemmt.

«Hören Sie, ich weiß nicht, was Sie von mir wollen. Ich habe mich bei der Demo um Ihre Nichte gekümmert, anstatt wegzulaufen, wie Fabian und die anderen. Zum Dank hat mich die Polizei mitgenommen, weil ich mich nicht ausweisen konnte.»

Nun war es an Marconi, den Barista regungslos anzusehen und abzuwarten, was er noch zu sagen hatte.

«Fabian und ich sind nicht befreundet. Ich kenne ihn kaum und kann ihn nicht mal besonders gut leiden, wenn Sie's genau wissen wollen. Aber das ist nicht strafbar. Und ob ich glaube, dass Fabian über Leichen geht?» Dilan beugte sich zu Marconi vor und senkte die Stimme. «Der würde alles machen für ein bisschen Aufmerksamkeit. Und erst recht, um die Freundinnen von anderen rumzukriegen.»

37

Marconi macht Ernst

Er musste der langsamste Vespa-Fahrer der Welt sein, dachte Marconi, als er mit nicht mehr als dreißig Stundenkilometern und zwei Kindern vor und hinter sich nach Hause fuhr. Stefano war freudestrahlend aus dem Schulgebäude gerannt, den Fahrradhelm schon auf dem Kopf. Und auch Klara hatte deutlich weniger skeptisch geschaut als noch am Morgen. Als sie sich von hinten an ihn klammerte, war ein Blitz seine Wirbelsäule entlanggeschossen. Für einen kurzen Moment hatte Marconi angenommen, dass sein Rücken Rost angesetzt hatte, was ihn nicht weiter verwundert hätte, so viel wie es hier regnete. Dann hatte er sich zu der Erkenntnis durchgerungen, dass es doch die Prellungen von seinem Sturz sein mussten, die ihn plagten. Kopf hoch, sprach er sich selbst Mut zu, während sie zu dritt auf seiner Vespa durch den Nieselregen fuhren. Nur noch fünf Monate Regen, dann schneit es endlich wieder.

Er bog so langsam in ihr Wohngebiet ab, dass man bei laufender Fahrt einen Reifen hätte wechseln können. In ihrem Garten, der immer noch grauenhaft aussah, waren vier Personen in weißen Overalls zugange. Doch sie waren es nicht, die Marconi einen heftigen Schrecken einjagten, sondern die Frau, die auf dem Weg zwischen Gartentor und Haustür stand, und sich fleißig Notizen auf ihrem Klemmbrett machte.

Er bremste so schnell und gleichzeitig so sanft, wie er dazu in der Lage war, und hoffte, dass er die Kinder unbemerkt vom Roller steigen lassen konnte. Doch in diesem Moment hob die Frau den Kopf. Ihre Aufmerksamkeit heftete sich auf sie wie eine Büroklammer an einen Magneten. Sogar auf diese Entfernung konnte er sehen, wie sie eine Augenbraue so hoch zog, dass sie beinahe unter ihrem Haaransatz verschwand. Da sie sie ohnehin entdeckt hatte, fuhr er das letzte Drittel der Straße zur Auffahrt und stellte dort die Vespa ab. Missmutig grüßten die Kinder die Besucherin und gingen dann ins Haus, nachdem Marconi sie darum gebeten hatte.

Als er vor Jasmin Hegel stand und sie ihn wie üblich mit einem Blick bedachte, der keine Rückschlüsse auf ihre Gedanken zuließ, spürte er, wie ihm das Blut in den Kopf schoss. Er zeigte auf das dystopische Szenario aus Männern in Schutzanzügen, ausgebranntem Autowrack unter völlig verkohlter Pergola und rußverschmierten Pfützen, auf denen ein unansehnlicher Schmierfilm schwamm. «Es ist nicht so, wie es aussieht.»

Jasmin Hegel folgte seinem Blick und zog erneut die Augenbrauen hoch.

«Also, eigentlich weiß noch niemand, was passiert ist. Aber die Kinder waren zu keiner Zeit ernsthaft in Gefahr.»

Noch immer waren Jasmin Hegels Augen auf den verkohlten Wagen geheftet. Wie schon bei ihrem ersten Besuch seufzte sie in sich hinein.

«Aber wenn wir die Kollegen ihre Arbeit machen lassen, erfahren wir sicher schon bald, auf welche Weise das Feuer ausgebrochen ist», sagte Marconi.

Jasmin Hegel deutete ein Nicken an, so als seien ihr bereits Dinge klar, die Marconi noch verborgen waren. Dann bat er sie ins Haus, nur weg von dieser Apokalypse. Stattdessen ging sie über die Steinplatten in den hinteren Teil des Gartens. Er sah auf ihre Schuhe und bemerkte, dass ihre schwarzen Riemenpumps mit dem flachen, ausgestellten Absatz nicht für einen Spaziergang im Überflutungsgebiet gemacht waren. Er schenkte ihr im Laufen ein Hundert-Watt-Lächeln, aber sie erwiderte es nicht, als würde sein Charme an ihr abrutschen wie an Teflon. Zu seiner eigenen Überraschung bemerkte Marconi, dass ihm das imponierte.

Mit einem schmatzenden Geräusch sanken ihre Schuhe in der aufgeweichten Erde ein, als sie die Gehwegplatten verließ und zielstrebig auf etwas zusteuerte. Sie musste schon nach wenigen Schritten nasse Füße haben. Aber entweder war es ihr egal, oder sie war so in ihre Arbeit versunken, dass sie es nicht bemerkte. Er folgte ihr und stellte sich neben sie vor den Haufen Erde, in dem sie die Möwe beigesetzt hatten. An einem darin steckenden Stock wehte ein Stück Stoff, auf den mit Edding das Wort *Möwe* geschrieben stand. Marconi schluckte.

«Der Grabstein ist neu», sagte er.

Jasmin Hegel betrachtete den Erdhügel mit dem Fähnchen. Und Marconi sah sich bemüßigt, die Situation zu umreißen, die zu dieser improvisierten Grabstätte geführt hatte. Als er seinen Bericht beendet hatte, ging sie wortlos zurück zum Haus und weiter zur Einfahrt, blieb vor Marconis Vespa stehen und seufzte abermals.

«Sie machen's mir wirklich nicht leicht, Herr Marconi», sagte sie, stieg in ihren Wagen und brauste davon.

Marconi ging ins Haus. Er rief nach den Kindern, doch die waren weder zu sehen noch zu hören. Um sich nicht ganz und gar nutzlos zu fühlen, räumte er den Geschirrspüler aus. Und als sich im Obergeschoss noch immer nichts regte, begann er, die Zutaten fürs Abendessen vorzubereiten, hackte Petersilie und ließ Sardellenfilets abtropfen. *Sie machen's mir wirklich nicht leicht!* Was sollte das überhaupt heißen? Würde sie ihm Stefano und Klara wegnehmen? Konnte sie das einfach so?

Er wischte sich die Hände trocken und griff zu seinem Handy, gab in der Suchmaske das Stichwort *Familienanwalt in der näheren Umgebung* ein und rief beim ersten Treffer an. Die Frau am Telefon teilte ihm mit, dass alle infrage kommenden Anwälte der Gemeinschaftskanzlei im Gespräch seien. Marconi bat darum, dass der erste Anwalt, der Zeit hätte, zurückrufen möge. Dann korrigierte er sich noch einmal und bat darum, dass nicht der erstbeste, sondern der beste verfügbare Familienanwalt zurückrief.

Anschließend ging er ins Obergeschoss und hörte durch die geschlossene Tür Stefano und Klara in ihrem Zimmer miteinander tuscheln. «Alles okay hier?», fragte er, nachdem er ins Zimmer getreten war. Sie saßen mit grimmigen Gesichtern auf Klaras Bett und machten auf Marconi einen bemitleidenswerten Eindruck. Die Leichtigkeit, die er meinte, vorhin auf dem Motorroller wahrgenommen zu haben, war wie weggeblasen.

«Müssen wir weg?», fragte Stefano, der neben seiner Schwester saß. Bald würde ihr das Bett zu klein sein, vermutete Marconi und nahm sich vor, mit ihr bei IKEA ein neues auszusuchen. Die Möglichkeit, dass es nicht dazu kommen würde, weil man sie ihm wegnahm, schob er beiseite.

«Nein», sagte er bestimmt. «Es sei denn, ihr möchtet weg.»

Stefano schüttelte mit zusammengekniffenen Lippen entschieden den Kopf, was Marconi anrührte.

«Wenn ihr nicht möchtet, dann müsst ihr auch nicht.» Er klatschte in die Hände. «Aber ich brauche eure Hilfe bei einer anderen Angelegenheit ziemlich dringend.»

Kurz darauf lief er mit ihnen den schmalen Pfad hinter ihrem Haus entlang zum Böhler Leuchtturm auf den Deich und von dort die Treppe hinunter zum schweren eisernen Tor, das die Schafe, Lämmer und Gallowayrinder davon abhalten sollte auszubüxen. Der Wind trieb tief hängende Wolken über die Salzwiesen. Marconi hatte sich in den wenigen Tagen schon so an die Abwesenheit der Sonne gewöhnt, dass er vermutete, gar nicht damit umgehen zu können, sollte sie sich doch einmal blicken lassen.

Alle trugen sie Gummistiefel, deren schmatzende Geräusche im feuchten Untergrund sich mit den Rufen der Möwen und Austernfischer mischten, und hielten den Blick fest auf den Boden gerichtet. Natürlich war es Klara, die die ersten Quellerpflanzen entdeckte. Sie schnitt sie mit der Schere dicht über dem Schlick ab, damit sie im nächsten Jahr wiederkamen, wie sie ihnen erklärte. Sie ernteten so viel davon, bis jeder von ihnen eine Faust voll hatte. Das Bücken überließ Marconi allerdings seinen Hilfsköchen.

Auf dem Weg zurück sagte Stefano: «Ich habe noch nie jemanden gesehen, der die Augen so eng zusammenkneifen kann wie die Frau vorhin.»

«Stimmt», ergänzte Klara. «Sie hat manchmal ausgesehen wie ein Hai auf der Jagd.»

«Ich finde sie eigentlich ganz nett», sagte Marconi, was ihm einen empörten Blick von Stefano und einen überraschten von Klara einbrachte. «Ehrlich», fügte er hinzu. «Stellt euch doch mal vor, euer Beruf wäre es, euch darum zu kümmern, dass es Kindern gut geht. Und dann kommt ihr in unser Haus, und zwei Kinder sind allein, ohne Aufsicht. Und das nächste Mal hat es gebrannt, und die Kinder kommen schlecht gesichert auf einem Motorroller um die Ecke gefahren. Würdet ihr euch da keine Gedanken machen?»

«Also, ich nicht», sagte Stefano bestimmt und sprang über einen kleinen Wasserlauf zwischen zwei Sandhügeln.

Klara hatte das Glas Biosardellen kritisch beäugt, dann aber nickend ihre Zustimmung geäußert. Sie gab die Sardellenfilets zusammen mit Olivenöl, Knoblauch, Zitronenschale, Petersilie, Paprikapulver und frisch gemahlenem Pfeffer in einen großen Topf. Nachdem sich die Sardellen praktisch aufgelöst hatten, goss sie Zitronensaft hinzu, den Marconi statt Weißwein ausgewählt hatte.

Wie er die Kinder da am Herd stehen sah, traf ihn die Erkenntnis wie ein Schlag: Stefano war seinem Vater wie aus dem Gesicht geschnitten und sah aus wie eine jüngere Version von Nevio. Die fein geschnittenen Gesichtszüge, die geschwungenen, breiten Augenbrauen, sogar wie er seine Nase kraus zog, wenn ihm etwas gegen den Strich ging, war alles eine erschütternd identische Kopie seines Vaters.

Wie hatte er das bislang nicht sehen können?! Und im Zuge dieser Beobachtung traf Marconi eine zweite, noch heftigere Erkenntnis: *Was bin ich für ein Riesenarsch gewesen! Ein Scheißkerl, den nicht einmal der Tod der Schwägerin dazu hatte bewegen können, seinem kleinen Bruder zu verzeihen. Was habe ich mir nur dabei gedacht?!* Wie eine Strafe des Schicksals erschien es ihm, dass er nun jeden Tag Nevio – ausgerechnet Nevio – sah, wenn er in Stefanos Gesicht blickte. Da war es nur ein schwacher Trost, dass Klara wenigstens nicht Gesa ähnlich sah, sondern nach ihrer Oma Lucia kam. Während er sich bemühte, seine Fassung nicht zu verlieren, bewachte Stefano den Topf mit dem Wasser für die Spaghetti und warf die Nudeln etwas zu früh in das fast kochende Wasser. Kurz bevor die Pasta gar war, gaben sie gemeinsam den Queller ins Wasser. Zum Schluss vermengten sie Pasta und Gemüse mit der Sardellenmischung, bis sie alle der Meinung waren, dass ihre Kreation die richtige Konsistenz hatte.

Stefano hatte sich heute dem Anlass entsprechend für eine schnelle Wattenmeer-Tischdeko entschieden. Quer über dem Tisch verteilt lagen Würmer aus Fruchtgummi. Dazu hatte er den Übertopf mit dem Bogenhanf auf den Tisch gestellt, der wohl den Queller symbolisieren sollte. Die Teelichter dichtete Stefano auf Nachfrage spontan zu Glühwürmchen um.

«Ganz schön salzig», urteilte Klara nach den ersten Bissen. «Aber lecker salzig!»

Stefano nickte zustimmend. «Morgen noch mal?», fragte er. «Jojo und Mo kommen zum Spielen.»

«Nur, wenn sie pflücken helfen», sagte Marconi, wohl wissend, dass Stefano genau das ohnehin beabsichtigte.

Ohne zu murren, waren die Kinder direkt nach dem Essen ins Bett gegangen, völlig erschöpft von der Aufregung der vergangenen Nacht. Als Marconi sich ächzend um Punkt acht auf das hellgraue Ecksofa fallen ließ, um die Nachrichten im Fernsehen anzusehen, klingelte sein Smartphone. Erneut ächzend rappelte er sich hoch, ignorierte den ziehenden Schmerz in seinem Rücken und nahm nach dem siebten oder achten Klingeln ab. Am Apparat war der Familienanwalt. Marconi hatte weniger erklären müssen, als er angenommen hatte. Denn wie offenbar so ziemlich jeder in der Umgebung hatte auch der Anwalt Nevio gekannt und wusste um dessen und Gesas Tod. Deshalb hatte er trotz der späten Stunde noch zurückgerufen, und Marconi konnte gleich auf die Ereignisse der vergangenen Tage zu sprechen kommen.

«Wenn du nicht wach geworden wärst, hätte das Feuer also aufs Haus übergreifen können, in dem die Kinder zu diesem Zeitpunkt geschlafen haben», bemerkte der Anwalt. Marconi zögerte, wusste nicht, was er auf die Frage antworten sollte.

«Ein solches Szenario hatte ich mir noch gar nicht ausgemalt», entgegnete er schließlich.

«Ist auch nicht deine Aufgabe, sondern meine, als dein Anwalt. Insofern hast du ihnen das Leben gerettet.» Der Mann schwieg einige Augenblicke.

«Wie groß ist die Wahrscheinlichkeit, dass man mir die Kinder wegnimmt?»

«Normalerweise hat das Jugendamt ein Interesse daran, die Kinder in ihrer vertrauten Umgebung zu lassen.»

«Was heißt das, *normalerweise*?»

«Wenn sie der Ansicht sind, dass das Kindeswohl gefährdet ist, kann es passieren, dass sie die Kinder schnell aus ihren Familien holen.»

«Was heißt das, *schnell*?»

«Nach wenigen Tagen.»

Marconi bedankte sich und versprach, sich im Ernstfall zu melden.

Obwohl es noch früh war, ging er nach oben. Nach fünf Minuten im Bad lag er im Bett und wollte nur noch, dass dieser verfluchte Tag endlich endete und er in einen erlösenden Schlaf hinüberglitt. Doch seine Gedanken kamen nicht zur Ruhe. Die Aussicht, die Kinder in die Obhut von Fremden geben zu müssen, drehte ihm den Magen um. Ja, er war kein Profi in Sachen Kindererziehung. Und ja, er konnte sich Schöneres vorstellen. Ja, die Kinder waren durch das Feuer gefährdet gewesen. Aber erstens war ihnen nichts passiert. Und zweitens war das Leben als solches gefährlich, dafür musste man nicht einmal die eigenen vier Wände verlassen. Es kam doch darauf an, dass jemand da war, der Minderjährige zu selbstbestimmten Menschen erzog. Und nicht darauf, den Excel-Tabellen einer Beamtin möglichst flächendeckend zu entsprechen. Deshalb weigerte er sich, in Panik zu verfallen. Er würde kämpfen und bis zu einer Entscheidung den Kindern das Umfeld bieten, das sie seiner Ansicht nach verdienten.

Nach diesem Entschluss war er binnen weniger Minuten eingeschlafen.

38

Marconi unterschreitet seinen Kompetenzbereich

Chef?» Jens rief von seinem Schreibtisch quer durch die Polizeistation. «Der Chef. Ich stell durch.»

Marconi nahm ab und nannte seinen Namen. Wie erwartet, war Bergmann von der Kripo Flensburg am anderen Ende der Leitung.

«Wir haben den Täter gefasst, der Fall ist abgeschlossen. Heute Nachmittag wird es eine Pressekonferenz geben, bei der wir die Öffentlichkeit informieren. Da wollte ich dich kurz vorab benachrichtigen, damit du es nicht aus den Medien erfährst.»

«Ach!», entfuhr es Marconi, was als milde Überraschung aufgefasst werden konnte, aber auch als ungläubiges Erstaunen. Er war sich selbst nicht so sicher.

Bergmann entschied sich offenbar für die dritte Option und empfand es als Vorwurf. «Ich mach das nur aus Höflichkeit und Kollegialität. Ich muss dich nicht über laufende Ermittlungen unterrichten.»

«Und?»

«Was, und?»

«Wer ist es?»

«Der Sohn, Ole Olsen.»

Das hatte Marconi befürchtet.

«Hat er gestanden?»

«Nein. Muss er auch nicht. Alle Indizien sprechen gegen ihn.»

«Aber bewiesen ist es nicht? Und Sie geben trotzdem eine Pressekonferenz? Ist das klug?»

«Na hör mal, der Hinweis kam doch schließlich von dir und deinem Team.»

«Trotzdem wäre ich dafür, Verbrecher mit Beweisen zu überführen, nicht mit Vermutungen.»

«Das muss ich mir von dir nicht anhören.»

«Stimmt.»

«… »

«Sie könnten auch einfach auflegen. Dass Sie es nicht getan haben, zeigt, dass Sie selbst nicht überzeugt sind.»

«Woher willst du wissen, was ich denke?» Bergmanns Stimme klang bei Weitem nicht so selbstsicher, wie es der Inhalt seiner Worte suggerieren sollte.

«Ich muss Ihnen doch nicht sagen, dass es schon verdammt dämlich wäre, den eigenen Vater hinterrücks mit der eigenen Harpune umzubringen. Als würde Ole Olsen es darauf anlegen, überführt zu werden.»

«Er wäre nicht der Erste, der im Affekt unüberlegt handelt.»

«Richtig. Ole Olsen hat seinen Vater gehasst, umgebracht hat er ihn aber nicht.» Davon war Marconi mittlerweile fest überzeugt.

«Ich habe angerufen, um euch zu informieren. Nicht, um zu diskutieren.»

Und damit war Bergmann aus der Leitung verschwunden.

Marconi lauschte noch ein paar Sekunden gedankenverloren dem Tuten. Er hätte zufrieden sein können. Zufrieden, dass der erste Mordfall seit Jahren in Sankt Peter-Ording gelöst worden war. Der Frieden auf der Halbinsel Eiderstedt war wiederhergestellt. Und er hatte doch ohnehin beschlossen, sich nicht länger in die Ermittlungen einzumischen. Dennoch wollten keine Hochgefühle in ihm aufkommen. Stattdessen machte sich Unzufriedenheit in ihm breit. War das nicht zu einfach? Dabei wusste er aus Erfahrung, dass die meisten Kriminalfälle nicht mit einem großen Knall aufgelöst wurden, sondern durch langweilige Ermittlungsarbeit. Ein Mord aus Frust, begangen durch eine unbedachte Handlung. So einfach, so frustrierend, so menschlich enttäuschend. Denn Marconi hatte durchaus Sympathien für den Krabbenfischersohn gehegt. Doch wie oft täuschte der erste Eindruck. Und trotzdem versuchte sich tief in Marconis Innerem eine Stimme Gehör zu verschaffen. Eine Stimme, die ihm zuflüsterte: Es ist noch nicht vorbei!

Marconi fand Jens und Eva auf dem Parkplatz. Eva kniete vor der Beifahrertür eines der beiden Polizeiwagen und zog mit einem Handstaubsauger die Fußmatten ab. Jens wischte mit einem Lappen die Armaturen.

«Wenn ihr hier fertig seid, könnt ihr bei mir im Haus weitermachen. Ein Auto hab ich ja leider nicht mehr», meinte Marconi.

Eva bedachte ihn mit nicht mehr als einem Schnauben und widmete sich der Fußmatte hinter dem Beifahrersitz. Jens pulte sich aus dem Auto und schmunzelte vielsagend. «Können wir dir helfen? Sonst greif dir doch den Schwamm und putz die Scheiben von außen.»

«*Scusi*, aber das unterschreitet meinen Kompetenzbereich.» Trotzdem griff er nach dem Schwamm, tränkte ihn in dem Eimer, der bereitstand und machte sich an die Arbeit. «Dafür ist mein Gehalt echt zu hoch», stöhnte er.

«Und unseres zu niedrig, Scherzkeks!», rief Eva und versuchte, den Sauger zu übertönen.

«Apropos Richtlinien und Kompetenz und das genaue Gegenteil davon ...», sagte Marconi und hielt die Pause bewusst, bis er die gewünschte Reaktion erhielt: Eva und Jens schenkten ihm ihre volle Aufmerksamkeit. Während er sich einem Vogelkotfleck widmete, berichtete er ihnen von seinem Telefonat mit Kripohauptkommissar Bergmann.

«Das ist doch Quatsch», echauffierte sich Jens, als Marconi seine Zusammenfassung beendet hatte. «So ganz ohne Beweise.»

«Dann sind wir schon zwei, die das denken», entgegnete Marconi.

«Drei», meinte Eva, die sich mit dem Handsauger gegen die Schläfe tippte. «Was bedeutet das denn für unsere Ermittlungen?»

«Nichts!», sagte Marconi und fluchte, weil der Kot auf der Scheibe von der hartnäckigen Sorte war. «Wir haben bislang nicht offiziell ermittelt und werden es auch weiterhin nicht tun.»

Eva legte die Stirn in Falten, als müsse sie über seine Worte nachdenken, konnte sich aber ein Grinsen nicht verkneifen.

«Nicht ermitteln? Oder nicht nicht ermitteln?»

Marconi tauchte den Schwamm noch einmal in den Eimer, wrang ihn aus und wandte sich wieder der Heckscheibe zu. «Beides. Je nachdem, wer fragt.»

«Hab ich mir gedacht», grinste Eva. «Dann trifft es sich ja gut, dass wir *nicht* mit jemandem reden können, der in der Mordnacht Dienst auf Mittelplate A hatte.»

«Ihr wollt auf die Ölbohrinsel?», fragte Jens mit hochgezogenen Augenbrauen.

«Wollen schon», sagte Eva. «Allerdings gibt's da strenge Auflagen für Besucher, zumal wir ja nicht offiziell ermitteln. Aber ein privater Besuch zu Hause ist ja wohl nicht verboten. Gleich morgen, wenn wir möchten.»

Marconi hörte auf zu schrubben. Hatte er sich nicht vorgenommen, ab sofort ein Musterbürger zu sein und in der Polizeistation Dienst nach Vorschrift zu leisten? Aber konnte er einfach wegschauen, wenn einem Unschuldigen ein Mord angehängt werden sollte? Selbst, wenn die Ermittlung nicht seine war? Marconi seufzte und widmete sich mit dem Schwamm einem weiteren hartnäckigen Kotfleck. Auf diese Fragen gab es nur eine Antwort, er konnte einfach nicht aus seiner Haut.

39

Marconi erlebt einen Bullerbü-Moment

Die Motoren heulten auf. Die Vibrationen übertrugen sich auf seinen Körper und wurden zu einem Teil von ihm. Die Luft schmeckte feucht und salzig. Es roch nach Diesel und Meer. Die Autokolonnen und Imbissbuden am Hafen von Wischhafen wurden allmählich kleiner. Während die Fähre durch das Wasser der Elbe pflügte und einen breiten Schaumteppich hinter sich herzog, versuchte Marconi, seine Gedanken zu sortieren und die Ereignisse der zurückliegenden vierundzwanzig Stunden Revue passieren zu lassen.

Eva hatte sich an die Aussage des *Greenpeace*-Pressesprechers erinnert, der in der Zeitung behauptet hatte, dass Chemikalien von Mittelplate A unabsichtlich ins Wasser gelangt sein könnten. Da sie nicht einfach in offizieller Mission auf der Ölplattform aufschlagen konnten und Eva selbst niemanden kannte, der dort arbeitete, hatte sie eine Telefonlawine losgetreten und fünf Bekannte angerufen, die wiederum jeder fünf Bekannte angerufen hatten. Es hatte nicht einmal einen halben Tag gedauert, bis Thilo Johannßen sich bei ihr gemeldet hatte, der Bohrmeister von Mittelplate A. Neugierig, was eine Polizistin aus Sankt Peter-Ording von ihm wissen wollte, hatte er sie zu einem Kaffee eingeladen, da er gerade auf Heimaturlaub war.

Gleich am nächsten Vormittag hatte Marconi Klara und Stefano zur Schule gebracht, wieder mit dem Motorroller, weil sie darauf bestanden hatten. Anschließend war er mit Eva im Polizeiwagen ins hundert Kilometer entfernte Glückstadt gefahren, dann auf die Elbfähre hinüber nach Wischhafen und von da noch einmal rund vierzig Minuten nach Otterndorf an der Elbmündung. Hier erlebte Marconi einen Bullerbü-Moment, als sie sich trotz Navi verfuhren und plötzlich in einem Feriendorf landeten, mit mehreren Seen, Campingplätzen sowie einer großen und gleichzeitig idyllischen Ferienhaussiedlung direkt hinterm Deich.

Thilo Johannßen wohnte in der historischen Altstadt, wo sich kleine Fachwerkhäuser aneinanderlehnten. Marconi hatte von Otterndorf nie zuvor gehört, obwohl ihm Eva auf der Fahrt berichtete, dass auch viele Bayern dorthin in Urlaub fuhren. Zumindest hatte sie das vergangene Nacht im Internet recherchiert. In einem restaurierten Fachwerkhäuschen mit barocker Fassade, vor der zwei Rosenstöcke in voller Blüte standen, öffnete ihnen ein Mann die Tür. Er war Mitte vierzig und machte einen stählernen Eindruck, der sich bestätigte, als er sie mit sattem Handschlag begrüßte. In seinen Dreitagebart hatten sich erste graue Haare geschlichen. Seine dünnen Lippen und das kantige Kinn hätten einen fast brutalen Eindruck gemacht, wenn nicht die wachsamen Augen gewesen wären, die sie interessiert musterten und bei der Begrüßung mitlächelten. Sie gingen durch eine niedrige Diele hindurch in einen kleinen, aber urigen Garten.

Als wären draußen dreißig Grad und nicht gerade einmal die Hälfte, trug er kurze Hosen und T-Shirt und servierte ihnen eiskaltes, fast gefrorenes Mineralwasser. Marconi schüttelte wieder einmal den Kopf über das Temperaturempfinden dieser Norddeutschen.

Johannßen erzählte, wie es war, zwei Wochen am Stück auf der Plattform zu leben, das Zuhause immer im Blick. Es war hart zu wissen, dass links neben dem Cuxhavener Funkturm, der einem Tag und Nacht zublinkte, sein geliebtes Otterndorf auf ihn wartete – so nah und doch so unerreichbar fern. Dann kamen sie auf den Grund ihres Besuchs zu sprechen.

Die Möglichkeit, dass Chemikalien von der Ölplattform ungeplant ins Wasser gelangt sein könnten, sei ausgemachter Blödsinn, hatte Johannßen gewettert und ihnen einen leidenschaftlichen Kurzvortrag gehalten, warum das technisch gar nicht möglich sei: «Eine Wanne aus Stahl und Beton umschließt die Insel. Sie verhindert seit mehr als drei Jahrzehnten zuverlässig, dass Öl ins Meer fließt. Wie eine Windel.» Klaus Olsen kenne er nicht, aber gelegentlich habe er an Tagen mit guter Sicht in einigem Abstand rund um die Ölplattform Krabbenfangboote gesehen. Inwiefern die Plattform Schuld am Tod eines Krabbenfischers sein könnte, dafür fehlte Johannßen ebenso die Fantasie wie für die Ursache der toten Heringe vor Westerhever. Marconi wollte die Dienstreise schon als Zeitverschwendung abhaken und so schnell wie möglich zurückfahren, um die Kinder rechtzeitig von der Nachmittagsbetreuung in der Schule abzuholen. Aber Evas routinemäßige Nachfrage, ob ihm in jener Nacht, der Mordnacht, noch etwas Ungewöhnliches aufgefallen war, verneinte Johannßen nicht, wie in den allermeisten Fällen üblich. Die Stirn in Falten gelegt, hatte er den Blick schweifen lassen, über den hüfthohen Holzzaun hinüber zu einem klassizistischen Gartenhaus am Rande eines Walls, dessen grün und weiß gestrichene Fensterläden im schönen Kontrast zur roten Wandfarbe standen.

«Doch, jetzt, wo ihr fragt, ist mir in jener Nacht tatsächlich etwas merkwürdig vorgekommen.» Johannßen sah dabei weder Eva noch Marconi an, sondern blickte nach wie vor in die Ferne, wie um sich die Situation noch einmal in Erinnerung zu rufen. «Ich kann in den Schlafkojen im Wohntrakt nicht sonderlich gut schlafen, gehe nachts manchmal an Deck, um auf der Plastikliege neben der Helikopterlandefläche die Stille der Dunkelheit zu genießen. In der besagten Nacht war es windstill. Normalerweise hörst du dann nichts außer dem Rauschen der Wellen. Wahrscheinlich ist es mir deshalb aufgefallen.»

«Was?» Eva war auf die Stuhlkante gerutscht.

«Ein Geräusch, das da nicht hingehört. Etwas, das ich dort noch nie gehört habe. Und ich arbeite schon seit fünfzehn Jahren auf Mittelplate.

«Was für ein Geräusch?», wollte Marconi wissen.

Statt einer Antwort verfiel Johannßen wieder in stummes Grübeln. Erst, als Eva nachhakte, ob es ein Brummen gewesen sein konnte, hellte sich Johannßens Miene auf.

«Genau! Ein Brummen, begleitet von einer Art Rauschen. Es ist dunkel gewesen, deshalb hab ich nichts gesehen. Nur gehört und das auch nur in einiger Entfernung. Ich habe mich noch gewundert, konnte mir aber keinen Reim drauf machen.»

«Können Sie das Geräusch näher beschreiben? Oder haben Sie vielleicht sogar eine Ahnung, was die Quelle gewesen sein könnte?», hakte Marconi nach.

Johannßen schüttelte den Kopf. «Ich hatte bis eben vergessen, dass da überhaupt etwas war. Und wenn ich ehrlich sein soll, bin ich inzwischen nicht einmal mehr sicher, ob ich das nicht geträumt habe.»

Marconi sah auf die Uhr und hatte es plötzlich eilig, zur Fähre zurück ins schleswig-holsteinische Glückstadt aufzubrechen.

Kaum nahm Marconi das leise Plätschern des Wassers gegen den Schiffsrumpf, das sanfte Schaukeln und das stoische Röhren der Motoren wahr. Er grübelte noch immer. Der Schlüssel zu einer Vielzahl ihrer Probleme – davon war er inzwischen überzeugt – war bei diesem Brummen zu finden.

«Und, was meinst du?» Eva hielt ihm eine Packung Eiskonfekt aus dem Bordkiosk entgegen.

Marconi nahm ein Stück. «Ich meine, dass mir dieses Brummen jetzt schon auf den Zeiger geht. Gibt es etwas weniger Konkretes als ausgerechnet ein Brummen?»

Ehe Eva antworten konnte, ertönte die Durchsage, dass die Passagiere zurück zu ihren Fahrzeugen gehen sollten. Im Hafen von Glückstadt wartete eine Blechkolonne von mindestens fünf Dutzend Lkws, Lieferwagen und Autos, aufgereiht wie bunte Perlen einer langen Halskette. Touristen saßen vor einem Containerimbiss namens *Happytown-Beachclub*, der weder nach Stadt noch nach Strand aussah, und überbrückten die Wartezeit mit Currywurst und Pommes. Immer wieder erstaunlich, was Menschen *happy* macht, dachte Marconi.

Er nahm sich vor, herauszufinden, ob es irgendwo Daten über den Schiffsverkehr im Wattenmeer gab. Eine Art Flugradar, nur für Schiffe. Falls es keine überirdische Macht oder Neptun, Poseidon oder sonstige Meeresgötter gewesen waren, musste dieses Geräusch doch eine Ursache haben.

40

Marconi gewinnt unerwartet einen neuen Freund

Marconi? Was gibt's?» Noch ehe Marconi antworten konnte, legte Bergmann nach. «Übrigens: Warum hast du mir nicht gesagt, dass du einer von uns bist?»

«Von uns?» Marconi blieb am Rande des Sportplatzes stehen und stellte vorsichtig die Einkaufstüte des *Bioladen Naturkost* ab. «Bergmann, wovon reden Sie?»

«Du warst länger Kriminalhauptkommissar als ich, warum hast du das nicht gleich gesagt?» Bergmann ließ es klingen, als hätte Marconi ihm einen Streich gespielt.

«Weil ich keiner mehr bin. Ich bin *Dorfbulle*, Ihre Worte.» Marconi bemühte sich, das Wort so abfällig auszusprechen, wie Bergmann es in dem Telefonat getan hatte.

«Ach was, einmal KHK, immer KHK!», sagte Bergmann gönnerhaft.

Sag das mal meinem Gehaltszettel, dachte Marconi. Laut sagte er: «Ich weiß, Sie halten an Ole Olsen als Täter fest. Aber ...»

«Schön wär's», fiel Bergmann ihm ins Wort. «Der Staatsanwalt ist der Ansicht, dass die Beweislast gegen Ole Olsen zu dünn ist, um ihn in U-Haft zu lassen.»

«Also brauchen Sie Beweise oder einen neuen Verdächtigen. Und beides ließe sich möglicherweise auf hoher See finden, deswegen rufe ich an.» Marconi berichtete von seinen beiden Zeugen, nannte ihre Namen und erwähnte das Brummen, das beide gehört hatten, aber keiner von ihnen so recht beschreiben konnte. Bergmann ließ ihn ausreden und unterbrach selbst dann nicht, als Marconi die Vermutung äußerte, dass ein Zusammenhang mit dem Mord an dem Krabbenfischer bestehen könnte. Sekundenlang herrschte Stille in der Leitung. Hinter ihm strömte eine Klasse aus der Utholm-Schule auf den Sportplatz. Marconi wollte schon Ausschau halten, ob Stefano unter den Kindern war, als Bergmann sich räusperte.

«Du glaubst, ein Brummen hat Klaus Olsen eine Harpune in die Brust getrieben?»

«Vergessen Sie nicht die Pistolenkugel», erinnerte Marconi ihn an das verspätete Obduktionsergebnis. «Kann doch sein, dass er etwas gesehen hat, das er besser nicht gesehen hätte, und man einen Augenzeugen aus dem Weg räumen wollte.»

Wieder blieb es so lange still, dass Marconi die Einkaufstüte vom Boden aufhob und zum Fußballplatz schlenderte. Tatsächlich erkannte er Stefano in der Gruppe, die mit Fußbällen eine Reihe roter Hütchen umkurven sollte.

«Ich gebe zu, dass es nicht wenige Leerstellen gibt», sagte Bergmann schließlich, ungewohnt nachdenklich. «Angefangen bei der Frage, was nun zuerst da war, die Henne oder das Ei, die Pistolenkugel oder die Harpune. Bis hin zu dem Rätsel, wo Klaus Olsen erschossen wurde und wie es seine *Magda Verena* ohne Steuermann zum Schleusentor geschafft hat.»

«Aber?»

«Nix aber. Vom Grübeln allein werden wir keine Antworten auf diese Fragen finden.»

«Wir?», rutschte es aus Marconi heraus. Bislang hatte er nie erlebt, dass eine Einmischung rangniedrigerer Polizisten ausdrücklich erwünscht war.

«Jetzt sei doch nicht so empfindlich, nur weil ich dich *einmal* als Dorfbulle bezeichnet habe.» Bergmann klang versöhnlich. «Klar, *wir*! Einmal KHK, immer KHK», wiederholte er, der Spruch schien ihm zu gefallen. «Der Hinweis kommt von dir. Also bist du auch dabei, wenn wir deinem mysteriösen Geräusch auf der Nordsee nachgehen. Jedenfalls, sofern ich den Einsatz bei meinen Chefs durchbekomme. Muss ja schließlich mit der Küstenwache koordiniert werden.»

Marconi beschloss, Bergmanns charakterliche Hundertachtziggradwende nicht zu kommentieren. «Sagen Sie Bescheid, wann es losgeht. Ich bin dabei!»

Kaum dass Marconi sein Büro betreten hatte, klingelte sein Handy. Er sah aufs Display und nahm ab.

«*Madonna!*», rief Lucia Marconi in den Hörer, bevor er etwas sagen konnte.

«Massimo tut's auch, Mamma», sagte Marconi.

«Was ist passiert? Geht's euch gut?»

Er öffnete die Schubladen auf der Suche nach etwas Süßem, wurde aber nicht fündig. «Es hat gebrannt, allerdings scheinst du das ja schon zu wissen. Außer einem großen Schreck geht's allen gut.»

«Nevios Auto ist …»

«Schrott, ja.»

«Aber warum hat es denn gebrannt?»

«Das werden die Kollegen von der Brandermittlung bald herausfinden, ganz sicher!»

«Und was ist das für eine Geschichte mit dem Jugendamt? Stefano denkt, man will ihn dir wegnehmen, genau wie Klara.»

«Dafür, dass du neunhundert Kilometer entfernt lebst, bist du erstaunlich gut informiert.» Was ihm, wenn er ehrlich war, gar nicht passte. Es hatte seine Gründe, warum er seinen Eltern weder etwas von dem Brandanschlag noch vom Auftauchen des Jugendamts erzählt hatte. Stolz war nur einer davon. Ja, er wollte beweisen, dass er auf eigene Faust zurechtkam. Aber vielmehr wollte er vor allem das schwache Herz seines Vaters schützen. Hatte ja gut funktioniert.

«Dein Papà und ich kommen zu euch, sobald er gesund genug ist.»

Auf keinen Fall! «Nee, das ist wirklich lieb, Mamma. Aber das schaffen wir schon. Ehrlich!»

«Darüber reden wir die Tage noch mal.»

Marconi hatte nicht die Energie, ihr zu widersprechen, und außerdem gerade andere Sorgen. Er musste Eva und Jens von Bergmanns Anruf und seinem geplanten Einsatz berichten. Also hielt er sich kurz und gehorsam. «Ist gut, Mamma. Ciao!» Er legte auf und schob frustriert die Schreibtischschublade zu. Für Tage wie diesen gab es entschieden zu wenig Schokolade in diesem Büro.

41

Marconi wird eines Besseren belehrt

Von Südwesten waren dunkle Wolken aufgezogen, als er an Bord der *Bayreuth* gegangen war. Aus Richtung Cuxhaven nahte ein walzenartiges Gebilde, hinter dem sich eine schwarze Wand auftürmte. Ein Himmelszenario, das einem Gemälde von Caspar David Friedrich alle Ehre machte. Als wollte die Natur ihn warnen, vor einem Unwetter oder Schlimmerem.

Mittlerweile war es auf der offenen See pechschwarz geworden. In der näheren Umgebung herrschte vollständige Dunkelheit, die auch die Scheinwerfer des Einsatzschiffs kaum durchdrangen. In der Ferne waren Lichter zu sehen. Rechts von ihnen meinte Marconi das Leuchtfeuer des Leuchtturms Westerhever zu erkennen, hinter ihnen vielleicht Cuxhaven und Mittelplate A. Die vereinzelten Lichter, die er zu seiner linken Seite sah, konnten Helgoland sein. Genau wusste er es nicht, und er konnte niemand fragen. Niemand sprach mit ihm. Und das war okay. Er war froh, überhaupt dabei zu sein, was er allein Bergmanns Gemütswendung zu verdanken hatte. Bei ihrem Wiedersehen hatte Bergmann ihm auf die Schulter geklopft, was Marconi als Entschuldigung auffasste. Oder zumindest als Friedensangebot. Orkanböen peitschten die Wellen auf. Sie brachen sich am Bug, spritzten in die Luft, und stürzten über jedem zusammen, der sich nicht in Sicherheit brachte. Weshalb Marconi sich auf die Kommandobrücke zurückzog und beobachtete, wie Kapitän Boy-Wilhelm Andresen und seine Besatzung über Radar die Schiffe in der Nähe orteten und über Funk kontaktierten. Der Druck durch Politiker und Medien, den Mord am Krabbenfischer aufzuklären, war groß, weshalb Bergmann diesen Einsatz bei seinen Chefs durchgedrückt bekommen hatte. Einem verdächtigen Geräusch als einzigem Anhaltspunkt stand man zwar skeptisch gegenüber, hatte aber aus Mangel an Alternativen letztlich zugestimmt. Jedes Schiff zwischen niedersächsischem und schleswig-holsteinischem Wattenmeer, zwischen Jadebusen im Süden bis hinauf zur deutsch-dänischen Seegrenze im Norden musste sich identifizieren und den Grund seiner Anwesenheit sowie das Ziel seiner Reise nennen.

Die Stunden vergingen. Ein Blitz durchriss für wenige Sekunden die Schwärze. Bald darauf kam Donner herangerollt, polterte über sie hinweg. Die Wellen schienen einander das Schiff zuzuwerfen. Es sprang und tanzte, und Marconi hatte das Gefühl, in einen Schleudergang geraten zu sein. Dennoch blieb sein Geist fokussiert.

«Sieht schlecht aus», brach die kräftige Stimme Andresens das minutenlange Schweigen. Der grau melierte, akkurate Seitenscheitel, die willensstarken, autoritären Züge und die drei auf den Kragen gestickten Streifen seines weißen Hemdes sprachen für mehr Erfahrung als jeder Lebenslauf. «Wir sind seit acht Stunden unterwegs und werden den Einsatz planmäßig beenden.»

Marconi nickte.

«Kein Grund, den Kopf hängen zu lassen. Ich habe mit Bergmann beschlossen, noch mindestens eine weitere

Nacht nach diesem ominösen Geräusch zu fahnden. Morgen Abend also gleiche Stelle, gleiche Uhrzeit, aber hoffentlich bessere See.» Andresen zwinkerte Marconi zu, der sich zu Bergmann umdrehte. Bergmann fing seinen Blick auf, grinste und bedachte ihn mit einem gehobenen Daumen. Der Mann mit den zwei Gesichtern, dachte Marconi und hoffte, dass Bergmann nicht nur mit den beiden Standardeinstellungen Wildschwein und Schoßhund geliefert kam.

Den nächsten Tag verbrachte Marconi wie ein Zug auf Schienen, ohne nachzudenken. Er war um halb sieben nach Hause gekommen und hatte versucht, sich leise durchs Haus zu bewegen. Aber Gerda Harzmeier, die die Nacht bis zum Einschlafen mit einem neuen Krimi auf dem Sofa verbracht und die Kinder gehütet hatte, war dann doch wach geworden. Er hatte geduscht und gemeinsam mit ihr, Klara und Stefano gefrühstückt. Anschließend hatte Gerda die Kinder zur Schule gebracht, und Marconi war ins Bett gegangen. Abends um sieben stand Jürgen Harzmeier vor der Tür, der mit Klara und Stefano noch ein Brettspiel spielte, das Marconi nicht kannte, bevor sie die Kinder gemeinsam ins Bett brachten und Marconi sich um Viertel vor acht wieder auf den Weg zum Eidersperrwerk machte.

Hatte Marconi angenommen, schlimmer als letzte Nacht könne es auf offenem Meer nicht werden, wurde er heute eines Besseren belehrt. Es war klaustrophobisch, zu sechst auf der Kommandobrücke zu stehen, mit dem Gefühl, hinter jeder Scheibe zu allen vier Seiten von Wänden umgeben zu sein. Nichts, absolut nichts war zu sehen, kein Wasser, keine Wellen, nichts als undurchdringlicher milchiger Nebel.

Mit ruhiger, aber bestimmter Stimme gab der Kapitän seiner Crew Anweisungen. Ohne Sicht zu navigieren, rang Marconi Respekt ab. Sollte er sich jemals im Watt verlaufen, hoffte er darauf, diesen Mann dabeizuhaben. Rund zwei Dutzend Schiffe waren in dieser Nacht im nordfriesischen Wattenmeer unterwegs, dazu mehrere Fischerboote. Nacheinander wurden sie kontaktiert, Ladung, Herkunftshafen und Ziel abgefragt. Marconi hatte ein paarmal die Brücke verlassen und war nach draußen gegangen, in der Hoffnung, etwas zu hören, was ihnen auf dem Radar entging. Ein Brummen, wie es ihm beschrieben worden war. Doch das Einzige, was er hörte, war die *Bayreuth*, wie sie durch die Nordsee pflügte. Der dichte Nebel schluckte beinahe alle Außengeräusche. Nach acht Stunden wurde der Einsatz erneut abgebrochen.

«Aller guten Dinge ...», sagte Andresen mit seiner Bassstimme. «Nach Sturm und Nebel wagen wir morgen einen dritten Versuch. Das Wetter scheint endlich umzuschlagen.»

«Wurde auch Zeit», entgegnete Marconi.

«So zickig, wie das Wetter im Juni bislang war, wurde es nicht von Petrus gemacht, sondern von Petra», entblödete sich Bergmann nicht zu sagen.

«Wäre Petra für das Wetter zuständig, hätte ein Blitz Sie für diesen Spruch erschlagen», konterte Marconi.

An diesem Morgen war es Jürgen Harzmeier, der verschlafen die Augen öffnete, als Marconi um kurz nach halb sieben den Schlüssel ins Schloss steckte. Marconi bereitete Frühstück zu und hatte dabei das Gefühl, in einer Endlosschleife gefangen zu sein, nur mit wechselndem Kindersitter. Als hätten sie nicht erst am Vorabend riesige Mengen Pasta verdrückt, machten sich die Kinder über die Marmeladenbrote her.

«Hast du letzte Nacht Verbrecher gefangen?», erkundigte sich Stefano mit vollem Mund.

«Erst kauen, dann schlucken und dann erst reden», sagte Marconi und erntete umgehend ein zweifaches Augenrollen von Klara und Stefano. «Ich war nicht auf Verbrecherjagd», log er, um die Kinder nicht noch weiter zu beunruhigen. «Ich musste die Nachtschicht in der Polizeistation übernehmen.»

Auf dem Weg aus dem Haus fiel Marconi noch etwas ein. Klara und Stefano saßen schon mit aufgesetzten Helmen auf dem Motorroller.

«Jürgen?» Marconi unterdrückte ein Gähnen, so stark, dass ihm Tränen in die Augen traten.

«Was?» Jürgen Harzmeiers Augen funkelten amüsiert. «Machst du nach zwei Nachtschichten schon schlapp?»

Marconi wischte sich mit dem Handrücken über die Augen. «Hat sich Ole Olsen schon bei dir gemeldet?»

Harzmeier blieb auf der Türmatte stehen und drehte sich mit überraschtem Gesichtsausdruck zu ihm um. «Nein, wieso?»

Marconi schloss die Haustür ab. «Er meinte, er könnte sich jetzt vorstellen, den Haubarg doch zu verkaufen. Weil du schon länger interessiert bist, hatte ich angenommen, er wäre zuerst zu dir gekommen.»

Für einen kurzen Moment bekam Harzmeiers Blick einen melancholischen Ausdruck. Doch der war schnell wieder verschwunden. «Zu spät», sagte er und sein Achselzucken war förmlich zu hören. «Das Geld hab ich anderweitig investiert. Da hätte mal eher jemand bei dem Sturkopf mit 'ner Harpune Überzeugungsarbeit leisten sollen.»

Nach der Schule war wieder Besuch im Haus, neue Freundinnen und Freunde von Klara und Stefano, die Marconi noch nicht kannte. Gemeinsam waren sie Richtung Strand gezogen, um in den Salzwiesen die Hauptzutat für ihr Abendessen zu sammeln. Der Kapitän der *Bayreuth* schien recht zu behalten. Es gab weder Nebel noch Regenstürme. Tatsächlich war ein Hochdruckgebiet dabei, sich durchzusetzen.

Kritisch beäugt von zwei Galloywayrindern, die sich wahrscheinlich sorgten, dass die Menschengruppe ihnen ihr Grünfutter streitig machte, ließ er die Kinder je eine Handvoll Queller pflücken. Zu Hause bewachte Stefano die Farfalle-Nudeln, die im kochenden Wasser bissfest garten. Stefanos Freund Elias und Klaras Freundin Ellie rösteten mit Marconis Hilfe Pinienkerne, Pistazien, Walnüsse und Haselnüsse in einer Pfanne und hackten sie anschließend grob. Gemeinsam schichteten sie Farfalle, Queller, geröstete Nüsse und Marinade in einer riesigen Schüssel, und jeder durfte einmal mischen. Unter vielen «Aaaaahs», «Ohhhhhs» und «Mmmmmhs» schaufelten die Kinder den Nudelsalat in sich hinein, und Marconi befürchtete schon, dass das Pfund Nudeln nicht reichen würde, weshalb er sich zunächst zurücknahm. Als die Schüssel fast geleert war, stellte sich aber endlich Sättigung ein. Nach je einem Riegel von Evas *Küstensalz*-Schokolade, durften die Kinder spielen gehen, bis Elias' Mutter ihn und Ellie, die sie zu Hause absetzen wollte, abholen kam.

Pünktlich stand Gerda Harzmeier vor der Tür. Sie las Stefano eine Geschichte vor, während Marconi sich die Polizeiuniform anzog.

Anschließend steckte er den Kopf durch die Tür zu Klaras Zimmer, die im Bett lag und las. Sie sah kurz auf, lächelte und wünschte ihm viel Spaß. Auch wenn von Spaß keine Rede sein konnte, bedankte er sich und versicherte ihr, dass es kein Dauerzustand sein würde, dass fremde Menschen die Nächte im Haus verbrachten.

Sie zögerte, ehe sie sagte: «Geht ja nicht anders, oder?»

Marconi hatte die Tür schon fast hinter sich geschlossen. Doch etwas an Klaras Worten ließ ihn stutzen. Er öffnete die Tür wieder und trat in Klaras Zimmer. «Was ist los?»

«Nichts.»

«Klara?», sagte er misstrauisch. «Raus mit der Sprache.»

«Es ist echt nichts!»

Er beschloss, sie nicht zu drängen und griff nach der Türklinke.

«Ich finde die Nachbarn komisch», sagte Klara da unvermittelt, und ohne ihn anzusehen, blätterte sie weiter in ihrem Buch.

«Finden Teenager Erwachsene nicht generell *komisch*?»

Klara zuckte mit den Schultern. «Keine Ahnung.»

«Waren die Harzmeiers denn immer schon komisch?»

Sie überlegte. «Sie sind komischer, seit du da bist.»

Marconi dachte nach, was er mit dieser Information anfangen sollte. «Was meinst du? Reden sie über mich? Sind sie nicht nett zu euch?»

«Sie flüstern andauernd miteinander, das nervt.»

«Flüstern? Worüber denn?»

«Und manchmal sehen sie Stefano und mich so komisch an. Irgendwie creepy.»

Na ja, wie man Kinder eben so ansieht, die gerade Vollwaisen geworden sind, dachte Marconi. «Soll ich jemand anderen suchen, der abends herkommt, wenn ich arbeiten muss?»

Diesmal kam die Antwort umgehend. «Jens oder Eva wäre schön.»

Marconi nickte. «Ja, sicher. Aber das geht nicht. Als Dienststellenleiter kann ich nicht einfach Polizeibeamte zu Babysittern machen. Da bekommen wir alle Ärger.»

Enttäuschung zeichnete sich auf Klaras Gesicht ab.

«Wieso muss überhaupt jemand auf uns aufpassen? Ich bin fast erwachsen!» Sie funkelte ihn trotzig an.

«Stimmt, du bist wirklich schon fast erwachsen. Aber eben nur fast.» Marconi schob die Hände in die Hosentaschen. «Bis dahin finden wir zusammen eine Lösung, okay?»

Ein Nicken war alles, was Klara dazu beisteuerte, bevor sie sich wieder ihrem Buch widmete.

42

Marconi wünschte, er hätte den Schuss nicht gehört

Als sie mit der *Bayreuth* den Vorhafen verließen und aufs offene Meer hinausfuhren, riss die Wolkendecke auf. Das Meer glitzerte in der untergehenden Sonne, und Marconi hatte erneut das Gefühl, ein Gemälde betreten zu haben. Aber diesmal eines, in dem er sich wohlfühlte. Die Sonne war eine glutrote Scheibe am Horizont über einer silbrig schimmernden, fast glatten Wasseroberfläche, kurz davor, im Meer zu versinken. Fast unanständig schön sah das aus, dachte er und begriff, wahrscheinlich zum ersten Mal seit seiner Ankunft, was die Menschheit dazu brachte, stundenlang apathisch aufs Meer zu blicken.

Nachdem die Sonne untergangen war, traf Marconi die Dunkelheit so unerwartet wie heftig. Das Meer um ihn herum war ein schwarzes Loch. Doch darüber standen so viele Sterne am Himmel, dass sich sein Herzschlag ob dieser unerwarteten, atemberaubenden Aussicht beschleunigte. Es herrschte eine Stille, für die ihm nur ein einziges Wort einfiel: gewaltig. Verglichen mit den beiden vergangenen Nächten kam er sich vor, als hätte er den brüllenden Orkan endlich verlassen und wäre in dessen Auge vorgedrungen. Dieser Augenblick erschien ihm sinnbildlich für die vergangenen Tage, Wochen und Monate, in denen sich eine Katastrophe an die andere gereiht hatte. So viel Elend, so viel

Getöse, so viele sinnlose Worte. Und doch lag alles, wonach er sich gesehnt hatte, hier direkt vor ihm, um ihn herum: Ruhe.

Die Stunden vergingen. Während Kapitän Andresen, die beiden Kollegen von der Küstenwache sowie Kripohauptkommissar Bergmann weiter ihrer Arbeit nachgingen und ein Schiff nach dem anderen per Funk überprüften, dachte Marconi darüber nach, dass noch immer eine schwere Schlickdecke über diesem Fall lag. Aber die nächste Flut würde kommen, sagte sich Marconi, früher oder später. Das würde Klaus Olsen weder lebendig machen noch für Gerechtigkeit sorgen. Aber sie würden den Täter aus dem Verkehr ziehen und verhindern, dass er wieder tötete.

Und während er diesen Entschluss fasste, streifte ein Geräusch sein Trommelfell. Es war mehr eine Ahnung als etwas, das er hätte benennen können. Er spitzte die Ohren, doch die Dunkelheit schien nicht nur sein Blickfeld lahmzulegen, sondern auch alle Geräusche zu absorbieren. Bildete er sich diesen tiefen, fortwährenden Ton ein? Er lauschte angestrengt in das schwarze Loch und konnte doch weder sagen, aus welcher Richtung es kam, noch, ob es real existierte. Was, wenn …?! Er sprang die Treppen hinauf und trat auf die Brücke.

«Welche Schiffe sind aktuell in Hörweite?», fragte er, atemlos.

Vier Augenpaare hefteten sich auf ihn. Andresen sah auf das Radar, dann zurück zu Marconi. «Aktuell keines.»

Einer Eingebung folgend, stellte Marconi die nächste Frage. «Gibt es nicht die Möglichkeit, unentdeckt zu bleiben? Vielleicht, indem man sein Radar abschaltet?»

Eine ausgeprägte Falte bildete sich zwischen den beiden

Augenbrauen des Kapitäns. «Jedes Schiff lässt sich mittels eines Transponders verfolgen. Ein Radargerät sendet aktiv Signale mit den Positionsdaten des Schiffes. Sogar bei Militärschiffen.»

«Verstanden», entgegnete Marconi ungeduldig. «Aber ist es nicht manchmal Sinn der Sache, unentdeckt zu bleiben? Gerade im Kriegseinsatz? Oder wenn ich eine Straftat kaschieren will?»

Bergmann räusperte sich und machte einen Schritt auf Marconi zu. «Worauf willst du hinaus?»

«Ich hab den Eindruck, draußen genau das gehört zu haben, wonach wir suchen, bin mir aber nicht sicher. Und da auf dem Radar nichts erscheint ...» Weiter kam Marconi nicht. Andresen warf noch einmal einen prüfenden Blick auf seinen Monitor, ging dann an Marconi vorbei ins Freie. Bergmann folgte ihm.

Als Marconi zu ihnen trat, lauschten die beiden Männer angestrengt in die Dunkelheit. Minutenlang sagte niemand ein Wort.

«Du hast Halluzi...», setzte Bergmann irgendwann an, doch eine Handbewegung des Kapitäns ließ ihn verstummen. Weitere, endlose Sekunden vergingen, ehe Andresen zurück auf die Brücke ging. Marconi fing Bergmanns irritierten Blick auf und folgte ihm.

«Marconi hat recht. Es scheint tatsächlich ein größeres Schiff in unserem Gebiet unterwegs zu sein, das die Ortung deaktiviert hat. Da es zu dunkel ist, um auf Sicht zu navigieren und uns das Radar auch nicht weiterhilft, werden wir uns nach Gehör orientieren müssen.» Er sah die vier Personen auf der Brücke nacheinander an. «Nach dreißig Jahren im Dienst hätte ich nicht gedacht, dass mich noch etwas überraschen könnte. Aber was die können, können wir auch.» Er fuhr die Motoren der *Bayreuth* runter, schnappte sich eines der Funkgeräte, drückte Marconi, Bergmann und der Polizistin der Küstenwache je ein weiteres in die Hand und bedeutete ihnen, ihm zu folgen. Marconi platzierte er vorne am Bug, Bergmann backbord, die Polizistin steuerbord, und er selbst bezog Stellung am Heck. Per Funk ermahnte er die anderen drei, sich nur zu melden, wenn sie sicher wären, aus welcher Richtung das Brummen kam, und ansonsten möglichst wenig Geräusche zu verursachen.

Marconi horchte in die Dunkelheit, doch alles, was er hören konnte, war das Rauschen des Wassers. Hatte er sich getäuscht? Allerdings war Andresen überzeugt, auch etwas gehört zu haben. Aber was? Ein Fischerboot, das illegal im Wattenmeer fischte und von Klaus Olsen dabei beobachtet worden war? Was aber war das dann für ein Brummen, das angeblich niemand jemals vorher gehört hatte? Brummten Fischerboote?

Er wusste nicht, wie lang sie an Deck verharrten, ohne dass etwas geschah. Ein schwaches Schimmern kündete schon vom nahenden Tag, als Marconi aufmerkte. Angestrengt versuchte er, zu lokalisieren, was nicht lokalisiert werden wollte, und griff schließlich nach dem Funkgerät. «Andresen?», flüsterte er. «Ich könnte ein zusätzliches Paar Ohren hier vorne gebrauchen.» Kurz darauf hörte er Schritte hinter sich näher kommen, während er den Blick weiter nach vorn gerichtet hielt. Andresen stand neben ihm, die Hände auf die Reling gestützt, die Augen zu Schlitzen verengt, das Ohr in die Richtung gedreht, aus der der Wind kam. Er neigte den Kopf noch etwas weiter, bis er Marconis Blick begegnete und langsam, aber bestimmt nickte.

Andresen griff zum Funkgerät. «Schiff in Südwest auf Radar?»

«Negativ», kam es fast umgehend zurück.

«Dann wollen wir doch mal sehen, was ihr zu verbergen habt», sagte Andresen und ging zurück auf die Kommandobrücke.

Bergmann kam mit der Polizistin zu Marconi, während Andresen die Schiffsmotoren startete und die *Bayreuth* schnell an Fahrt aufnahm. Bergmann war skeptisch, weil er im Gegensatz zu Andresen und Marconi nichts gehört hatte. Aber bei Marconi wuchs die Anspannung mit jeder Minute, jedem Meter, den sie ihrem vermeintlichen Ziel näher kamen.

«Schiff vier Seemeilen voraus», knisterte Andresens Stimme aus drei Walkie-Talkies gleichzeitig. Marconi drehte sich um und sah den Kapitän mit Fernglas an der Scheibe stehen. Er selbst konnte in der Morgendämmerung nichts erkennen, aber er meinte, trotz der Schiffsmotoren und des Meerwassers, das gegen den Bug rauschte, wieder das Brummen zu hören. Kurz darauf drang aus dem Maschinenraum unter ihren Füßen lautes Dröhnen. Marconi sah Bergmann und die Polizistin an – wenn Marconi es richtig verstanden hatte, hieß sie Esther von Bargen –, die ihm erklärte, dass Andresen offenbar den Rückwärtsgang eingelegt hatte, um zu bremsen. Kurz darauf kam der Kapitän die Treppe herunter, reichte Marconi kommentarlos das Fernglas und zeigte auf eine Stelle schräg vor ihnen. Zunächst sah Marconi nur einen verschwommenen Punkt, dessen Konturen sich allmählich schärften, bis ein Schiff sichtbar wurde. Auf der ihnen zugewandten Seite ragte ein Objekt ins Meer, und Marconi nahm an, dass es das war, was dieses Geräusch verursachte. Er reichte Bergmann das Fernglas und erkundigte sich bei Andresen, um was es sich dabei handelte. Der Kapitän zuckte die Schultern. «Was es auch ist, legal scheint es nicht zu sein.»

«Festsetzen?», schlug Bergmann vor und Marconi meinte, in seinen Augen so etwas wie Vorfreude zu erkennen.

Andresen nickte. «Auf jeden Fall überprüfen wir, was die hier treiben», sagte er und war im nächsten Moment wieder in Richtung Brücke unterwegs.

Bergmann sah durchs Fernglas. «Sind die bewaffnet?» Er reichte das Glas an Marconi weiter.

Marconi gab es Esther – ihren Nachnamen hatte er schon wieder vergessen –, nachdem er selbst durchgesehen hatte. Regungslos beobachtete sie die Vorgänge an Bord des fremden Schiffes. Vermutlich nahm sie ebenfalls die Personen ins Visier, die Helme und schusssichere Westen trugen und Sturmgewehre um die Schulter gelegt hatten. Schließlich ließ sie das Fernglas sinken und griff zum Funkgerät.

«Personen auf Zielobjekt bewaffnet. Ich wiederhole ...»

Wieder knisterte es im Walkie-Talkie. «Die hauen ab!», keuchte Andresen, und erneut begann es, im Schiffsbauch zu dröhnen und zu rauschen. Kurz darauf nahm die *Bayreuth* an Fahrt und die Verfolgung auf. Marconi konnte nicht glauben, was hier geschah. Wurde er gerade tatsächlich Teil einer Verfolgungsjagd auf dem Wasser? Zwar war er insgeheim froh, dass sich diese doch sehr vage Brumm-Theorie nicht als Luftnummer erwiesen hatte. Aber das hier? Sie kamen dem Schiff schnell näher, es war nun auch mit bloßem Auge deutlich zu sehen.

«Dieses Ding, was denen ins Wasser hängt, scheint sie auszubremsen», rief Bergmann aufgeregt.

«Die zielen auf uns!», rief die Polizistin, ohne das Fernglas von den Augen zu nehmen. «Alle in Deckung.»

Marconi sah sie entgeistert an, während sie sich hinter den blickdichten Teil der Reling sinken ließ und zwischen Wand und Geländer weiter durchs Fernglas sah.

Unschlüssig, was er tun sollte, sah er von ihr zum Schiff und dann zu Bergmann, der ebenfalls nach einer Stelle suchte, an der er sich verschanzen konnte. Er wollte gerade hinter dem Unterbau der Kommandobrücke in Deckung gehen, als ein Krachen die Stille spaltete. Marconi fiel zu Boden. Ein zweiter Knall ertönte, gefolgt von einem Aufschrei. Ihm gefror das Blut in den Adern. Das kann ich Klara und Stefano nicht antun und hier sterben, dachte er. Und meinen Eltern auch nicht. Er sah sich nach Bergmann und der Kollegin um.

«Alles okay?», knisterte Esthers Stimme aus dem Funkgerät, das er fallen gelassen hatte, als er sich zu Boden warf.

«Scheiße», ächzte es als Antwort. «Mich hat's erwischt.»

Das war Bergmann, der klang wie in einem schlecht synchronisierten Western. Marconi robbte auf dem Bauch in die Richtung, in der er den Hauptkommissar zuletzt gesehen hatte. Er erspähte ihn auf der gegenüberliegenden Seite, backbord an die Reling gelehnt. Mit der linken Hand hielt er sich den rechten Unterarm. Entweder hatten die Bewaffneten auf dem ominösen Boot mehr Glück als Verstand, oder sie waren verdammt gute Schützen und hatten Bergmann gezielt in den Waffenarm geschossen. Um zu ihm zu gelangen, hätte er sich aus der Deckung wagen müssen. Dieses Risiko wollte Marconi nicht eingehen. Auch nicht für Bergmann.

«Wie schlimm hat es Sie erwischt?», rief er stattdessen.

Doch Bergmann hörte ihn nicht, verzog das Gesicht vor Schmerzen und krümmte sich.

Noch immer näherte sich die *Bayreuth* dem feindlichen Schiff, und Marconi fragte sich, warum der Kapitän nicht abdrehte. Sie standen unter Beschuss und –

«Marconi? Ich brauche Sie hier!» Esthers Stimme drang an sein Ohr, nicht durch das Funkgerät, sondern vom Bug des Schiffes. *Cazzo!*, dachte Marconi. Er wählte den umständlichen, deutlich längeren Weg, um seine Deckung nicht vollständig aufzugeben. Im Schatten der Kommandobrücke rannte er zum Heck, sank dort auf die Knie und kroch im Schutz der Reling die komplette Backbordseite bis zu Esther, die ihn tadelnd ansah.

«Wo bleiben Sie denn so lange?»

Ohne eine Antwort abzuwarten, zeigte sie auf das Schiff, das keine zweihundert Meter entfernt vor ihnen noch immer erfolglos versuchte zu fliehen. Die *Bayreuth* verkürzte den Abstand beständig.

«Sie bleiben hier. Ich kümmere mich um Bergmann, bin ausgebildete Rettungssanitäterin.» Kaum, dass sie es ausgesprochen hatte, war sie auch schon auf und davon. Er spürte etwas vorüberfliegen, im gleichen Moment, in dem er einen Schuss vernahm. Ein Projektil verfehlte seinen Kopf um Zentimeter. Esther hatte sich in Sicherheit gebracht und bedeutete ihm mit einem gehobenen Daumen, dass der Schuss sie verfehlt hatte.

Marconi zog seine Dienstwaffe aus dem Holster, schob sie zwischen Reling und Geländer und versuchte, so gut er es aus dieser Position vermochte, einen der Männer anzupeilen, der mit gezücktem Gewehr die beweglichen Ziele auf der *Bayreuth* ins Visier nahm.

Er behielt den Mann weiter im Blick und musste an den einzigen Menschen denken, auf den er in seinem Leben je geschossen hatte, einen Junkie, der mit einem Messer auf ihn zugestürmt war. Das Ereignis lag mehr als zehn Jahre zurück. Doch noch immer suchte ihn das Aufblitzen der Klinge in der Hand des zugedröhnten Mannes in seinen Träumen heim.

«Wir müssen den Einsatz abbrechen!», rief Esther von der Steuerbordseite des Schiffes, wo er sie nicht sehen konnte. «Bergmann braucht einen Arzt, der blutet wie Sau.»

Ein weiterer Schuss durchbrach die Stille, und im selben Moment hörte er das Projektil gegen den oberen Rand der Reling prallen.

«*Stronzi*!», fluchte er zwischen zusammengebissenen Zähnen. «Sucht euch jemand anders für eure Schießübungen.»

Er visierte den Mann an, von dem er vermutete, dass er den Schuss abgegeben hatte, zielte und drückte ab.

In den folgenden Sekunden geschahen mehrere Dinge gleichzeitig.

Die *Bayreuth* stoppte.

Esther rief nach ihm und erkundigte sich, ob er okay sei.

Der Mann an Bord des anderen Schiffes torkelte, stürzte über das Geländer und fiel fünfzehn Meter in die Tiefe. Mit einem Platsch verschwand er in der Nordsee und tauchte kurz darauf wieder auf.

Das Schiff setzte seinen Weg Richtung offenes Meer unbeirrt fort.

«Esther?»

«Shit, Bergmann kackt mir hier ab.»

Verdammt. «Mann über Bord!», rief Marconi. «Sag dem Kapitän, wir müssen den Mann bergen.»

«Scheiß drauf, unser eigener Mann muss ins Krankenhaus.»

Marconi wagte einen Blick auf das fliehende Schiff. Geduckt rannte er zu Esther, sah Bergmann bewusstlos auf dem Boden liegen und griff nach dem Funkgerät, das neben ihr lag.

«Andresen?»

«Warum zur Hölle haben Sie die vergangenen Minuten nicht geantwortet?», dröhnte es aus dem Funkgerät.

Marconi ignorierte den Vorwurf. «Vom feindlichen Schiff ist ein Mann ins Meer gefallen.»

«Bergmann braucht medizinische Hilfe», rief Esther dazwischen.

«Finden Sie den Mann, dann holen wir ihn aus dem Wasser. Sie haben sechzig Sekunden.»

Marconi sprang auf, schnappte sich das Fernglas, das neben Esther lag, stürmte zur Reling und suchte hektisch die Wasseroberfläche ab. Nichts. Kein Rufen, kein Arm, der um Hilfe winkte, kein Körper, der regungslos auf den Wellen schwamm. Schon setzte sich die *Bayreuth* in Bewegung.

Überrascht stellte Marconi fest, dass er weinte. Er sank zu Boden, legte die Hände auf die Knie, senkte den Kopf darauf und ließ den Tränen freien Lauf. Einige dieser Tränen galten seinem verstorbenen Bruder, einige dem Junkie, den er vor mehr als zehn Jahren erschossen hatte und einige dem Mann, der, durch seine Kugel getroffen, in die Nordsee gestürzt war. Ihm wurde übel. Er sprang auf und übergab sich in die Nordsee, die das gleichgültig über sich ergehen ließ.

«Ist der Mann von alleine gefallen, oder haben Sie ihn vom Schiff geschossen?» Andresen musterte ihn mit zusammengekniffenen Augen.

«Meine Antwort fällt nicht anders aus, egal wie oft Sie mir dieselbe Frage stellen.» Marconi versuchte, freundlich zu bleiben, doch die schlaflose Nacht und die erschütternden Ereignisse forderten ihren Tribut. Sein Nervenkostüm war angespannter, als ihm lieb war.

Die *Bayreuth* hatte im Vorhafen von Wesselburenerkoog festgemacht, zwischen der krebsscherenartigen Einfahrt und dem Eidersperrwerk. Ein Krankenwagen hatte auf den bewusstlosen Bergmann gewartet. Marconi war mit Esther, Kapitän Boy-Wilhelm Andresen und einem weiteren Küstenpolizisten von Bord gegangen. Am Pier standen sie beieinander, um das zu beginnen, was der Kapitän als «Debriefing» bezeichnet hatte.

«Sie wissen es also nicht?» Andresen war anzusehen, dass er Marconi nicht glaubte.

«Wie kann man nicht wissen, ob man jemanden erschossen hat?» Der Küstenpolizist sprang dem Kapitän pflichtbeflissen bei.

«Ich habe Marconi meine Position überlassen, weil ich mich um Bergmann kümmern musste.» Esther bedachte ihn mit einem Blick.

«Und?»

«Nichts, und. Die Situation war unübersichtlich, wir waren viel zu nah am gegnerischen Schiff und standen unter Beschuss. Bergmann war getroffen und Marconi der Einzige, der auf Position geblieben ist. Er hat sich verteidigt», echauffierte sich die Kollegin. «Ihr hattet von der sicheren Brücke doch beste Sicht auf die Situation!»

«Wir werden sehen, ob die Kollegen vom Landespolizeiamt das genauso sehen, wenn sie meinen Bericht gelesen haben.»

Marconi winkte ab. «Tun Sie, was Sie nicht lassen können. Aber warum reden wir nicht darüber, was da draußen wirklich passiert ist? Wir haben nach der Ursache für das Brummen gesucht, das im Umfeld des ermordeten Krabbenfischers von zwei Zeugen in der Tatnacht gehört wurde. Wir haben diese Ursache gefunden. Die Leute an Bord des fraglichen Schiffes haben sich Ihrer Überprüfung entzogen und auf uns geschossen. Schlimmer noch, sie haben einen Kriminalhauptkommissar angeschossen. Und es hat nicht viel gefehlt, dann hätten Sie *Ihren* Einsatz komplett in *Ihrer* Nordsee versenken können, denn auf Esther und mich wurde auch geschossen.» Marconi war mittlerweile laut geworden. Nicht gerade souverän, das wusste er, aber war jetzt auch egal. «Also anstatt mir ans Bein zu pinkeln, seien Sie froh, dass Sie hier mit Esther und mir stehen und nicht mit zwei Leichenwagen.» Marconi fing Andresens Blick auf, der ihn mit undurchdringlicher Miene ansah. «*Arrivederci*», sagte er, drehte sich um und ließ die drei einfach stehen.

43

Eine Frau macht Schluss

Die Dachterrasse des *Urban Nature* war voll besetzt. Eingewickelt in Decken, mit Bier oder Longdrink in der Hand, genossen an die zwanzig Hotelgäste den beeindruckenden Ausblick über die endlose Küste von Sankt Peter-Ording. So gern Dilan die Schichten in der Rooftopbar sonst übernahm, war er heute nur mit halbem Elan bei der Sache.

Merle hatte ihn angerufen und in einem Tonfall, als hätte es ihren Streit nie gegeben, gefragt, wann er Feierabend habe, sie wolle etwas mit ihm besprechen. Nachdem er drei Teile Campari und zwei Teile Prosecco vermischt und mit einem Teil Mineralwasser aufgegossen hatte, sah er auf die Uhr seines Smartphones. Noch eine halbe Stunde. Schade, dass er Merle nicht zu einem *Sunset Fizz* würde überreden können, oder einem *Sloppy Joe's Mojito*, da sie so gut wie nie Alkohol trank. Was sie wohl mit ihm zu besprechen hatte?

Die Minuten zogen sich wie Kaugummi. Endlich löste ihn der Gastro-Chef mit einem Schulterklopfen ab. Dilan zog die Schürze aus und begann, frisches Basilikum, Zitrone und ein bisschen Salz mit Soda aufzuschütten, für eine erfrischende Limonade.

Als Merle kurz nach halb elf aus dem Fahrstuhl zu ihm auf die Terrasse trat, hatte er den Eindruck, dass sie geweint hatte. Er schenkte ihr sein schönstes Lächeln, von dem sie einmal gesagt hatte, dass nichts auf dieser Welt so sehr strahlen konnte. Doch anders als sonst hatte es nicht zur Folge, dass sie zurücklächelte, sondern – im Gegenteil – dass ihr die Tränen kamen. Sie wischte sie sich mit einem Taschentuch von den Wangen und ging auf ihn zu. Er hielt ihr, etwas irritiert, aber mit unvermindert breitem Lächeln die Limo entgegen. Merle starrte auf den Drink, und Dilan hatte das Gefühl, sie tat es vor allem, um ihm nicht in die Augen sehen zu müssen.

«Schön, dass du angerufen hast.» Er reichte ihr das Glas, in dem Eiswürfel klackerten, und deutete mit der anderen Hand zu einem freien windgeschützten Platz, direkt hinter der Plexiglasscheibe mit bestem Blick auf die Salzwiesen.

Aber Merle zögerte. Er konnte ihr ansehen, wie sie innerlich kämpfte. «Dilan», brachte sie mit brüchiger Stimme hervor.

Er stellte die Limo auf einen freien Tisch und nahm ihre Hand in seine.

«Warum machst du eigentlich so ein Geheimnis um deine Familie?»

Die Frage traf ihn völlig unvorbereitet. «Was meinst du?»

«Was ich meine, ist, warum du so ein Geheimnis um deine Familie machst.»

«Quatsch.» Dilan spürte, wie sich ihr Blick in seinen bohrte. «Du weißt doch, wo ich herkomme. Meine Eltern wohnen immer noch da. Ich habe einen zehn Jahre jüngeren Bruder. Und mehr gibt's über uns nicht zu wissen. Meine Familie ist ...», er gab vor, nach dem richtigen Wort zu suchen, «... langweilig.» Das stimmte zwar nicht, aber er verleumdete lieber seine Eltern, als mit Merle in Streit zu geraten. Denn dass es dazu käme, stand für ihn außer Frage.

«Dilan, ich weiß es.»

Seine dunklen Augenbrauen zogen sich zusammen. Er wusste sofort, was sie meinte. Kurz überlegte er zu leugnen, verwarf den Gedanken aber sofort wieder. Stattdessen sah er auf ihre Hand in seiner, hob dann den Blick, schaute in ihre schönen grünen Augen und nickte. «Woher?»

Nun war sie es, die sich mit einer Antwort Zeit ließ. «Fabian war der Ansicht, dass einer aus der Gruppe unsere Aktion in Tönning verraten hat. Und er hatte dich in Verdacht. Deshalb ist er dir gefolgt.»

«Es ist nicht so, wie du denkst», sagte er.

«Sagt der Freund zu seiner Freundin, die er betrogen hat», entgegnete Merle fast flüsternd. Dilan wünschte, sie würde ihn wieder anschreien wie am Morgen an der Bushaltestelle. Denn so klang es, als wäre etwas unwiderruflich in die Brüche gegangen.

44

Marconi wagt einen Rekordversuch

Habt ihr so was schon mal gesehen?» Marconi zog das Foto auf seinem Smartphone größer. Eva und Jens legten ihre Köpfe aneinander, um das Bild betrachten zu können.

«Ein Schiff mit Rüssel?» Eva sah ihn verwundert an.

Jens nahm ihm das Smartphone aus der Hand. «Sieht aus, als würde damit etwas in der Nordsee verklappt.»

«Chemieabfälle?» Eva schüttelte sich. «Das könnte die toten Fische erklären.»

«Stimmt.» Jens gab Marconi das Handy zurück. «Allerdings hat deren Obduktion ergeben, dass sie nicht vergiftet wurden.»

«Was mir nicht in den Kopf will ...» Eva sah Marconi stirnrunzelnd an und rieb sich die gekräuselte Nasenspitze. «Hattest du nicht erwähnt, dass ihr unter Beschuss standet? Da hattest du nichts Besseres zu tun, als noch ein nettes Erinnerungsfoto zu machen?»

«Klar, ich lebe mein Leben wild und gefährlich.» Marconi grinste müde. «Das Foto habe ich gemacht, als das Schiff noch weit genug weg war und ich nicht davon ausgehen musste, dass mich jemand abknallen will.»

«Was sagt Flensburg eigentlich zu dem Schiff?», wollte Jens wissen.

«Keine Ahnung.»

«Lass mich raten: Du hast ihnen das Bild gar nicht zur Verfügung gestellt?»

«Erstens: Ich bin nicht der Polizeifotograf der schleswig-holsteinischen Küstenpolizei. Zweitens hatten der Kapitän und sein Stellvertreter genügend Zeit, um von der sicheren Brücke aus so viele Fotos zu machen, wie sie wollten. Denn im Gegensatz zu mir standen die da oben nicht unter Beschuss. Und drittens: Ich brauch jetzt einen Kaffee.»

«Ich hol dir einen», erbot sich Jens. Auf dem Weg aus dem Büro blieb er im Türrahmen stehen. «Schickst du mir mal das Bild? Ich will rausfinden, wozu man so einen Schlauch braucht», bat er und war im nächsten Moment verschwunden.

Marconi gähnte.

«Sicher, dass du dich nicht kurz hinlegen willst? Du bist seit fast 24 Stunden auf den Beinen», fragte Eva.

Marconi winkte ab. «Der Weltrekord liegt bei elf Tagen ohne Schlaf. Da hab ich noch was vor mir.»

Eva musterte ihn nachdenklich. Dieser Blick behagte ihm ebenso wenig wie der Schock, mit dem sie auf Marconis Bericht von den Ereignissen der Nacht reagiert hatte. Jens hatte ihn zunächst gefragt, ob er nicht heimlich selbst den Schuss auf Bergmann abgegeben habe, um sich der Nervensäge zu entledigen. Trotz des Scherzes hatte Marconi Jens deutlich angesehen, dass er ebenfalls erschrocken war.

Nachdem Marconi angesichts der braunen Brühe, die Jens ihm brachte, beschlossen hatte, dass er so müde nun auch wieder nicht sei, trat er stattdessen auf den Parkplatz der Polizeistation, um sein Hirn durchpusten zu lassen. Doch von Pusten konnte keine Rede sein. Das hartnäckige Tiefdruckgebiet war tatsächlich dauerhaft weitergezogen.

Kein Lüftchen regte sich. Marconi würde ab morgen das kurzärmelige Hemd seiner Uniformausstattung anziehen können.

Er begann, auf dem asphaltierten Parkplatz im Kreis zu gehen. Normalerweise förderte Bewegung sein Denken, doch noch immer konnte er sich auf die Ereignisse der gestrigen Nacht keinen richtigen Reim machen. Wer war da an Bord gewesen? Warum hatten sie geschossen? Und was hatten sie da ins Meer entsorgt? Ob Bergmann durchkommen würde? Was, wenn nicht? Und was war mit dem Mann geschehen, der ins Meer gefallen war? Egal, ob der nun wieder auftauchte oder nicht – ihm, Marconi, konnte doch niemand was, oder?

«Du glaubst es nicht!», riss Jens' Stimme ihn aus seinen Überlegungen. Hatte er sich nicht erst vor fünf Minuten an seinen Computer gesetzt, um zu recherchieren?

«Das dürfte keine große Herausforderung werden, denn ich bin ohnehin kein gläubiger Mensch», entgegnete Marconi.

Da Jens nicht auf seinen Scherz einging, musste es ernst sein. «Von wegen, das Schiff hat etwas abgeladen. Ganz im Gegenteil!» Jens hielt Marconi sein Smartphone entgegen, auf dem eine *Wikipedia*-Seite geöffnet war.

Marconi versuchte, die Überschrift zu lesen. «Hopperbagger? Nie gehört.» Er runzelte die Stirn. «Wozu soll der gut sein?»

«Das erkläre ich dir, sobald du was Ordentliches gegessen hast», schlug Jens vor. «Auf nüchternen Magen könnte dich diese Information nämlich umhauen.»

45

Marconi fällt vom Glauben ab

Das ist ein Scherz, oder?» Marconi starrte entsetzt auf die Auslage. Jens und Eva sahen ihn irritiert an. Der geräumige Verkaufstresen war in drei Teile aufgeteilt. Links lagen neun Sorten belegter Fischbrötchen, von Krabben bis Brathering und für Vegetarier noch eine Ciabattavariante mit Tomate und Mozzarella. In der Mitte vor ihm befand sich die Pastasektion mit Fusilli und Schweinefilet oder Tortellini in Schinken-Sahnesoße, rechts davon vorbereitete Minipizzen, allen voran die unitalienischste aller Pizzen, *Hawaii*, die preislich zwischen drei und vier Euro fünfzig lagen.

«Das soll die beste Pizza weit und breit sein?» Schon der aufgedruckte Hinweis auf der Markise, dass es neben Antipasti, Pizza und Pasta – ausgerechnet – auch Fischbrötchen gab, hatte ihn Schlimmes befürchten lassen. Und ein Blick auf die Auslage genügte Marconi, um den Wahrheitsgehalt von Jens' Verheißung in Zweifel zu ziehen.

«Jetzt mal langsam, *Commissario*. Man soll doch ein Buch auch nicht nach seinem Umschlag beurteilen.» Er führte Marconi und Eva am Tresen entlang zur Bar und stellte ihnen Pasquale, den Inhaber von *Pasquale La Trattoria* vor. Der Mann mit Vollbart und Lachfalten freute sich sichtlich über italienischen Zuwachs in der Gemeinde.

«Bringst du uns dreimal deine Meisterpizza?», rief Jens ihm zu.

Sie setzten sich an einen der Hochtische im hinteren Teil des kleinen Ladens. Die Pizza, die nach wenigen Minuten zu ihnen auf den Tisch gestellt wurde, sah besser aus als die Sachen in der Auslage. Deutlich besser, dachte Marconi. Frisch gezupfte Büffel-Burrata, Confit-Tomaten und großzügig darüber verteilte Zitronenzesten machten aus dem Teigfladen ein Gemälde. Marconi biss hinein. Die Pizza schmeckte süß und frisch und köstlich und belebte seine Lebensgeister wieder. Der Teig war dünn und knusprig in der Mitte und am Rand im genau richtigen Maße luftig. Marconi schloss die Augen und seufzte. «*Perfetto.*»

«Sag ich doch.» Jens grinste zufrieden.

Widerwillig legte Marconi Messer und Gabel auf den Teller und sah Jens an. «Also, die Spannung hast du jetzt lang genug ausgekostet. Was hat dieses Schiff vor Sankt Peter-Ording gemacht?»

«Mich hat er auch schon die ganze Zeit hingehalten», mampfte Eva. «Jetzt spuck's schon aus!»

Und dann erzählte Jens, was er bei seiner Bildrecherche im Internet herausgefunden hatte. «Also, ihr werdet's nicht glauben: Es gibt speziell ausgerüstete Schiffe, die fahren in Küstennähe hin und her und tragen Sand vom Meeresgrund ab. Der Sand wird über ein Rohr in den Laderaum befördert und ...»

«Versteh ich nicht», unterbrach Eva. «Wofür denn? Gibt doch genug Sand überall.»

«Eben nicht!» Jens sah triumphierend von Eva zu Marconi. «Sand ist nach Wasser der meistgenutzte Rohstoff weltweit. Und ...», er vergewisserte sich, dass er die volle Aufmerksamkeit seiner Zuhörer hatte, «... Sand ist einer der kostbarsten Rohstoffe der Erde und wird weltweit in großen

Mengen abgebaut, um den Hunger der Bauindustrie zu befriedigen. Trotzdem steigt die Nachfrage schneller als das Angebot. Sogar sandreiche Länder im Nahen Osten sind gezwungen, Sand zu importieren.»

«Moment, hast du Naher Osten gesagt?» Eva hatte ihr Besteck gerade aufgenommen, ließ es aber wieder sinken und sah Jens entgeistert an. «Das ist doch absurd. Haben die in ihren Wüsten nicht genug eigenen Sand?»

«Theoretisch schon, praktisch allerdings nicht», entgegnete Jens. «Denn ausgerechnet Wüstensand eignet sich nicht als Baustoff. «Wenn der Wind über die Dünen weht, werden die Sandkörner geglättet und sind dann weniger griffig als die gezackten, kantigen Sandpartikel, die man in Flussbetten, an Stränden oder eben auf Meeresböden findet. Und nur dieser Sand bringt die nötige Reibung mit, um Beton stabil genug zu machen.»

Marconi schüttelte ungläubig den Kopf. «Darauf brauche ich erst mal einen Kaffee. Ihr auch?» Nachdem er zwei gehobene Daumen als Antwort erhalten hatte, bestellte Marconi bei Pasquale drei Espresso doppio. «Steht euer Wattenmeer denn nicht unter Naturschutz?», hakte er nach, sobald er wieder am Tisch saß.

Eva nickte. «Das ist es ja, was mich so fertigmacht!»

Jens legte seine Hand auf ihren Unterarm, wie um ihr Trost zu spenden. «Aber es geht ja auch darum, was in dem Bereich geschieht, der direkt ans Wattenmeer angrenzt. Dort, wo die wahren Sandvorräte liegen. Das Absaugen hat sehr wahrscheinlich Auswirkungen aufs Wattenmeer bis hin zu unseren Stränden. Alles erodiert.»

Der Kaffee kam, Marconi nippte, ließ das herbe Getränk über die Zunge fließen und nickte anerkennend.

Jens beugte sich vor und sagte leise: «In Marokko ist vom beliebten Monica-Strand schon nichts mehr übrig. Alles futsch.»

«Das mag ja alles sein», räumte Marconi ein. «Aber hier? Wer wäre denn bereit, das enorme Risiko einzugehen, geschnappt zu werden?»

«Das, *Commissario*», Jens zog kurz nacheinander zweimal die Augenbrauen hoch, «ist die Eine-Million-Euro-Frage.»

«Ich habe zwar keine Million.» Marconi stand auf, um zu bezahlen. «Aber einen Kontakt, den ich danach fragen kann.»

46

Marconi beschließt, den Kopf nicht in den Sand zu stecken

Jürgen ist hinterm Haus und schneidet die Rosen», erklärte ihm Gerda Harzmeier. Sie klappte die Schutzbrille hoch und stellte die Kettensäge aus, mit der sie die Zypressenhecke bearbeitete. Dann erkundigte sie sich, ob mit den Kindern alles in Ordnung sei, da er zur Mittagszeit am Wendehammer geparkt hatte und zu den Nachbarn gegangen war.

«*Tutto bene*», entgegnete Marconi und ging um das reetgedeckte Haus herum. Jetzt, da Harzmeiers Kinder ausgezogen waren, mussten sie sich zu zweit in dem riesigen Gebäude doch verlaufen, dachte er und entdeckte Jürgen Harzmeier, als er um die nächste Ecke bog.

In beigefarbenen Cargoshorts und grauen Trekkingsandalen stand er tatsächlich vor einer rosafarbenen Kletterrose, die sich die Hauswand hinauf bis zur Regenrinne rankte.

«*Commissario*!» Harzmeier kam mit ausgebreiteten Armen auf ihn zu. Die riesige Gartenschere in der Hand, schloss er ihn in die Arme. In den Münchner Kreisen hatte das Bussi unter Freunden immer dazugehört, in Italien war es geradezu obligatorisch. Hier oben im angeblich so unterkühlten Norden fühlte es sich falsch an. Aber es ergab durchaus Sinn: Bei all dem schlechten Wetter war der Austausch von Körperwärme vermutlich notwendiger als im Rest der Republik.

«Ich brauche deine Expertise als Bauunternehmer», sagte Marconi, nachdem er sich aus der Umarmung gelöst hatte.

«Willst du anbauen? Du bist doch gerade erst eingezogen!» Harzmeier sah ihn erstaunt an.

«Berufliches Interesse.»

Harzmeier zog kaum merklich eine Augenbraue hoch. «Ah, spannend.» Er ließ die Heckenschere sinken und bedeutete Marconi, mit ihm zu kommen. Marconi folgte Jürgen Harzmeier durch die Terrassentür ins Wohnzimmer und in den Flur, vorbei an der Garderobe, an der sich Holzclogs befanden, Steppjacken von *TCM*, ein Trenchcoat und Funktionswesten, in die geräumige Küche, wo Harzmeier ihm einen Cappuccino anbot. Marconi zögerte, und nicht nur, weil er, wie alle Italiener, Cappuccino allenfalls am Vormittag trank. Sondern auch, weil er diese *Jura*-Maschine schon seit Jahren im Internet stalkte, sie sich bislang bloß nicht geleistet hatte. Mit seinem aktuellen Dorfbullengehalt würde er sich dieses mehrere Tausend Euro teure Gerät ohnehin für alle Zeit abschminken können. Daher bat er um einen Cold Brew, der in den Internetbewertungen besonders gelobt wurde. Harzmeier bereitete den Kaffee zu, hielt das Glas anschließend unter den Eiswürfelspender an der Außentür des Kühlschranks und reichte es ihm dann. Nachdem Marconi einen Schluck getrunken und noch kurz mit Harzmeier über Kaffeevollautomaten gefachsimpelt hatte, kam er zum Anlass seines Besuchs.

«Wo bekommt ihr Bauunternehmer eigentlich euren Sand her?»

Erstaunt zog Harzmeier die Brauen hoch und trank einen Schluck seines Cappuccinos. «Meinen baue ich in einer lokalen Kiesgrube ab. Den Rest kaufe ich beim Großhändler.»

«Wie angespannt ist die Situation? Kann das Angebot die Nachfrage befriedigen?»

«Wir haben keine Probleme, aber ich kann auch nur für mich sprechen.»

«Die Nachfrage steigt ja, wie man hört. Was passiert, wenn die Ressourcen sich dem Ende neigen?»

«Wie bei erneuerbaren Energien wird sich die Baubranche dann nach Alternativen umsehen müssen. Aber ich bin so alt, dass ich das nicht mehr erleben werde.» Harzmeier lachte bitter.

«Ich dachte, die Kacke ist jetzt schon am Dampfen?»

«Wer sagt das?»

«Eigentlich alle», schoss Marconi ins Blaue.

Harzmeier sah ihn nachdenklich an. «Ich dachte, du jagst einen Mörder? Willst du umschulen?»

«Ich versuche nur, alle Optionen zu berücksichtigen.»

Harzmeier schien zu überlegen. «Stimmt, ist dein Job», sagte er schließlich. «Auch wenn ich nicht weiß, wie dir diese Info bei deinen Ermittlungen helfen kann.» Er ging mit der halb vollen Tasse zurück durch den Flur, stolperte über einen der hellbraunen Schnürschuhe, die im Weg standen, fing sich aber gerade noch, bevor er den wertvollen Kaffee verschüttete. Dann folgte er Harzmeier in den Garten.

«Wie du schon sagst: Die Ressourcen für Sand sind endlich. Die Kiesgrube in Dithmarschen, aus der wir unseren Sand und Kies beziehen, reicht noch für fünf Jahre, vielleicht zehn. Je nachdem, wie stark die Nachfrage steigt.»

«Und danach?», wollte Marconi wissen.

Harzmeier griff nach der Gartenschere, die so groß war, dass sie auch als Heckenschere taugte, und begann wieder, die Rose zu beschneiden. «Weil sich die Ressourcen verknappen, hat man begonnen, Sand aus Flussbetten zu fördern.»

«Auch hier in Schleswig-Holstein?»

«Nicht, dass ich wüsste. Müsstest du mal beim Umweltamt nachfragen.»

«Vielleicht mach ich das.» Marconi blickte nachdenklich zur Hecke, hinter der sich sein Haus abzeichnete. «Wie sieht es an den Küsten aus?»

Harzmeier drehte sich um. «Was meinst du?»

«An den Küsten gibt's doch noch genug Sand.»

Harzmeier lachte laut, als hätte Marconi einen gelungenen Witz erzählt. In dem Moment kam Gerda Harzmeier um die Ecke. Durch die Schutzbrille hindurch sah sie die beiden Männer neugierig an. «Na, amüsiert ihr euch?»

Harzmeier schüttelte den Kopf. «Wer hätte gedacht, dass unser neuer Nachbar so ein Scherzkeks ist. Er fragt, warum an unseren Küsten kein Sand abgebaut wird.»

Jetzt schüttelte auch seine Frau den Kopf. «Wie soll das denn funktionieren? Nachts, wenn keiner guckt, trägst du den Sand vom Strand ab? Und am nächsten Morgen stehen die Touristen vor einer Schlammgrube und wissen nicht, wohin sie ihre Handtücher legen sollen?»

Marconi sah von Gerda zu Jürgen Harzmeier, doch sein Blick war nach innen gerichtet. Was sie sagte, hatte Hand und Fuß. Und doch war vor Sankt Peter-Ording ein Hopperbagger unterwegs, um Sand zu klauen. Kurz überlegte er, das Gespräch auf das Schiff zu lenken und zu fragen, wer ihrer Ansicht nach dahintersteckte. Doch er entschied sich dagegen, die neuen Informationen mit jemandem zu teilen, der nicht Teil der Ermittlungen war.

«Klingt in der Tat unwahrscheinlich», sagte er stattdessen. «Danke für eure Unterstützung, auch mit den Kindern.»

«Das machen wir doch gerne. Die zwei sind solche Schätzchen. Du tust eher uns einen Gefallen.» Gerda lächelte. Marconi schoss sein Gespräch mit Klara durch den Kopf. Was hatte sie nur an diesen beiden herzensguten Menschen auszusetzen? Teenagern konnte es einfach niemand recht machen.

«Kommst du denn bei deiner Ermittlung voran?» Gerda lächelte noch immer. «Meine Buchclubdamen sind so aufgeregt, weil hier endlich mal was los ist. Jeden Tag rufen sie an, um zu hören, ob ich was Neues weiß.»

Endlich mal was los? Hier ging es um Mord, und zwar keinen, der zwischen zwei Buchdeckeln stattfand. «Der Nebel lichtet sich», entgegnete Marconi vage und ihm dämmerte, was Klara gemeint hatte.

47

Die Lüge hat zwar kurze Beine, rennt aber schneller als die Wahrheit

Dilan bremste vor dem Haus mit der Nummer fünfzehn. Ohne den Motor abzustellen, sah er hinauf zu den Fenstern im zweiten Stock. Die WhatsApp, die Merle ihm in der Nacht um kurz nach zwei geschickt hatte, hatte er erst heute Morgen gelesen. «Ich will nie wieder etwas mit dir zu tun haben. Schick mir keine Nachrichten, ruf nicht an und lass dich nicht mehr blicken. Wir sind fertig.» Drei Sätze wie drei Schläge in die Magengrube.

Die geschlossenen Fenster deuteten darauf hin, dass sie nicht zu Hause war. Sie riss immer alle Fenster in ihrer Wohnung auf, sogar wenn es stürmte oder schneite.

Er überlegte. Die nächste Versammlung von *GreenPlanet* war erst in einigen Tagen. Kurz zog er in Erwägung, bei den anderen Wohnparteien zu klingeln. Aber soweit er wusste, hatte Merle zu ihren Nachbarn nur wenig Kontakt. Insofern würden sie auch nicht wissen, wo er sie finden konnte. Er klappte das Visier wieder herunter und beschleunigte auf höchste Geschwindigkeit.

Dann bog er von der Katinger Landstraße ab und passierte kurz darauf den Campingplatz Lilienhof, hinter dessen meterhohen Bäumen die Anhänger und Wohnwagen kaum zu sehen waren. Er fuhr so schnell, wie es sein Motorroller hergab.

Rechter Hand tauchte der Hundestrand von Tönning auf, wo mehrere Hunde einem Ball hinterherjagten. Einige der windgeschützten Strandkörbe auf der Badewiese waren belegt. Kein Wunder, die dunklen Wolken hatten sich verzogen. Der blaue Himmel ging am Horizont nahtlos in das nicht minder blaue Meer über. Er war nervös, wusste nicht, wie Merle reagieren würde, wenn er unangekündigt vor ihr stünde. An ihrem Arbeitsplatz. Das hatte den Vorteil, dass sie ihn nicht würde anschreien können. Andererseits fühlte er sich ein wenig wie ein Stalker. Er bog auf die Hafenpromenade ab und bremste kurz darauf auf dem Parkplatz des *Multimar Wattforums* schleudernd in einer kleinen Kiesfontäne.

Sein Argument, er wolle nur kurz mit Merle sprechen, ignorierte die Kassiererin freundlich lächelnd, und so kam er nicht umhin, ein Tagesticket zu lösen. Falls Merle ihn zumindest anhörte, war das Geld gut investiert. Käme sie zu ihm zurück, sowieso. Merle sei vor einer halben Stunde mit einer Gruppe Kinder in die Ausstellung gestartet, erklärte ihm die Kassiererin, während sie ihm das Ticket zuschob.

Vor dem *Gezeitenbecken* machte er gleich zwei Gruppen Kinder aus, die in dem Glasbehälter nach Einsiedlerkrebsen, Strandkrabben und Plattfischen suchten. Jeder Fund wurde von Schreien, Jubelrufen und dichtem Gedränge begleitet. Je weiter er in die Ausstellung vordrang, desto schummriger wurde die Beleuchtung. Im Aquarium mit dem Titel *Lebensraum Priel* entdeckte er einen Kleingefleckten Katzenhai und sogar einen Nagelrochen. Von einer nachgebildeten Miesmuschelbank mit Seesternen, Schollen und Seezungen glotzte ihm ein roter Knurrhahn hinterher, von dessen Blicken er sich noch verfolgt fühlte, als er längst außer Sichtweite war. Eigentlich erstaunlich, dass er noch nie hier gewesen war. Hätte er mehr Interesse zeigen sollen an Merles Arbeit? Vielleicht war er ja doch nicht der vorbildliche Freund gewesen, für den er sich eigentlich hielt. Noch immer hatte er sich keinen Plan zurechtgelegt, was er Merle sagen konnte, damit sie ihre Entscheidung noch einmal überdachte. Er sperrte die Ohren auf, versuchte angestrengt, aus dem Gewirr von Geräuschen Merles Stimme herauszuhören.

Als er um die nächste Ecke bog, kam er erneut am roten Knurrhahn vorbei, der ihn diesmal noch vorwurfsvoller anzustarren schien. Er war offenbar im Kreis gelaufen, nahm einen anderen Weg und stand plötzlich am hinteren oberen Rand eines kleinen Hörsaals mit breiten Stufen zum Sitzen. Hinter einer Glasscheibe, die die komplette Wand entlanglief, offenbarte sich ihm ein beeindruckender Blick in die Unterwasserwelt der Nordsee. Dilan hatte so etwas noch nie gesehen. Er setzte sich auf die oberste Stufe und ließ den dunklen Raum und die magische Atmosphäre auf sich wirken. Seelachse zogen im oberen Bereich eilig ihre Kreise, während sich am Boden Rochen und Hummer tummelten.

In diesem Augenblick kam Merle mit einer Gruppe von rund zwanzig Jungen und Mädchen im Grundschulalter durch die untere Tür. Ausrufe zwischen Unglauben und Begeisterung füllten den Saal, als die Kinder die Dimensionen des Aquariums erfassten.

«Iiiiiiiieh, warum hat der Fisch denn ein weißes Auge?», rief ein Junge mit verkehrt herum aufgesetzter Basecap und zeigte auf einen oliv schimmernden Pollack.

«Der hat eine getrübte Linse, weil er alt ist. Menschen

bekommen das auch manchmal im Alter», erklärte Merle geduldig.

«Kraaaass!», riefen gleich mehrere Kinder.

Dilan lächelte, auch weil Merle lächeln musste.

«Und was ist das da unten für ein Haufen?», wollte eine Frau wissen, offenbar die Lehrerin.

Merle nickte in ihre Richtung, wendete sich aber wieder den Kindern zu, als sie antwortete. «Das sind Katzenhaie. Die sind die Chiller der Nordsee. Die hängen die meiste Zeit miteinander ab, und das tun sie am liebsten, indem sie sich übereinander auf einen großen Haufen legen.»

«Cooool!», rief ein Junge. «Wie Fußballer, wenn sie ein Tor geschossen haben!»

Merle lachte laut. «Ja, genau.»

«Aber ist das nicht voll fies», meldete sich nun Dilan aus dem Dunkeln im oberen Bereich zu Wort, «dass die Fische hier hinter Glasscheiben gefangen gehalten werden?»

Merle stutzte, natürlich hatte sie seine Stimme erkannt. Sie kniff die Augen zusammen, um auszuloten, wo er saß, konnte aber wohl nur Schemen erkennen. «Immerhin werden sie hier nicht getötet und verspeist», sagte sie knapp und Dilan konnte hören, wie sehr sie an sich halten musste.

«Aber oben im Restaurant verkauft ihr doch Fischstäbchen, Matjesbrötchen und Backfisch. Die wurden doch auch getötet, um verspeist zu werden.» Es tat ihm leid, Merle vor den Kindern und den anderen Besuchern im Auditorium bloßzustellen. Zumal er wusste, dass er hier gerade die Punkte aufführte, die sie selbst an ihrer Arbeit störten. Die Kinder drehten sich nun suchend nach dem Fragesteller um und sahen irritiert zu ihrer Lehrerin. Merle zog eine Fernbedienung aus ihrer Hosentasche und dimmte das Licht im Saal hoch.

«Die haben wir aber nicht hier getötet!», brachte sie zwischen zusammengebissenen Zähnen hervor.

«Aber macht es das denn besser? Klingt ganz schön verlogen, wenn du mich fragst.»

«Weißt du, was für mich verlogen klingt? Wenn man sich für Tierschutz einsetzt und gleichzeitig Tiere zum Töten *züchtet*.»

«Nicht, wenn die Bedingungen deutlich besser sind als überall sonst auf der Welt. Und tatsächlich das Tierwohl im Vordergrund steht.»

«Warum sucht ihr nicht die kleine Grotte auf der Rückseite unseres Großaquariums?» Merle wies auf den Ausgang zu ihrer rechten Seite. «Wenn ihr Glück habt, findet ihr vielleicht sogar den blau leuchtenden Hummer, der sich gerne zwischen den Felsen versteckt.»

Ein großes Gewusel entstand. Etwa die Hälfte der Kinder stürmte aus dem Amphitheater auf die Rückseite. Die andere Hälfte drückte Nase, Stirn oder Hände gegen die Scheibe, winkte den Fischen zu oder versuchte, mit Grimassen deren Aufmerksamkeit zu wecken. Die Lehrerin hatte alle Hände voll zu tun, ihre Klasse beisammenzuhalten.

Dilan stieg die Stufen zu Merle hinunter.

«Ich will dir etwas zeigen», sagte er mit einem Selbstbewusstsein, von dem er selbst nicht wusste, woher er es nahm. «Bitte.»

Sie verschränkte die Arme, musterte ihn einige Sekunden. «Das ist deine letzte Chance», sagte sie, drehte sich um und verließ den Raum.

Es war weit nach Mitternacht, sie lagen nackt im Bett seines alten Kinderzimmers. Merles Kopf ruhte auf seinem Arm. Dilan konnte ihren Herzschlag an seinem Brustkorb spüren.

Er dachte an den Nachmittag zurück, den sie in der Garnelenzucht seines Vaters in Eckernförde verbracht hatten, wo er Merle endlich reinen Wein einschenkte. Zunächst hatte er ihren Widerwillen spüren können, als sie die Halle in unmittelbarer Nähe des Klärwerks betraten. Sie hatte das zehn Meter breite und dreißig Meter lange Becken mit größtmöglicher Skepsis betrachtet. Als er ihr erzählte, dass das Ostseewasser wegen seines Salzgehalts ideal für die White-Tiger-Garnelen sei, die sein Vater züchtete, und die Bedingungen ihrem ursprünglichen Lebensraum, den asiatischen Mangrovenwäldern, nachempfunden, hatte sie noch ungläubig die Stirn gekräuselt. Erst, als er erklärte, dass der Schlamm mit den Abwässern direkt ins Klärwerk geleitet wurde, wo er verbrannt und so Strom erzeugt wurde, mit dem man das Klärwerk betrieb, hellte sich ihr Gesicht auf. Da war es endlich wieder, dieses Lächeln, von dem er nicht genug bekommen konnte.

Stunden hatten sie in der Halle verbracht. Auch Dilans Vater hatte sich zu ihnen gesellt. Sie diskutierten über die künstlichen Mangroven in dem Becken, die wie eine Stadt unter Wasser funktionierten, mit Aufbauten, die den Tieren genügend Rückzugsorte boten. Dilan und sein Vater hatten argumentiert, dass dieser Form der ökologisch nachhaltigen Zucht die Zukunft gehöre. «Für ein perfektes Garnelenleben», wie Dilans Vater betonte. Und wie um seinen Worten

Nachdruck zu verleihen, hatten einige Garnelen am Beckenrand tatsächlich zu springen begonnen.

Er war sich nicht sicher, ob sie Merle wirklich überzeugt hatten. Aber dass sie sich von seiner Familie hatte zum Abendessen einladen lassen – vegetarisch natürlich – und die Nacht mit ihm verbrachte, wertete er als gutes Zeichen.

48

Marconi verbrennt sich die Hand und hört auf seinen Bauch

Ein Handtuch um die Hüften gewickelt, ging Marconi vom Bad ins Schlafzimmer. Er verzog das Gesicht, als er sich vor dem Schrank nach einer Boxershorts bückte. Mit einem Ächzen schlüpfte er hinein, inspizierte im Spiegel die Flecken auf seinem Rücken, die noch immer grün und bronzefarben schillerten. Er entschied sich für das kurzärmelige dunkelblaue Hemd, allerdings ohne Krawatte. Dann legte er sich den Gürtel um und befestigte Handschellen, Handschuhe und Bodycam daran. Einige Augenblicke schwankte er, ob er den dunkelblauen Regenmantel mit extra Reflexstreifen und dem *Polizei*-Schriftzug auf Brust und Rücken einpacken sollte, entschied sich aber für die schwarze Lederjacke, weil es ihm einen Hauch von Normalität vorgaukelte. Zumal der *Polizei*-Aufnäher auf dem Oberarm deutlich dezenter war. Die Jacke hängte er im Erdgeschoss ans Treppengeländer und ging in die Küche.

Während er seinen *Bialetti*-Espressokocher aus dem Schrank holte und mit gemahlenen Espressobohnen befüllte, die er in seinem Münchner Spezialitätenladen für italienische Lebensmittel gekauft hatte, dachte er wehmütig an Harzmeiers Supermaschine.

Anschließend ging er ins Obergeschoss, schob in beiden Kinderzimmern die Gardinen beiseite und weckte erst Klara, indem er sie sanft an der Schulter rüttelte, dann Stefano mit einem «Aufstehen, Schlafmütze» und zwei Streichlern über die verwuschelten Haare.

«Wer in zehn Minuten nicht in der Küche ist, verpasst leckeres und ungesundes Frühstück», rief er auf dem Weg zurück in die Küche. Die *Bialetti* empfing ihn mit einem fröhlichen Röcheln. Während sie die letzten Tropfen aus ihren Eingeweiden presste, füllte er eine zweite Espressokanne mit *caffè d'orzo* und stellte sie auf die eingeschaltete Herdplatte. Er öffnete die Packung italienischer Croissants mit Schokocremefüllung, die er im Supermarkt gefunden hatte. Um dem Zuckerschock etwas entgegenzusetzen, wusch er Weintrauben und Heidelbeeren und schnitt eine Banane klein. Als er Schritte auf der Treppe hörte, füllte er die bereitgestellten Tassen.

Stefanos Augen leuchteten, sobald sein Blick auf das Schokohörnchen fiel.

«*Prima colazione à l'italiana*: erstes Frühstück auf Italienisch», begrüßte sie Marconi. «*Cornetto al cioccolato*, Obstsalat *con mirtilli, banana e uva* und ein italienischer Gerstenkaffee, *un caffè d'orzo*.»

Klara nippte vorsichtig an der dunkelbraunen Flüssigkeit. «Gar nicht mal so schlimm, wie es aussieht.» Nach einem zweiten Schluck schob sie hinterher: «Mit geschäumter Hafermilch macht das vielleicht einen guten Cappuccino.»

«Klar, warum nicht?» Marconi goss sich Espresso aus der Kanne ein. Dabei klappte der Deckel auf, und heiße Flüssigkeit ergoss sich über seine Hand. «*Cazzo*!» Er rannte zur Spüle und ließ sich kaltes Wasser über die Hand laufen. «Sobald ich die nächste Besoldungsstufe erreicht habe, kommt eine anständige Kaffeemaschine ins Haus», murmelte er.

«Du kannst doch einfach Sand hochholen», schlug Stefano vor.

Überrascht schaute Marconi ihn an. «Wie kommst du denn darauf?»

«Stimmt es denn nicht, dass der Sand wie Geld im Meer liegt und man ihn nur ernten muss?»

Marconi musste lachen. Mit einem Kühlakku auf der schmerzenden Hand kam er zurück an den Esstisch. «Das wäre schön. Aber es ist nur eine Redewendung, die besagt, dass man von etwas viel hat. Also zum Beispiel, dass jemand Geld hat wie Sand am Meer.»

Stefano zuckte mit den Schultern und schob sich die zweite Hälfte seines Schokoladencroissants auf einmal in den Mund.

«*Buongiorno*», rief Marconi fröhlich, als er die Tür zur Polizeistation aufzog. In seinem Büro schaltete er den Computer ein und überflog die Titelzeilen der Tageszeitung, während der Rechner hochfuhr. Der Reporter, dem Marconi am Tatort begegnet war, kritisierte in seinem Kommentar die Mordermittlungen der Kripo, die seiner Ansicht nach nicht schnell genug zu Ergebnissen führten. Alles andere waren unwichtige Aufzählungen von Schützenkönigen in den unterschiedlichen Dörfern und Ankündigungen von Vorträgen des hiesigen Landfrauenverbandes. Er legte die Zeitung zur Seite und tippte sein Passwort in die Maske auf dem Bildschirm ein. Sein E-Mail-Postfach war leer. Keine neuen Ermittlungsergebnisse, keine neuen Details.

Trotzdem spürte er Unruhe in sich aufsteigen. Etwas

nagte an ihm. Aus einem Impuls heraus rief er Jens und Eva zu sich und legte ihnen dar, was ihn beschäftigte. Es war nicht mehr als eine Ahnung, eine leise Vermutung, ein Bauchgefühl, kaum in Worte zu fassen. Zu seiner Erleichterung reagierten sie nicht, als hätte er den Verstand verloren.

«Lass uns mal machen», sagte Eva zu ihm. «Ich kenne wen, der jemanden kennt, der uns da eventuell weiterhelfen kann.»

49

Marconi hat ein Déjà-vu

Keine vierundzwanzig Stunden nach seinem letzten Besuch betrat er den *Bioladen Naturkost* erneut. Sobald er durch die schmale Eingangstür ging, fühlte er sich wie auf einem fremdländischen Basar. Aus den Lautsprechern klang indisch angehauchte Elektromusik. Der größere Teil bestand aus einem ehemaligen Gewächshaus, das mit Bambusmatten abgehängt war, um Kunden und Waren vor der Sonne zu schützen. Die Aromen von Chai-Tee und exotischen Gewürzen, wie marokkanische Minze, Ingwer, Kurkuma, Galgant und Kardamom, kitzelten ihn in der Nase. In einem Kochbuch seines Bruders mit norddeutschen Küchenkreationen war er auf ein Rezept für eine Zitronencreme gestoßen, offenbar ein norddeutscher Dessertklassiker, was ihn angesichts der südeuropäischen Hauptzutat einigermaßen verwunderte. Aber es passte perfekt in sein Projekt: italienische Gerichte mit norddeutschem Einschlag. Deshalb war er in seiner verspäteten Mittagspause schnell losgegangen, um die Zutaten zu besorgen.

Der Laden war zu dieser Uhrzeit fast leer. Er schritt die Obstkisten entlang, fand zwischen den Äpfeln und Kartoffeln schnell die Bio-Eier und unbehandelten Zitronen. Er wollte gerade zur Kasse, aber eine Frau Mitte zwanzig stürmte mit wehendem Trenchcoat in den Laden. Sie schnappte sich zwei Flaschen Prosecco, drängte sich an ihm vorbei und warf einen Zwanzigeuroschein auf den Tresen.

Marconi spürte, wie etwas in ihm einrastete. Sein Unterbewusstsein klopfte von innen an die Schädeldecke, wollte ihn mit aller Macht auf etwas hinweisen. Ihm schwirrte der Kopf. Während seine Synapsen feuerten und versuchten, jenen Botenstoff freizusetzen, der einer Information über den Spalt zwischen zwei Nervenzellen hinweghalf, wanderten seine Augen zum Monitor über ihm. Dessen Bild war viergeteilt, auf einer der Aufnahmen sah er sich selbst im Laden stehen. Die Stimme der Kassiererin drang an sein Ohr, den Inhalt ihrer Worte begriff er jedoch nicht. Der Moment, in dem das letzte wehende Stück Trenchcoat aus dem Sichtfeld der Kamera verschwand, war jener Augenblick, in dem die entscheidende Nervenzellengruppe ihre Informationen in den präfrontalen Cortex leitete und damit in die bewusste Wahrnehmung gelangte. Ein Déjà-vu allererster Güte.

«*Madonna*», stöhnte Marconi. Er kam sich vor wie ein Archäologe, der unter unendlich vielen Schichten auf eine geheime Grabkammer voller Gold gestoßen war.

Schlagartig wurde ihm schlecht. Das lag weder an den intensiven Gerüchen aus dem Teeregal hinter ihm noch an seiner Müdigkeit. Es lag daran, dass sein Fell für manche Fälle nicht dick genug war. Wie oft hatte er vor misshandelten oder verwesten Leichen gestanden. Das hatte er ausgehalten, ziemlich gut sogar. Was ihm auf den Magen schlug, war die Erkenntnis, dass ihn ein Mensch hintergangen hatte, von dem er dachte, dass er ihm vertrauen konnte. Wie ferngesteuert stellte er seine Einkäufe einfach auf dem Boden ab und verließ den Laden in Richtung Polizeistation, wo sein Dienstwagen parkte.

Leute in bunten Allwetterjacken und Wanderschuhen schoben sich an ihm vorbei. In alle Richtungen schwärmten sie aus, fotografierten die Landschaft und sich selbst in ihr. Dabei gab es hier nichts zu sehen als farblose Wellen, die auf eine endlose Fläche blassen Sediments krachten. Nur Wasser und Sand – und einen Mörder, dessen Identität ihn soeben wie ein Blitz getroffen hatte.

50

Marconi muss feststellen, dass ein Mörder selten allein kommt

Auf der kurzen Fahrt versuchte Marconi, das Chaos in seinem Kopf zu sortieren. Vergeblich. Sein Handy klingelte, und nach einem Blick aufs Display nahm er widerstrebend ab. Das Telefonat dauerte nur wenige Sekunden. «Sie sind pleite, völlig pleite!», rief Jens durch den Hörer. Das war alles, was Marconi wissen musste. Er bedankte sich und legte auf. Eher als ihm lieb war, war er am Ziel.

Marconi stieg aus. Sein Herz pochte so stark, dass er es in den Augen spürte. Er schluckte mehrmals hintereinander, um die Übelkeit zu zähmen, die ihn in diesem Moment zu überwältigen drohte. Weil es ihm nicht gelang, atmete er tief ein und aus und klingelte. Als die Tür geöffnet wurde, fragte er ohne zu zögern: «Warum?»

Statt einer Rückfrage, die er erwartet hatte, wurde er ins Haus gebeten.

«Warum hast du Klaus Olsen getötet?» Marconis Stimme war rau. «Ist er deiner Crew in die Quere gekommen? Haben sie dich informiert, damit du ihn an der Hafeneinfahrt abfangen konntest?»

«Bist du verrückt geworden?» Harzmeier klang so sachlich, als hätte Marconi bloß nach dem Weg gefragt.

«Gestern, als ich bei dir war und du mir einen Cold Brew

zubereitet hast ... Der Trenchcoat ...» Marconi zeigte auf die Garderobe. «Die hellbraunen Schnürschuhe. Die hattest du an, als du den tödlichen Schuss auf Klaus Olsen abgegeben hast.»

Harzmeier schüttelte den Kopf. «Du unterstellst mir einen Mord, weil ich einen Mantel und ein Paar Schnürschuhe habe? Du machst Witze.»

Marconi fuhr unbeirrt fort. «Und du hast noch einen Fehler gemacht.»

«Geht es dir gut, Massimo? Du fantasierst. Komm, ich hol dir ein Glas Wasser.» Harzmeier wandte Marconi den Rücken zu und ging Richtung Küche. Marconi zögerte einen Moment, folgte ihm dann aber.

Harzmeier reichte ihm ein Glas Wasser, das Marconi ihm aus der Hand nahm und auf die Anrichte stellte.

«Die Harpune», sagte Marconi.

«Welche Harpune?»

«Exakt.»

«Du redest wirres Zeug, Massimo. Willst du dich hinlegen und ausruhen?»

«*Da hätte mal eher jemand bei dem Sturkopf mit 'ner Harpune Überzeugungsarbeit leisten sollen.* Deine Worte. Niemand weiß von der Harpune. Aber du schon. Woher?»

«Aus der Zeitung?» Harzmeier sah Marconi direkt in die Augen. «Oder von dir?»

Marconi schüttelte wie in Zeitlupe den Kopf.

«Unschöne Angelegenheit», sagte Harzmeier.

«Warum hast du mir nicht erzählt, dass Gerda und du bankrott seid?»

«Wer behauptet das?» Harzmeiers Stimme hatte an Schärfe gewonnen.

«Hätte Klaus Olsen dir damals den Haubarg verkauft, hättest du euer gesamtes Geld vielleicht nicht in riskanten Aktiengeschäften angelegt und alles verloren», resümierte Marconi die Informationen, die Jens ihm soeben gegeben hatte. «All die Jahre habt ihr so hart gearbeitet, Gerda und du. Und dann so was. Als Selbstständiger kein Anspruch auf gesetzliche Rente, und alles, was ihr zur Seite gelegt habt, ist futsch.»

Äußerlich ungerührt, starrte Harzmeier dem ungebetenen Gast weiter in die Augen. Doch sein Brustkorb hob und senkte sich in kurzen Abständen, weshalb Marconi weiter improvisierte, um ihn aus der Reserve zu locken. «Für eine der einflussreichsten Persönlichkeiten weit und breit wäre das ein beispielloser Gesichtsverlust. Der Bauunternehmer und langjährige Sponsor der Kitesurfer-Weltmeisterschaft, von Altersarmut bedroht.»

«Unschöne Angelegenheit», wiederholte Harzmeier und ließ sich nun selbst ein Glas Wasser ein. «Wenn es so wäre. Aber was immer du mit dieser Show hier bezweckst, es wird dich nicht weiterbringen.»

Marconi ließ sich nicht beirren und fuhr fort, selbst noch dabei, die Puzzlestücke zu einem vollständigen Bild zusammenzufügen. «Aber dann hattest du eine Eingebung. Einen Einfall, wie du dich rehabilitieren konntest. Denn wenn es hier etwas gibt wie Sand am Meer, dann ist es: Sand. Ich sollte wohl besser sagen: *Geld wie Sand im Meer.* Von wem könnte Stefano diese Formulierung wohl aufgeschnappt haben?»

Harzmeier stutzte bei der Formulierung und kniff die Lippen aufeinander.

«Ob die Sandmafia auf dich zugekommen ist oder es

deine Idee war und du ein Team zusammengestellt hast, ist letztlich zweitrangig.» Marconi nestelte am Gürtel seiner Polizeiuniform. «Ich weiß nicht, ob du dir Oles Harpune absichtlich genommen hast, um den Verdacht auf ihn zu lenken. Oder ob's zufällig seine war. Aber das sind Fragen, die du der Kripo beantworten kannst.» Endlich hatte er die Handschellen von seinem Gurt abbekommen. Er ging zwei Schritte auf Jürgen Harzmeier zu. «Ich nehme dich fest, weil du unter Verdacht stehst, Klaus Olsen getötet zu haben.»

«Das würde ich an deiner Stelle lieber lassen», hörte er hinter sich eine Stimme.

Marconi drehte sich um und entdeckte Gerda in der Tür. Sie hatte eine Waffe auf ihn gerichtet.

«Was glaubst du, was du da tust?», stellte Marconi die unnötigste aller Fragen. Erwartungsgemäß ging Gerda nicht darauf ein.

«Wer weiß, dass du hier bist?» Sie bedeutete ihm mit der Waffe, die Hände langsam zu heben. Kurz darauf spürte er, wie Jürgen hinter ihn trat, die Dienstwaffe aus dem Holster nahm und ihm anschließend die Hände mit seinen eigenen Handschellen vor seinem Bauch fixierte.

Marconi antwortete nicht. Er war vollkommen perplex. Gerda Harzmeier hielt die Waffe weiterhin auf ihn gerichtet. Jürgen gesellte sich mit Marconis Pistole in der Hand zu ihr.

«Hör mal, es ist nicht so, wie du denkst», setzte Jürgen an. «Ich bin nur ein kleiner Fisch in einem großen Becken voller Haie. Da steckt ein global organisiertes Netzwerk dahinter. Es geht hier nicht nur um Sand. Es geht um Millionen. Und auf die wird keiner der Beteiligten wegen deiner

Befindlichkeiten verzichten.» Er hob entschuldigend die Schultern. «Ich würde dir ja Geld anbieten, um mir dein Schweigen zu erkaufen. Aber wie du bereits weißt, habe ich keins.»

«Deshalb musste Klaus Olsen sterben: weil er das Schiff gesehen hat und ihr aufgeflogen wärt, sobald er es gemeldet hätte.» Marconis Stimme war hart, fast bedrohlich. «Blöd, dass ihr pleite seid. Krabben-Klaus wäre sicher für Schweigegeld offen gewesen. Nach allem, was ich so über ihn gehört habe.»

«Was machen wir denn jetzt?» Gerda sah von der Waffe in ihrer Hand erst zu Marconi, dann zu ihrem Mann.

Harzmeier erwiderte ihren Blick unsicher. «Was schlägst *du* denn vor, was wir mit ihm machen? Du bist doch hier die Kriminalexpertin.»

Gerda Harzmeier zuckte unbestimmt mit den Schultern. «Entsorgen?», stellte sie fragend in den Raum, als ginge es darum, die Reste eines Büfetts abzuräumen.

Entsorgen?

«Macht keinen ...» *Scheiß*, wollte Marconi sagen. Doch in diesem Moment klingelte es an der Haustür. Die Harzmeiers sahen sich an. Mit einem Kopfnicken forderte Gerda ihren Mann auf nachzusehen. Kurz darauf drangen die Stimmen von Klara und Stefano an Marconis Ohr. Eine Hitzewelle strömte durch seinen Körper. Er überlegte, die Kinder zu warnen, doch damit würde er sie erst recht in Gefahr bringen. Er konnte nicht verstehen, was sie mit Harzmeier besprachen. Fieberhaft dachte er über einen Ausweg nach. Aber es fiel ihm keiner ein. Einige Augenblicke später kam Harzmeier zurück zu ihnen ins Wohnzimmer.

«Süß, die Kleinen», sagte er. «Sieht so aus, als hättest du sie nicht von der Schule abgeholt. Was wohl Jasmin Hegel dazu sagen wird?»

«Woher kennst du …?» Weiter brauchte Marconi die Frage nicht zu stellen, denn Harzmeiers entschuldigendes Achselzucken lieferte die Antwort gleich mit. Er war es, der Marconi beim Jugendamt angeschwärzt hatte. Und jetzt, wo er darüber nachdachte, ging wohl auch die Brandstiftung von Nevios Wagen auf Harzmeiers Konto, damit er seine Ermittlungen einstellte. «Das bist alles du gewesen!» Harzmeiers waren offenbar deutlich abgebrühter, als er angenommen hatte. Er hatte es nicht wahrhaben wollen und war dem Unheil geradewegs in die Arme gelaufen. Wie dumm konnte man eigentlich sein? Immerhin waren die Kinder vorerst außer Gefahr.

Harzmeier hob die freie Hand und ließ sie gegen den Oberschenkel klatschen, um anzudeuten, dass diese Maßnahmen leider alternativlos gewesen waren. «Gewarnt haben wir dich, aber du wolltest ja nicht hören und musstest weiterschnüffeln. Tja.» Jürgen warf Gerda einen Seitenblick zu. Marconi konnte förmlich dabei zusehen, wie die Unsicherheit in ihrem Blick einer Entschlossenheit wich, die ihm Schauer über den Rücken jagte.

«Sieht schlecht aus für dich», antwortete sie, wie um seinen Verdacht zu bestärken. Die Hände in Handschellen, seiner Waffe entledigt, musste ihr Marconi beipflichten. Seine einzige Möglichkeit sah er darin, Zeit zu gewinnen. Solange er keine Kugel im Kopf hatte, bestand Hoffnung. In dieser Situation war Reden vielleicht nur Silber, aber Schweigen tödlich.

«Ihr wisst, dass Klara und Stefano den dritten Erziehungsberechtigten innerhalb kürzester Zeit verlieren, wenn ihr mich umbringt?» Vielleicht zog die Mitleidstour.

«Du weißt doch: Das Leben ist eins der schwersten, und Schwund ist immer.» Gerda Harzmeier seufzte und erntete einen weiteren Seitenblick ihres Mannes.

Also nicht. Marconi war schockiert über ihren nüchternen Tonfall. Dann eben Plan B. «Packt eure Sachen und haut ab ins Ausland. Kettet mich von mir aus hier ans Heizungsrohr, damit ihr ordentlich Vorsprung habt. Ein Leben in der Karibik ist nicht teuer, und es gibt doch echt Schlimmeres.»

Für einen kurzen Moment zeichnete sich Hoffnung in Jürgen Harzmeiers Gesicht ab. Hoffnung, den eigenen Plan nicht durchziehen zu müssen. Doch nach einem langen Blick, den er mit seiner Frau wechselte, schüttelten sie beide die Köpfe und seufzten wieder. Marconi hatte es befürchtet. Schließlich waren sie bankrott. Er nickte langsam, scheinbar resigniert. «Dann möchte ich euch um einen allerletzten Gefallen bitten. Bringt mich nicht hier um, in unmittelbarer Nähe von Stefano und Klara. Die haben schon genug durchgemacht.»

Gerda Harzmeier schüttelte den Kopf. «Das ist ein billiger Trick. Glaub nicht, du könntest mich übers Ohr hauen.» Marconi beobachtete, wie ihr Mann mit sich rang und sich ihr zuwandte. «Nun komm schon. Lass uns irgendwohin fahren, wo niemand etwas mitbekommt. Du kannst in einem Wohngebiet nicht einfach einen Schuss abgeben und hoffen, dass es keiner hört.»

Marconi beobachtete, wie Gerda Harzmeier jetzt auch die zweite Hand an den Revolver legte. Ihr Blick, Spiegelbild ihrer Gedanken, huschte unruhig hin und her.

Schweiß stand ihr auf der Stirn. Nach wie vor zielte sie auf Marconi.

Auch Marconi schwitzte. Denn selbst auf die Entfernung konnte er sehen, dass Gerda Harzmeiers Finger nervös am Abzug spielte.

«Dann los», sagte sie schließlich zu ihrem Mann. «Durch die Waschküche zur Garage und ab ins Auto. Du nimmst die Pistole, ich fahre. Lass es uns hinter uns bringen. Je eher, desto besser.»

51

Marconi vermisst Wegweiser an einer entscheidenden Abzweigung seines Lebens

Kurz darauf saßen sie im Wagen. Wie in einer schlechten Gaunerkomödie hatte Jürgen Harzmeier eine Schaufel in den Kofferraum geworfen, ehe er sich neben Marconi auf den Rücksitz setzte und Gerda den Wagen aus der Garage lenkte.

«Gottverdammich! Was ist das denn? Warum ist die Straße gesperrt?!» Schimpfend bog Gerda nach links auf die Böhler Landstraße in Richtung des touristischen Zentrums. Marconi spürte Hoffnung aufkeimen. Die fixierten Hände ruhten in seinem Schoß. Unauffällig versuchte er, nach dem Smartphone in seiner Hosentasche zu tasten. Doch Harzmeiers Blick folgte Marconis Händen, und mit weiter auf ihn gerichteter Waffe beugte er sich herüber, zog das Smartphone aus der Hosentasche und schaltete es, begleitet von einem tadelnden Kopfschütteln, aus.

Denk nach, verdammt, denk nach! Marconi schaute aus dem Fenster. Er sah Radfahrer an sich vorbeiziehen, Menschen, die mit ihren Hunden spazieren gingen. Auf Höhe der Utholm-Schule ertasteten seine Hände einen Gegenstand an seinem Gürtel. Es dauerte einige Augenblicke, bis er realisierte, was er da in seinen Fingern hielt. Er sah weiter aus dem Fenster, doch sein Herz raste. Wie funktionierte das noch gleich …? Wo musste man …? Er versuchte, sich zu erinnern, fand schließlich den Schalter, hoffte, dass es der richtige war, und drückte ihn. Er hielt die Luft an, lauschte, aber nichts war zu hören, und er wagte nicht, den Blick zu senken, um keine Aufmerksamkeit darauf zu lenken.

«Warum fahren wir auf der Eiderstedter Straße Richtung Brösum?», fragte Marconi, etwas zu laut, etwas zu artikuliert. Gerda Harzmeier warf ihm im Rückspiegel einen irritierten Blick zu. «Wollt ihr mich am Norderdeich erschießen und verscharren? Oder wollt ihr das in der Tümlauer Bucht erledigen?»

«Sei still!», mahnte sie und der bedrohliche Blick im Rückspiegel hätte jeden anderen verstummen lassen, der nicht gerade um sein Leben fürchtete.

In einer ausladenden Kurve musste Gerda abbremsen. Vor ihnen hatte sich eine Autoschlange gebildet. Marconi langte aus einem Impuls heraus nach dem Türgriff. Seine Furcht, dass Gerda die Kindersicherung aktiviert hatte, zerstreute sich binnen Zehntelsekunden. Er rollte sich seitlich vom Rücksitz aus dem Türspalt, stolperte und schaffte es irgendwie, nicht mit dem Gesicht voran auf den Asphalt zu fallen. Hinter sich hörte er Gerda Harzmeier kreischen und ihren Mann beschimpfen. Marconi konnte keinen klaren Gedanken fassen, wusste nicht, ob er das nächstbeste Auto anhalten sollte oder ob es besser war, in Deckung zu gehen. Er stolperte über die Fahrbahn der Bundesstraße, entschied sich für die Richtung, in der er das Meer vermutete. Vier Tennisplätze lagen verwaist vor ihm. Er riskierte einen Blick zurück, entdeckte Jürgen Harzmeier, der dicht hinter ihm war, geriet dabei ins Straucheln und stieß mit der Schulter gegen eine Eiche. Er stöhnte auf, ignorierte aber den Schmerz.

Seine Füße trommelten in wildem Stakkato über den Boden. Mit jedem Schritt sank er in den lockeren Sand ein, aber er wollte, er konnte jetzt nicht langsamer werden. Sterben kannst du, wenn die Kinder groß sind, sagte er sich.

«Bleib stehen!», rief Harzmeier hinter ihm. Und drückte ab.

Marconi sah, wie das Projektil keinen Meter neben ihm in den Boden einschlug und Sand aufspritzte. Er rannte, ohne zu schauen, er rannte, ohne zu denken, er rannte um sein Leben.

Er keuchte und taumelte, schlug Haken. Sein Herz hämmerte im Brustkorb.

«Bleib stehen!», rief Harzmeier erneut. «Wenn du nicht stehen bleibst, schieße ich!»

Wenn ich stehen bleibe, schießt du auch, dachte Marconi. Schlagartig sank die Temperatur um mehrere Grad. Als wäre er in eine andere Klimazone getreten. Wo eben noch eine Dünenlandschaft gewesen war, rannte er nun durch einen sandigen Kiefernwald. Weiter, immer weiter. Ein zweiter Schuss fiel. Aus dem Augenwinkel sah er, wie die Kugel Splitter aus der Kiefer vor ihm riss. Er rannte, so schnell er konnte. Immer wieder rutschte er im Sand aus, suchte, so gut es ging, hinter Kiefern, Eichen und Birken Schutz. Er rannte eine Düne hinauf, überwand einen Zaun, stürzte durch kniehohes Gras in eine Senke, taumelte den nächsten sandigen Hügel hinauf.

Dünne Äste knackten unter seinen Füßen. Er wusste nicht, wie dicht sein Verfolger ihm auf den Fersen war, wagte nicht, sich umzudrehen.

Rechts und links des Pfades wurde die Vegetation schlagartig dichter. Mehrere Kiefern waren umgestürzt, dornige Äste versperrten den Durchgang, wurden teils von Strandhafer überwuchert. Marconi bog ab, sprang über entwurzelte Stämme, warf sich auf den Boden, riss sich beim Versuch, unter zwei umgefallene Bäume zu kriechen, die Wange auf. Sekundenlang lag er dort, regungslos, bemühte sich, flach zu atmen. Ein stechender Schmerz machte sich seitlich an seinem Rumpf bemerkbar. Er sah an sich hinunter. Sein Hemd war aufgerissen, aus seiner Flanke sickerte Blut. Harzmeier tauchte in seinem Blickfeld auf, blieb auf dem Weg stehen, sah sich um, richtete die Waffe fahrig mal vor sich, mal zu beiden Seiten ins Dickicht. Marconi versuchte, mit dem Boden zu verschmelzen, drückte sich flach in den Sand. Der Duft von Harz und Tannenholz kroch ihm in die Nase.

Weitere Sekunden vergingen, in denen Harzmeier desorientiert auf dem Gehweg stand und zu überlegen schien, was er tun sollte. Durch Zufall oder Intuition entschied er sich für Marconis Richtung. Der hielt den Atem an, denn mit jedem Schritt kam ihm Harzmeier näher. Sekunden fühlten sich wie Stunden an. Nicht mehr viele Schritte, bis –

«Waffe fallen lassen!» Jens' Stimme durchbrach die bedrückende Stille. Harzmeier erstarrte. Aus seinem Versteck sah Marconi seinen Kollegen wie vom Himmel gefallen auf dem Pfad stehen. Jens hatte die Mündung seiner Waffe auf Harzmeier gerichtet. Als dieser der Anweisung nicht sofort nachkam, wiederholte Jens seine Forderung, diesmal deutlich schärfer. Marconi konnte im Gegenlicht keine Anzeichen erkennen, ob Harzmeier sich festnehmen lassen würde oder doch noch in letzter Sekunde nach einer Fluchtmöglichkeit Ausschau hielt. Keine zehn Schritte trennten Jens von dem Mann. Er selbst, Marconi, war eher zwanzig, wenn nicht dreißig Meter von Harzmeier entfernt, noch dazu mit fixierten Händen und durch umgestürzte Bäume abgeschirmt.

Nach endlosen Sekunden, in denen die beiden sich wie eingefroren gegenüberstanden, sackte Harzmeier schließlich auf die Knie und warf seine Pistole von sich, zwei, drei Meter in Jens' Richtung. Mit erhobener Waffe ging Jens vorsichtig Schritt für Schritt auf ihn zu. Als er ihn beinahe erreicht hatte, sah Marconi, wie Harzmeier den Kopf bewegte. Jens drehte sich ruckartig um, offenbar um nachzusehen, ob jemand hinter ihm stand. Harzmeier nutzte die Gelegenheit und warf ihm eine Handvoll Sand ins Gesicht. Jens schrie auf, und bekam im nächsten Moment einen Stoß in die Magengrube versetzt. Er sackte mit einem dumpfen Aufprall zusammen. Ein Tritt gegen den Kopf setzte ihn endgültig außer Gefecht.

Harzmeier hob seine Pistole vom Boden auf und richtete sie auf Jens' Kopf.

«Komm raus, Massimo, dann passiert deinem Kollegen nichts.» Eine schlechte Lüge, dachte Marconi.

«Lass Jens gehen. Er hat damit nichts zu tun.»

«Ich kann ihn nicht gehen lassen, das weißt du genauso gut wie ich.» Harzmeiers Stimme klang schrill. So beschissen Marconis eigene Situation war, wollte er auch nicht in dessen Haut stecken. Jetzt würde Harzmeier schon zwei weitere Morde begehen müssen, wenn er nicht auffliegen wollte. Aber wer einmal die Schwelle auf die dunkle Seite überschritten hatte, würde sie wahrscheinlich ein weiteres Mal überqueren.

«Überleg doch mal, Jürgen. Du musst das nicht tun.»

Marconi suchte hastig nach den richtigen Worten. Vier Menschenleben hingen davon ab: das von Jens, sein eigenes und damit auch die Zukunft von Klara und Stefano. «Mit einem Dreifachmord kommst du nicht davon. Was du aber tun kannst: dich stellen. Dann werde ich ein gutes Wort für dich einlegen.»

«Was ist das denn für 'ne Scheißoption?!», brüllte Harzmeier. «Ich will nicht in den Knast.»

«Dann fessel meinen Kollegen und mich mit den Handschellen an den nächsten Baum und hau ab. Flieh ins Ausland und bau dir woanders ein neues Leben auf», versuchte es Marconi erneut. Vielleicht ließ er sich ja ohne seine Frau im Rücken eher erweichen.

Hinter Harzmeier machte Marconi eine Bewegung aus. War das …? Ja, war es. Rettung nahte! «Was meinst du, Jürgen?» Ohne eine Antwort abzuwarten, redete Marconi weiter. «Was hältst du davon, wenn ich rauskomme? Und wir reden noch einmal in Ruhe über alles.»

Aufmerksamkeit weiter auf dich lenken, mahnte Marconi sich selbst. Harzmeier sah nervös zu Jens, der immer noch bewusstlos auf dem Boden lag, und dann wieder in Marconis Richtung. Marconi kroch unter der umgestürzten Kiefer hervor, bahnte sich durch das kniehohe Dünengras einen Weg, bis er stehen konnte, und richtete sich auf. Er hob die fixierten Hände auf Brusthöhe, um Harzmeier zu signalisieren, dass von ihm keine Gefahr ausging. Vorsichtig ging er auf Harzmeier zu. Er musste den Fokus auf sich halten, bis …

Ein Ast knackte. Harzmeier wirbelte herum und riss die Waffe hoch. In dem Moment, in dem sich ein Schuss löste, verlor Harzmeier das Gleichgewicht. Eva schrie und sackte zu Boden. Auch Harzmeier schrie, aber mehr vor Überraschung. Denn Jens hatte ihn mit einem Tritt aus dem Gleichgewicht gebracht, in dem Moment, in dem Harzmeier den Abzug drückte.

Die folgenden Sekunden der Stille wurden nur durch das Stöhnen dreier Menschen und Marconis Schritte auf dem sandigen Untergrund durchdrungen. Marconi rannte die fehlenden Meter zu ihnen, trat Harzmeier zunächst aufs Handgelenk, bis dieser ächzend die Waffe freigab. Marconi griff danach, richtete sie auf ihn und machte zwei Schritte zu Eva, die sich mit schmerzverzerrtem Gesicht seitlich den Brustkorb hielt. Blut floss aus der Wunde. Auch Jens blutete aus einer Wunde am Kopf. Marconi ließ sich von Jens die Handschellen aufschließen und zog Harzmeier, der ihn wüst beschimpfte, sein eigenes Handy aus der Hosentasche. Er telefonierte mit dem Rettungsdienst, schilderte die Situation mit zwei verletzten Polizeibeamten und ließ sich eine Handynummer geben, an die er seinen aktuellen Standort schicken konnte.

«Hat einer von euch Jürgens Frau gesehen?» Marconi schaute von Jens zu Eva. Beide schüttelten den Kopf. Marconis Gedanken rasten. Wo war Gerda? War sie auf der Flucht? Oder plante sie die Flucht nach vorn, weil Angriff die beste Verteidigung war? Sie würde doch nicht …? Aus einem Impuls heraus wählte er eine Festnetznummer. Beim vierten Klingeln wurde abgenommen.

«Ja?»

«Stefano!» Marconi hatte den Namen vor Erleichterung geschrien. «Alles okay bei euch?»

«Ja.» Die Stimme klang verunsichert. «Wann kommst du?»

«Ist deine Schwester auch da? Holst du sie bitte schnell ans Telefon?»

Kurz darauf war Klara zu hören. «Was ist los? Stefano sagt, du klingst komisch.»

«Ich habe keine Zeit, dir das jetzt zu erklären, Klara, aber ...» In diesem Moment hörte Marconi es durchs Telefon klingeln. «Nicht an die Tür gehen!», schrie er. «Auf keinen Fall aufmachen, Klara, hast du verstanden? Sag das auch Stefano. Egal, wer davorsteht.»

«Aber ...»

«Tu es bitte, sag es Stefano.»

Er hörte Klara mit Stefano tuscheln, während im Hintergrund drei weitere Male die Klingel ertönte. Die Stimme einer Frau war zu hören, die etwas durch die geschlossene Tür rief.

«Egal, was sie sagt: Hört nicht auf sie, Klara. Bitte! Du hattest recht, du hattest ja so recht. Gerda ist komisch. Mehr als das. Sie ist ... Egal, ich erzähl euch alles später. Seid so leise wie möglich, tut so, als wärt ihr nicht zu Hause. Und sucht das beste Versteck, das ihr kennt. Irgendwo, wo niemand euch finden würde, nicht einmal ich. Okay?»

Wieder klingelte es an der Haustür, gefolgt von Klopfen und Rufen. In der Leitung blieb es still.

«Klara, hast du verstanden?», sagte Marconi eindringlich. «Leg auf, such dir mit Stefano ein Versteck und bleibt dort. Schnell! Ich komm sofort zu euch, ich brauch nicht lang.»

«Ist gut», sagte sie und Marconi hörte nun deutlich die Angst in ihrer Stimme. Dann wurde die Verbindung getrennt.

Marconi kniete sich neben seine Kollegen. Jens hatte die Jacke seiner Polizeiuniform ausgezogen und drückte sie an

Evas Seite, um die Blutung zu stoppen. «Die Kinder sind in Lebensgefahr. Ich glaube, Gerda Harzmeier steht vor der Tür.»

«Oh Gott, schnapp dir die Alte», stöhnte Eva zwischen aufeinandergepressten Zähnen hindurch. «Wir kommen klar, ist nur ein Kratzer.» Jens nickte wie zur Bestätigung, warf ihm den Schlüssel für den Polizeiwagen zu und deutete in die entsprechende Richtung. Obwohl das Aussehen der beiden ihre Worte Lügen strafte, nickte Marconi dankbar. «Der Krankenwagen ist gleich da. Gestorben wird nicht, das ist eine Dienstanweisung!»

Und dann rannte er los. Sprang über einen Holzzaun, taumelte den sandigen Hügel durch hohen Sandhafer hinab in die Senke, bis seine Füße wieder festen Boden betraten. Nach zweihundert weiteren Metern ging der Weg in den befestigten Betondeich über, auf dem der Polizeiwagen stand. Er sprang hinein, schaltete Blaulicht und Martinshorn ein und trat aufs Gas. Reifen quietschten, der Geruch von verbranntem Gummi lag in der Luft.

So schnell es der Untergrund zuließ, raste Marconi über den Deich zwischen Dünen und Wald zu seiner linken und den Salzwiesen zu seiner rechten Seite. Er hatte keine Ahnung, was der kürzeste Weg war, trat aber noch mehr aufs Gas. Die Fahrradfahrer wichen in beide Richtungen aus. Links tauchte die *Dünen-Therme* auf, daneben das *Strandgut-Resort*, rechter Hand der *Gosch*-Fischimbiss. Immerhin wusste er jetzt, wo er war. Doch das half ihm auch nicht, denn vor ihm endete die Straße auf einem großen asphaltierten Bereich, der für Autos gesperrt war. Er konnte nicht und würde nicht umdrehen. Er vertraute auf die Wirkung des Martinshorns und fuhr auf den belebten Seebrückenvorplatz. Die Menschen wichen aus, einige beschimpften ihn, doch er ignorierte es. Am anderen Ende der Fläche entdeckte er den Radweg, der auf einen weiteren dieser asphaltierten Deiche führte. Marconi hoffte, dass der Betondeich ihn bis zu seinem Haus führen würde. Sobald er den schmalen Radweg erreichte, gab er Gas. Das Martinshorn schaltete er aus, um Gerda Harzmeier nicht in Panik zu versetzen. Das Blaulicht aber war weiter im Einsatz, die Hand auf der Hupe, teilte Marconi die Menge der Touristen wie Moses das Meer. Viele Radfahrer strauchelten. Gut möglich, dass einige sogar vom Rad fielen. Aber deren aufgeschlagene Knie waren nichts dagegen, was geschah, wenn die Kinder Gerda Harzmeier in die Hände fielen. Der Gedanke sorgte dafür, dass er noch schneller fuhr. Keine drei Minuten später stellte er den Polizeiwagen am Böhler Leuchtturm ab und stürmte den sandigen Pfad hinunter, der an ihr Grundstück grenzte.

Kurz darauf stand er vor seiner Haustür. Sie war geschlossen. Ein gutes Zeichen? Er sah sich um. Von Harzmeiers dunkelgrünem Geländewagen war weder am Wendehammer noch in der Nachbarauffahrt etwas zu sehen. Entweder war Gerda nicht hier gewesen, oder sie hatte das Auto woanders geparkt. Oder, und diese Möglichkeit behagte Marconi am wenigsten, sie war hier gewesen und nun mit Klara und Stefano auf der Flucht. *Merda.* Mit entsicherter Dienstwaffe ging er vorsichtig ums Haus. Durch die Fenster konnte er keine Bewegung im Gebäude ausmachen. Als er um die Ecke auf die Terrasse trat, rutschte ihm das Herz in die Hose. Die Scheibe der Terrassentür war eingeschlagen, die Tür von innen geöffnet worden.

Er überlegte. Hatte Gerda Harzmeier die Kinder gefunden? Wartete sie mit ihnen im Haus auf ihn? Legte sie es auf eine Konfrontation an? Den Entschluss, ihn umzubringen, hatte sie mehr als deutlich formuliert. *Schwund ist immer.* Eine Erstürmung des Hauses kam also nicht infrage. Sollte er ein Einsatzkommando anfordern oder die Kripokollegen informieren? Das wäre ohnehin seine Pflicht. Gut möglich, dass Eva und Jens den Kollegen bereits alles erzählt hatten. Dann waren sie so oder so im Bilde und würden zeitnah hier auftauchen.

Er hatte nicht viel Zeit, wollte sich endlich vergewissern, dass die Kinder in Sicherheit waren. Da fiel ihm die Tracking-App ein, die er Klara aufs Handy geschmuggelt hatte. Er zückte sein Telefon, aktivierte die App, die ihn wissen ließ, dass sich Klaras Smartphone im Haus befand.

Marconi trat durch die Tür, umkurvte die Scherben auf dem Fußboden, durchquerte geräuschlos das Wohnzimmer, sah hinter der Kücheninsel nach, ob dort jemand lauerte, öffnete vorsichtig die Türen zur Gästetoilette und der Waschküche im Erdgeschoss. Nichts. Am Fuße der Treppe hielt er inne und lauschte. Kein Laut war zu hören, bis auf das Strömen seines Blutes, das er als Pochen in seinen Ohren wahrnahm. Mit dem Rücken an der Wand nahm er vorsichtig Stufe für Stufe, die Waffe aufs obere Geschoss gerichtet, bereit, jederzeit den Abzug zu drücken. Lautlos gelangte Marconi schließlich auf den Treppenabsatz.

Irgendwo raschelte es. Marconi hielt inne, lugte um die Ecke. Durch das geöffnete Fenster im Treppenhaus war das Rauschen der Bäume im Garten zu hören.

Nacheinander öffnete er die Türen zum Bad, zu den Kinderzimmern und seinem Schlafzimmer. Nichts, niemand, nirgends. Das Haus war wie ausgestorben. *Ausgestorben.* Allein das Wort jagte ihm eine Gänsehaut den Rücken hinunter.

Was, wenn Gerda Harzmeier die Kinder mitgenommen hatte? Das konnte, das durfte nicht sein.

«Klara? Stefano?»

Was, wenn Gerda Harzmeier die Kinder gar nicht mitnehmen wollte? Wenn sie sie einfach nur getötet hatte, aus Rache, weil er ihr Leben und das ihres Mannes zerstört hatte?

«Stefano! Klara!», rief er nun lauter, drängender. Noch einmal lief er durch die Zimmer im Obergeschoss. Sah auch in und unter den Betten nach, öffnete alle Schränke, fand Klaras Handy in der Schublade ihres Schreibtischs. Wo auch immer sie sich befand, das Smartphone würde ihm ihren Standort nicht verraten. Er zog den Duschvorhang im Bad zur Seite, stürmte wieder ins Untergeschoss, sah sogar in die Waschmaschine. Unablässig rief er ihre Namen, wie eine Platte mit Sprung, immer lauter und mit jedem Mal verzweifelter. Er rannte zum Schuppen, hob die Abdeckplane seines Motorrollers an, sah in der Kiste mit dem Werkzeug nach, ging zurück ins Haus, rief und rief, bis er heiser war.

«Klara? Stefano? Falls ihr hier seid: Ihr könnt rauskommen. Die Gefahr ist vorbei, die creepy Frau ist weg. Gerda ist weg.»

Er horchte in die Stille. Wieder das Rascheln. Es kam aus seinem Schlafzimmer.

Die folgenden Momente erlebte Marconi wie im Fiebertraum. Sein Kopf hatte keine Kontrolle mehr über seinen

Körper, er konnte sich nur noch selbst dabei beobachten, wie er loslief, den Flur entlang. Er stürmte ins Zimmer, stieß mit dem Knie an den Bettpfosten, ignorierte den Schmerz, öffnete die beiden langen Laschen der Umzugskiste. Ein Augenpaar starrte ihn erschrocken aus dem Karton an. Das Nächste, was Marconi wahrnahm, war der kleine Körper in seinen Armen. In den anderen Umzugskarton geriet nun ebenfalls Bewegung. Klaras Kopf stieß den Deckel auf, sah Stefano in Marconis Armen, wollte aufstehen, kippte samt Karton um und klammerte sich an den Rücken ihres Bruders. Marconi liefen Tränen über das Gesicht, und er war dankbar, dankbar fürs Leben. Seines und das seiner Kinder.

52

Marconi hat keine Ahnung, weiß aber alles besser

Das Innere des Krankenhauses wirkte bedrückend trostlos. Der typische Geruch aus Putz- und Desinfektionsmitteln vermischte sich mit einem undefinierbaren Essensdunst. Die Wände waren überwiegend kahl, von den Anschlagtafeln einmal abgesehen, die den Weg zu den jeweiligen Abteilungen anzeigten. Marconi hasste Krankenhäuser. Vermutlich taten das alle Menschen. Vielleicht war es der Gedanke an die eigene Vergänglichkeit oder daran, von anderen Menschen abhängig zu sein, der ihm mit erhöhtem Puls und einem Ziehen in der Magengrube zu verstehen gab, dass er eigentlich nicht hier sein wollte. Er ließ sich am Empfang die Zimmernummern von Eva und Jens nennen. Auf dem Weg dorthin kaufte er eine Bio-Limonade für Stefano und eine Rhabarberschorle für Klara.

Seit den Ereignissen vom Vortag hatte er die Kinder keine Sekunde aus den Augen gelassen. Am liebsten hätte er sie mit ins Krankenzimmer genommen, sah aber ein, dass sie genauso gut auch im öffentlichen Wartebereich der Station bleiben konnten. Klara hörte über seine Bluetooth-Kopfhörer ein Hörbuch auf ihrem eigenen Smartphone, während Stefano ein Videospiel auf Marconis Handy spielte.

«Ich bin gleich zurück, und falls etwas ist, ihr findet mich in Zimmer 2277, okay?» Stefano war in sein Spiel versunken, Klara nahm einen Kopfhörer aus dem Ohr und nickte, nachdem Marconi den Hinweis wiederholt hatte. Kurz darauf stand er vor der Zimmertür. Täuschte er sich, oder roch es hier noch stärker nach Desinfektionsmittel? Er klopfte und trat ein. Seine Augen brauchten einen Moment, bis sie sich an das gedämpfte Licht gewöhnt hatten.

«Ach!», rief er, als sich die Situation vor seinen Augen zusammensetzte. Die Person auf dem Besucherstuhl legte den Zeigefinger an die Lippen, weshalb Marconi flüsternd fortfuhr. «Was machst du denn hier? Zu dir wäre ich als Nächstes gekommen.»

Jens saß mit aufgestelltem Kopfteil und geschlossenen Augen aufrecht im Bett. Um den Kopf gewickelt trug er einen dicken Mullverband. Sogar bei diesen Lichtverhältnissen konnte Marconi erkennen, dass es darunter rot schimmerte.

«*Commissario*», flüsterte Eva, die vor Jens auf dem einzigen Stuhl im Raum saß. «Schön, dass du dich blicken lässt. Wo hast du die Kinder gelassen?»

Nun entspannte sich auch Marconi und deutete mit dem Daumen hinter sich, während er neben Eva ans Bett trat und Jens betrachtete. «Wie geht's euch?», fragte er und seine Stimme war plötzlich belegt.

Auch Eva musterte ihren Kollegen besorgt und sah dann hinauf zu Marconi. «Ich hätte gerne die Drogen, die sie Jens gegeben haben.»

Marconi räusperte sich. «Wie schlimm ist es?»

«Die Kopfschmerzen scheinen einigermaßen scheiße zu sein», entgegnete Eva. «Wie schwer das Schädel-Hirn-Trauma ist, können die Ärzte noch nicht abschließend beurteilen.»

Für mehrere Augenblicke schwiegen sie. Mit jeder Sekunde wurde der Knoten in Marconis Magen größer.

«Und wie geht's dir?», durchbrach er schließlich die Stille.

«Streifschuss.» Eva winkte ab. «Nichts Wichtiges getroffen.»

Jens stöhnte, als wollte er widersprechen. Doch die Augen blieben geschlossen und auch sonst folgte nichts, weshalb Eva schließlich weitersprach. «Na ja, sagen wir so: Die Wunde wurde desinfiziert und genäht und meine Blutreserven wieder aufgefüllt. Erinnere mich bei Gelegenheit, dass ich mich revanchiere und selbst zur Blutspende gehe.»

«Wenn ich darüber nachdenke, was alles hätte passieren können, wird mir übel.»

Wieder war ein Stöhnen aus dem Krankenbett zu hören. «Lass mal», sagte Jens, noch immer mit geschlossenen Augen. «Gekotzt hab ich für uns beide zusammen seit gestern schon genug.»

Marconi kam einen Schritt näher und tätschelte unbeholfen Jens' Hand, in sicherer Entfernung zur Infusionsnadel. Der Knoten in seinem Bauch fühlte sich an, als würde er Marconi von innen auffressen. Wenn er es nicht bald aussprach, würde der Knoten zum Geschwür werden. Marconi schluckte. Leise sagte er: «Wenn ich diese Ermittlung nicht auf eigene Faust ...»

«Wäre, wäre, Fahrradkette», fiel Jens ihm ins Wort.

«Oder so ähnlich», kommentierte Eva trocken.

«Ohne dich wäre ein skrupelloser Mörder sehr wahrscheinlich nie gefasst worden», sagte Jens mit so brüchiger Stimme, dass Eva ihm den Trinkbecher samt Strohhalm reichte. Jens sog gierig daran, verschluckte sich, musste husten und verzog vor Schmerzen das Gesicht. «Und du hättest deine Kinder weiter von Verbrechern betreuen lassen.»

«Die kein Problem damit hatten, die Karre deines Bruders anzuzünden», fügte Eva hinzu.

«Nett von euch», sagte Marconi und setzte sich vorsichtig auf die Kante des Krankenbetts. «Wenn ich euch nicht angestiftet hätte, eure Nasen in Dinge zu stecken, in denen sie nichts zu suchen haben, wären wir jetzt nicht hier im Klinikum Nordfriesland.»

«Stimmt, dann wären wir jetzt in einer Leichenhalle», sagte Jens mit Nachdruck, «weil sie dich erschossen hätten. Gut, dass du die Bodycam an deiner Uniform eingeschaltet hast. So konnten wir dich orten!»

«So viel zum Thema *nerviges Equipment,* das angeblich eine Zumutung ist», frotzelte Eva vielsagend.

Marconi hob entwaffnet die Hände. «Menschen, die keine Ahnung haben, wissen eben immer alles am besten.»

«Warum haben eigentlich immer die Ahnungslosen das Sagen?», antwortete Eva mit einem theatralischen Seufzer.

Jens griff den Faden auf. «Und lösen völlig ahnungslos ganz nebenbei die beiden Rätsel, woher die Löcher im Sand und die toten Fische kommen?»

Marconi nickte langsam. «So ein Hopperbagger macht alles platt, was nicht bei drei auf den Bäumen ist.»

«Du bist dem Verdienstorden des Landes Schleswig-Holstein einen Schritt näher gekommen.» Jens grinste schräg. «Wie geht's mit den beiden Arschgeigen weiter?»

Marconi stand auf, versuchte, das Fenster zu öffnen, scheiterte, ruckelte am Griff, gab schließlich auf, kippte es und setzte sich wieder zu Jens aufs Bett. «Die Kripo hat Jürgen mit nach Flensburg genommen. Sie wollen herausfinden, wer hinter der ganzen Sache steckt. Gerda Harzmeier ist weiter flüchtig. Aber das soll nicht mehr unser Problem sein.»

Eva bedachte ihn mit einem Stirnrunzeln. «Hast du keinen Schiss, dass sie zurückkommt, um sich zu rächen?»

«Meine größte Sorge ...», Marconi sah abwechselnd von Eva zu Jens, «... ist, dass ihr mich weiter mit eurem miserablen Espresso auf der Polizeistation quält.»

Eva bedachte ihn mit einem skeptischen Blick. «Wie haben die Kinder die Aktion überstanden?»

Marconi schluckte schwer, als er daran dachte, was Klara ihm über die bangen Minuten erzählt hatte, die die Nachbarin im Haus verbracht hatte. «Gerda Harzmeier hat gedroht, dass sie Klara schlachten werde wie ein Schwein, falls Stefano nicht aus seinem Versteck kommt. Und als das nicht half, hat sie gesagt, dass sie mich anzünden würde, wie sie Nevios Auto angezündet hat. Aber Klara hat Stefano vorher beschworen, in der Kiste zu bleiben, egal was wer sagt. Wir können von Glück sagen, dass noch so viele Umzugskisten herumstehen und sie nicht in allen nach ihnen gesucht hat.»

«Scheiße», entfuhr es Eva, und Marconi nickte bestätigend.

Jens räusperte sich und gab Eva zu verstehen, dass sie ihm den Becher noch einmal reichen sollte. Nachdem er getrunken hatte, sagte er: «Ob du willst oder nicht, ich werde trotzdem regelmäßig auf Streife bei Harzmeiers Haus vorbeifahren.»

«Solange du dich vor der Arbeit drückst und lieber hier abhängst, übernehme ich das», sagte Eva.

Marconi wollte widersprechen. Er wollte den Kollegen

klarmachen, dass er gut allein auf sich und die Kinder aufpassen konnte. Aber wenn ihn die zurückliegenden Tage etwas gelehrt hatten, dann dass manches im Leben einfacher war, wenn man es eben nicht allein tat. Er stand auf und ließ den Blick milde auf den Kollegen ruhen. «Eure paar Kratzer sind kein Grund, die Arbeit zu schwänzen. Dienstantritt ist morgen früh um acht. Bis dann!» Er hob die Hand zum Gruß, öffnete die Zimmertür und trat auf den Flur.

«Es gibt Vorgesetzte, die sollte man von der Steuer absetzen können», raunte Jens laut genug Eva zu, damit Marconi es hören konnte. «Als außergewöhnliche Belastung.»

Keine fünf Minuten später klopfte Marconi an die nächste Tür. Ein Pfleger reichte ihm einen Mundschutz und führte ihn in ein Einzelzimmer. Vor lauter Monitoren, Schläuchen und Kabeln, Steckdosenleisten und Infusionsbeuteln hätte er fast das Krankenbett nicht gefunden. Der junge Mann mit dem dunklen Vollbart ging um das Bett herum, checkte Daten auf einem der Monitore, drückte einige Tasten, drehte am Rädchen eines Infusionsbeutels. Die durchsichtige Plastikschürze über seiner blauen Pflegermontur raschelte bei jeder seiner Bewegungen. Der Patient sei bewusstlos eingeliefert worden und nach der Operation bislang nicht aus dem Koma erwacht. Das sei nach Schussverletzungen nicht ungewöhnlich.

«Wie kann das denn sein?» Marconi sah den Mann mit dem dunklen Vollbart und dem schwarzen vollen Haar fragend an. «Bergmann hat doch nur einen Schuss in den Arm abbekommen. Wie kann er da ins Koma fallen?»

«Gegenfrage.» Der Pfleger rieb sich über seinen ausgeprägten Bizeps und blickte vom Patienten zu Marconi. «Warum schneiden sich viele Menschen bei einem Suizidversuch ausgerechnet die Pulsadern auf?»

Marconi nickte nachdenklich. Die Pulsadern gehörten zu den größten Adern im Körper und bei einer Wunde schoss das Blut pulsierend heraus. Beim Schusswechsel während des Polizeieinsatzes war Bergmanns Arm ungeschützt gewesen. Das war eine Erkenntnis, die sich Marconi für künftige Einsätze in Gedanken neonfarben markierte.

«Können Sie eine Prognose abgeben, wann Bergmann wieder fit ist?», wagte Marconi einen erneuten Vorstoß.

Der Pfleger zuckte mit den Schultern. «Falls überhaupt», sagte er schließlich. «Aber das hast du nicht von mir.»

Marconi versuchte, sich den Schreck nicht ansehen zu lassen. «Darf ich noch …?» Er zeigte auf Bergmann.

«Klar», sagte der Pfleger und war im nächsten Augenblick aus der Tür.

Marconi stand etwas ratlos vor dem Bett. Eine Sonde führte in Bergmanns Nase, durch die eine durchsichtige Flüssigkeit in dessen Körper floss. Eine Nährstofflösung, mutmaßte Marconi, damit Bergmann nicht verhungerte. In seinem Kopf stoben Gedanken wild durcheinander. War er daran schuld, dass Bergmann hier lag? Schließlich hatte er den Hinweis mit dem Brummen auf dem Meer gegeben. Andererseits hatte er den Einsatz nicht geleitet, und manches war einfach nicht vorherzusehen.

Marconi überlegte, ob er Bergmann durch eine Berührung signalisieren sollte, dass er da war. Doch er entschied sich dagegen. «Jetzt reiß dich mal zusammen, Bergmann», sagte er stattdessen. «Schlafen kannst du, wenn du tot bist!»

Das Piepen des Herzmonitors begleitete Marconi aus dem Zimmer und hallte noch Minuten später in seinem Gehörgang nach, als er längst im Polizeiwagen auf dem Weg zurück nach Sankt Peter-Ording saß. Sein Blick in den Rückspiegel fiel auf Klara und Stefano, die tief versunken aus den Seitenfenstern schauten, beide mit Kopfhörern in den Ohren. Etwas in ihm geriet in Bewegung. Erstaunt stellte er fest, dass er sich zum ersten Mal seit langer Zeit und wider besseres Wissen beinahe glücklich fühlte.

53

Ob etwas das Ende ist oder der Anfang, kommt ganz auf die Perspektive an

Je länger er auf Schlaf hoffte, desto länger ließ dieser auf sich warten. Ein Blick auf sein Handy verriet Marconi, dass es kurz vor halb drei war. Er stand auf, ging hinunter in die Küche, füllte ein großes Glas mit Leitungswasser und stellte sich ans Fenster. Wie still es war. Still und dunkel. Richtig dunkel war es in der Münchner Innenstadt nie geworden. Und das ewige Grundrauschen der Stadt war zum Soundtrack seines Lebens geworden, wie ein zweiter Herzschlag. Hier schien die undurchdringliche Stille, diese absurde Schwärze der Nacht, sein Leben aus dem Gleichgewicht zu bringen. Als würde sein Herz nicht mehr schlagen. Oder langsamer. Jedenfalls nicht so, wie es sollte. So, wie er es gewohnt war. Andererseits: Was war verkehrt daran? Gehörte zu einem neuen Lebensabschnitt nicht auch ein neuer Soundtrack? Die grellen Lichter der Großstadt samt Lärm nicht mehr ertragen zu müssen, hätte etwas Befriedigendes haben sollen. Aber wie fühlte sich Seelenfrieden an, wenn man ihn nicht einmal dann erkannte, wenn er nackt vor einem stand? Es fühlte sich eher an wie eine Auswilderung. Ob er sich daran würde gewöhnen können? Er hoffte es.

Marconi riss sich von der Dunkelheit los und strich durchs Wohnzimmer, nahm gerahmte Fotos in die Hand, berührte Gegenstände, die Nevio und Gesa zusammen ausgesucht hatten. Das Stück Treibholz, das mit einem Stab und zwei Fetzen Stoff zu einem Schiff umfunktioniert worden war. Die hellblaue Kuscheldecke mit den weißen Fransen auf dem Sofa, unter der sich Klara und Stefano verkrochen, wenn sie vorm Schlafengehen fernsahen. Die nautische Tapete an einer Wand im Esszimmer, auf der auf dunkelblauem Untergrund detailliert gezeichnete Segelboote durch ein vom Wind aufgepeitschtes Meer fuhren. Das Leben in diesem Haus war weitergegangen, auch wenn die, die die Gegenstände einst ausgesucht hatten, gestorben waren. Er wusste, dass er gerade gefühlsduselig war, konnte sich aber nicht dagegen wehren.

Bis vor wenigen Wochen hatte Marconi es als unumstößliche Tatsache angesehen, dass Nevio als Bruder versagt hatte. Inzwischen hatte sich herausgestellt, dass er selbst allenfalls ein mittelmäßiger Bruder gewesen war. Und, in seiner Rolle als beleidigte Leberwurst: ein beschissener Onkel. Etwas, das er nur schwer würde geradebiegen können. Aber immerhin hatte er damit angefangen. Es gab kein Zurück in sein altes Leben mehr. So schmerzhaft es auch war, er würde sich in diesem neuen Leben einrichten. Und so gut es ging versuchen, mit seinem Bruder Frieden zu schließen.

Einem Impuls folgend ging er in die Waschküche und öffnete jene Umzugskartons, in denen nun der Inhalt von Nevios Kleiderschrank lag. Er nahm jedes Teil noch einmal in die Hand. Ein blau-weiß gestreifter Seemannspullover gefiel ihm gut. Und auch das sandfarbene Leinenhemd, das Nevio bei ihrer letzten Begegnung getragen hatte, nahm er heraus. Er öffnete die Knöpfe, zog sein Schlafshirt aus und schlüpfte in das Hemd seines Bruders. Nevio war immer etwas kleiner gewesen als er, dafür etwas breiter, weicher, nicht so athletisch. Doch wenn er die Ärmel hochkrempelte, was er ohnehin fast mit jedem Hemd tat, fiel nicht auf, dass die Länge nicht ganz stimmte. Die beiden Oberteile würden zurück in den Kleiderschrank wandern. Es war ein Stück weit versöhnlich, etwas von seinem Bruder im eigenen Schrank zu haben.

Auf dem Weg zur Treppe kam er an dem massigen Ungetüm im Flur vorbei. Auch um dessen Inhalt würde er sich beizeiten kümmern müssen. Im oberen, offenen Fach standen einige Buchklassiker: *Der Name der Rose, Die Päpstin, Der Medicus.* Er klappte die Ablage herunter, die den Schrank mit einem Handgriff in einen Sekretär verwandelte. Das Fach dahinter war fast vollständig leer, bis auf ein Glas mit einer Sammlung verschiedener Stifte.

Das Teil würde sich besser im Wohnzimmer machen, dachte Marconi, als Anrichte oder, noch besser, als Minibar.

Der Schubkasten klemmte, und Marconi musste heftig daran ruckeln. Ein Wust an Papieren quoll ihm entgegen. Marconi wollte das Fach schon wieder schließen, doch mehrere zusammengetackerte Zettel, die obenauf lagen, erregten seine Aufmerksamkeit. Er nahm sie heraus, schob die Lade nachlässig mit dem Ellbogen zu, ging ins Wohnzimmer und ließ sich auf das Sofa fallen.

In der Hand hielt er Nevios Obduktionsbericht. Warum lag der unachtsam in eine Schublade gestopft im Hausflur? Hatten seine Eltern ihn dort hineingelegt? Und warum war Nevio überhaupt obduziert worden? Er war doch an einem Herzinfarkt gestorben, das hatte man ihm gesagt. Und so stand es auch in diesem Bericht: *Todesursache ist vermutlich ein akutes Herz-Kreislauf-Versagen infolge eines schweren Traumas.* Marconi blätterte noch einmal zurück, zum Unterpunkt *Epikrise*, wo der Gerichtsmediziner seine Schlussbetrachtungen notiert hatte. Nevios Blut wies einige Substanzen auf, die sich der Gerichtsmediziner nicht hatte erklären können. Der Wert, den der Forensiker als besonders auffallend notiert hatte, war Barium. Bei hohen Konzentrationen könne Barium zu Veränderungen des Kaliumspiegels im Körper führen und eine tödliche Kaskade in Gang setzen, die zu Herzrhythmusstörungen und letztlich sogar zum Tod führen konnte, stand in dem Bericht. Insgesamt waren zehn Schwermetalle aufgeführt, die teils in hohen Werten, oft in mutmaßlich gesundheitsschädlicher Konzentration in Nevios Leichnam gefunden worden waren. Ein Zusammenhang mit Nevios Herzinfarkt konnte nicht bestätigt werden, erst recht nicht «ohne Zweifel». Die Worte suchten noch nach einem Platz in seinem Kopf, und er spürte, wie die Welt um ihn herum zu schwimmen begann. Was hatte das zu bedeuten? War Nevio doch nicht eines natürlichen Todes gestorben? Sein Puls beschleunigte sich. Die Erkenntnis drückte ihm die Kehle zu und drohte, ihn zu überwältigen.

Er brauchte Luft, musste hier raus. Er stürmte in die Waschküche, griff sich eine von Nevios Jogginghosen aus dem Karton, zog sie sich über die Boxershorts, schlüpfte in seine Turnschuhe und schloss leise die Tür hinter sich. Der Rasen war unter dem Bodennebel kaum auszumachen. Er hastete durch den Garten und den unbefestigten Weg hinterm Haus hinauf auf den Deich, fast so, als wäre er auf der Flucht, was er im Grunde ja auch war. Neben dem Leuchtturm aus roten und braunen Ziegelsteinen blieb er stehen. Wie um ihn zu verhöhnen, empfing ihn die Szenerie ausgerechnet an diesem Morgen mit einem fast schon kitschigen Stillleben, während sich der Autopsiebericht, der Schreck und die Verwirrung darüber in seinem Inneren zu einem sturmtosenden Meer vereinten. Ein Glimmen am Horizont kündete vom neuen Tag, doch sein Geist war im Geflecht seiner eigenen Gedanken gefangen.

Schon die Möglichkeit, jemand könnte seinen Bruder getötet und somit dafür gesorgt haben, dass er, Marconi, überhaupt in diese Lage geraten war, hier, in dieses Leben, das nicht seines war, drückte so schwer auf seine Schultern, dass er auf die Knie sackte. Er kämpfte gegen den Knoten in seiner Kehle an, unterdrückte das Schluchzen, das mit aller Kraft hinauswollte. Schwer atmete er ein, sog die kühle Morgenluft tief in seine Lunge.

Er wusste nicht, wie lange er dort kniete, wie lange er sich zwang, sich auf seinen Atem zu konzentrieren und alles andere auszublenden. Irgendwann wagte er, den Blick zum Horizont zu heben. Wasser schwappte an den Strand. Jede Welle nahm einen Bruchteil seines Schmerzes mit sich und inmitten dieses Abschieds spürte er eine Kraft in sich aufkeimen und zu einem Entschluss reifen.

Er löste die Hände vom Untergrund, richtete sich vorsichtig auf, schwankte und fand schließlich festen Stand.

Nein, er wollte nicht glauben, dass Nevio an einer anderen Ursache gestorben war als der eines natürlichen Todes. Es zu ignorieren, kam für ihn aber auch nicht infrage. Er würde dem nachgehen. Für Nevio. Für Klara und Stefano. Und ja, auch für seinen eigenen Seelenfrieden.

In Gedanken sah er seinen Bruder an dieser Stelle stehen, wie er auf seine geliebte Küste sah. Marconi versuchte, die Landschaft durch dessen Augen zu sehen.

Das Licht brachte das Dunkelgrün der Bäume in seinem Rücken und das satte Grün der Wiesen zum Leuchten. Zu dieser frühen Stunde sah der teergedeckte Deich unter seinen Füßen aus wie mit Lakritz überzogen. In den Salzwiesen sorgten Strandastern für gelbe und lilafarbene Farbtupfer, dahinter fing das Meer die ersten Sonnenstrahlen des Tages. Die Luft roch frisch und salzig. Ja, Nevio hätte die Landschaft wohl genau so gesehen. Schließlich war er von ihnen beiden derjenige mit einem Sinn für Romantik gewesen.

Erneut sah Marconi hinaus aufs Meer, das ihm aus der Ferne aufmunternd zufunkelte. Als wollte es ihn dazu animieren, es doch noch einmal mit ihm und der Region zu versuchen.

Auf dem Rückweg strich er mit der Hand über den Backstein des Böhler Leuchtturms und klopfte zweimal mit der flachen Hand darauf. Wie um das Versprechen zu besiegeln, das er einem neuen Freund gegeben hatte.

Italien trifft auf Nordseeküste: Marconis Kreationen zum Nachkochen

Spaghetti Krabbonara

Zutaten für 4 Portionen:
400 g Spaghetti
200 g Krabben (oder Garnelen)
6 Eigelb
1 Bio-Zitrone
2 EL Öl
80 g Parmesan, gerieben
Salz, Pfeffer
Nudelwasser
frische Petersilie, fein gehackt

Anleitung:

1. Spaghetti in gesalzenem Wasser al dente garen.
2. Zitrone heiß abwaschen, abtrocknen, Schale abreiben und Saft auspressen.
3. Öl in einer großen Pfanne erhitzen und die Krabben dazugeben.
4. Eigelbe, Zitronenschale und Parmesan in einem Gefäß verquirlen. 1 bis 2 TL Zitronensaft – je nach Geschmack – hinzugeben. Mit Salz und Pfeffer würzen.

5. Pfanne von der heißen Herdplatte nehmen und Nudeln direkt aus dem Nudelwasser zu den Krabben in die Pfanne geben. Dann Eimischung hinzufügen und alles vermengen. Mehrere Esslöffel Nudelwasser hinzugeben, bis die Soße schön sämig ist. Noch einmal abschmecken, auf Teller verteilen und mit Petersilie bestreuen.

Küsten-Cannelloni

Zutaten für 4 Portionen:
400 g Fischfilet, grob gehackt (z.B. Kabeljau, Seehecht, Goldbrasse oder ein anderer weißfleischiger Fisch)
200 g Krabben
1 Handvoll Basilikumblätter
250 g Cannelloni-Röhrennudeln (16–20 Stück)
400 g Kochsahne
50 g Parmesan
1 Bio-Zitrone
Butter
Salz und Pfeffer

Anleitung:
1. Backofen auf 160 Grad Umluft/180 Grad Ober- und Unterhitze vorheizen.
2. Große Auflaufform mit Butter einfetten.
3. Zitrone heiß abwaschen, abtrocknen, Schale abreiben und Saft auspressen.
4. Fischfilet, die Hälfte der Krabben, Zitronenabrieb, Basilikum und ordentlich Salz und Pfeffer im Mixer

grob pürieren. Cannelloni damit füllen und in die Auflaufform legen.

5. Kochsahne, Zitronensaft und Parmesan mit restlichen Krabben vermengen und salzen. Mischung auf den Nudeln verteilen.
6. Kleine Butterkleckse darauf verteilen, Auflaufform mit Alufolie abdecken und die Cannelloni 25 Minuten im aufgeheizten Ofen backen lassen. Danach Folie abnehmen und die Nudeln weitere 5 bis 7 Minuten backen, bis die Cannelloni leicht goldgelb und gar sind. Herausnehmen, 5 Minuten durchziehen lassen und servieren.

Tagliatelle Queller

Zutaten für 4 Portionen:
400 g Tagliatelle
350 g Queller (Fischhändler oder Fischtheke im Supermarkt)
8 Sardellenfilets, abgetropft und fein gehackt
6 EL Olivenöl
1 TL Chiliflocken
1 Knoblauchzehe
1 Bio-Zitrone
1/2 Bund Petersilie, fein gehackt
100 ml trockener Weißwein
Nudelwasser
Salz und Pfeffer

Anleitung

1. Öl in einem großen Topf erhitzen.
2. Zitrone heiß abwaschen, abtrocknen, Schale abreiben und Saft auspressen. Knoblauchzehe zerdrücken.
3. Sardellen, Knoblauch, Zitronenschale, Chili, Hälfte Petersilie und eine Prise Pfeffer ins Öl geben. Sanft bei mittlerer Hitze anbraten, häufig rühren. Nach fünf Minuten sollten sich die Sardellen quasi aufgelöst haben.
4. Wein zugießen und vier Minuten einkochen lassen. Vom Herd nehmen und beiseitestellen.
5. In einem zweiten Topf gesalzenes Wasser zum Kochen bringen. Tagliatelle nach Packungsanleitung al dente garen.
6. 30 Sekunden vor dem Garpunkt den Queller ins Kochwasser geben.
7. Vor dem Abgießen mehrere Kellen Kochwasser abschöpfen, dann Pasta und Queller abgießen und abtropfen lassen.
8. Topf mit Soße wieder erhitzen, Pasta und Queller dazugeben. Gut durchmischen und vorsichtig mit etwas Kochwasser vermengen, bis die Pasta nicht mehr trocken ist.
9. Restliche Petersilie unterheben. Mit Zitronensaft abschmecken.
10. Mit Pfeffer und Chiliflocken nach Geschmack würzen und sofort servieren.

Nachbemerkungen und Danksagungen

«Die beste und sicherste Tarnung ist immer noch die blanke und nackte Wahrheit. Die glaubt niemand.»

Für Marconis ersten Fall habe ich mir dieses Zitat von Schriftsteller Max Frisch zum Vorbild genommen. Viele obskur erscheinende Ereignisse aus diesem Roman entspringen der Realität.

Bei Recherchen für einen journalistischen Text stieß ich auf die Sandmafia und konnte es anfangs tatsächlich nicht glauben: Mehr als fünfzehn Milliarden Tonnen Sand werden jährlich weltweit aus der Natur abgebaut, an Land und am oder im Meer. Allein China importiert jedes Jahr eine Milliarde Tonnen Sand. In Shenzhen an der Grenze zu Hongkong entstehen 1,7 Millionen Wohnungen. Dafür wird Land aufgeschüttet, insgesamt fünftausend Hektar, so viel wie siebentausend Fußballfelder. Die Masse an Sand, die dafür benötigt wird, ist unvorstellbar. Aber nicht nur in China ist die Nachfrage gigantisch, sondern weltweit. Weil es diese Mengen Bausand auf dem Weltmarkt nicht gibt, floriert der Handel auf dem Schwarzmarkt – längst auch bei uns in Europa. In Marokko sind bereits ganze Strände verschwunden, in Italien baggern nachts Schiffe illegal in Flüssen nach dem wertvollen Rohstoff. In Indien gehen die Kriminellen besonders brutal vor: Dort werden Journalisten lebendig verbrannt, Aktivisten erstochen und Polizisten mit Lastwagen überfahren, wenn sie sich den Machenschaften der Sandmafia entgegenzustellen versuchen.

Seit Jahren werden immer im Juni Tausende tote Fische an die Strände der deutschen Nordseeküste gespült. Fachkräfte verschiedener Universitäten forschen nach den Gründen, bisher ohne Erfolg. Ich habe meine ganz persönliche Ursachenforschung betrieben – mit den Mitteln des Kriminalromans. Nichts spricht dafür, dass im UNESCO-Welterbe Wattenmeer Sand abgebaut wird und dadurch Fische zugrunde gehen. Es spricht aber auch nichts dagegen.

So abwegig die Fischerei mit Stromstößen auch klingen mag: Vor allem in Deutschland und den Niederlanden war das Fischen mit Elektroden an den Fangnetzen populär. Seit Jahren streiten sich Befürworter und Gegner vor internationalen Gerichtshöfen. 2009 hatte die Europäische Union das Verfahren mehrheitlich befürwortet. Seit 2019 läuft die gerichtliche Auseinandersetzung, ob es in der EU verboten werden soll. Dagegen ist das Krabbenfischen mit Grundschleppnetzen in Schutzgebieten, auch in der deutschen Nordsee, noch erlaubt. Wissenschaftler fordern seit 2008 ein Verbot.

Auch die Guerilla-Aktion der Naturschützer in meinem Roman basiert auf wahren Ereignissen. Mitglieder der Umweltorganisation *Greenpeace* versenken immer wieder große Granitsteine in Ost- und Nordsee. Ihr Ziel ist es, Schutzgebiete vor der Zerstörung durch Grundschleppnetze zu bewahren. Sinn und Nutzen solcher Protestaktionen bleiben umstritten. Als symbolische Akte sorgen sie allemal für Aufmerksamkeit.

Vielleicht liegt die Zukunft einer nachhaltigen Krabbenzucht in Aquakulturen? Der Betrieb von Dilans Vater in meiner Geschichte basiert auf der Zuchtanlage *Förde Garnelen* in der schleswig-holsteinischen Gemeinde Strande. Zwanzig Kilometer nördlich von Kiel werden dort Garnelen gezüchtet. Das benachbarte Klärwerk wandelt das Abwasser der Tiere tatsächlich in Strom um.

Der Prozess des Schreibens ist größtenteils eine einsame Angelegenheit. Dennoch wäre die Entstehung von Marconis erstem Fall ohne die Unterstützung vieler Menschen nicht möglich gewesen.

Mein größter Dank gilt Rebekka Göpfert für ihr Vertrauen, ihre Freude an meiner Geschichte, für ihren Zuspruch und die Ruhe in allen Lebenslagen. Du bist in jeder Hinsicht die beste Agentin, die ich mir vorstellen kann.

Ein riesengroßes Dankeschön geht an meine Lektorin Dinah Fischer, die Marconi von Anfang an ins Herz geschlossen hat. Danke für dein Vertrauen und deine scharfsinnigen Vorschläge für Text und Handlung. Ein gelegentlicher Smiley an den richtigen Stellen im Manuskript war all die Tage des Zweifelns und Verzweifelns wert. Ich bin sehr froh, dass Marconi uns zusammengeführt hat.

Ebenso möchte ich dem gesamten Rowohlt-Team danken, von der Pressestelle und dem Marketing bis hin zum Vertrieb. Falls Sie diesen Roman als Hörbuch entdeckt haben, ist das Katrin Seele zu verdanken, die die Lizenz an den Argon Verlag verkauft hat. Programmleiterin Sünje Redies sei gedankt für ihren Glauben an meine Geschichte – und dass im Frühjahr 2025 Marconis zweiter Fall erscheinen darf.

Von Herzen danke ich meiner Freundin und Autorenkollegin Meike Werkmeister für beharrliche Ermutigung, inspirierende Kritik und wunderbare Plot-Ideen. Ohne dich, Meike, hätte ich den Schritt ins Autorenleben vermutlich nie gewagt. Dafür ist dir mein immerwährender Dank gewiss.

Meinem Erst- und Mehrfachleser Ralf Grobe ein besonderer Dank für die wertvollen Anmerkungen und den unbedingten Glauben an die beiden Italiener, Marconi und Palu.

Meinem Autorenkollegen Friedrich Dönhoff sei gedankt für den inspirierenden Austausch übers Schreiben und die Buchbranche. Die Idee zum Buchtitel entstand in einer von unzähligen Unterhaltungen. Und meinem Autorenkollegen Christian Schünemann für viele aufmunternde Mails und Gespräche rund um die Entstehung dieses Romans.

Um einen Roman zu schreiben, braucht man vor allem zwei Dinge: Zeit und Geld. Dass ich beides hatte, dafür möchte ich mehreren Institutionen danken. Der Stadt Otterndorf für das Literaturstipendium *Gartenhaus am Süderwall*. Der *VG Wort* für ihr Stipendienprogramm in 2021 und dem *Deutschen Literaturfonds* für das Sonderförderprogramm *Ausgefallen*.

Meine fachlichen Beraterinnen und Berater halfen mir unbürokratisch und anschaulich immer dann weiter, wenn Fragen in Bereichen auftraten, von denen ich wenig oder beinahe nichts wusste. Großer Dank an:

Sabine Gettner von der Schutzstation Wattenmeer in Sankt Peter-Ording für das spannende Gespräch über die aktuellen Herausforderungen in der Region.

Hans-Georg Hostrup vom *Haubarg Blumenhof* in Tating für die ausführliche Führung.

Katharina Schirmbeck, Tourismus-Direktorin von Sankt Peter-Ording, für das informative Gespräch.

Tim Fritsche, Gemeindebrandmeister der Samtgemeinde Land Hadeln, für den Crashkurs in Sachen Autobrandbekämpfung.

Krabbenfischer Torben Hinners für die Einblicke in seine Arbeit.

Sandra N. Otte von der Polizeidirektion Flensburg, Knuth Cornils von der Polizei Hamburg und Nils Friede von der Wasserschutzpolizei Husum für aufschlussreiche Erkenntnisse über die Ermittlungsarbeit.

Etwaige sachliche Fehler in dieser fiktiven Geschichte sind nur auf mich zurückzuführen und keinesfalls auf die Auskünfte meiner Expertinnen und Experten. Aus dramaturgischen Gründen habe ich Informationen gelegentlich anpassen müssen.

Dankbar bin ich all jenen Menschen, die Bücher genauso lieben wie ich. Denen, die sie verkaufen, was über die Jahre zu wunderbaren Freundschaften geführt hat. Denen, die über sie reden, über sie schreiben und sie empfehlen: den Journalistinnen und Journalisten, den Bloggerinnen und Bloggern. Der Austausch mit euch und eure Rezensionen sind einfach wunderbar. Und nicht zuletzt Ihnen, liebe Leserinnen und Leser. Weil Sie lesen und Bücher kaufen, können wir Autorinnen und Autoren unserem Traumberuf nachgehen.

Ich danke meinen Eltern und meiner ganzen Familie für die Liebe und Begeisterung, die sie meiner Arbeit als Autor entgegenbringen. Vor allem meinem Bruder Stefano, dessen Namen ich mir für diesen Roman ausleihen durfte. Und meinen Freundinnen und Freunden Arne, Christine, Claudi, Daniel, Enrico, Frank, Frutti, Gerald, Hanna, Laurent, Marcus, Martin und Michael: Ohne euch wäre alles nichts.

Auch wenn mich Freunde und Weggefährten zu der einen oder anderen Figur inspiriert haben – und sei es nur dem Namen nach –, möchte ich doch betonen, dass Personal und Handlung meiner Fantasie entsprungen sind.